A Costureira

Kate Alcott

A Costureira

SEGREDOS, ROMANCE E MORTE
NO RASTRO DO TITANIC

TRADUÇÃO:
ANA CAROLINA MESQUITA

Copyright © 2013 by Kate Alcott

1ª edição — Fevereiro de 2013

Grafia atualizada segundo o Acordo Ortográfico da Língua Portuguesa
de 1990, que entrou em vigor no Brasil em 2009

Editor e Publisher
Luiz Fernando Emediato (LICENCIADO)

Diretora Editorial
Fernanda Emediato

Editor
Paulo Schmidt

Produtora Editorial e Gráfica
Erika Neves

Capa e Projeto Gráfico
Alan Maia

Preparação
Márcia Benjamim

Revisão
Carmen Garcez

DADOS INTERNACIONAIS DE CATALOGAÇÃO NA PUBLICAÇÃO (CIP)
(Câmara Brasileira do Livro, SP, Brasil)

Alcott, Kate
    A costureira : segredos, romance e morte no rastro do
Titanic / Kate Alcott ; tradução Ana Carolina Mesquita.
-- São Paulo : Geração Editorial, 2013.

   Título original: The dressmaker.

   ISBN 978-85-8130-131-0

   1. Ficção norte-americana I. Título.

12-15653   CDD: 813

Índices para catálogo sistemático

1. Ficção : Literatura norte-americana   813

GERAÇÃO EDITORIAL

Rua Gomes Freire, 225/229 — Lapa
CEP: 05075-010 — São Paulo — SP
Telefax.: (+ 55 11) 3256-4444
Email: geracaoeditorial@geracaoeditorial.com.br
www.geracaoeditorial.com.br
twitter: @geracaobooks

2013
Impresso no Brasil
Printed in Brazil

Para Frank, sempre.

AGRADECIMENTOS

Bons amigos nunca deixam de ler... quantas versões? Meus agradecimentos a vocês todos — Ellen, Irene, Judy, Linda, Margaret e minha irmã, Mary.

Esther, você é uma amiga e agente excepcional e ponta firme. Melissa, suas ideias e entusiasmo foram exatamente o que qualquer escritor espera de uma boa editora.

E Frank, você me presenteou com uma réplica magnífica do Titanic, apostando que o meu não iria afundar. Obrigada.

1

CHERBOURG, FRANÇA
10 de abril de 1912

Tess puxou os cantos dos lençóis que acabara de recolher do varal, tentou enfiá-los embaixo do colchão bem esticados e recuou para verificar seu trabalho. Ainda meio malfeito e amarfanhado. O supervisor que administrava a casa com certeza inspecionaria aquilo e torceria o nariz, mas isso já não importava mais.

Ela olhou pela janela. Uma mulher passava por ali, usando um chapéu esplêndido encimado por uma fita verde-escura brilhante e girando uma sombrinha vermelha, com uma expressão radiante e determinada. Tess tentou se imaginar andando assim com tanta confiança, sem ninguém para acusá-la de agir como se pertencesse a uma classe superior à sua. Quase podia sentir seus dedos ao redor do cabo macio e polido daquele guarda-chuva. Aonde estaria indo aquela mulher?

Olhou para trás, para a cama feita pela metade. Chega de fantasias, nem mais um minuto.

Andou para fora do quarto e parou, contida pela visão do próprio reflexo no espelho dourado de corpo inteiro do final ao corredor. Seus longos cabelos escuros, como sempre, tinham escapado do coque desalinhado, embora a curvatura de seu queixo, que normalmente lhe conferia um ar de arrogância, continuasse intocada. Mas não havia como negar o vergonhoso ponto crucial: o que ela viu foi uma jovem magricela com um vestido preto e um avental branco, carregando uma pilha de roupa suja e que usava um chapéu idiota de servente bem no alto da cabeça. Uma imagem de servidão. Arrancou o chapéu e atirou-o em direção ao vidro. Ela não era servente nenhuma. Era uma costureira, e das boas, e seria paga pelo seu trabalho. Tinha se equivocado ao aceitar aquele emprego.

Tess enfiou as roupas sujas pelo alçapão da lavanderia e subiu a escada para seu quarto no terceiro andar, desamarrando o avental pelo caminho. É agora. Chega de hesitação. Havia empregos disponíveis, disseram os estivadores, naquele navio gigantesco que estava partindo para Nova Iorque hoje. Ela correu os olhos pelo quartinho. Nada de valise: a patroa a pararia na porta caso soubesse que ela estava indo embora. O retrato de sua mãe, sim. O dinheiro. Seu portfólio, com todas as suas criações. Tirou o uniforme, colocou seu melhor vestido e enfiou algumas roupas de baixo, meias e seu único outro vestido em um saco de lona. Olhou para o vestido de baile inacabado que estava na máquina de costura, para os minúsculos lacinhos de veludo branco que ela havia prendido à mão com tanto esforço na seda azul enfunada. Outra pessoa teria de terminá-lo, alguém que fosse pago para isso. O que mais? Nada.

Respirou fundo, tentando resistir ao eco da voz de seu pai em sua cabeça: "Não seja metida", repreendia ele. "Você é uma garota do campo, faça seu trabalho, mantenha sempre a cabeça baixa. Você recebe pagamento decente e suficiente; melhor não arruinar sua vida com tanta ousadia."

— Não vou arruinar minha vida — sussurrou. — Vou transformá-la para melhor.

A COSTUREIRA

Enquanto saía do seu quarto pela última vez, ela quase podia ouvir a voz dele acompanhando-a, rouca e raivosa como sempre: "Cuidado, garota boba".

...

As botas de salto de Lucile se prendiam nas tábuas de madeira apodrecidas sob seus pés enquanto ela abria caminho pela multidão no porto de Cherbourg. Ela ajeitou a estola de pele de raposa ao redor do pescoço, deliciando-se com a maciez felpuda do pelo espesso, e empertigou a cabeça, atraindo muitos olhares, alguns motivados pela visão de seus cabelos ruivos de tom vivo, outros por saberem quem ela era.

Olhou para a irmã, que andava rapidamente em sua direção, cantarolando alguma canção nova e girando uma sombrinha vermelha.

— Você gosta mesmo de bancar a jovial, não é? — disse.

— Tento ser uma pessoa agradável — murmurou a irmã.

— Não preciso competir. Você pode ficar com todas as atenções — disse Lucile com seu tom mais áspero e altivo.

— Ah, pare com isso, Lucy. Nenhuma de nós é deficiente nesse quesito. Nossa! Você anda rabugenta ultimamente.

— Se você fosse apresentar uma coleção de primavera em Nova Iorque dentro de poucas semanas, também estaria rabugenta. Tenho muito com que me preocupar com toda essa conversa de mulheres suspendendo as saias e achatando os seios. Você, por outro lado, só precisa escrever mais um romance sobre elas.

As duas começaram a se espremer para passar entre as dúzias de malas e baús, cujas dobradiças de metal cintilavam à luz que caía, enquanto suas saias de lã fina arrastavam camadas de poeira úmida que havia se transformado em sujeira.

— É verdade, as ferramentas da minha profissão são muito mais portáteis do que as suas — disse Elinor, distraída.

— Com certeza são. Estou sendo obrigada a fazer essa travessia porque não tenho ninguém competente o bastante para cuidar do desfile, portanto eu mesma terei de estar presente. Então, por favor, não seja frívola.

Elinor fechou a sombrinha com um estalo e encarou a irmã, arqueando uma de suas sobrancelhas perfeitas.

— Lucy, você é incapaz de ter senso de humor? Só vim aqui para lhe desejar *bon voyage* e acenar para você quando o navio partir. Devo ir embora agora?

Lucile suspirou e tomou fôlego, inspirando profundamente.

— Não, por favor — disse ela. — Gostaria tanto que você viesse comigo. Vou sentir sua falta.

— Adoraria ir com você, mas meu editor quer aquelas provas de impressão revisadas até o fim desta semana. — A voz de Elinor tornou-se radiante mais uma vez. — Mas você tem o Cosmo, que é um doce, embora ele não goste de poesia.

— Um defeito mínimo.

— Ele é um querido, o melhor presente que lhe deu foi um livro. Fui grosseira? Mas a verdade é que ele não tem nenhum gosto literário. — Elinor suspirou. — E sabe como ser chato.

— Tolice.

— Você sabe disso tão bem quanto eu. Onde ele está?

Lucile corria os olhos pela multidão, procurando a silhueta alta e angulosa de *Sir* Cosmo Duff Gordon.

— Esse atraso é enlouquecedor. Se tem alguém que consegue fazer as coisas funcionarem com eficiência, e na hora, é Cosmo.

— Claro. É o trabalho dele.

Lucile lançou um olhar furioso para Elinor, mas a irmã já estava olhando para outra direção, com uma expressão inocente.

• • •

No alto do morro, longe do atracadouro, em meio às mansões de tijolo que se espalhavam nos penhascos da costa da Normandia, Tess marchava escada abaixo até a sala de estar. À sua espera estava a patroa, uma inglesa empertigada com lábios tão finos que pareciam ter sido costurados.

— Quero meu pagamento, por favor — disse Tess, escondendo o saco de lona nas dobras da sua saia. Ela viu o envelope que aguardava por ela na mesinha de canto perto da porta e começou a se inclinar naquela direção.

— Você ainda não terminou o vestido para a festa, Tess — disse a mulher em um tom mais ranzinza que o normal. — E meu filho mal conseguiu encontrar uma toalha no armário do corredor hoje de manhã.

— Agora ele irá encontrar. — Ela não voltaria lá em cima. Nunca mais se deixaria encurralar naquele armário de roupas de cama, mesa e banho, desvencilhando-se dos dedos magros e ansiosos do filho adolescente dela. Aquele envelope era seu; ela pôde ver seu nome escrito nele, e não estava disposta a ficar ali ouvindo as reclamações costumeiras antes de ele lhe ser entregue. Aproximou-se da mesa.

— Você já disse isso antes. Vou lá em cima agora mesmo para checar. — A mulher parou quando viu a garota estendendo a mão para apanhar o envelope. — Tess, eu ainda não o entreguei a você!

— Talvez não, mas eu já fiz por merecê-lo — disse Tess com cuidado.

— A má-criação não é nada admirável, Tess. Você tem andado muito misteriosa ultimamente. Se apanhar isso antes de eu entregar a você, terá ultrapassado os limites comigo.

Tess respirou fundo e, sentindo-se ligeiramente tonta, apanhou o envelope e segurou-o contra o corpo, como se ele pudesse ser arrancado de suas mãos.

— Então já ultrapassei — disse ela. Sem esperar resposta, abriu a porta de entrada ricamente ornada que ela jamais teria de polir de novo e rumou para o píer. Depois de tanto sonho e reflexão, tinha chegado a hora.

...

As docas estavam escorregadias por causa das algas. Com o coração acelerado, ela se espremeu entre o burburinho e o caos ao seu redor e inspirou o ar penetrante e salgado que vinha do mar. Mas onde estavam as placas anunciando os empregos? Ela abordou um homem metido num uniforme com grandes botões de metal e perguntou num francês hesitante, e depois num inglês urgente, quem estava encarregado de contratar funcionários para a limpeza e a cozinha daquele novo e grande navio.

— Chegou tarde, minha cara, os serviçais já foram todos contratados e os passageiros logo estarão embarcando. Má sorte a sua, receio. — Ele deu-lhe as costas.

Não importava quanto ela sorrisse, seu plano estava ruindo. Que idiota... ela deveria ter ido antes. E agora? Engoliu o sentimento vazio de não saber o que viria a seguir e tentou pensar. Encontre famílias; procure crianças pequenas. Ela daria uma boa babá. Então ter sete irmãos e irmãs menores não contava como experiência? Ela estava pronta para isso, sem problema nenhum; só precisava encontrar a pessoa certa e dizer as coisas certas para conseguir o que queria. Ela não seria detida, não seria *mesmo*. Iria embora de qualquer jeito.

Mas ninguém lhe deu a mínima. Um casal inglês de idosos recuou quando ela perguntou se eles precisavam de companhia para a viagem. Quando se aproximou de uma família com crianças e ofereceu seus serviços, eles a olharam com desconfiança, sacudiram a cabeça com educação e se afastaram. O que ela esperava? Ela devia estar parecendo desesperada, com os cabelos desgrenhados e tudo o mais.

• • •

— Lucy, olhe aquela garota ali. — Elinor apontou um dedo delicado e bem cuidado para a frenética Tess. — Minha nossa, ela é uma beldade. Linda, de olhos grandes. Olhe só ela correndo para falar com as pessoas. Creio que está tentando entrar no navio. Você acha que ela está fugindo de alguém? Talvez da polícia? De um homem?

— Não tenho como saber, mas com certeza você vai tecer uma bela história com isso — disse Lucy, acenando para Cosmo, que se aproximava. Ele parecia, como sempre, meio alheio ao ambiente. Olhos frios, expressão calma; sempre no comando. Seguindo-o, em seus calcanhares, vinha um mensageiro tímido.

— Lucile, houve um problema... — Cosmo iniciou.

— Eu sabia — interrompeu Lucile, enrijecendo a mandíbula. — Foi Hetty, não é?

— Ela disse que não pode vir. Sua mãe está doente — informou o mensageiro. Ele se inclinou para a frente, quase numa reverência nervosa — o melhor que pôde, porque Lucile agora estava furiosa.

— Diga a essa garota que ela não pode desistir bem na hora de partirmos! Quem ela pensa que é? Se não embarcar conosco, está despedida! Você lhe disse isso? — Ela olhou carrancuda para o homem.

— Sim, madame — ele arriscou-se a responder.

Tess ouviu a confusão e parou, atraída pela visão das duas mulheres. Seria possível? Sim, uma delas usava o mesmo chapéu grandioso com a belíssima fita verde que ela vira da janela; e estava bem ali, distraidamente dando leves batidinhas no chão com a ponta daquela mesma sombrinha.

A voz aguda da outra mulher capturou sua atenção.

— Que desculpa miserável! — vociferou ela.

Alguém não tinha aparecido para a viagem, alguma espécie de empregado, e aquela pessoinha de cabelo ruivo vivo e batom cor de carmesim estava furiosa. Que aparência formidável tinha ela. Seu rosto de ossos marcantes, imóvel, não admitia concessões, e seus olhos arregalados pareciam capazes de mudar de suaves para duros em questão de segundos. Naquele momento, não havia nenhuma suavidade neles.

— Quem é ela? — perguntou Tess a um rapaz que se juntara ao grupo. Sua voz tremia. Nada estava dando certo.

— Você *não sabe?*

Ela olhou de novo para a mulher e notou como as pessoas diminuíam os passos ao se aproximar, sussurrando, lançando-lhe olhares de admiração. Sim, havia algo familiar.

— Minha nossa... — disse ela num fio de voz. — É Lucile Duff Gordon.

— Óbvio. *Couture*, você sabe. E a outra mulher é a irmã dela, Elinor Glyn. Ela é de Hollywood, escreve romances. Alguns bastante escandalosos, na verdade.

Tess mal ouviu o que ele dizia. Aquela personagem irada era a estilista mais famosa do mundo, alguém cujos lindos vestidos ela havia visto nos jornais, e agora estava a poucos metros de distância. Era a sua chance — essa era a sua chance.

— Lady Duff Gordon, não acredito que estou vendo a senhora mesmo! — irrompeu Tess, abrindo caminho. — Eu a admiro tanto! A senhora é tão talentosa. Já vi fotos de seus vestidos que me fizeram sonhar. — Ela estava matraqueando, mas não se importava. A única coisa que queria era a atenção de Lucile.

A estilista a ignorou.

— Eu adoraria trabalhar para a senhora — implorou. — Conheço o ramo. Sou costureira, faço trabalhos muito bons, poderia ser de grande ajuda para a senhora. — Ela pensou, enlouquecida: e agora, o que dizer? — Sou ótima com casas de botões, qualquer coisa que a senhora necessite. Por favor...

— Ela está desesperada, eu lhe disse — murmurou Elinor com um risinho enquanto endireitava seu chapéu elaborado.

Lucile se virou na direção de Tess.

— Você sabe de que trabalho se trata? — inquiriu ela.

Tess hesitou.

— É para ser minha empregada pessoal. E agora, continua interessada?

— Tudo bem. — Qualquer coisa, qualquer coisa para entrar nesse navio. Trabalhar com Lady Lucile seria uma oportunidade inacreditável.

— Onde você trabalha hoje? O que faz?

— Eu... trabalho numa casa em Cherbourg. E faço vestidos. Tenho clientes muito satisfeitos.

— Uma servente, nenhuma surpresa — murmurou Elinor.

Lucile a ignorou.

— Seu nome?

— Tess Collins.

— Tessie. Ah, sei.

— Não. *Tess.*

— Que seja. Você sabe ler e escrever?

— Mas é claro! — Tess estava indignada.

Os olhos de Lady Duff Gordon se reviraram com admiração diante daquele arroubo.

— Referências?

— Posso pedir que sejam enviadas pelo correio. Qualquer coisa que a senhora quiser.

— Lá no meio do Atlântico?

— Sempre há um marconigrama. — Tess havia lido sobre eles e esperava que estivesse dizendo a coisa certa.

Lucile de repente se cansou daquele vaivém.

— Lamento, não sei nada a seu respeito — disse. — Não será possível. — Ela se virou para conversar com Cosmo.

Desesperada, Tess teve uma ideia.

— Olhe, por favor, olhe — pediu, abrindo a gola do vestido. — Eu fiz isso. Tentei copiar a gola de um de seus vestidos que vi no jornal. É uma cópia ruim, claro, mas...

— Nada mau — murmurou Elinor, observando a gola. Estava primorosamente virada, um linho firme desenhado para ser usado tanto aberto como fechado, requerendo pontos cuidadosos. — Um trabalho bastante complexo. Incomum para uma servente.

Lucile lançou um olhar interessado na direção de Tess, depois inspecionou a gola com os dedos. Era um de seus melhores projetos. A garota havia cortado a gola em proporção perfeita com seu vestido e costurado à mão. Não havia uma só ruga no tecido.

— Você está dizendo que fez isso? — inquiriu ela.

— Sim, fiz.

— Quem a ensinou a costurar?

— Minha mãe, que é muito habilidosa. — Tess se empertigou com orgulho. — Sou conhecida no condado. E corto meus próprios modelos.

— Todo mundo *corta*, minha querida. Isso só requer tesoura. Você está querendo dizer que *desenha*, presumo eu. — Lucile estendeu a mão sem cerimônia e ergueu a manga do vestido de Tess, notando a habilidade do trabalho de montagem da garota.

— Sim. Desenho e costuro. Faço tudo.

— Seu empregador a paga?

— Não pelos vestidos. Mas sou boa, e mereço ser paga. — Talvez isso fosse arrogante demais. Ela respirou fundo e lançou todas as fichas. — Quero trabalhar com a senhora. É a melhor estilista do mundo, e não posso acreditar na sorte que tive de encontrá-la. Seus vestidos são uma inspiração... Quem é capaz de desenhar como a senhora? Por favor, me dê uma chance. A senhora não vai se arrepender.

Lucile encarou a menina, com expressão indecifrável. Algo passou por seus olhos enquanto os espectadores ao redor caíam em silêncio, esperando o que viria em seguida.

— Ela provavelmente é independente demais para você — disse Elinor baixinho, de lado. — Nunca se sabe. Ela talvez não seja bem o que diz ser.

A expressão de Lucile não mudou, embora um pequenino sorriso tenha curvado seus lábios.

— Talvez. Mas eu poderia manter minhas joias trancadas no cofre do navio, não é? — Ela se dirigiu a Tess. — Você se sente satisfeita em ser uma empregada? Não estou oferecendo nada mais do que isso.

— Farei o que a senhora quiser. Só quero uma chance de provar meu valor e trabalhar para a senhora. — Sim, sim, ela faria qualquer coisa. Não sonharia acordada nem faria montinhos com os cantos dos lençóis, trabalharia, aprenderia e mudaria tudo. Tess estava respirando com dificuldade. Sentiu as dobradiças do destino rangerem, uma porta se abrir... ou será que estava se fechando? *Que ela goste de mim,* rezou ela.

— Qualquer coisa?

Tess se empertigou.

— Qualquer coisa respeitável, nada mais — disse.

Lucile avaliou com o olhar a silhueta da garota, observando o cabelo escuro emaranhado, as maçãs do rosto altas e rosadas e o queixo altivo, as botas desgastadas com um cadarço partido.

— Vamos embarcar em breve. Você está preparada para partir daqui a uma hora, mais ou menos? — inquiriu ela.

— Sim, posso partir imediatamente. — Tess emprestou um tom duro e rígido às suas palavras. *Só uma chance,* pensou ela, *não arruíne tudo.*

O grupinho ao redor de Lucile parecia estar contendo a respiração coletivamente. Ela hesitou mais um segundo.

— Certo, está contratada — disse afinal. — Como *empregada,* apenas.

Elinor lançou-lhe um olhar surpreso.

— Isso não é um pouco impulsivo, Lucy?

A irmã não respondeu, simplesmente continuou olhando para Tess como se focasse o vazio, a distância.

— Obrigada, a senhora não vai se arrepender — disse Tess, trêmula, tentando não esmorecer diante do olhar incessante de Lucile.

— Você precisa se vestir adequadamente para o trabalho, quer seja uma pessoa instruída ou não. — Lucile estava pisando em terreno firme novamente. — Deve me chamar de madame. E precisa de uma touca. — Ela fez um sinal para Cosmo. — Meu marido, *Sir* Cosmo, cuidará dos detalhes.

Tess sorriu gentilmente para o homem alto e magro de bigode grande e bem cuidado que deu um passo à frente para falar com ela. Depois de lhe fazer algumas perguntas, teve uma conversa sussurrada com um funcionário da White Star Line. Era, claro, uma passagem para uma servente, portanto não era necessário passaporte. Não haveria problemas? Eles terminaram a conversa com um aperto de mão firme. Tess expirou o ar com tanta intensidade que sentiu tontura. Sim, a porta estava se abrindo.

. . .

Ela segurou no corrimão, descendo atrás de Lady Duff Gordon por degraus escorregadios até um escaler com aparência encardida e meio frágil. Um oficial de uniforme da White Star dissera a todos os passageiros que o navio era grande demais para o porto raso de Cherbourg, portanto todos tinham de ir utilizando o escaler. Quão grande seria o navio, para ter provocado o rompimento do cabo de ancoragem de outra embarcação a caminho de Southampton? Tess procurou enxergar através da neblina cinzenta e fina, ansiosa para vislumbrá-lo.

A névoa se levantou. E lá estava ele, assomando tão altivo, tão orgulhoso e distinto, que parecia governar os mares, e não o contrário. Quatro chaminés enormes se erguiam graciosamente em direção ao céu. Nove deques, e Tess sentiu o pescoço doer no esforço de contá-los. Não era de admirar que se chamasse Titanic. As pessoas que se amontoavam para prender o escaler ao navio estavam fora de proporção em relação a ele, mais pareciam formigas atarefadas.

Um marinheiro estendeu a mão para Tess, chamando-a para subir na prancha de embarque. Ela obedeceu, concentrando-se agora em colocar um pé atrás do outro. Estava acontecendo — não tinha mais volta. Adeus, Sussex; adeus, patroa de rosto enrugado e filho tarado; adeus, todos. Até a seu lar, a sua mãe, aos irmãos e irmãs, a quem talvez ela jamais voltasse a ver novamente. Seu coração tremeu. E ela deu o passo seguinte com firmeza.

Estava no topo. Um casal à frente — um homem com um queixo belamente esculpido e uma mulher com um casaco de pele branca — deu um passo para dentro do navio e parou para um abraço. Que bonito, que espontâneo. O homem — cujas mãos cheias de veias denunciavam que ele não era tão jovem quanto tinha parecido à primeira vista — de repente rodopiou a mulher num movimento preciso que terminou por fazê-la girar, rindo, para se aninhar nos braços dele. Os dois saltitaram com leveza, afastando-se, diante de aplausos aqui e ali. Seriam artistas?

Bem à frente dela estava um homem com rosto belo e inquieto dominado por um queixo forte e bem modelado e um nariz aquilino delgado. Suas mãos estavam enfiadas nos bolsos de um casaco de *cashmere* marrom imaculado. Seus olhos pareciam nublados. De tristeza? O cabelo estava ficando grisalho nas têmporas; provavelmente tinha uns quarenta anos, adivinhou ela. Um homem de negócios, que checava constantemente o relógio de pulso. Parecia envolvido pela névoa, e não reagiu ao pequeno *show* à sua frente, apenas parou um instante para observar o casal alegre com o que ela supôs ser uma certa melancolia.

— Depressa, garota. — O homem atrás dela tinha uma voz dura e impaciente.

Rapidamente Tess olhou para trás. Ele parecia ser muito importante.

— Bem-vindo, sr. Ismay — cumprimentou um oficial, atravessando o braço na frente dela para apertar a mão do homem. — É uma honra ter o presidente da White Star a bordo. Posso prometer ao senhor uma viagem rápida a Nova Iorque.

Ismay murmurou algo. Tess achou que ele mais parecia um guindaste alto e ossudo. Ela apressou o passo para sair do caminho dele.

Ainda no escaler, Lucile e Elinor observaram a garota subir.

— Acho que você não tem muito material servil aí, Lucy — comentou Elinor com um risinho. — Ela nem sequer esperou que a grandiosa Lady Duff Gordon subisse primeiro. Adorei.

— Vou colocá-la para trabalhar com bainhas e botões. Se ela não fizer um serviço decente, será despedida assim que pisarmos em Nova Iorque.

— Você tem algum outro motivo secreto, conheço você — disse Elinor, dando um breve abraço na irmã. — Isso deixa as coisas interessantes. Vou continuar escrevendo sobre paixões ilícitas e você, desenhando roupas que uma concubina vestiria.

— Elinor...

— Ah, sim, seus modelos são para mulheres dignas e estrelas de todo tipo. Não fui gentil em vir até o navio me despedir de você?

— Você só queria ver o Titanic de perto. — Lucile sorriu, retribuindo o abraço. Franziu a testa. — Você está magra demais. Consigo contar suas costelas. Você não removeu nenhuma cirurgicamente, não é?

— Quanta tolice. Você sabe tão bem quanto eu que apenas umas poucas malucas fizeram isso, e não estou entre elas.

— Você não está usando espartilho.

— Bem, lá vem você. Eu desisti das barbatanas. Boa sorte em Nova Iorque, e volte logo... — a voz de Elinor foi de gentil a zombeteira — ...madame.

— O título me confere o devido respeito — retrucou Lucile.

— Só não comece a acreditar nisso.

— Suponho que não. — Ligeiramente distraída, Lucile olhou para sua jovem empregada apressada, que agora estava no topo da prancha.

— Você está focada naquela garota, querida. Diga adeus a sua amada irmã.

—Ah, cale a boca. — Lucile riu e plantou um beijo vermelho-vivo na bochecha de Elinor, depois se virou para embarcar.

· · ·

Tess conseguiu não ficar encarando as pessoas importantes que se movimentavam até suas cabines na primeira classe; sua mãe ficaria mortificada. Ela havia aprendido boas maneiras, afinal de contas. Não fique de boca aberta. Mas, que fantasia era tudo aquilo! Olhou de soslaio para as mulheres gloriosamente arrumadas — como ela desejava poder acariciar algumas daquelas sedas farfalhantes, examinar a urdidura dos xales tão bem trabalhados — e para os homens com golas altas que pareciam governar o mundo. Aja como se nada disso fosse novidade, simplesmente a vida de sempre. Finja pertencer a isso tudo.

— A maioria dos passageiros da primeira classe não tem outro motivo para fazer esta travessia a não ser se vangloriar de ter estado na viagem de estreia do Titanic — explicou a madame para Tess enquanto a garota a ajudava a desfazer as malas. — Mas isso lhes rende um ótimo falatório para levá-los a algum jantar em Nova Iorque. Indica que têm espírito flexível, quiçá até aventureiro. — Ela sorriu. — Desde que as torneiras sejam folheadas a ouro, o que na verdade são.

Tess ia começar a responder, mas o dedo de Lucile já tinha voado até seus lábios.

— Ouça — ordenou ela.

E Tess ouviu pela primeira vez o tremor vagaroso, a vibração dos motores do grande navio ganhando impulso lá embaixo, longe de onde ela estava. Será que elas poderiam ver a partida?, perguntou timidamente.

— Não tem nada de especial, creio.

Mas Lucile conduziu Tess até o exterior, onde elas assistiram à terra recuar. Mais uma parada na Irlanda e a primeira viagem do Titanic para o vasto mar começaria de fato. Madame apontou para uma jovem com cachinhos minúsculos e cuidadosos emoldurando sua pele clara e um homem espantosamente lindo de braços dados com ela, os dois parecendo envolvidos em uma bolha de felicidade. Logo se casariam, e uma festa de casamento muito importante socialmente estava planejada para ocorrer em Newport Beach, explicou ela.

— Mas também há gente como ela — disse a madame, apontando um dedo delicado para uma mulher alegre e roliça que acenava animadamente para o litoral. — A sra. Brown. Seu dinheiro vem de um lugar chamado Leadville, no Colorado. Lucros vindos da mineração do ouro. Nenhum berço. — Ela olhou para baixo ante o som dos gritos e vivas vindos da proa. — Pobres almas sem educação...

Venderam tudo o que tinham e estão rumando para o que pensam ser sua nova vida nos Estados Unidos. Não vai acontecer, a menos que aprendam a lavar pratos.

Mais tarde, quando Tess levou sua sacola até as acomodações da classe inferior em busca da cama de armar que lhe tinha sido designada, parou, inclinando-se sob o teto baixo, olhando ao redor do quarto lotado. O ar estava abafado, uma mistura de cheiros pungentes de alho, língua fatiada, cigarro e até mesmo urina. Um homem de calças cinza estava se barbeando, duas crianças o observavam. Uma mulher idosa com cabelo ralo se balançava para a frente e para trás, sentada, gemendo devido à náusea. Dois meninos atiravam uma bola um para o outro. Mulheres fofocavam, bebês choravam. A garota na cama ao lado da dela lhe deu um sorriso simpático e ofereceu-lhe uma maçã. Poucos ali veriam os deques superiores. Tampouco as pessoas lá em cima os veriam. Contudo, aquelas pessoas estavam rumando para uma vida nova, tal como ela.

Ela voltou para cima o mais rápido que pôde. Se pudesse, levaria todas aquelas pessoas junto, mas agora era sua vez. Ela só ficaria ali embaixo para dormir, nem um minuto a mais. Somente quando as vozes e ruídos das crianças chorando se transformaram em murmúrios enquanto ela se enovelava pelos deques e metais polidos daquele navio impressionante é que parou para respirar.

· · ·

Tudo era estonteante. Aguçando a excitação de Tess, Lucile continuou a apontar de modo bastante natural para os passageiros estelares: aqui, o dono de uma estrada de ferro; ali, um assistente do presidente Taft dos Estados Unidos; e lá, um famoso produtor de teatro — ela conhecia todo mundo. Juntas, elas caminhavam pelos enormes salões de recepção, com suas cadeiras elaboradamente entalhadas, as ricas mesas de mogno e espelhos dourados, até Lucile anunciar que estava entediada e tiraria uma soneca. Não havia necessidade, então, de passar roupa, limpar ou resolver pendências? Tess perguntou rapidamente se poderia andar um pouco por ali sozinha.

— Pode ir, estarei no deque na hora do chá. Boa sorte com suas explorações. Nem mesmo os comissários do navio parecem saber onde ficam todas as coisas.

Sozinha agora, Tess espiou pela porta de um enorme cômodo com paredes de mogno e estranhos aparelhos que pareciam cavalos mecânicos. Já tinha ouvido falar deles; eram animais de exercício, movidos a eletricidade. Olhou para um lado e para o outro. Não tinha ninguém por perto. Ela não deveria entrar, mas era tudo tão intrigante. Andou na ponta dos pés, caminhando pelo ambiente, tocando os cavalos revestidos de chapas de aço, sem saber se teria a coragem de subir em um deles. Tinham uma aparência tão fria. Como seria? Ela viu os interruptores. Poderia ligar um deles, se não houvesse ninguém olhando.

Então ela viu o camelo. Um camelo! Sempre havia se perguntado como seria andar em um. Cuidadosamente, colocou um dos pés num estribo, segurou a saia e içou o corpo para a máquina. Esticou a mão na direção do interruptor, mas parou.

— Bem, vejo que está prestes a fazer um pouco de exercício. — Era uma voz masculina. — As mulheres são tímidas demais para usar equipamentos atléticos, o que é uma tremenda tolice.

Ela levantou o olhar e viu o lindo homem de cabelo grisalho que tinha visto na prancha de embarque. Agora ele parecia mais enérgico. Estava vestido com um suéter azul de gola rulê, e, embora parecesse menos sombrio, ela suspeitou que as sombras que via embaixo dos olhos deles nunca sumiam completamente.

— Espero não estar causando nenhum estrago, pois nunca vi máquinas como estas — disse Tess, aturdida ao imaginar a própria aparência. Suas pernas estavam abertas sobre o aparelho mecânico como as de uma vagabunda comum. Bom Deus, e se a madame entrasse ali naquele momento? Mas não entraria, com certeza. E o homem não parecia chocado o bastante para ordenar que ela saísse.

— Nem tampouco muitos de nós — disse ele. — Agora, ande nesse camelo elétrico de que você gostou tanto. Para que ele precisa de corcovas para armazenar água, com as maravilhas da eletricidade? Posso ligá-lo?

Tess olhou na direção dele, viu o brilho divertido em seus olhos e segurou-se com mais força.

— Tudo bem — respondeu ela, meio sem fôlego.

Ele ligou o interruptor. De repente ela se viu movendo de trás para frente, depois para cima e para baixo, e não conseguiu deixar de rir ante o absurdo daquilo tudo enquanto pressionava as pernas fortemente contra os flancos esguios do camelo, feitos de carvalho polido.

— É parecido com cavalgar um cavalo de verdade?

— Oh, não, nada disso. Adoro andar a cavalo no condado onde nasci.

— Com esse mesmo tipo de sela?

— Sem sela. Assim me sinto livre. — Uma lembrança súbita de si galopando pelas estradas em sua terra fez aquilo tudo de repente parecer bobo. — Como é esse exercício?

— Seu coração e os pulmões se beneficiam desse movimento. Essa é a teoria, pelo menos.

Alguém logo entraria ali, com certeza.

— Pode desligar agora — disse ela.

— Ele pode ir mais rápido. Quer acelerar mais?

— Não, não. — Ela olhou o rosto dele, meio assustada. — Não zombe de mim, por favor.

Ele sorriu e desligou o camelo, depois esticou os braços.

— Posso ajudá-la a descer? — perguntou ele.

— Não, obrigada, posso fazer isso sozinha.

Rapidamente, antes de ele dizer mais alguma coisa, ela deslizou para fora do aparelho e ajeitou a saia.

— Você está bem-composta agora, não se preocupe — disse ele. — Gostaria de fazer um pequeno passeio? — Ele ofereceu-lhe o braço com naturalidade, como se fosse algo perfeitamente normal. Seu humor havia melhorado, e aquilo era contagiante. Como era bom rir. Ali estava a quadra de *squash*; você sabe jogar? E ali os banhos turcos, e lá — apontou ele — as melhores piscinas. — Algo essencial quando se está rodeado por água, não acha? Nada é bom o suficiente para as classes mais abastadas.

— Eu chego lá um dia — soltou ela num impulso.

— Tem certeza de que quer? — perguntou ele com o que parecia um toque leve de curiosidade.

Ela sentiu coragem o suficiente para lhe dar a resposta verdadeira.

— Vou trabalhar duro. É fácil nos Estados Unidos. — Constrangida, ela olhou para ele e depois desviou o olhar. — Obrigada pelo passeio — disse.

— Você fez a cortesia de me acompanhar, e foi um prazer ser seu guia.

Os homens que ela conhecia jamais falavam daquele jeito.

— Você sabe que eu não deveria estar aqui, não é?

— Já vi você com Lady Duff Gordon — respondeu ele gentilmente. — Sou estadunidense, da bastante insolente cidade de Chicago, e não tão respeitoso das gentilezas da sociedade britânica quanto deveria ser. Gostei do passeio.

— Eu também — devolveu ela.

— Espero que você tenha uma viagem agradável.

Ela olhou rapidamente para um relógio. Estava atrasada.

— Preciso ir — disse, e saiu correndo, tropeçando perto dos aparelhos, quase caindo. O chá, o chá. Ela não podia esquecer o creme. Enquanto se apressava até a cozinha do navio, viu-se pensando nas mãos fortes do homem e desejou que ele a tivesse ajudado a descer. Ela teria gostado de senti-las. Idiota, que ideia. Em um dia desses, resolveu, descobriria o que era *squash* — e aprenderia a jogar. Meu Deus, como era o nome dele? Como ela nem sequer tinha perguntado?

• • •

Lucile observou a garota andar apressada em sua direção pelo deque, equilibrando precariamente uma bandeja de prata com um bule de Limoges, uma xícara delicada de porcelana, um jarrinho com creme e um açucareiro branco.

— É um milagre você ter conseguido — disse Lucile enquanto Tess depositava a bandeja diante dela. — Essa é uma das mais finas xícaras de porcelana, como eu pedi?

— Sim, madame. Eu me certifiquei disso. — Na verdade, ela quase tinha se esquecido daquele detalhe na cozinha agitada do navio.

— O chá fica com gosto de água de lavagem quando é servido em outra coisa.

Tess serviu a xícara e estendeu para ela, ainda meio corada.

— Como foram suas explorações?

— Ah, muito bem. Vi tanta coisa. Há uma academia de ginástica.

— Assim ouvi falar. Nenhuma mulher de respeito se dignaria a tamanha tolice.

Tess corou ainda mais.

— Leve tudo isso embora. — Lucile fez um gesto para os aparatos do chá. — Já tomei o suficiente. Quero que volte à cabine e passe o vestido azul que separei para o jantar desta noite. Volte daqui a quinze minutos e andaremos pelo passeio mais uma vez.

Tess assentiu ansiosa, reunindo a louça na bandeja. Andar pelo passeio com Lady Duff Gordon era o mais perto que ela poderia chegar do universo exclusivo da estilista, e ver gente como John Jacob Astor — o homem mais rico a bordo, um multimilionário — sorrindo e conversando com Lucile era uma experiência imperdível. Ela precisava se apressar. Começou a andar pelo deque, ligeiramente distraída pela visão de dois refinado homens de calção mexendo algumas peças de madeira sobre um tabuleiro com uns triângulos de duas cores. Era um tipo de jogo... O que seria? *Squash*?

A bola de uma criança atravessou seu caminho. Ela tropeçou, tentou encontrar o equilíbrio, mas caiu com tudo, fazendo creme voar do jarrinho de prata, cubinhos de açúcar se espalharem pelo deque e o chá ainda quente queimar seus dedos. As mulheres sentadas ali perto se levantaram de um pulo, puxando as saias para longe da sujeira.

— Oh, sinto muito — disse ela, horrorizada. Alguém deu uma gargalhada.

A madame agora estava ali de pé, olhando para ela com frieza.

— Limpe isso e volte para a minha cabine. Imediatamente.

Virou-se e se afastou.

Tess apanhou os guardanapos de linho da bandeja e começou a limpar o creme do chão. Agora tinha sido seu fim.

— Que mulher antipática. Não se preocupe, deixe que eu cuido disso.

Tess olhou para cima e viu um marinheiro franzindo a testa para ela. Tinha mais ou menos sua idade, com um rosto forte e bronzeado e braços musculosos. Segurava um esfregão. Seus olhos eram bondosos, tão azuis quanto o mar.

Ela recolocou tudo de volta na bandeja, levantou e limpou o vestido.

— É muito gentil da sua parte — disse ela, de cabeça erguida. Não seria humilhada. Não mais. Pararia aquelas risadas, e ninguém a veria derramar uma lágrima.

— Boa, garota, mostre a eles quem você é — disse o marinheiro com gentileza.

E você, quem é?, pensou Tess. A saída era colocar sua máscara, enverger um semblante de invisibilidade. Ela sentiu vontade de olhar para trás, para o marinheiro, e agradecer-lhe em silêncio, mas resistiu ao impulso. Entretanto, sentiu o respeito dele enquanto se afastava.

• • •

— Sua falta de jeito foi imperdoável. — A voz de Lucile era como um martelo sobre ferro.

— Sei disso, madame, lamento muito. Eu apanhei tudo. Nada se quebrou, embora a xícara tenha ficado com uma pequena lasca...

— Se estivéssemos em terra firme, eu a despediria imediatamente.

— Isso jamais voltará a acontecer, prometo.

— Você prometeu competência, e não estou vendo nada disso. Mas não posso simplesmente atirá-la pela amurada, posso?

— Espero que não.

O canto da boca de Lucile tremeu.

— A verdade é que eu teria feito qualquer coisa para vir com a senhora — disse Tess. — Eu a admiro há muito tempo, e a senhora fez coisas com as quais eu apenas sonho. Se a senhora precisasse de um limpador de chaminés, eu teria dado um jeito de virar um.

— Eu precisava de uma empregada.

— Não sou boa empregada, não quero ser uma. — Ah, meu Deus, ela já podia ouvir seu pai lhe dizendo para calar a boca, para ser obediente. Mas era melhor admitir logo a verdade. — Fui trabalhar como servente bem cedo e odiei, a única coisa que eu queria fazer era costurar. Lamento, admiro a senhora enormemente. Só não sei como...

— Fazer seu trabalho adequadamente — terminou Lucile com dureza. Olhou para Tess. — Não é verdade?

— Com todo o respeito, isso depende do trabalho. — Tess rezou para que suas palavras não fossem interpretadas como insolência.

Outro tremor da boca.

—Você não quer ser empregada? Venha cá. — Lucile chamou Tess até uma mesa, onde ela havia disposto as peças cortadas para um uma jaqueta de lã. Não era uma roupa importante. Se a garota a estragasse, não seria uma perda significativa. — Prove seu valor. Monte isso sem o molde. Os pontos devem ser feitos à mão. Volto daqui a uma hora para ver como você está se saindo.

— Sim, madame. — Tess apanhou uma das peças de lã enquanto Lucile saía da cabine. Era tecida de modo frouxo, com uma delicada estampa xadrez de cobre e verde, um tecido bastante fino, melhor do que qualquer outro com o qual já trabalhara. Ela deveria ser cuidadosa. Não, ela *seria* cuidadosa. Aquilo não era nenhuma xícara de chá idiota. Sua cabeça se inclinou para a frente, seus dedos começaram um trabalho de precisão. Agora estava respirando melhor.

· · ·

Lucile pegou a jaqueta pronta e esticou-a sobre o braço, franzindo a testa. Analisou-o com cuidado enquanto Tess mordia o lábio, nervosa.

— Bem, você está obviamente determinada a mostrar seu valor — disse ela por fim, correndo os dedos pela peça. Tess havia feito as pregas com perfeição, o que não era fácil em um tecido xadrez. — Este é um trabalho razoavelmente bom. Pontos meticulosos. — Ela lançou um olhar para a garota, analisando-a, depois dobrou o casaco e guardou-o em seu baú. — Talvez você tenha jeito para costureira. Talvez não precise ficar tirando o pó das cômodas a vida inteira.

Apenas uma leve promessa no ar, nada mais. Porém, fez com que Tess sentisse um tremor de alívio no fundo do seu coração. Deus, obrigada. Se tivesse havido mais alguma conversa de jogá-la navio afora, ela teria pulado por vontade própria.

Lucile olhou para um pequeno relógio incrustado de joias que repousava sobre a penteadeira.

— Chega de conversas sobre costura por enquanto. Pegue meu vestido, sim, querida? Está quase na hora do jantar.

Tess disparou para obedecer enquanto Lucile começava a vasculhar na sua caixinha de joias.

— Será que eu não os trouxe? — murmurou ela com medo, para si mesma. — Onde estarão?

— Posso ajudar, madame? — ofereceu Tess.

— Ah, aqui estão. — Lucile sacou uma bolsinha azul-escura, abriu-a e espalhou seu conteúdo sobre a penteadeira. Brincos. Ela apanhou um deles e segurou-o junto da orelha, encarando Tess. — Lindos, não é?

— Sim, são. — Tess estava fascinada. Nunca tinha visto nada parecido. Três pedras de cor clara, cintilando com brilho interior, separadas por minúsculos brilhantes e o que ela achava serem safiras. — O que são? — perguntou Tess, timidamente.

— Pedras-da-lua do Ceilão, estão muito na moda. — Lucile prendeu um dos brincos na orelha e moveu suavemente a cabeça. As pedras dançaram e cintilaram. — São chamadas de pedras do viajante — explicou. — Supostamente para proteger contra os perigos de uma viagem, o que é uma besteira completa, claro. Mas isso vende joias, suponho eu. — Prendeu o segundo brinco na outra orelha, depois esticou a mão para apanhar seu inseparável batom.

Era a deixa para Tess sair.

— Boa noite, madame. Espero que tenha um ótimo jantar — disse ela, a caminho da porta para sair.

· · ·

Naquela noite, de volta ao alojamento claustrofóbico, em meio ao choro das crianças e o ronco de seus pais, ela caiu em um sono inquieto, do tipo em que a memória flui como água pelos sonhos.

O cascalho fazia barulho sob os passos pesados do patrão, que andava em volta dela.

— Quantos anos?

— Doze — respondeu seu pai, torcendo o boné nas mãos curtidas pelo trabalho no campo. A vaca havia morrido no dia anterior. Doente. Não havia mais leite agora para as crianças menores.

— Os dentes?

— São bons.

— Posso mastigar sem problemas, senhor.

— Não fale nada a não ser que lhe perguntem, menina.

— Sim, senhor.

— Você vai fazer o trabalho doméstico. Trabalho duro. Está preparada para isso?

— Sim, senhor.

O sonho dela começava a se enevoar, mas o choro da sua mãe dentro de casa se tornara ainda mais alto. As mãos do seu pai quase rasgavam aquele boné.

— Ela vai fazer, sim.

Então sua mãe apareceu, segurou o braço dela e puxou-a de volta para casa.

— Ela não é um cavalo! — gritou.

Elas estavam juntas agora, no quarto. Sua mãe segurava uma agulha perto da cabeceira e dobrou a mão da menina para que esta a segurasse.

— Está vendo isso? Talvez você tenha de fazer serviço doméstico por agora, mas eu ensinei você a costurar. Isso vai ser a sua saída daqui. Não abaixe a cabeça, tenha orgulho.

Tess acordou com um estalo. Na verdade, não tinha havido névoa nenhuma. E como eram diferentes as mensagens de seu pai e de sua mãe.

· · ·

— Ouvi dizer que sua empregadinha caiu no convés hoje — comentou Cosmo enquanto ele e Lucile se preparavam para deitar-se, depois do jantar. — Causou uma bagunça e tanto. E que um marinheiro veio ajudá-la, é isso?

Lucile deu de ombros.

— Sim, ridículo. Mas eu gosto dela.

— Posso perguntar por quê?

— Não sei se você entenderia.

— Tente.

— Não tem importância. Talvez haja algo, talvez não seja nada.

— Você não a pressionou para usar a touca.

— Ela é terrível como empregada. Não sei por que eu deveria me incomodar.

— Então você está aplicando esse seu famoso olho de figurinista em uma nova tela em branco?

— Meu caro Cosmo, ela salta ante meu menor comando, seja ele qual for. Se o preço disso for esquecer uma touca de empregada, por mim tudo bem.

— Algo está passando pela sua cabeça. Esse assunto ainda não acabou, creio eu. — Cosmo bocejou, deitando na cama. Seu pijama de seda farfalhou quando ele deslizou entre os lençóis de seda. — Será retomado quando você estiver pronta, claro.

Lucile não respondeu, inclinando-se mais para perto do espelho acima da penteadeira. Passou um creme nos lábios, retirando o batom carmesim com mão firme.

. . .

— Tess, encontre meu vestido de seda dourada naquela bagunça e passe-o a ferro para o jantar, por favor. — Lucile apontou um dos seus maiores baús quando Tess apareceu para o serviço na manhã seguinte. — Você é capaz de fazer isso sem queimá-lo, não?

— Eu jamais estragaria um de seus vestidos, madame — respondeu Tess, corando. Abriu a tampa do baú e com suavidade começou a retirar as roupas: os tecidos lindos e brilhantes que enchiam o enorme baú da cabine A-20. Afundou as mãos mais um pouco, tremendo ante o toque levemente sedoso dos tecidos. Como descrever isso? Eles tinham a consistência de espuma de barbear. Tecidos que ela nunca tinha visto antes... delicados como teias de aranha, prateados, dourados, alguns tão azuis quanto as águas mais profundas, todos habilmente torcidos, esvoaçantes, drapeados. Era o paraíso!

— Você parece meio extasiada — comentou Lucile, divertida.

— Eles parecem tão esvoaçantes e simples! Mas a estrutura é maravilhosa.

— Eu os desenho de modo que se moldem a um corpo em movimento. Você consegue perceber isso, não é?

— Ah, sim.

— Então sua mãe lhe ensinou a costurar?

Tess assentiu, depois falou com orgulho:

— Nós dávamos duro juntas, cortando, montando, costurando.

— O que vocês faziam?

— Uma camisa para um dono de terras, um vestido para um casamento... Uma roupa para o batizado de uma criança. Todo tipo de coisa.

— Bastante admirável. Mas isso não libertou sua mãe, não é?

— Havia bebês demais.

— Ah, a armadilha universal. E como você conseguiu evitá-la?

— Ficamos empolgadas com um emprego de costureira em Chebourg, tínhamos amigos por lá. Mamãe queria que eu escapasse dos garotos do vilarejo. — E, ela tinha certeza absoluta, seu pai sabia o tempo todo que era um emprego de servente.

Lucile sorriu e, hesitante, Tess sorriu de volta.

— Mulher inteligente, a sua mãe.

— Prometi a ela que, quando tivesse minha chance, eu daria o meu melhor. — Ela estava montando o ferro de passar agora, testando a temperatura. Não estava muito quente. Aquele era um trabalho familiar. O vestido dourado acariciou seus dedos, deslizando suavemente pela tábua.

— E é isso que você está fazendo agora.

— Sim, senhora.

— Madame.

— Sim, madame. — Não se esqueça disso, advertiu ela para si mesma em silêncio. Sério, se Lady Duff Gordon desejasse ser chamada de Vossa Alteza, ela o faria alegremente.

Lucile olhou para ela, pensativa.

— Minha querida, aqui vai a lição número um para aproveitar as oportunidades: não perca tempo com falsa humildade. Conte ao mundo as suas conquistas, não espere que outra pessoa o faça. Você sabia que fui a primeira estilista a usar modelos de verdade nos desfiles de moda?

— Não, madame — respondeu Tess. O vestido estava pronto. Com cuidado, ela o pendurou em um cabide banhado a prata, meio espantada com o tom relaxado e quase de confidência de Lucile.

— Bem, agora sabe — disse Lucile. — Você ganha confiança fazendo o que ninguém jamais fez. Ou o que ninguém mais quer fazer.

Tess não conseguiu se conter, as palavras escaparam de sua boca:

— Como derrubar bules de chá?

Lucile riu.

— Acho que eu e você vamos nos dar bem. Agora gostaria que escrevesse uma carta para mim, para que eu possa verificar sua habilidade na escrita.

— É ótima — disse Tess com um sorriso cauteloso.

— Boa garota. Você aprendeu a lição de hoje.

• • •

Ao meio-dia, Tess estava livre para buscar o ar fresco do deque. Uma ótima manhã, no geral. Ela se viu fazendo um relatório mental para sua mãe: superei o desastre de ontem, mãe, e a madame e eu estamos *conversando*, conversando de verdade. Com certeza esse é um sinal positivo. Seu devaneio foi interrompido pelos gritos dos meninos que brincavam de pega-pega e pelos risinhos das meninas ali perto, pulando corda.

— Senhorita?

Espantada, ela percebeu que um homem de rosto triste num terno preto amarfanhado estava falando com ela. Vinha de mãos dadas com dois meninos pequenos, um de cada lado.

— Meu filho aqui — ele empurrou um dos garotos para a frente —, tem algo a lhe dizer. Edmond, fale.

O menino olhou com olhos suplicantes para Tess.

— *Je suis désolé* — sussurrou ele.

— Meus filhos não falam inglês — disse o homem em tom de desculpas. — Mas Edmond sabe que foi a bola dele que a fez tropeçar ontem, e sente muito. Perdeu seu brinquedo preferido, o pião, na amurada, e estava tentando brincar com algo diferente. Creio que você fala francês, não?

Tess assentiu, tocada pela formalidade cortês do homem. Era o sr. Hoffman, alguém lhe dissera. Um viúvo com dois filhos pequenos. Era um homem reservado, mas dedicado aos filhos.

— *Ce n'est pas grave* — disse ela ao menino, e viu a expressão de alívio em seus olhos. Edmond sorriu enquanto o irmão abraçava a perna do pai, olhando para ela.

O sr. Hoffman assentiu com aprovação, e pareceu não saber o que dizer em seguida.

— Edmond e Michel em geral são bons meninos — disse ele. — Mais uma vez, por favor, nos desculpe. — Depois ele virou as costas, e as crianças correram para acompanhá-lo. Em seguida, desapareceram pelo navio.

. . .

Hora do chá, de novo.

— O chá não está quente o suficiente, Tess. — A voz da madame tinha um tom de provocação. — E o bolinho está seco.

Na mesma hora Tess estendeu a mão para apanhar a xícara.

— Cuidarei disso agora mesmo — disse ela.

— Não esqueça também de dizer ao pessoal da cozinha para mandarem bolinhos frescos.

— Sim, madame.

— E se não houver nenhum, o que você vai fazer?

Tess não se abalou.

— Vou assá-los eu mesma — respondeu ela.

Lucile sorriu.

— O espírito é esse. Esqueça o chá. Vamos andar pelo passeio.

. . .

— Reparei que você está me observando, Tess — disse ela sem cerimônia, enquanto as duas passeavam. — O que está vendo?

Tess corou.

— A senhora parece uma rainha, às vezes.

Lucile riu e ia começar a responder, mas parou abruptamente de caminhar. Avançando na direção delas vinha um grupinho de homens e mulheres conversando, todos focados em uma morena pequena e magra que ia no meio, uma jovem estonteante vestida com uma blusa branca de linho e uma saia de jérsei vermelho que ondulava rapidamente conforme ela caminhava. Na sua cabeça havia um pequenino chapéu *cloche*. As pessoas se viravam para olhá-la, algumas sussurravam.

— O que *ela* está fazendo neste navio? — murmurou Lucile.

— Quem é ela? — perguntou Tess, enquanto passavam. Ela não deixou de notar a troca de sorrisos gélidos entre as duas mulheres.

— Mais uma dessas milionárias que desenham roupas ridículas e acham que sabem o que é alta-costura. Ela está tentando atrair atenção para algo que chama de roupa casual, o que não passa de juntar peças descombinadas como o traje que está usando agora. — Lucile agora caminhava mais depressa, voltando para sua cabine. Tess correu para acompanhá-la.

Lucile abriu a porta bruscamente e deixou-a bater na parede, assustando Cosmo, que estava em uma cadeira, tranquilo, fumando seu cachimbo.

— Aquela pretensiosa de Manchester que rouba minhas ideias está no navio! — exclamou ela.

— Não precisa ficar chateada — retrucou Cosmo. — Ela não tem nem uma libra à disposição para abrir um ateliê. Ela não é páreo...

— Não é páreo? Ela está manipulando essa multidão para chamar toda a atenção e conseguir todos os contatos que puder. Igualzinha àquela outra presunçosa, aquela a que chamam de Chanel. — Lucile tirou a pulseira e atirou-a na penteadeira, quase acertando o espelho. Os diamantes atingiram o móvel com um estrondo que fez Tess estremecer.

Cosmo continuava calmo. Tragou longamente o cachimbo.

— Lucy, você tem qualidade superior — disse ele. — Você é Lady Duff Gordon, e todo mundo neste navio sabe que nenhuma outra estilista chega a seus pés. Acalme-se.

Só então Lucile pareceu se lembrar da presença de Tess.

— Desculpe por essa espiada atrás do véu, minha cara — disse ela. — Até mesmo a magestade pode ser pega de surpresa. Sempre há pessoas aí fora dispostas a meter o bedelho em seus assuntos, algo que você irá aprender cedo ou tarde. Luto pelo que eu tenho... — Ela olhou para Cosmo. — Com o apoio do meu querido marido, claro.

— Minha mulher, como sempre, está sendo um pouco melodramática — disse ele, sem se alterar. — Francamente, querida, você está agitada demais.

Era como se eles estivessem trocando falas ensaiadas, como atores em uma peça, e Tess fosse o público.

— Claro. Sou uma mulher bem-sucedida, tenho tudo que sempre quis. E pretendo que as coisas continuem assim.

— Muito bem dito. — Cosmo pousou o cachimbo no cinzeiro. — Agora vou checar se estamos na mesa do capitão nesta noite. Isso agradaria você, tenho certeza.

Lucile lhe deu um sorriso enorme.

— Ótimo, querido.

A atmosfera tensa da cabine começava a se suavizar, e Tess teve a sensação de conseguir respirar novamente. Ficou em pé quieta e em silêncio enquanto Cosmo sorria daquele seu jeito sereno e *blasé*, dava um beijo na face da esposa, apanhava seus óculos e saía do quarto.

— É preciso entretê-los, sabe? — Lucile suspirou ligeiramente enquanto a porta se fechava. — Os homens podem ser tediosos, mas são necessários. É preciso aprender a lidar com eles. Não acha?

Não houve nenhuma resposta informal, não com a distância social entre elas. Tess ficou em silêncio.

Lucile andou até a penteadeira, apanhou sua pulseira e atirou-a com displicência na sua caixinha de joias.

— Você não respondeu — observou ela.

— Eu não teria como saber, madame — disse por fim Tess.

— Por que não? Está me dizendo que é inexperiente em relação aos homens?

— Mais ou menos.

— Ora, vamos, Tess. E aqueles garotos do vilarejo dos quais sua mãe a avisou para manter distância?

Lucile estava abrindo um estojinho dourado com pó de arroz, e Tess viu a mão dela tremer ligeiramente.

— Lamento sobre a outra estilista — disse Tess. — Com certeza ela não é uma ameaça à senhora, madame.

— Todo mundo, em algum momento, representa uma ameaça — respondeu Lucile, aplicando o pó ligeiramente no nariz e nas maçãs do rosto. — Por isso é que preciso manter todo na linha. Tudo isso não passa de encenação, Tess. E até agora deu certo. — Ela olhou para a garota, com os olhos subitamente marejados. — Sei o que você quer, e vou ajudá-la a chegar lá. Mas é preciso mais do que talento.

— Obrigada — disse Tess.

— Então, quando vou receber aquelas referências que você prometeu? — perguntou Lucile de modo abrupto, voltando de repente para a penteadeira e agora estendendo a mão para apanhar um vidro de esmalte cor de carmim.

— Referências? — Tess bem podia imaginar a ira da patroa da casa de onde ela havia fugido em Cherbourg, que com certeza não teria nada de bom a dizer a seu respeito. Referências? Ela não tinha nenhuma. Com certeza a madame havia percebido isso.

Lucile passou uma camada de óleo secante em suas unhas e encarou Tess, rindo.

— Você devia ver sua expressão, Tess. Não se preocupe, não me interessam as referências. Só estava brincando com você. Conte mais sobre a sua vida. Estou curiosa. Não são muitas as mulheres que estariam dispostas a deixar o país de um minuto para o outro. Por que fez isso?

— Na verdade, eu planejei isso. Por muito tempo.

— Você estava fugindo de alguma coisa? — perguntou Lucile, gentilmente.

— Só de limpar armários e banheiros. E de não ser paga pelo meu verdadeiro trabalho.

— Algum arrependimento?

— Absolutamente nenhum — respondeu Tess com tanto fervor que Lucile riu de novo.

— Bem, isso é bom, porque meu cérebro está ocupado cortando você em peças de molde. O que acha disso? Vamos costurar uma nova Tess Collins. Talvez encontremos um jeito de aperfeiçoar suas habilidades de costureira.

— Darei o meu melhor, de verdade.

— Tenho certeza de que sim. — Lucile cobriu um bocejo com a mão. — Agora, se não se importa, assim que o esmalte secar vou tirar um cochilo.

• • •

Tess não conseguia parar de pensar na conversa delas, examinando a memória em busca de algum furo. Será que havia interpretado bem as palavras da madame? Parecia que uma promessa havia sido feita, com certeza ela não tinha deixado suas próprias esperanças enfeitarem as palavras de Lucile. Ela podia sentir, estava ali, a benevolência. E quando a madame havia comunicado ao comissário do navio que desejava que Tess fosse transferida do deque E para o A? Aquilo era para mantê-la à disposição até tarde, claro, mas que alegria foi ouvir aquela notícia. Ela desceu correndo as escadas até seu alojamento, até a cama estreita — apenas uma das muitas que havia atulhadas —, onde tinha guardado seus poucos pertences embaixo do colchão. Passou espremida por um homem que tossia pesadamente num lenço sujo e fechou os ouvidos para a discussão aguda de duas mulheres que disputavam um cobertor. Inspirou profunda e desafiadoramente. Respirava os odores repugnantes daquele lugar escuro e sem janelas pela última vez.

— Você está indo embora daqui? — perguntou a garota da cama ao lado, com uma nota de desapontamento. — Não a vi muito, mas você tem minha idade e achei que a gente poderia bater um papo de vez em quando. Vou para a casa de meu tio, em um lugar chamado Bowery. Já ouviu falar? Vou trabalhar no bar dele, mas ele disse que é um trabalho respeitável nos Estados Unidos. Ainda tenho algumas maçãs. Quer dividir uma?

Tess balançou a cabeça em negativa e sorriu.

— Agora não, quem sabe mais tarde.

— Ah, acho que depois que você for lá para cima, nunca mais vai voltar para cá.

Era verdade, claro. Tess sentiu o rubor de seu rosto.

— Adeus — disse ela. — Talvez a gente se encontre em Nova Iorque.

· · ·

14 de abril de 1912

O dia estava glorioso. A madame tirava mais um cochilo ao fim da tarde, e Tess desfrutava de seu novo acesso ao deque da primeira classe. Fora-lhe permitido sentar na espreguiçadeira da madame e observar o passeio cheio de pessoas privilegiadas que caminhavam por ali, rindo e conversando, pessoas cujos nomes ela deveria aprender. Nunca havia estado em um lugar onde todos pareciam viver em férias e, se queria pertencer ao mundo deles, precisava se educar.

Então, caminhando em sua direção, ela viu John Jacob Astor e a esposa. Que casal mais elegante! Os dedos longos e estreitos da mão esquerda da sra. Astor repousavam suavemente no braço do marido e seu rosto, voltado na direção do sol poente, banhava-se naquela luz. Tess não conseguiu tirar os olhos dos dois, fascinada por essa primeira visão do que eram os trajes a bordo para os muito, muito ricos. Ele usava uma calça com pregas imaculadas e um cardigã de lã de cabra angorá sobre uma camisa impecável, com gravata. Ela, por sua vez, pouco se importava com tal descontração — seu vestido de seda verde-clara, tão perfeito contra sua pele cintilante e seus cabelos de um tom suave de chocolate, atraía olhares invejosos das outras mulheres. Os homens que passavam cumprimentavam os dois com a cabeça e alguns lançavam olhares igualmente invejosos para o sr. Astor.

— Ele arrebanhou um belo troféu depois do escândalo daquele divórcio conturbado — um deles falou baixinho ao ouvido de outro.

Algum tempo depois, sob os primeiros sinais do que certamente seria um pôr do sol espetacular, ela copiou o vagaroso caminhar deles pelo deque, tentando imitar o deslizar de cisne da sra. Astor. Os outros passageiros haviam desaparecido para suas cabines de luxo a fim de se arrumar para a noite. Como aquela mulher afortunada flutuava com tanta naturalidade? Tess tentou, mas não conseguiu obter o mesmo efeito com seus passos largos e apressados.

Ouviu um risinho e olhou por cima do ombro. Um marinheiro a observava. E, sim, era o mesmo que havia limpado em silêncio a sujeira que ela tinha feito ao derramar o chá. Alto, mais ou menos da sua idade, de certo modo magro, mesmo com aqueles ombros largos. Seu cabelo era desalinhado, mas partido de lado com uma confiança descuidada. E seus olhos eram tão cálidos e alertas quanto ela se lembrava — daqueles aos quais nada escapava. Eram profundos e azuis como o mar.

— Nada mau, mas você fica melhor andando do seu próprio jeito — comentou ele. — Não quer dar com o nariz no chão, quer?

Tess levantou o queixo.

— Isso não tem a menor chance de acontecer — retrucou ela, acrescentando: — Obrigada por ter limpado a bagunça que fiz naquele outro dia.

— Você lidou bem com aquilo. Saiu de modo decente, não houve risadas com a sua saída.

— O conselho da minha mãe foi sempre manter a cabeça erguida.

Ele assentiu.

— Na primeira vez que você deixá-la cair, alguém vai colocá-la ainda mais para baixo. Não se engane com essa gente. São apenas uns ricos metidos.

— A sra. Astor tem graça genuína — rebateu Tess.

— Talvez tenha, mas você também tem — disse ele com gentileza, analisando o rosto dela. — Apenas não sabe disso. — Ele deu um passo para diante e dobrou o braço. — Que tal um passeio? — perguntou, meio zombeteiro.

Depois de um pequeno instante de hesitação, ela aceitou o convite. Eles andaram alguns passos, sozinhos no deque, enquanto o céu se transformava em tons de laranja e dourado, e depois, rindo, ele a a fez saltitar. Uma bolha de prazer encheu o peito de Tess. Ela poderia se soltar, só por alguns segundos, não poderia?

Só por um instante, um instante rápido. Quando pararam, ele levou um dedo aos seus lábios.

— Tenha um bom dia, senhora — disse ele, bem-humorado. — Está vendo? Você sabe brincar, também. E não vou contar nada a ninguém. — Ele voltou ao trabalho, assoviando enquanto se inclinava para apanhar uma pesada corda enrolada e a atirava em seguida sobre o ombro.

É um garoto do interior, disse Tess a si mesma enquanto se inclinava sobre a amurada e observava a dança das luzes nas águas. A diferença é que ele é uma versão do mar, mais garboso do que a maioria. E com olhos lindos.

Ela ficou ali por um longo tempo, fascinada com a amplidão das águas que se estendiam até o horizonte vermelho em chamas. Sentia-se cheia de ardor — sem saber pelo quê. Mas se escutasse com atenção, podia ainda ouvir o assovio sedutor e melancólico dos trens que saíam do vale e se dirigiam ao mundo mais amplo, quando ela era pequena. Sempre desejara estar no interior de um deles. A maioria das pessoas resmungava, com desaprovação ou raiva, quando ela falava em ir embora. Ainda bem que ela havia percebido cedo, de alguma maneira, que elas basicamente tinham medo. E nunca, jamais ela se permitiria sentir medo.

Tess jantou sozinha em sua cabine, ouvindo a música distante da orquestra no salão de jantar da primeira classe. Por volta das 22 horas, saiu até o deque para caminhar sob as estrelas, desfrutando da solidão, e não resistiu à vontade de dar uma espiada furtiva no salão de jantar. Como era imenso, da largura do navio inteiro, foi o que lhe haviam dito. As paredes e os pilares graciosos eram de um branco leitoso; as cadeiras, cobertas por um veludo verde-esmeralda suntuoso. Taças de vinho cintilavam com o brilho das luminárias brancas sobre as mesas, e sua luz atravessava as janelas altas e arqueadas que se abriam para o deque D. Como era lindo. Todos aqueles homens e mulheres confiantes, a maioria em trajes de noite, rindo, erguendo os copos de conhaque. Ela se viu tentando imaginar suas histórias.

Lá estava aquele casal que embarcara antes dela, ambos sentados sozinhos, com as cabeças próximas, sussurrando. Eram dançarinos, foi o que lhe contou a madame — Jean e Jordan Darling —, sim, ágeis, lindos, voltando a Nova Iorque para participar de um espetáculo na Broadway e, todos diziam, genuinamente apaixonados. "Já passaram um pouco do seu auge", declarara a madame com displicência. "Eu já a vesti para diversas exibições, mas suspeito que ela não possa mais pagar pelos meus serviços." E lá estava aquele homem belo com casaco marrom que ela havia encontrado na academia. Com roupa de noite, ele acabava de deixar a mesa do capitão, o que significava que também devia ser importante. Seu nome, dissera-lhe a madame quando descreveu as pessoas mais importantes que estavam a bordo, era Jack Bremerton. "Um milionário de Chicago. Ninguém sabe ao certo como fez fortuna", explicara ela. "Com transações bancárias, ou algo igualmente sombrio. Teve várias esposas. Dizem as más línguas que está se separando da atual."

Um comissário do salão de jantar, carregando uma bandeja cheia de copos passou por Tess de supetão e a desequilibrou. Ele balançou e a bandeja caiu de suas mãos com um estrondo tremendo. Nesse mesmo instante, o presidente da White Star Line caminhava em direção a um canto do deque para falar com um dos oficiais do navio. De roupa de gala, ele parecia mais ainda um guindaste. A bandeja se estatelara no chão, respingando conhaque na roupa de Bruce Ismay enquanto os copos se espatifavam em fragmentos.

— A culpa foi dela, senhor — disse o comissário, pensando rápido, apontando para Tess. — Outro dia mesmo ela deixou cair um serviço inteiro de chá.

— Isso foi muito desastrado da sua parte, mocinha — vociferou o oficial. — Deus, foi você mesmo que provocou todo aquele desastre? Por que não estava olhando por onde ia?

— Lamento — disse Tess, surpresa.

— Você precisa se desculpar com o sr. Ismay, que, caso não saiba, é o presidente desta empresa de navegação — informou o oficial. — Você é a empregada de Lady Duff Gordon, não é? Com certeza recebeu um treinamento melhor do que esse.

— Não vou me desculpar, senhor, pois não fiz nada de errado. Lamento pelo acidente, mas não fui a culpada.

— Você não vai se safar dessa, mocinha. Serei obrigado a conversar pessoalmente com Lady Duff Gordon sobre seu comportamento.

— Eu não fiz nada — protestou Tess, cada vez mais abismada.

Uma voz cortou a escuridão, vinda da amurada.

— Na verdade, o comportamento dela é bem melhor que o de vocês, e suspeito que o equilíbrio também. Acredito que o senhor é quem deve desculpas a ela, oficial. O senhor tem o costume de censurar as jovens? Ou apenas aquelas em função subalterna?

Corado, o oficial se voltou para o comissário.

— Vá apanhar um pano e limpe isso tudo — ordenou ele. Enquanto o comissário saía apressado, o oficial e Ismay se afastaram. Tess ainda ouviu o oficial dizer: — Essas contratações de última hora, o senhor sabe como é...

— Essa foi uma cena e tanto, não?

Tess olhou para trás e viu o misterioso sr. Bremerton. Ele, que havia deixado a mesa do capitão, estava de pé perto da amurada, elegante e lindo com sua roupa de gala.

— Jovens oficiais com poder nas mãos, uma das pragas do mundo. — Ele balançou a cabeça. — Mas foi uma boa lição. A posição social não torna ninguém um cavalheiro. Nem as roupas de gala, aliás. Você já sabe disso, imagino.

Ela sabia, mas talvez não fosse sábio dizer aquilo naquele momento.

— Eu só não queria nenhuma confusão — disse ela.

— Você não se curvou. Para isso é preciso tutano.

— Eu precisava me defender.

— Senão o que aconteceria? — Ele a encarou, atento.

— Senão isso simplesmente se repetiria. — Muitas e muitas vezes. Mas não adiantava tentar explicar a ele.

Ele inclinou-se ligeiramente em sua direção.

— Muito inteligente. Fico feliz em ver você. Desde que nos conhecemos na sala de ginástica, não parei de pensar que deveria ter lhe perguntado o seu nome. Posso perguntar agora?

Tess sorriu. Ele devia achar que ela ficara toda dolorida depois de andar naquele camelo.

— Meu nome é Tess Collins.

Ele a examinou.

— Bem, como parece que estamos sempre nos encontrando, deixe que me apresente a você. Sou Jack Bremerton, e não tenho intenção de julgar ninguém, para dizer a verdade. O que está achando da nossa viagem até agora?

— Estou adorando, sr. Bremerton — respondeu ela, andando até o gradil da amurada onde ele estava. — É um banquete para os olhos e para as mãos.

— Para as mãos?

— Adoro tocar os cortinados, as toalhas de seda e todos os lindos tecidos, e pensar onde eu os aplicaria, como eu os cortaria e montaria.

— Você parece ter vontade de ser estilista também.

— Um dia vou ser. — Dizer essas palavras a um estranho fez com que ela acreditasse um pouquinho mais nas suas possibilidades.

— Uma dama disposta a se defender tem uma dignidade capaz de levá-la longe. A propósito, pode me chamar apenas de Jack.

— Não me sinto à vontade fazendo isso, sr. Bremerton. — Ela experimentou a palavra na sua cabeça. *Jack.*

— Aceito isso, srta. Collins. — Ele sorriu. — Espero que em algum momento você mude de ideia. Não está uma noite linda? Olhe só essas estrelas.

— São esplêndidas. — Os dois estavam tão próximos que ela podia sentir o suave cheiro almiscarado da loção de barbear dele. Será que isso estava realmente acontecendo? Será que esse homem impressionante e poderoso realmente estava conversando com ela?

— É um prazer observá-las ao seu lado. — Ele olhou para trás, na direção do salão de jantar. — É tudo enfadonho demais ali dentro, sabe? Saí depois dos *magrets* de pato, não gosto de figos. Nem de martínis com ostra. Parece tudo lindo daqui de fora, mas nada cintila tanto quando você está ali olhando de perto.

— O senhor sabe que não posso entrar lá, não é?

— É o que eles dizem. — Ele pareceu pensar no assunto. — E nós, concordamos com isso?

— Como assim?

— Que um bando de esnobes possa negar sua entrada naquele salão entediante?

— Eles podem fazer as regras que quiserem, não cabe a mim decidir.

— Bem, eu discordo.

Ela estremeceu. Haveria algum modo de dizer a ele que, no fundo, num cantinho bem escondido, ela tinha aquele mesmo pensamento rebelde?

Ele estendeu o braço para ela, com olhos observadores, mas que nada revelavam. Antes que ela se desse conta, ele a estava guiando pelas portas de vidro até o interior daquele salão de jantar mágico. Com uma mão displicente, ele fez um gesto para o salão.

— Cá está você, srta. Collins. Devo solicitar a vinda de um garçom para pedir duas taças de champanhe?

Ah, como o carpete era macio! E agora ela podia estender a mão e de fato tocar uma das cadeiras de veludo. Podia inspirar o aroma de diversos perfumes, ver os pratos com bordas de ouro repletos de comidas exóticas, ouvir a conversa e a risada que ondeavam pelo salão bem-comportado, risadas cujo som parecia o das ondas do mar. Tanta coisa, de uma só vez. Garçons trajados de branco movimentando-se solícitos entre as mesas; anéis de diamante cintilando toda vez que uma taça era erguida; homens cortejando mulheres com vestidos decotados. Ela não reconheceu a música que a orquestra estava tocando, mas a adorou e sabia que jamais iria esquecê-la.

E então viu Cosmo e a madame. *E se eles a vissem ali?*

Ela se virou rápido e andou de volta até a porta.

— Não posso ficar aqui — disse, corando profundamente.

Bremerton não fez objeção, simplesmente a seguiu de volta até o deque.

— Sou um homem de apostas, srta. Collins — disse ele em voz baixa quando tornaram a ficar sob as estrelas. — Depois de vê-la enfrentando aquele imbecil nesta noite, posso fazer uma previsão? Quando chegar aos Estados Unidos, não vão mais fechar a porta dos salões de jantar para você. E você não vai mais precisar carregar bandejas por muito tempo.

— Talvez porque eu estarei ocupada demais aprendendo a jogar *squash* — disse ela, subitamente encorajada.

Ele riu.

— Bom, isso não é muito popular no meu país. Estou feliz porque em breve estarei de volta, sem dúvida. Sem querer ofender, mas eu me canso da Europa. É tudo chato demais. Lento demais.

— Que tipo de trabalho o senhor faz? — arriscou ela, hesitante.

— Agora estou implementando filiais para vender o Modelo T.

Ele viu a confusão no rosto dela. Um carro a motor, explicou ele. Mas, mais que isso, *o* automóvel dos Estados Unidos. Uma obra-prima para as massas, na verdade, e Henry Ford, o homem que o criou, era um gênio. Ele tinha planos para construir uma linha de montagem, e em breve estaria produzindo um automóvel a cada noventa minutos.

— Impressionante. — Ela sabia que devia ir embora logo, mas não queria.

— Você me fez falar bastante hoje — disse ele, pensativo, olhando para o mar escuro. — Talvez sejam as estrelas. Existe algum rapaz à sua espera nos Estados Unidos?

Ela fez que não.

— Não, não preciso disso. A madame irá me ajudar a conseguir trabalho.

— Aposto em você. Aliás, quero lhe dizer uma coisa: eu também não sei jogar *squash*. Tenha uma boa noite, e creio que encontraremos oportunidade para conversar novamente. — Ele estendeu a mão e tocou a dela levemente. Depois fez um aceno e se afastou.

Ela pôs-se a caminhar de volta para a cabine, em seguida parou e olhou para trás. Jack também havia parado.

— Boa noite de novo — disse ele.

— Boa noite.

Ela não conseguiu pensar em nada mais para dizer. Inspirando mais uma vez o ar noturno gelado, dirigiu-se para sua cabine. Ela tivera uma conversa com um cavalheiro que não estalara os dedos para que ela o servisse nem quisera erguer sua saia. Alguém com educação e boas maneiras, que a tratara de igual para igual. Certamente rico. Como seria ser rico? Ah, sim, ela esperava mesmo que eles voltassem a conversar. Ele obviamente era culto; saberia muito mais do que ela sobre livros, música e teatro. Tivera muita vontade de passar mais tempo com ele naquela noite se aquilo não parecesse impróprio. E por que ela tinha a sensação empolgante de que ele sentira o mesmo?

Desceu a escada depressa, consolando-se com a perspectiva de um excepcional prazer à sua espera — pois em sua cabine estava um dos mais lindos vestidos que ela jamais havia imaginado, muito menos possuído.

Pouco antes de sair para o jantar, Lady Duff Gordon havia tirado de seu baú um lindo vestido de seda embrulhado cuidadosamente em papel de seda e o entregara a Tess. O tecido era macio como uma nuvem, cuja trama fora urdida com esmero num *dégradé* que passava do tom lavanda claríssimo do corpete até o roxo nobre da saia.

— Aqui, querida, algo elegante e bonito para você — dissera ela.

Tess estava perplexa.

— Para mim?

Lady Duff Gordon, parecendo satisfeita consigo mesma, já estava saindo pela porta, deixando para trás uma rica nuvem de perfume.

— Por que não? — cantarolou ela por cima do ombro.

Tess levou o vestido até a luz, maravilhada com a confecção. Que costura mais habilidosa. Depois se envolveu em seu conto de fadas. Colocou seu belo vestido e rodopiou ao som da música, fingindo que também ela estava na pista de dança, com Jack Bremerton, e desejando que sua mãe pudesse vê-la agora, nesse minuto, à beira de uma nova vida repleta de imensas possibilidades. Ela precisava escrever para sua família assim que chegasse a Nova Iorque. No porto de Cherbourg havia anotado o endereço da sua mãe para um dos empregados de madame, pedindo-lhe que contasse a seus pais para onde ela viajara. Mas a atitude dele tinha sido meio desdenhosa e Tess, que já estava adormecendo pouco antes da meia-noite, imaginou se o recado tinha sido dado... Seus olhos se fecharam. Na manhã seguinte haveria muito tempo para pensar no assunto.

2

Não foi um grande solavanco. Foi mais um ligeiro baque, só isso. Nada alarmante. A princípio, o zumbido dos motores do navio continuou normalmente. Depois houve um silêncio repentino; eles haviam parado.

Tess se apoiou sobre um cotovelo, arrancada na mesma hora do seu sono profundo. Estranho como se sabe quando algo está errado. Sua pele formigava, seus músculos estavam tensos. Só uma vez, na noite em que o último bebê da sua mãe morrera, ela havia acordado assim, com o coração já completamente doído. Naquela vez tinha sido um chorinho fraco e cansado que a avisara; agora, um baque. Ela saltou da cama, totalmente desperta, e se vestiu com rapidez. Fosse lá o que estivesse acontecendo, era melhor se preparar.

A algumas cabines de distância, Bruce Ismay se enrijeceu ao ouvir aquele som. Ele conhecia os ritmos da maioria dos navios, e havia alguma coisa errada naquele baque. Provavelmente não era nada, mas ele não gostou daquilo. Viu as horas no seu relógio de bolso. Eles com certeza não precisavam de atrasos, não àquela altura. Decidiu ir até o deque e caçar o capitão Smith, só para ter certeza de que estava tudo em ordem.

Jean Darling sacudiu o marido até ele acordar. Ela estivera com frio, tremendo num pesadelo terrível em que ela corria em algum lugar, escorregando, enquanto algo a perseguia, e então veio aquele choque, como se o navio também estivesse tremendo. Jordan a abraçou e tentou atraí-la para junto dele, nos travesseiros cálidos, mas ela se desvencilhou.

— Jordan, vamos acordar — sussurrou ela.

— Por quê?

— Quero estar vestida de modo apropriado se algo estiver acontecendo. Ele riu.

— Aí está uma maneira nova de me dizer que você está intimidada com a presença de Lucile Duff Gordon no navio.

Jack Bremerton sentiu o solavanco e não deu a mínima. Estava sentado à sua mesa na cabine, debruçado sobre a pilha de documentos de trabalho que havia levado consigo e já impaciente para que a travessia chegasse ao fim. Não queria nada mais do que se afundar nos detalhes da Ford Company e chegar à Califórnia, longe da bagunça de sua vida pessoal, que provavelmente comprovava a acusação de sua, em breve, ex-esposa de que ele estava sempre fugindo. Ele estava dando-lhe uma bela quantidade de dinheiro junto com as suas desculpas, mais do que aquele idiota pomposo que recriminara a jovem empregada naquela noite havia conseguido juntar durante toda a vida. Mulher interessante aquela — difícil esquecer a abundância de seus cabelos macios emoldurando os olhos vivos e a pele alva. E que comportamento determinado. Provavelmente ela valia mais do que a maioria dos hipócritas daquele navio, embora não soubesse. Tão fresca e jovem. De modo incômodo, ela o fazia tomar consciência da própria meia-idade iminente.

Lucile sentiu o baque quando se inclinou sobre a penteadeira para retirar seus brincos de pedra-da-lua após voltar do jantar. Viu o líquido em seu vidro de perfume tremular e depois se acalmar. Teria apontado aquilo para Cosmo, mas ele já estava deitado. Como ele havia adormecido tão rápido? Ela odiava tanto os roncos dele! Hesitou, tocou os brincos, esperando para ver se haveria um novo baque. Tudo parecia estar bem. Sem saber direito por que, ela deslizou os brincos para o saquinho de veludo e enfiou-os dentro do seu sapato.

• • •

Primeiro, uma batida discreta na porta dos Duff Gordon.

— Madame, tivemos um pequeno acidente — disse para Lucile rapidamente o comissário que estava à porta. — Nada com que se preocupar. Batemos em um *iceberg*, mas está tudo bem. Porém, seria melhor virem até o deque.

Lucile não se enganou nem por um minuto. O comissário não sabia de nada, estava apenas tagarelando uma fala tranquilizadora.

— Vista-se, Cosmo — disse ela, sacudindo o ombro do marido. — E coloque o salva-vidas. Vou acordar Tess.

Ela estava prendendo seu salva-vidas, murmurando algo consigo mesma sobre seu projeto malfeito, quando Tess bateu com urgência à porta.

— Precisamos nos apressar — disse a garota assim que a porta se abriu. Ela não fez nenhuma tentativa de suavizar a expressão preocupada em seu rosto. Não era apropriado que ela fosse apressar os Duff Gordon, mas as convenções sociais pareciam não ter importância agora.

— É Cosmo quem está demorando uma eternidade — vociferou Lucile.

O corredor estava se enchendo rapidamente de gente de pijama e gorro de dormir, parecendo ursinhos de pelúcia engraçados com seus coletes salva-vidas; não havia uma única piteira de prata à vista. Sem as roupas esplendorosas, eles pareciam bastante comuns, Tess pensou distraída.

Cosmo por fim apareceu, enfiando as pontas da camisa dentro da calça.

— Por aqui — disse Tess, chamando-os até a escada.

Cosmo e Lucile a seguiram sem fazer objeção, juntando-se a uma multidão resmungando ruidosamente enquanto seguia devagar até o deque superior. A maioria das conversas era tranquila, ainda que um pouco amedrontada. Alguns passageiros reclamavam que não iam mais conseguir pegar no sono depois daquela simulação boba, ou qualquer coisa que fosse. Que incômodo. Quando um cirurgião inglês perguntou educadamente a Lucile se ela havia assistido ao jogo de pôquer arrasador na sala de estar depois do jantar — tão empolgante —, ela murmurou algo agradável. Ele se virou para seu acompanhante, um homem ainda em traje de gala completo:

— Diga, vamos para a academia depois do café da manhã? Espero que sirvam aquelas panquecas de novo, as crianças adoraram.

Logo atrás de Lucile estava a mulher que ela havia chamado com desaprovação de "a grosseira sra. Brown", aquela que transformara um lugarzinho chamado Leadville em uma fortuna em ouro. Ela estava rindo ao ver seus companheiros de viagem em diferentes estágios do processo de se vestir.

— É impossível distinguir um visconde de um duque nessa multidão! — disse ela em voz alta. — As calças de todo mundo parecem iguais!

Ninguém mais riu, embora alguns tenham dado risinhos reprimidos — grande parte deles, pensou Tess, à custa da sra. Brown.

Eles agora estavam no alto da escada.

De início, as coisas pareciam calmas. As pessoas se amontoavam no deque, tiritando de frio e tagarelando agitadas.

— Batemos em um *iceberg* — disse um menino para ninguém em particular, segurando um grande pedaço de gelo, como se estivesse oferecendo-o. — Viu? Peguei um pedaço quando passamos por ele. Todo mundo pegou, lá embaixo. A gente estava brincando.

À medida que passavam os minutos, sem que ninguém parecesse saber o que fazer, Tess percebeu que os membros da tripulação se esforçavam para desamarrar as cordas das coberturas de lona, deslizando pelo deque e gritando uns para os outros.

Botes salva-vidas. Eles iam lançar botes salva-vidas.

Como se a um aviso, as pessoas começaram a se chocar umas contra as outras e a andar aos tropeções até o gradil da amurada, gritando enquanto olhavam para o mar. De repente havia um cheiro acre e suarento de medo humano no ar salobro.

Os minutos se passaram. Um tremor atravessou o corpo magro de Tess: aquilo não era simulação nenhuma, piada nenhuma. Era de verdade. Seu coração começou a bater rápido enquanto ela tentava pensar. Os marinheiros, com as jaquetas abertas, os olhos ensandecidos, corados — dois deles apontando armas para nenhum alvo específico —, começaram a berrar ordens para a multidão crescente de passageiros. Tess ouviu um tiro, que fez com que as pessoas começassem a gritar. As crianças choravam enquanto as mães começavam a levantá-las até os botes, aparatos frágeis erguidos bem acima da água. Um a um, os botes começaram a desaparecer pelas laterais do navio durante a descida, lotados de passageiros.

Tess olhou a distância e viu, lá atrás, recuada na escuridão, uma torre de gelo escarpada, sombria e fria. Se houvera qualquer dúvida em sua mente antes, agora ela havia sumido; eles precisavam entrar em um dos botes salva-vidas. Ela olhou ao redor, com frenesi, percebendo com o coração aterrorizado que os botes daquele setor do navio já haviam acabado.

— Vou verificar a proa — disse ela a Lucile e Cosmo. Ambos pareciam estupefatos. Lucile berrou algumas ordens por cima do barulho da multidão, mas Tess não lhe prestou atenção e correu o mais rápido que pôde, deslizando no deque, tropeçando e desviando das pessoas em seu caminho.

O caos parecia ainda pior na proa. Os botes ainda não lançados que ela avistara já estavam todos lotados. Uma mulher que lutava por um lugar começou a berrar enquanto o bote balançava e começava a descer sem ela.

— Ela é maluca, eu não vou entrar naquela coisa caindo aos pedaços — exclamou outra mulher, apertando o casaco em torno do seu vestido de seda verde-esmeralda. — Esse navio é insubmergível, meu marido me disse. E ele sabe tudo sobre esse tipo de coisa. — Era difícil demais olhar nos olhos daquela mulher.

Tess observou cheia de horror a cena ficar ainda pior. Jean e Jordan Darling, de mãos dadas, discutiam com um dos marinheiros que carregavam um dos botes.

— Só as mulheres podem entrar! — berrou o homem, empurrando Jordan para longe.

Agora o pânico havia se instalado. Não havia regras. De algum modo, todos pareceram perceber ao mesmo tempo que o navio estava se inclinando de um jeito alarmante e que não havia botes salva-vidas suficientes para aquela multidão. As pessoas corriam da popa para a proa e vice-versa, desesperadas para encontrar uma vaga em um dos botes. Tess viu Bruce Ismay entrar com a maior calma em um deles, de cabeça baixa, ignorando os olhares daqueles a quem tinham sido negados os últimos assentos. Mas ninguém contestou o exercício de seu privilégio. E então ela viu Jack Bremerton passar uma criança que chorava e se debatia para as mãos ansiosas de uma mulher em uma das embarcações. Ele fez aquilo com tanto cuidado, quase com ternura. Sua expressão era de calma, os olhos, sombrios.

— Sr. Bremerton! — gritou ela.

Ele se virou e a viu. Arregalou os olhos.

— Entre num bote agora mesmo! — berrou ele. — Vá para estibordo!

A multidão se agitou, e ela o perdeu de vista.

— Calma, há barcos de resgate a caminho! — berrou um marinheiro.

— Eu lhe disse — falou uma mulher ansiosamente para o marido enquanto tremia de frio. — Eles virão nos buscar, estamos mais seguros aqui do que naqueles botes. Estamos, não é?

Ele a abraçou, sem responder, enquanto as pequenas embarcações começavam a descer uma a uma para a água.

Tess se virou e correu de volta. Se havia alguma chance agora de sair daquele navio, tinha de ser a partir da popa.

Quando conseguiu chegar ao deque, que se inclinava, Lucile já tinha entrado em ação. Havia agarrado uma corda que segurava algo que parecia um imenso pedaço de lona em frangalhos. Parecia perigoso e frágil, mas era a única coisa que se assemelhava a um bote salva-vidas e que ainda não tinha sido lançada ao mar. Tess correu para ajudá-la a segurá-lo com firmeza.

— Aqui tem um bote. Por que vocês não estão lançando este aqui? — berrou Lucile para o oficial mais próximo.

Ele não respondeu. Lucile parecia furiosa. Não havia ordem nenhuma agora. Todos estavam correndo e gritando, as famílias eram separadas, e os marinheiros estressados gritavam uns para os outros, sem parecer saber o que deveriam fazer.

— Oficial, está ouvindo? Você está no comando aqui, não está?

O oficial, cujo nome era Murdoch, virou-se de um salto e a viu.

— Sim, senhora — respondeu ele. Sua testa estava brilhando de suor, e os olhos quase saltavam pelas órbitas.

— O senhor tem aqui um bote perfeitamente bom e quero entrar nele — declarou ela. Mesmo ali, naquele caos, ela era uma figura importante.

— No bote salva-vidas número um? É desmontável e, portanto, frágil — disse ele.

— Tolice! Ele flutua, não é? Não é essa a questão a esta altura?

Ele hesitou. Depois:

— Sullivan, prepare esse barco para Lady Duff Gordon! — berrou ele para um marinheiro alto com marcas de catapora. — Estou colocando você no comando desse maldito bote!

Lucile entrou primeiro, fazendo um sinal para que Tess e Cosmo a seguissem. Tess se içou no gradil da amurada e olhou ao redor. Duas mulheres corriam até lá, uma delas enrolada em um xale que caía até o chão.

— Entrem vocês duas — disse Murdoch.

Elas entraram, e foi apenas quando a menor das duas olhou para cima que Tess reconheceu Jean Darling, a dançarina.

— Mais alguma mulher? — berrou Murdoch.

Houve uma hesitação, depois um monte desvairado de marinheiros saltou para dentro do bote.

— Seus sacanas, algum de vocês sabe remar? — devolveu o oficial exasperado. — Bonney, você sabe remar, venha cá!

— Tenho trabalho a fazer aqui, mande outro! — berrou o homem chamado Bonney enquanto desamarrava as cordas do bote salva-vidas.

Tess teve uma visão rápida dele: era o marinheiro que havia passeado com ela pelo deque apenas algumas horas antes.

— Faça o que estou mandando, é uma ordem!

Bonney hesitou.

— Eu disse *já!*

Bonney saltou. Caiu de quatro, endireitou o corpo, viu Tess balançando no gradil da amurada e estendeu a mão para ela.

— Pelo amor de Deus, rápido! — disse ele.

O navio estava se inclinando com mais rapidez, apontando para baixo, a partir da proa.

— Vamos logo com isso! — ordenou Lucile enraivecida, com voz embargada. — Lance logo esse treco, estou muito enjoada! — Ela segurou o estômago, com o rosto pálido, enquanto o barco oscilava para a frente e para trás.

— Sim, madame — disse o oficial. — Lance logo esse maldito bote! — berrou ele. — *Agora!*

— Espere, moça!

Tess, que estava prestes a entrar, virou-se e viu o sr. Hoffman vindo aos tropeções em sua direção, carregando os dois filhos, um em cada braço.

— Leve meus filhos, salve-os, por favor.

O cabelo dele estava úmido, colado na testa devido aos respingos da água do mar. Seus olhos imploravam.

Ela estendeu a mão para pegar as crianças. Michel agarrou-se ao pai, chorando. Com grande esforço, Hoffman se desvencilhou dos braços da criança e a entregou para Tess. Agora ela estava com os dois e voltou-se para entrar na embarcação.

Tarde demais. Ela olhou para baixo e viu o bote salva-vidas número um descendo em direção ao mar, quase vazio, sacudindo com violência para a frente e para trás. Tudo estava se passando como num sonho. Lá embaixo, o marinheiro chamado Bonney berrava para ela, com os braços estendidos:

— Pule! Pule!

Ela vacilou... não pularia segurando os dois meninos amedrontados, era tarde demais. O bote já havia descido cerca de quinze metros. Ela olhou para baixo, para o rosto chocado de Lucile, que a fitava. Era o fim, não era? Era o fim...

— Não fique aí olhando, entre naquele ali. — Murdoch a empurrou na direção de um bote que já estava quase sendo lançado, cujas cordas ainda estavam presas no navio. — Você tem alguns segundos.

Tess foi cambaleando pelo deque, mas conseguiu segurar os dois meninos. O bote estava cheio de mulheres e crianças.

— Não tem mais lugar, não tem mais lugar! — berrou um marinheiro.

— Mas é claro que tem. — A rechonchuda sra. Brown o empurrou para longe e estendeu a mão para Tess. — Passe as crianças para mim e pule! — ordenou ela.

Tess obedeceu. Lançou as crianças rapidamente e pulou em seguida, com os olhos fechados. O bote começou sua descida de vinte metros, oscilando e sacudindo enquanto passavam pelos deques da segunda e da terceira classe. As pessoas os olhavam pasmas, lívidas pelo choque, como se a sobrevivência fizesse parte de outro mundo distante.

Mas quando o bote balançou e deu uma guinada na direção deles, começaram a gritar.

— Leve minha filha, leve! — berrou um homem segurando uma menininha nos braços.

— Vocês vão nos deixar aqui! — gritou uma mulher, apontando um dedo acusador.

Tess poderia ter tocado alguns deles enquanto o bote se inclinava para um lado e para outro. *Por que ela não estava com eles?* Viu um lampejo de esperança nos olhos do homem que segurava a criança. Seus olhares se encontraram. Ele era jovem, de aparência cansada, talvez um lavrador. Olhos azuis, barba por fazer. A menina tinha uma fita amarela no cabelo, que caía sobre um de seus olhos. Ela o jogava para trás. Tinha um olhar aterrorizado.

— Pelo amor de Deus, leve-a! — berrou o pai, segurando a menina, ainda olhando para Tess.

Tess disse aos garotos para se abraçarem, depois se inclinou para a frente e estendeu os braços o máximo que pôde. As mãos da menina eram como pêssegos pequenos e maduros, macias e redondas.

— Cuidado! — berrou Murdoch lá de cima. — Afaste-se, não deixe ninguém segurar você, senão vai cair!

Um marinheiro deu uma pancada forte contra a lateral do navio, fazendo com que o bote fosse para longe, balançando. A chance se foi. Tess cobriu o rosto enquanto desciam até as águas escuras lá embaixo.

Ela esperava um choque, mas o bote atingiu um mar surpreendentemente calmo e aterrissou com suavidade, depois começou a se afastar devagar do navio. Ainda se ouvia música no ar frio e quieto, vinda do deque A. Tess havia visto os músicos — sombrios, tocando sem parar, agarrados às espreguiçadeiras para se equilibrar — durante a descida turbulenta do bote.

— Graças a Deus, conseguimos! — gritou um dos marinheiros.

Passaram-se alguns momentos até todos perceberem que ninguém estava remando, alguns momentos até os tripulantes começarem a gritar uns com os outros.

— Quem vai remar? — berrou um deles.

— Não sou remador! E quem colocou você no comando? — retrucou outro.

— Alguém precisa remar, seu idiota — respondeu uma voz rouca.

— O oficial no deque me colocou no comando, então pegue logo esses remos.

— Nunca fiz isso — gritou o outro de volta. — Jesus, a gente vai afundar?

— Não sei remar, nunca ninguém me ensinou — disse um terceiro marinheiro. Mesmo ali, na água, suas roupas fediam a tabaco e suor.

— Ah, pelo amor de Deus. — Inclinando-se desajeitada para a frente, a sra. Brown agarrou um dos remos e apontou para Tess, do outro lado. — Vamos mostrar a esses covardes como fazer o trabalho deles!

Tess segurou o remo e arremessou-o para a frente. Havia remado vezes o suficiente no lago abaixo da casa no campo. Podia fazer aquilo.

— Peguem os remos de trás! — gritou ela para os marinheiros.

Um dos tripulantes apanhou desajeitado o conjunto de remos da parte traseira, xingando baixinho.

— Essa coisa maldita pesa uma tonelada — murmurou ele. — Mas precisamos dar o fora daqui, senão o navio vai nos sugar para o fundo.

Tess olhou para trás, para o Titanic. O navio gigante inclinava-se para o alto, sua popa se levantava devagar — era uma visão inacreditável. Tess viu formas humanas, agora não mais rostos, correndo de um lado para outro nos deques, e corpos saltando ao mar.

— *Remem!* — disse ela, com um tremor na voz. Empunhou seu remo, puxando-o com o máximo de força que podia. Certamente os músculos das suas costas estavam se rasgando. De repente, um puxão: ela olhou para o mar e viu um rosto humano.

Uma mulher, com a saia inflada ao seu redor, segurava o remo com uma das mãos, enquanto com a outra agarrava o que parecia ser um monte de trapos.

— Precisamos ajudá-la! — gritou Tess, deixando cair o remo e atirando-se para a lateral, para segurar a mulher enquanto o barco começava a balançar violentamente.

— Espere, eu já a balançar! — Era a sra. Brown, que esticava a mão na direção do mar com braços surpreendentemente fortes.

Juntas, elas içaram a mulher para dentro do bote, e o peso adicional o fez afundar um pouco mais mais. Eles já estavam com capacidade esgotada, bom Deus, será que isso faria com que naufragassem? Porém, o barco se estabilizou e Tess apanhou seu remo novamente.

O navio estava agora quase perpendicular ao céu noturno estrelado, uma linha vertical, pairando como uma bailarina na ponta da sapatilha. As luzes das cabines e dos deques ainda estavam acesas, e um estranho brilho verde das luzes da parte submersa do navio iluminaram o mar escuro. Era, estranhamente, uma bela visão.

— Agora ele vai afundar... Rápido, rápido, senão ele vai nos levar junto — berrou uma voz da popa do bote.

Os marinheiros apanharam os remos de modo desajeitado, sem reclamar agora.

— Oh, meu Deus! — gritou uma mulher gorda e de cabelos brancos, um lamento profundo que falou por todos.

O navio, proa para baixo, estava lentamente afundando na água. As pessoas começaram a cair dos deques como bonecos quebrados, debatendo-se, em cambalhotas, no mar. Ouviu-se um enorme estouro... e então o Titanic desapareceu, sugado em uma única onda gigantesca, levando consigo toda a luz, deixando os sobreviventes em total escuridão, só aliviada pelo brilho das estrelas.

Nenhum redemoinho os engoliu. Como haviam escapado? Os botes salva-vidas continuavam em águas calmas. O mar estava tão liso que refletia as estrelas acima.

— São 2h20 da manhã — disse um marinheiro com voz rouca. — Do dia 15 de abril.

Estranho alguém naquele momento verificar as horas.

Então, vindo das águas, houve um lamento fúnebre inesquecível. Parecia o choro de um vento amargo rodeando uma casa aconchegante, um som amedrontador que faz alguém estremecer na cama, agradecido por estar dentro de casa.

— Não — chorou a mulher de cabelos brancos. — Meu marido está lá, deve estar.

— Não... só o seu — disse outra voz baixinho.

Impotentes, ninguém falou nada. Eles mal ousavam se mover por medo de afundarem também.

Tess voltou a atenção para a forma imóvel da mulher na traseira do bote. Desde que tinha sido resgatada do mar, será que havia se mexido? Tentou virá-la com cuidado e viu que ela carregava não um monte de trapos, e sim um bebê enrolado em um cobertor — um bebê que provavelmente estivera dormindo são e salvo em um berço apenas uma hora antes. Devia estar morrendo de frio. Ela tirou o casaco para envolvê-lo e nesse instante descobriu: a pequenina criatura estava morta.

Tess fitou o rostinho, os cabelos sedosos. Menino ou menina? Não dava para saber. Olhou então para a mãe e, notando que ela também não se movia, um estranho sentimento de alívio a invadiu. A mulher também estava morta e, assim, seria poupada da dor de perder sua criança. Tess enrolou o bebê em seu casaco, colocou-o de volta nos braços da mãe e tentou chorar. Mas as lágrimas não vieram.

3

EDITORIA LOCAL, *NEW YORK TIMES*
NOVA IORQUE
15 de abril — 1h20

A calmaria da madrugada havia se abatido sobre a redação do jornal. Toda a gritaria, o corre-corre e o teclar furioso das máquinas de escrever que costumam anteceder o horário de fechamento já haviam chegado ao fim. Carr Van Anda, um homem rude e barrigudo imbatível na habilidade de amarrar uma matéria no fechamento, não era do tipo que perdia tempo com observações inúteis. Mas agora, examinando seus domínios, o editor-chefe do *New York Times* foi assolado pelo pensamento de que aquele lugar encardido parecia tão detonado quanto ele próprio se sentia.

Bitucas de cigarro pelo chão. Papéis amassados, atirados na direção das latas de lixo, espalhados como bolas de neve sujas por todos os lados. Restavam apenas uns poucos redatores debruçados sobre suas mesas. Carr gostava da turma da noite. Eles costumavam guardar garrafas de uísque nas suas gavetas semiabertas e bebericavam vagarosamente madrugada adentro. Ele mesmo não recusara um trago ou outro em alguns daqueles longos turnos. O uísque havia sumido no ritmo acelerado das últimas vinte e quatro horas, ao menos entre os veteranos. Ninguém podia se arriscar a perder as estribeiras em uma noite de eleições primárias. Agora, quem estava fora já havia voltado, e a edição da manhã fora fechada. Ia ser uma luta ótima. Roosevelt havia conquistado a Pensilvânia naquela noite. Mas Taft tinha muitos truques na manga, e os dois homens se odiavam. Eles iriam dividir os votos dos republicanos, o que significava uma excelente oportunidade para os democratas, sem sombra de dúvida. Havia muitas boas matérias pela frente.

Ele viu uma garrafa apoiada discretamente na gaveta da mesa do editor de notícias locais, reclinou-se na cadeira e pensou em acender um charuto, saboreando com antecipação aquele prazer. Seu trabalho tinha terminado. Ele podia relaxar.

— Sr. Van Anda, isto acabou de chegar. — O mensageiro da noite, com o rosto mais pálido que o normal, colocou um boletim recebido via telégrafo na mão do editor-chefe.

Van Anda analisou o papel rapidamente, notando que vinha da estação da Marconi de Terra Nova.

— Você já leu isto aqui? — perguntou ele.

— Sim, senhor — respondeu o mensageiro, falando com hesitação. — É o maior navio do mundo, senhor. Como é possível que o *Titanic* tenha batido contra um *iceberg*?

— Filho, qualquer coisa pode acontecer a qualquer momento. — Alguns rapazolas inexperientes nunca pareciam entender direito que era *justamente* por isso que existia o jornalismo. — Agora me traga tudo o que temos nos arquivos sobre esse navio. E... — ele o interrompeu com a mão erguida — qualquer coisa que tivermos sobre colisões com *icebergs*.

Os boletins começaram a chegar à redação do *New York Times*, um após outro, vindos da sala do telégrafo. A primeira página da edição matinal foi aberta; os repórteres começaram a escrever com rapidez e os operadores do linotipo voltaram ao trabalho, aguardando ordens.

Van Anda levantou a cabeça depois de ler um dos boletins e escutou. O telégrafo estava silencioso.

— Acabou? — perguntou ele.

Ninguém respondeu.

Ele olhou para baixo, para o boletim em suas mãos: uma transmissão apressada do Titanic tinha sido recebida à 0h27 pedindo ajuda, mas foi interrompida abruptamente no meio da frase.

— Isso foi há quase uma hora — murmurou ele enquanto lia os documentos do arquivo morto, à espera de novos ruídos do telégrafo. Concentrou especial atenção às especificações do Titanic, contando e recontando o número oficial de botes salva-vidas. Não importava o que acontecesse, não haveria botes suficientes.

Van Anda pôs-se a andar de um lado para outro. Como podia haver silêncio total do Titanic durante uma hora inteira? Caminhou até um repórter que estava escrevendo a matéria original.

— Vamos mudar o lide — disse ele. — Esqueça o mote "notícias preocupantes". Diga que o navio afundou.

— E temos certeza disso? — perguntou o repórter, boquiaberto.

Van Anda suspirou. Tinha muitos anos de experiência, e não apenas confiava em seus instintos como não via nenhuma necessidade de justificá-los.

— Eu tenho — disse ele, e começou a andar pesadamente de volta à sua mesa. Era hora de fumar aquele charuto. Ele fez meia-volta, depois de ter outra ideia. — Ligue para Pinky Wade. Se houver algum sobrevivente, quero que ela cubra essa reportagem. Em tempo integral.

— Ela não vai gostar nada disso — retrucou o repórter.

Ela ai ficar furiosa, Van Anda sabia disso. Mas era a melhor repórter que ele tinha com olho no lado humano, mesmo que isso significasse ter de tirá-la da matéria sobre o manicômio.

— Eu sei, não é perigoso o bastante para ela. Ligue mesmo assim.

OCEANO ATLÂNTICO
15 de abril — 2h45

O tempo havia desaparecido, pairando ao sabor das correntes. Estava frio, muito frio — penetrava em seus ossos, deixava partículas de gelo sob a pele das pontas dos dedos e das orelhas. Doía respirar. O bote salva-vidas parecia flutuar numa bolha de ar, como se eles de algum modo estivessem no céu, e não nas águas escuras. Onde estava o horizonte? Ninguém se incomodava mais em remar. Com grande esforço, Tess tentou tirar a água gelada que brotava no fundo do bote semiafundado, enquanto os pedidos por socorro vindos da água ficavam cada vez mais distantes. Ela olhou para a sra. Brown, e ambas compartilharam uma realidade sombria. Estavam meio imersos na água, balançando perigosamente. Qualquer desequilíbrio súbito de peso e eles afundariam. Ela parou de esvaziar a água quando os últimos gritos cessaram; agora o bote se movimentava preguiçosamente em círculos. Um tripulante começou a assoviar uma canção triste. Tess puxou Edmond e Michel para perto dela, massageando seus braços num esforço de aquecê-los.

— *Merci* — sussurrou Edmond.

— Talvez isso ajude um pouco — respondeu ela. A roupa dos dois garotos se congelava em seus corpos.

Ela via manchas brancas ao longo de todo o mar escuro. O que estava vendo? Os rostos dos mortos, percebeu. Rostos acima da água. Eles não tinham se afogado; haviam se congelado. Aquilo era um cemitério, seus rostos pareciam lápides.

Um a um, os corpos começaram a sumir, afundando. Os que ainda flutuavam fitavam os céus com olhos cegos. Por fim, nada. O mar estava completamente sereno, um verdadeiro espelho, refletindo as estrelas brilhantes lá de cima. O bote salva-vidas flutuava sobre o reflexo das estrelas, criando uma suspensão quase mágica, como se arrancada do sonho de uma criança.

Ela não conseguia apagar da memória o rosto do homem que lhe estendera a menina com fita amarela no cabelo. Mais alguns segundos e ela teria conseguido. Ela tinha mãos e braços fortes, poderia ter levantado a garotinha, levando-a até o bote. A criança teria se segurado nela, os braços enlaçados ao redor de seu pescoço, e ela e o pai teriam trocado um olhar. Haveria alívio no rosto dele e ela lhe teria prometido, sem palavras, proteger a filha até o fim... Tess reveria esse quadro sem parar durante aquela longa noite. Aquela menina estaria agora, com olhos cegos, fitando as estrelas?

• • •

WASHINGTON, D. C.
15 de abril — 7h

O sol nascente preenchia o céu a leste de Washington com tons alaranjados e dourados, destacando as linhas graciosas do edifício do Capitólio. Teriam os pais fundadores entendido exatamente quanto aquela visão seria bela numa manhã suave de primavera? Foi o que William Alden Smith, um homem baixinho de Michigan considerado por seus colegas um produto rústico e de certa maneira ingênuo do Meio-Oeste, perguntou a si mesmo enquanto olhava de pé pela janela do seu escritório no quarto andar do edifício do Senado. Em breve ele estaria de volta aos problemas legais da construção de ferrovias no Alasca. Ele gostava de prestar atenção aos detalhes, algo que diversos de seus colegas não conseguiam suportar. Mas era a visão do Capitólio logo após o nascer do sol que agitava a sua alma. Passar caminhando pelos guardas, desejar-lhes um bom dia, obter a atenção deles em troca — nenhuma competição, àquela hora do dia —, tudo isso dava-lhe a segurança de que ele tinha um nicho naquele local de poder.

Uma batida rápida e apressada. A porta do escritório se abriu antes mesmo que ele desse permissão para entrarem.

— Senador, o senhor já ouviu as notícias? — Era um assistente, segurando uma cópia da edição do *New York Times* como se fosse um escudo. — O Titanic afundou, é o que supõem.

Smith agarrou o jornal, correndo os olhos pela manchete.

— A White Star Line está negando a história do *Times* — acrescentou o assistente, olhando rapidamente as próprias anotações. — Estão dizendo que todos foram salvos e que o navio está sendo rebocado para o porto. O *Syracuse Herald* comprou essa versão, e a maioria dos jornais está zombando do *Times*. Mas não houve nenhum sinal do navio desde a 0h30 de ontem.

— São uns tolos — disse Smith com dureza. Ele conhecia a reputação de Van Anda: se o editor-chefe do *New York Times* dizia que o navio tinha afundado, o navio tinha afundado. Seus olhos correram pela lista de passageiros, cravejada de nomes famosos. Astor, Guggenheim... meu Deus, até mesmo Archie Butt, o assistente da Casa Branca. Quem havia sobrevivido? — Traga-me todos os comunicados — ordenou ele.

O assistente desapareceu e Smith caminhou até a janela, vendo seu próprio reflexo no vidro. Ele podia não ser o legislador mais imponente da cidade, com certeza não era o mais glamoroso, mas sabia muito bem que o país iria querer mais do que alguns discursos de Washington depois daquela catástrofe. Haveria uma disputa agora: todos no Congresso seriam magnânimos oradores e apresentariam uma legislação confusa que não ajudaria em nada. A costumeira reação precipitada.

Ele olhou pela janela para o Capitólio, atraído como sempre pela Estátua da Liberdade feita de bronze que encimava o domo branco. Sentiu sua indignação aumentar. Aquilo era um desastre, um ultraje moral, não deveria estar acontecendo. Inquérito. Tinha de haver um inquérito, para que a tragédia pudesse ser dissecada e compreendida. Se ele agisse rápido, seria o homem que o lideraria.

A COSTUREIRA

· · ·

OCEANO ATLÂNTICO
Nascer do sol, 15 de abril

Meu Deus, o frio. Tess agora não conseguia sentir os pés nem os dedos das mãos. Nada, nada, nem mesmo um gemido ou lamento, vinha dos outros. Eles flutuavam entre o mar e o céu.

Então ouviu-se um grito rouco: um marinheiro, depois que a escuridão se dissipou, avistara um navio. Tess espiou à luz do sol nascente e viu outros botes salva-vidas pela primeira vez. As pessoas começaram a gritar umas para as outras, as mulheres berravam o nome dos seus maridos e filhos. Vocês estão aí? Por favor, respondam, por favor, estejam aí! Uma voz não parava de repetir: "Minha Amy está no seu bote? Amy, Amy, responda à sua mãe". Tess esperou para ouvir o grito de resposta de uma criança, mas não houve nenhum.

E então, sim, um navio emergiu da escuridão, vindo diretamente na direção deles. Tess piscou, mal distinguindo o nome no casco da embarcação — Carpathia. Não era uma fantasia.

— Conseguimos — disse baixinho a sra. Brown. Lágrimas de alívio caíram de seus olhos e depois se congelaram em seu rosto.

Eles foram a segunda leva de passageiros a serem levados a bordo. Sacos de lona foram baixados dentro do primeiro bote lotado, e as mães começaram a enchê-los com crianças amedrontadas que se debatiam, tentando consolá-las, depois confiando-as aos marinheiros lá em cima. Tess colocou Michel e Edmond em um único saco ante a insistência deles, desejando poder confortá-los em seu francês hesitante. As próximas foram as mulheres exaustas. Elas pendiam fracamente das cordas amarradas na cintura enquanto eram içadas aos poucos.

Quando chegou a vez de Tess, ela amarrou a corda ao redor da cintura, prendeu-a com força e se virou para o marinheiro que havia sido o primeiro a ajudar a remar. Fez um sinal com a cabeça na direção das figuras imóveis que estavam no fundo do bote.

— Me ajude, por favor — pediu ela. — Não deixe que eles sejam atirados para fora.

— Você quer levá-los lá para cima apenas para que sejam enterrados no mar? — perguntou ele, surpreso.

— Sim.

— Que besteira. Não vou fazer isso.

— Sim, você vai fazer — disse ela calmamente, sem se abalar. — Não quero que nenhum deles seja abandonado. Você vai garantir que isso aconteça, não vai?

Ele hesitou.

— Vou enviá-los por último — prometeu ele.

Tess começou a ser erguida, balançando e batendo algumas vezes contra o casco do navio. Olhou para cima e viu dúzias de pessoas observando seu progresso, muitas delas boquiabertas. Como era bom olhar para elas, ver seus rostos, seus movimentos rápidos, sua *vida*. Então, soltando-se, estava de pé no deque. Quando suas pernas insensíveis começaram a bambear, uma mulher com casaco de couro a segurou.

— Aqui, minha querida — murmurou ela. — Você vai ficar bem. Estamos tão felizes por nosso capitão ter conseguido chegar aqui a tempo. Esses são seus filhos? Mas eles não falam inglês, apenas francês. — Ela fez um sinal na direção de Edmond e Michel, que seguravam as saias de Tess.

— Não são meus filhos, e receio que o pai não tenha sobrevivido.

— Sou francesa, cuidarei deles, querida. — Em seguida apontou com curiosidade para o próximo bote que agora encostava junto do casco do navio. — Os outros botes estavam completamente lotados, mas esse aí está quase vazio. Estranho, não é? Como isso foi acontecer?

Tess olhou para baixo e sentiu seu coração dar um pulo. Lá estava ele, o bote salva-vidas que levava os Duff Gordon: eles estavam salvos.

Um marinheiro ajudou Lucile a se prender em uma das cordas, logo ela estaria a bordo. Tess estremeceu de alívio.

E lá estava o outro marinheiro, aquele chamado Bonney; ele também estava salvo. O rapaz olhou para cima e seus olhares se encontraram. Ela acenou e ele sorriu. Tess viu Jean Darling; aquele com ela era seu marido? Cosmo se apoiava no ombro de um marinheiro, tentando se equilibrar. Lucile estava sendo içada e balançava de um lado para o outro. Eles estavam todos salvos; a madame estava salva. Tess acenou mais uma vez, ainda tonta de alívio. Quando Lucile pisou no Carpathia, Tess correu até ela e lhe deu um abraço impulsivo.

— Oh, minha querida — disse Lucile com voz embargada, dando-lhe um tapinha rápido nas costas e se afastando depressa.

Mais botes se aproximavam. Mais pessoas eram içadas pelas cordas e depois depositadas no deque do navio. Em vão, Tess procurou por Jack Bremerton. Nada. Apenas estranhos, tristes e espantados, que se amontoavam em grupos ou ficavam dispersos. Havia em todos eles uma imobilidade, uma inércia.

De repente Lucile começou a bater palmas, quase como se um espetáculo bastante dramático houvesse acabado de terminar.

— Conseguimos ser salvos e vamos comemorar — declarou ela ao pequeno grupo do bote salva-vidas número um. Ela chamou o capitão do Carpathia e ordenou alegremente: — Capitão, tenho certeza de que o senhor me fará esse favor *essencial*. Um de seus homens poderia tirar uma foto das pessoas que estavam em meu bote? O senhor tem uma câmera, não tem?

Tomado de surpresa, o capitão assentiu e chamou outro oficial.

— O cirurgião do navio irá ajudá-la, madame — disse ele.

Cosmo, parecendo magro e cansado, murmurou para Tess:

— Lucile deseja fazer uma pequena cerimônia para comemorar nossa sobrevivência, e quer que você apareça na foto também. Coloque de novo seu colete salva-vidas, por favor.

Tess encarou Cosmo e em seguida o colete encharcado que ela ainda segurava nas mãos. Colocar aquilo de novo? Ela espiou por cima do ombro e viu madame chamando-a, com os olhos brilhantes e sorridentes. Mas havia algo mais. O quê? Uma pitada de pânico? Não, não no caso de madame.

— Sei que é uma coisa horrenda, mas coloque-o de novo. Será uma foto maravilhosa! — disse ela. — Vamos, querida, vai entrar em nossos livros de história. Nossa equipe valente merece ser relembrada.

Ao lado de Lucile estavam os marinheiros que tinham vindo em seu bote, todos eles posando rigidamente com os coletes salva-vidas. O alto e magricelo com pele ruim, chamado Sullivan, que estava encarregado do bote salva-vidas número um, vangloriava-se de sua própria coragem, mas nenhum dos outros lhe dava ouvidos.

Tess olhou para o marinheiro chamado Bonney. Ele estava a um canto, observando a cena com uma expressão dura e indecifrável. Encarou Lucile, desfez as amarrras do seu colete e atirou-o em uma lata de lixo.

— Não serei parte dessa sua comemoração vã, não quando tanta gente morreu — berrou ele.

O sorriso de Lucile sumiu.

— Sua má-criação só é menor do que a sua arrogância — vociferou ela.

— Não, essa prerrogativa é sua.

— Como ousa dizer isso para mim?

— Você sabe do que eu estou falando.

Lucile virou as costas, os olhos agora cintilando de determinação férrea.

— Tess? — Ela chamou a garota para se juntar à tripulação amontoada e de rostos exaustos, alguns dos quais pareciam tímidos e incomodados depois da ordem de Lucile.

— Vão em frente — disse Tess com rapidez. — Eu não estava no seu bote, afinal de contas.

— Muito bem. — Lucile virou as costas e tomou seu lugar no meio do grupo.

O cirurgião do Carpathia, com certo retraimento, mas em respeito à famosa Lady Duff Gordon, se posicionou, segurando a câmera. Um silêncio recaiu sobre as pessoas que estavam no deque observando.

— Agora, todo mundo: sorriam — ordenou Lucile.

A câmera clicou — um som seco e alto. Depois de fazer seu trabalho, o cirurgião do navio se afastou com rapidez.

Sir Cosmo falou com cada tripulante, um de cada vez, murmurando, dando um tapinha no ombro aqui, um aperto de mão ali. Gratidão, solidariedade, é claro. Pequenos sussurros a cada um dos homens.

— Ele acha que essa é a equipe de remo pessoal dele — murmurou um homem no meio do grupo de observadores. — Esses abastados conseguiram roubar um barco só para eles.

Tess se virou na direção da voz, mas esta já havia se misturado com os murmúrios da multidão.

Os botes salva-vidas continuavam chegando, e o grupo no deque aumentava, um um amontoado de sobreviventes. Os mal-ajambrados e desgrenhados, os famosos e glamorosos, mas, de alguma maneira, todos se pareciam com Tess naquele momento. Seus rostos estavam tão desfigurados e vazios quanto o dela, ela tinha certeza. Procurou Jack Bremerton. Um homem tão confiante quanto ele teria encontrado um jeito de escapar daquele navio. Mas, pensando bem, talvez não.

Olhando de lado, ela viu a sra. Astor, parecendo fraca e doente, os cabelos soltos e desarrumados, balançando para a frente e para trás na cadeira do contramestre. Os marinheiros cortavam as amarras dos coletes salva-vidas de alguns dos passageiros mais debilitados, enquanto os comissários passavam canecas de café quente com conhaque. Os passageiros do Carpathia olhavam para eles com certo horror, mas basicamente com pena, enquanto as mães se aferravam na lateral do navio, chorando, esperando que a cada bote descarregado aparecesse um filho ou marido.

Uma mulher estava muito quieta, sem lágrimas, o rosto forte e enrijecido. Era a esposa de um dos cozinheiros do Titanic, alguém sussurrou.

— Lá vem outro bote — disse ela com calma a quem quer que estivesse escutando. — Meus filhos estão aí dentro. — Recusou roupas, uma bebida quente, comida; ficou ali empertigada, observando o horizonte.

Tess desabou o corpo no deque, exausta. Não tinha vontade de conversar com ninguém. O mundo que ela habitava no dia anterior se fora. Não havia mais belas roupas para tirar das malas ou passar a ferro. Nenhum serviço de chá com pratarias, nenhuma caminhada pelo passeio da primeira classe — nenhuma das frivolidades que pareciam ter tanta importância antes. Tudo aquilo tinha mesmo acontecido um dia antes?

Uma sombra caiu entre ela e a luz.

— Nem sequer sei seu nome — disse Bonney em voz baixa.

Espantada, ela olhou para cima e, pela primeira vez, de fato olhou para aquele homem com quem ela dividira o último momento despreocupado da sua vida. Uma barba rala áspera e escura cobria seu rosto, aprofundando cada linha e ruga, fazendo com que ele parecesse muito mais velho do que o garoto do interior que ela havia conhecido no deque. Ele usava uma camisa de flanela seca, mas sem suéter, como se zombasse do frio, e fumava, tragando o cigarro com ferocidade concentrada. Ela ficou espantada com o formato decidido e rígido do seu queixo. Com quanto ele parecia diferente. Não havia mais nenhum sorriso ligeiro, nenhum movimento relaxado dos ombros, mas, agora ambos eram pessoas diferentes do par que havia se encontrado no passeio do Titanic.

— Tess Collins. E o seu?

Ele bateu uma longa cinza do cigarro que segurava na mão direita e olhou para baixo, para ela, com certa inquietação.

— Jim. Jim Bonney. Tive medo de que você não tivesse conseguido escapar do navio ontem à noite.

— Eu também — disse ela, sorrindo de modo sombrio.

— Preciso perguntar uma coisa...

— Sim?

— Um marinheiro do seu bote falou que içou dois cadáveres para você. Você quer lhes dizer algumas palavras?

— Só quero vê-los.

— Certo, venha comigo.

Ela se pôs de pé, tensa e fria demais para ficar ereta.

. . .

Uma sala havia sido reservada para os mortos. Pelo chão, uma dúzia de corpos cobertos com mortalhas estavam à espera de algumas palavras do capitão e em seguida um deslizar silencioso para o mar. Bonney apontou uma delas.

— Coloquei o bebê nos braços dela — explicou ele.

— Que bom. É o lugar dele.

— Não posso ajudar você a rezar nem nada do tipo. Não sou um homem religioso.

— Você se importou o bastante para me trazer até aqui.

— Você vai rezar? Se vai, vou embora.

— Só quero me despedir. Ajudei a enterrar uma irmã, sei como fazer isso. — O lábio dela tremeu. Ela estava com tanto frio, tão exausta, tão perto das lágrimas.

— Eu ajudo nisso — disse ele, agora com mais gentileza.

— É que ninguém que os ama poderá fazer isso por eles.

— Eu começo, se você quiser.

Ela assentiu. Ele pigarreou.

— Nós desejamos que vocês fiquem bem e lhes daríamos a vida, se pudéssemos. Mas pelo menos vocês estão juntos nessa jornada que agora começa, seja ela qual for.

— Isso é quase uma oração — comentou ela, olhando com gratidão para o rosto rígido dele.

— Sua vez.

— Eu volto meu rosto para o sol nascente — sussurrou Tess, as palavras vindo de algum lugar da sua memória. — Oh, Senhor, tende piedade.

O ambiente estava escuro. Mais corpos logo seriam trazidos. Bonney se virou para ir embora.

— Espere. — Tess ajoelhou-se ao lado do corpo da mulher, elevando o pano que cobria seu rosto. Feições simples e fortes, cílios compridos e escuros.

— A gente devia...

— Quero me lembrar do rosto dela.

Eles ficaram juntos por mais um momento silencioso, depois se viraram e saíram da sala, fechando bem a porta atrás de si. A mão de Bonney, num gesto desajeitado de ternura, pousou brevemente sobre o ombro dela.

. . .

Os sobreviventes no deque se distribuíam numa ordem confusa. Eles formavam grupos, como tribos, todos se juntando aos seus semelhantes. Vozes murmuravam, soluçavam, relembrando os momentos à beira da morte.

Jim Bonney esboçou um sorriso entristecido.

— Agora começam as histórias — disse ele.

— Como assim? O que você quer dizer?

— Vamos ver como a coisa se desenrola. Não há o que fazer a respeito. Estou feliz por termos nos encontrado novamente, embora não por ser assim. — E então ele se afastou quando Lucile se aproximou e lançou-lhe um olhar indecifrável.

Hesitante, Tess observou-o se afastar e depois foi para o lado de Lucile.

Jean e Jordan Darling haviam se separado do grupo de sobreviventes e estavam juntos, acabrunhados. Jean estendeu o braço para Lucile quando ela passou.

— Lucile, por favor — disse ela, colocando uma mão de leve sobre o braço da outra. — O que você teria feito?

Lucile lhe lançou um sorriso duro.

— Com certeza não teria disfarçado meu marido com uma toalha de mesa atirada sobre a cabeça para fazer com que parecesse uma mulher. Você é uma embusteira, e seu marido, um covarde.

Jean Darling cobriu o rosto com as mãos quando as pessoas em volta olharam em sua direção. Tess de início ficou chocada, depois penalizada ante a visão do sofrimento da dançarina.

— E o seu, não? — conseguiu dizer Jean.

Lucile não cedeu nem um milímetro.

— Não houve nenhum fingimento no caso dele. Você não entende a diferença? — inquiriu ela.

Jean Darling abaixou as mãos e olhou diretamente para Lucile.

— Ele morreria, e eu não suportaria perdê-lo — disse ela.

— Francamente, seu comportamento é patético. — Lucile virou-lhe as costas.

— E seus atos não são? — desafiou Jean Darling.

— O que têm eles, minha cara Jean? — replicou Lucile com calma. — Você está criticando o fato de que tanto você como esse seu marido tenham se salvado por minha causa? Pois é o que parece, sabe? — Ela se virou para Tess, que não conseguia tirar os olhos do rosto arrasado da sra. Darling. — Tess, tenho certeza de que você consegue fazer com que algum tripulante nos traga um chá. Você fará isso agora, não é?

As regras ainda estavam valendo.

— Sim, madame — respondeu Tess. Ela estava sendo despachada para que não ouvisse o resto daquela conversa. Algo, porém, havia acontecido naquele bote, cuja verdade talvez ela jamais viesse a saber. E isso a incomodou.

A esposa do cozinheiro tirou os olhos do horizonte tempo o bastante para segurar as roupas de Tess quando ela passou.

— Minha filha tem dez anos — disse ela. — É muito alegre e capaz de cuidar do irmão. Ele tem cinco anos. Logo, logo eles irão chegar. Estou muito feliz com isso.

Tess apertou a mão da mulher, mas sabia que não havia nenhum consolo que pudesse oferecer. Continuou andando.

. . .

O dia ficou mais quente à medida que o sol subiu no céu. Tess serviu o chá improvisado para madame com duas xícaras lastimáveis e um bule encardido com água tépida, mas ela não reclamou. Depois ela deslizou para trás de uma chaminé e enolheu-se ali, esperando não ser notada, desejando ficar sozinha com o sol. Seus pensamentos voltaram para Jack Bremerton, lembrando-se da expressão calma dele quando entregou aquela criança para um dos botes, certamente preocupado por ela ainda correr perigo. Como seria possível que ele tivesse morrido?

— Ouvi dizer que você é boa com os remos.

Ela olhou para cima e viu Jim Bonney.

— Aprendi a remar, por morar perto de um lago — disse ela.

— Você deu duro com eles, me disseram. Isso não me surpreende.

— Por que não?

Ele encarou-a.

— Suas mãos. Já viram muito sol. Você trabalhava no campo?

Instintivamente, Tess puxou as mangas do seu suéter, até cobrir os dedos.

Ele falou rápido:

— Não tem do que se envergonhar. Posso me sentar com você?

Tess fez que sim, e ele se sentou ao lado dela.

— Se você não é marinheiro, o que é então? — indagou ela.

— Mineiro de carvão... pelo menos, era — respondeu ele, tragando longamente o cigarro. — Até três anos atrás. Fizemos uma greve, aquela grande, lembra? — Ele olhou para ela, na expectativa.

Ela se lembrava, embora de modo meio vago. Era tudo política, costumava dizer seu pai à mesa de jantar. Gente insatisfeita tentando tirar dinheiro do governo. Eles deviam agradecer pelos seus empregos e não causar encrenca. Então ele batia a colher no seu próprio e repetia aquilo, encarando Tess. A mensagem era dirigida a ela. Ela era a causadora de problemas, quem desejava ir embora.

— Lembro — respondeu ela.

— Fui um dos líderes — disse ele. — A direção cedeu e conseguimos melhores salários. Organizar as massas: é isso que eu quero fazer.

— Por que nos Estados Unidos?

— Porque lá isso funciona. E as pessoas se importam. — Bonney chutou um pedaço de madeira que voara para a plataforma e, com um movimento rápido e preciso, atirou seu cigarro pela lateral do navio. — Há muito que se fazer nos sindicatos dos Estados Unidos, principalmente na Costa Oeste. Além disso — ele olhou para ela com um sorriso repentino —, um homem pode fazer o que quiser, viver a vida que ele mesmo construir. Não existe um sanguinário sistema de classes para conter você.

— Você é um desses... como se chamam... bolcheviques?

— Não — disse ele. — Mas não os desconsidero. Tem um cara, Vladimir Lênin. — Ele olhou para ela, cheio de esperança. — Russo. Já ouviu falar?

Tess balançou a cabeça, irritada consigo mesma. Havia coisa demais que ela deveria saber e não sabia.

— Bom, mas e você? Por que está saindo do país?

— Odeio alimentar porcos e vacas e odeio lavar a roupa dos ricos, nunca mais quero fazer isso novamente.

Ele soltou uma risada.

— Então somos parecidos nisso. O que você vai fazer?

— Não sei ainda — disse ela. — Vai depender da madame.

— Por que você a chama assim?

Tess hesitou. Porque ela mandou, essa era a resposta. Mas ela não diria isso.

— É só agora, na viagem.

— O que vai acontecer depois?

— Não sei — confessou ela. — Mas acho que ela vai me dar emprego em seu ateliê. Adoro desenhar e costurar.

— Você é boa nisso?

— Sou muito boa — respondeu ela, desprezando a modéstia.

— Boa sorte. Aquela lá é arrogante. — A voz dele não se alterou.

— Ela tem sido boa comigo.

— Ela é o que há de errado com o sistema de classes inglês. — A voz dele de repente se tornou dura e raivosa.

— Por que você diz isso? Ela conseguiu subir na vida sozinha, dando duro.

— Casando-se com um nobre. Isso ajudou. Deu a ela a permissão para ser fria em relação à vida dos outros.

— Eu sei que ela pode ser arrogante, mas ela é mais do que isso. — Tess afastou a lembrança do rosto de Jean Darling, só por um instante. Pensaria nisso depois.

Bonney a observou por um momento, depois olhou para baixo ao acender um novo cigarro, fazendo uma concha com a mão para proteger a chama do vento.

— Por que você não posou para a foto que ela queria?

— Pareceu errado — respondeu ela, devagar.

— Ela não vai tolerar seu pensamento independente.

— É o único tipo de pensamento que me vem com facilidade. — Palavras corajosas. Ela quis que fossem mesmo verdadeiras.

— Não se engane.

Tess de repente se sentiu muito cansada, não exatamente preparada para ouvir as opiniões determinadas dele.

— Estou tentando fazer meu trabalho, quer você ache que ele é digno ou não. Não quero discutir com você.

— Não estou tentando sabotar você. Estou com raiva de mim mesmo.

— Por quê?

— Por causa do que aconteceu naquele bote. Eu devia ter lutado mais contra ela.

— O que ela fez?

— Você percebeu como o nosso bote estava vazio? Sabe por quê? Ela não nos deixou recolher sobreviventes.

— Oh, minha nossa. — Agora era Tess quem cobria o rosto com as mãos.

— Bastante desprezível, não? Poderíamos ter salvado outras pessoas, com facilidade.

— Talvez vocês estivessem correndo o risco de o bote se encher de água, isso quase aconteceu conosco.

— Você tirou aquela mãe com o bebê da água e os colocou no bote, não foi? Isso é mais do que ela deveria ter feito.

— Mas... — Ela pensou em como o mar escuro provocava medo, em como aquilo havia assustado todo mundo. Com certeza madame não era exceção... era? — Deve ter algum motivo. Você tem certeza? O oficial do navio disse, eu me lembro, que aquele bote era instável, antes de lançá-lo ao mar. Será que não foi por isso? — Ela se viu implorando. — Não posso acreditar no que você está dizendo.

Ele lhe lançou um olhar duro.

— Você está assim tão envolvida que a defende? Eu poderia lhe contar algumas coisas.

— Bem, você não contou, não contou nada que condene a madame por coisa alguma. Todos fizeram o melhor que podiam.

— Pronto, lá vem o "madame" de novo. Tudo bem, já vi onde isso vai dar. — Ele cuspiu pelo gradil para o mar.

Ela odiava quando os homens cuspiam.

— E então? O que você viu?

— Nada que posso contar.

— Então você está fazendo uma acusação sem fundamento. — O coração dela batia rápido demais.

A mandíbula dele se endureceu, os lábios se apertaram.

— Pode ser — disse ele. — Estou vendo. Ela é seu tíquete refeição.

— Que coisa mais horrível de se dizer — soltou ela, irritada. As lágrimas começaram a escorrer, as primeiras desde que ela subira a bordo do Carpathia.

Ele esmagou o cigarro no deque e bateu um punho contra o outro.

— Estou com raiva e embotado demais. Não...

— Olhe! — Alguém gritou, apontando da proa. — Estamos passando pelo maldito! Foi aqui que batemos!

— Oh, minha nossa — disse um passageiro do Carpathia, quase alegremente. — Sempre quis ver um *iceberg*!

Sem uma palavra, Tess e Jim se levantaram atabalhoados e correram até a amurada. Por que me sinto atraída por isso, pensou Tess por um instante. Não quero ver, mas não consigo resistir.

E lá estava o *iceberg*: enorme, muito mais alto que o navio. Uma coisa maligna de belo formato, criada pela natureza. Verdadeiramente uma apavorante obra de arte, com os raios de sol incidindo em seu interior verde cintilante.

— Olhe ali — gritou alguém.

À direita do *iceberg* estava uma mancha larga e circular de água marrom enlameada, tão destacada que quase parecia ter sido pintada sobre o azul do mar. Eles levaram um instante para perceber o que era.

O naufrágio do Titanic estava diante deles, densamente amontoado, um amálgama das peças íntimas das vidas perdidas. Um chapeuzinho de bebê entrelaçado com uma longa luva branca feminina. Pedacinhos de matéria irreconhecível enovelados, unidos. Cadeiras flutuando, banquinhos e mesas elaboradamente ornadas caídas de lado ou viradas de cabeça para baixo, caixas, peças de roupa ao acaso, incluindo uma echarpe vermelha estirada sobre a superfície da água como uma serpente do mar — todo tipo de escombro havia formado um campo compacto, arrancado do Titanic. Por favor, Deus, que não haja nenhuma fita amarela.

— Desculpe pelo que eu disse a você — murmurou Jim. — Por favor, me perdoe.

Sem pensar, Tess colocou a mão em concha sobre a dele, sobre o gradil. Ele não se afastou, depois girou a mão e entrelaçou os dedos nos dela. Nenhum dos dois disse nada enquanto o navio se afastava.

. . .

— O que você pode me contar sobre eles?

A francesa fez um sinal para os dois meninos que dormiam enrolados em um cobertor, perto dos aposentos do capitão.

— O pai deles é viúvo, o sr. Hoffman.

— Ele não sobreviveu, creio. Alguém disse que o viu entregar os dois filhos a você. Que ouviram ele gritar: "Digam à minha esposa que eu a amo".

— Mas ele é viúvo.

— Bem, então eles são órfãos agora — disse a mulher com tristeza. — Teremos de esperar até chegar em terra para tentar encontrar a família deles. Mas obrigada, agora pelo menos sabemos como se chamam.

— Eu os vi brincando com piões — disse Tess, tocando o rosto de Michel. — Há algum brinquedo para crianças por aqui?

— Acho que não restou nada do tipo.

— Vou encontrar alguma coisa — disse Tess. Essa era uma tarefa digna de se fazer.

O dia longo se arrastava. Tess inspecionou os deques, olhando para todos os rostos, desejando que Jack Bremerton estivesse vivo. Por fim reuniu coragem de ir até a casa do leme e pedir para ver a lista oficial de sobreviventes. Ela correu os olhos pela relação com rapidez, depois com mais cuidado. O nome dele não estava ali. Jack Bremerton não havia sobrevivido, era isso. Morrera. Sem fechar os olhos, ela era capaz de ver seu perfil bonito, ouvir a voz cálida de quando conversaram naquela última noite no Titanic. Ela quase podia sentir a proximidade dele agora. Era possível que ele realmente estivesse morto?

Ela devolveu a lista, virou as costas e saiu da casa do leme.

• • •

— É melhor entrar, Tess. Acho que minha esposa deseja falar com você — disse Cosmo. O olhar dele era quase piedoso quando se curvou de leve e abriu a porta do quarto que o capitão havia reservado para os Duff Gordon.

Madame estava com uma expressão de fúria quando Tess entrou.

— Então, o que você tem a me dizer em sua defesa? — inquiriu ela.

— Como?

— Não finja inocência! Eu queria você naquela foto. Por que recusou com tanta grosseria?

— Não foi minha intenção ser rude. Eu não devia aparecer na foto.

— Tolice. Você trabalha para mim. Se eu digo que deve aparecer, então é porque deve.

— Achei que era meio inapropriado... meio rápido demais.

Era exatamente a coisa errada a dizer. Viu isso naquela mesma hora nos olhos de Lucile.

— Você está questionando meu julgamento? — A voz de Lucile estalou como um chicote, afiada e dura. — Quem você pensa que é? Você é uma empregadinha do interior até que eu a transforme em algo maior do que isso. Nunca se esqueça. Faça o que eu mandar, está me ouvindo?

— Sim, madame. Não sabia quanto isso era importante para a senhora. — Ela mal conseguiu balbuciar as palavras.

— Sua função não é saber, sua função é *obedecer*. Isto é, se quiser um emprego comigo.

Ela não devia dizer nada errado novamente.

— Quero muito — disse ela. — E vou dar duro para isso.

Lucile soltou uma risada penetrante.

— Recusar meu pedido na frente de todas aquelas pessoas foi intolerável, Tess. Está entendendo?

— Desculpe — repetiu Tess.

Os olhos argutos de Lucile examinaram a figura rígida da garota. Algo cintilou pelo seu rosto.

— Então você não está me dizendo que vai me desobedecer quando quiser?

— Não, madame. Nunca.

— E quem é que define suas obrigações?

— A senhora. — Tess segurou a respiração. Odiava o estremecimento da subserviência necessária tomando conta do seu corpo. Em sua terra, ela estaria fazendo uma genuflexão. Chega disso. Seu amor-próprio estava ferido, misturado com um sentimento de vergonha.

— O que você ouviu dizer sobre nosso bote? Alguma coisa de que não gostou? Foi por isso que se recusou a colocar o colete salva-vidas para tirar a foto?

— Não, é claro que não. Não sei o que aconteceu, eu não estava lá.

A voz de Lucile estava trêmula de tanta raiva.

— Vi você conversando com aquele marinheiro. Ele não estava do nosso lado no bote, Tess. E não se esqueça disso. Ele é um mentiroso que deseja fazer fortuna com uma história chocante.

Então, surpreendentemente, as nuvens se abriram com a mesma rapidez com que haviam se formado. Lucile a dispensou com um gesto rápido.

— Estou exausta. Traga-me um pouco de chá. Quente, desta vez. O capitão, creio, agora sabe quem eu sou.

— Sim, claro — disse Tess, ao mesmo tempo assustada e aliviada.

— Sim, *madame*. — Lucile lhe deu um sorriso brilhante. — Vá, vá, minha cara. E pare de me olhar como se eu fosse arrancar sua cabeça. Espero que amanhã você esteja menos rabugenta.

. . .

As horas, os dias, se arrastaram. Quando Lucile lhe dava tempo livre, Tess ensinava as outras mulheres a costurarem camisas e casacos de lona para as crianças. Muitas delas ainda usavam roupas endurecidas pela água salgada que secara em seus corpos. Algumas das crianças que tinham sido arrancadas da cama e enfiadas nos botes estavam sem sapatos.

— Não consigo sentir os dedos dos pés — choramingou uma delas para Tess. Ela se inclinou e massageou seus pezinhos, tentando aquecê-los, esperando vê-los ficarem rosados de novo.

E, contudo, de algum modo, havia algumas risadas, algumas brincadeiras.

No segundo dia, Tess viu Jim no deque rodeado por um bando de crianças pequenas, esculpindo brinquedinhos para elas com pedaços de madeira descartados.

— Você é bom nisso — disse ela, inclinando-se para ver seu trabalho. Que dedos compridos e habilidosos ele tinha. Não eram os dedos de um minerador de carvão, com certeza.

— Obrigado. Aprendi com um tio que era escultor, mas não consegui ganhar dinheiro suficiente com isso. — Ele sorriu. — Quer se juntar a nós? — A atitude dele era despreocupada e gentil, e era obviamente por isso que as crianças gravitavam ao seu redor.

Num impulso, Tess se sentou com eles. As crianças lhe faziam pedidos. Quem quer uma girafa? Um elefante?

— Ah, a girafa ganhou — disse ele para uma garotinha com rosto triste e emaciado. A menina se iluminou, e todos observaram em silêncio enquanto uma girafinha começava, quase por mágica, a surgir da madeira macia sob os dedos dele. — O que você acha? — perguntou ele para a pequena. — Essa girafa é uma girafa digna?

Ela não disse nada, só sorriu, com olhos redondos e escuros, quando ele depositou o brinquedo com cuidado na mão dela.

— Agora é seu amuleto da sorte — falou ele baixinho. Depois para Tess, após uma pausa: — Ela foi atrás de você?

— Sim, estava furiosa. Você tinha razão.

— Ela está construindo sua defesa.

— Por quê?

— Porque precisa.

Durante mais de uma hora eles ficaram ali sentados. Sempre que um novo brinquedo era terminado para uma criança, Tess estendia a mão para tocar a madeira macia e recém-esculpida.

— Você está acrescentando a magia — comentou Jim com um sorriso.

E ela riu, sem querer deixar aquela pequena ilha ensolarada de prazer que ele havia criado em meio a tanta tristeza.

— Você consegue esculpir um pião? — perguntou ela, ansiosa.

— Claro. Para você? — Os olhos dele bailaram.

— Para dois garotinhos que precisam brincar.

Ele não perguntou mais nada.

— Me dê algumas horas — disse ele.

• • •

Todos agora estavam arrepiados com a visão da esposa do cozinheiro. De tempos em tempos, alguém a conduzia com gentileza até uma cabine, mas ela ficava inquieta e perturbada e logo escapava até a amurada, prendendo seu olhar mais uma vez ao horizonte.

— Logo eles chegarão — dizia ela suavemente. — Meus filhos estão em um bote. Remam um pouco devagar.

O rosto dela ficava quase radiante. Seus olhos cintilavam de um jeito estranho.

— Essa mulher obviamente tem personalidade fraca — disse Lucile a certa altura quando Jean Darling passou por elas no deque, levando uma cesta de pão para o marido. — Com certeza não tem mais a menor chance comigo, e o mesmo vai acontecer com todas as pessoas quando o embuste do marido dela vier a público. — Lucile afastou algumas uvas-passas das migalhas de biscoito em seu prato, em seguida jogou-as no chão.

De modo automático, Tess se abaixou para apanhá-las e atirá-las pelo gradil, observando-as serem carregadas pelo vento e depois até o mar. Ela estava melhorando, assim esperava, na habilidade de guardar seus pensamentos para si. Por outro lado, não era o que ela sempre fizera? E por que aquele gesto servil lhe veio tão automaticamente? Talvez para esconder tais pensamentos. Ficou imaginando o motivo do ódio que Lucile sentia pelos Darling.

. . .

Sonhos demais — sonhos sombrios repletos de lamentos. Era tarde quando ela bateu à porta de Lucile na noite anterior. Cosmo estava acordado ao lado do operador de rádio, enviando telegramas, incluindo um que ela lhe dera para que fosse transmitido à sua mãe. Lucile, portanto, estaria sozinha.

— Eu lhe trouxe um cobertor extra para o caso de a senhora estar com frio — disse ela, quando a porta se abriu.

— Não é necessário — retrucou Lucile com grosseria. — Estou cansada, não quero nenhum cobertor nem nada do tipo agora. — Ela estava vestida com um suéter velho por cima de um vestido de flanela que lhe fora doado, uma combinação que a fazia parecer estranhamente vulnerável. — Vá para a cama. Por que você não está dormindo?

— Não consigo — respondeu Tess.

— Por que não?

— Fico sonhando com o navio afundando.

— Acabou, e nós sobrevivemos. É melhor deixar essas coisas para trás — disse Lucile com firmeza. Porém, seu olhar vacilou. — Ah, entre então — falou ela, abrindo um pouco mais a porta.

Tess entrou. O quarto minúsculo, tão absoluto e nu. Algo mais além do luxo havia sido arrebatado.

— A senhora não sente um pouco de... medo? — sussurrou ela.

Lucile ficou imóvel. Seu rosto pareceu se descompor, depois se recuperou com rapidez.

— Estou sempre com medo — disse ela.

— Está?

— Da água — emendou logo Lucile. Sentou, unindo as mãos diante do corpo. — Quase me afoguei quando tinha dez anos — disse ela de modo abrupto. — As pessoas estavam na praia, assistindo. Ninguém tentou me salvar. Eu gritava, chorava. Ninguém veio.

— Ela poderia estar recitando uma lista de supermercado, seu tom era desprovido de emoção.

— O que aconteceu?

— Um garoto teve a presença de espírito de subir numa pedra e atirar uma corda para mim. Consegui segurar e ele me puxou. Não falo sobre isso. Espero que entenda que não quero que repita essa história por aí.

— Isso deve ter aterrorizado a senhora — disse Tess em voz baixa, imaginando o medo de uma criança se afogando.

— Não, não deixei isso acontecer. Sente. — Lucile deu um tapinha na cama estreita e cheia de ondulações.

Tess sentou ao lado de Lucile. Estavam sentadas tão perto uma da outra que ela pôde sentir os vestígios do perfume de jasmim favorito de Lucile, agora no fundo do mar.

— Você vai aprender a seguir em frente — disse Lucile, quase com gentileza. — Vai, Tess. Aprendi a não demonstrar medo, a assumir o comando, a lutar e ser forte. Não é o que você quer também?

— Sim.

Lucile estendeu a mão para tocar a de Tess e apertou-a com tanta força que Tess quase saltou.

— Não deixe ninguém fazer você sofrer, querida. Precisamos pensar no que vai vir em seguida, não no passado. — Ela hesitou por um segundo, depois disse: — Tenho algo para você.

Enfiou a mão no bolso do suéter largo e sacou de lá a bolsinha de veludo.

— Tome — disse ela. — Um presente meu para o seu futuro.

Tess abriu a bolsinha e reprimiu um murmúrio de espanto ao ver os brincos de pedra-da-lua de Lucile — cintilando mesmo naquele lugar sombrio e sem janelas — tombarem em sua mão.

— Não posso aceitar — gaguejou ela.

— Pense nisso como um salvador, minha cara. Eles já salvaram a minha vida, e tenho muitos mais em casa. Joias podem ser um consolo, sabe?

A situação era tão inesperada que Tess ficou sem saber o que fazer. Ela os recolocou com cuidado sobre o colo de Lucile.

— Não preciso deles. Só queria lhe dizer que de certa forma me sinto mudada — explicou ela. — Só queria saber se a senhora entendia, se talvez tenha pesadelos também. E a senhora me reconfortou. É tudo o que eu quero. — Ela observou o rosto de Lucile, confusa. Estaria insultando-a?

— Você tem medo que eu mude de ideia e os peça de volta?

— Não, de jeito nenhum.

— Bem, então, quem sabe numa próxima vez. — Lucile deslizou os brincos de volta para a bolsinha de veludo e depois a colocou no bolso. — Quanto à maneira como lidamos com o medo, somos quem somos. Acho que é o bastante por esta noite.

Tess não queria ir embora. Não queria que aquele breve momento de intimidade lhe escapasse.

— Quando a senhora decidiu que queria costurar, ser estilista? — perguntou ela depois de uma pausa.

Lucile piscou, como se estivesse espantada com a pergunta.

— Eu fazia roupas para minhas bonecas — disse ela depois de uma pausa.

— Minha mãe fez para mim uma boneca de trapos e eu costurava roupas para ela também.

Mas Lucile não estava interessada em compartilhar mais nenhuma experiência.

— É mesmo, minha cara, todos nós um dia fomos crianças. Agora vá se deitar e volte de manhã cedo. Temos trabalho a fazer.

. . .

Tess se sentou à mesa de Lucile na manhã seguinte, mostrando-se o mais eficiente possível ao abrir uma gaveta e sacar dali um caderno e uma caneta. Se havia esperado a intimidade da noite anterior, com certeza já não estava mais lá.

Lucile andava de um lado para outro falando sobre as mensagens trocadas com diversos salões em Londres, Paris e Nova Iorque. Havia desfiles de sua coleção de primavera agendados em *todas as partes*, disse ela com satisfação. Havia tanto a organizar, e refazer os vestidos perdidos no Titanic levaria tempo. Nada deveria ofuscar a abertura do desfile em Nova Iorque. Ela falava rapidamente, disparando instruções enquanto Tess as anotava no caderno. Os clientes precisavam ser notificados, cortejados, conquistados. A sra. Wharton ainda planejava comprar aquele vestido de chá cor de coral que ela havia adorado em Londres? E as modelos? Estavam todas reunidas e preparadas para ir ou não? E se não, por que não?

— Na verdade, creio que a publicidade vinda desse desastre poderá ajudar — disse ela, deixando a frase no ar enquanto olhava para Tess, que escrevia em silêncio. Começou a tamborilar suas unhas feitas na mesa. — Minha cara, notei que você tem passado tempo razoável com aquele marinheiro odioso. Já que sua mãe não está aqui, em primeiro lugar quero avisar: você consegue coisa melhor.

As faces de Tess começaram a arder. Ela abriu a boca para responder, mas Lucile a interrompeu.

— Segundo, vamos logo resolver isso. Precisamos conversar sobre seu futuro. Não preciso de empregada em Nova Iorque, já tenho duas.

A sua voz havia endurecido, num tom de negócios, e Tess, chocada, se preparou para o que viria. Agora seriam as repercussões temíveis da sua desobediência.

— Mas eu achei que...

— Sim, eu sei que mencionei algo sobre você trabalhar em meu ateliê. E sei que você é boa com casas de botão. — Lucile suspirou de novo, andou pelo quarto por mais alguns momentos.

— Posso fazer muito mais do que isso — disse Tess apressada. — Sou boa, posso ser uma ajuda verdadeira para você, eu...

— Oh, Tess, você devia ver sua cara. Não se preocupe, estou só brincando. Vou encontrar um lugar para você. Você é rápida e inteligente. Vou tentar ver como se sai no ateliê, começaremos por lá. Por que você está me olhando desse jeito?

— Estou espantada. É como se às vezes a senhora estivesse jogando algum jogo.

— Jogo? *Jogo?* Oh, pelo amor de Deus. — A risada leve de Lucile saltitou pelo ar. — Agora sente-se um pouco, quero lhe dar uma ideia do que vamos enfrentar quando aportarmos nesta noite. Somos, todos, celebridades agora, sabe.

Tess não tinha muita certeza do que aquilo queria dizer. Só aos poucos ela percebeu que o destino do "insubmergível" Titanic havia atraído atenção mundial, que os jornais clamavam por detalhes, que inquéritos estavam sendo preparados, que o Congresso norte-americano se envolveria no assunto. Mensagens de rádio tinham sido trocadas entre o Carpathia e a costa. De algum modo, antes ela imaginara que aquilo era uma tragédia pessoal dos sobreviventes, ideia que agora lhe parecia bem ingênua.

— Vai ser um circo — advertiu Lucile.

Tess deveria tentar evitar os repórteres, eles eram verdadeiros chacais e engoliriam qualquer um que não estivesse familiarizado com seus ataques. Ela e *sir* Cosmo cuidariam das entrevistas. Haveria motoristas do seu ateliê de Nova Iorque à espera deles no porto a fim de levá-los até o hotel Waldorf-Astoria, portanto era para Tess ficar por perto e não se afastar. Pensando melhor, talvez eles dessem uma paradinha no ateliê. Madame tinha quase certeza de que todas as modelos estariam lá.

— E espere só até ver o hotel, minha cara — disse ela, alegremente. — Você vai *morrer*.

Tess estremeceu ao ouvir aquilo.

— Vou preparar tudo — avisou ela, preparando-se para sair do quarto.

Lucile deve ter visto a sombra que atravessou o seu rosto.

— Falando nisso, esqueci o nome da família para quem você trabalhava em Cherbourg — comentou ela. — Quem eram, querida?

— Não falamos sobre eles. — As duas sabiam muito bem que ela não havia mencionado o nome daquela família.

— Talvez não. — Madame a observou, pensativa. — Mas...

Por que aquele joguinho de gato e rato? Ela não podia dizer nada. Não. Estaria se arriscando.

— Obrigada pela sua bondade na noite passada — disse ela. — A senhora me confortou e fico grata por isso.

Mais uma vez aquela mudança súbita na expressão do rosto de Lucile.

— Não costumo fazer isso — disse ela, depois de uma pausa. — Mas você arrancou aquilo de mim.

Curto silêncio. Depois, terminou.

— Oh, bem, conheço os mundos artificiais. Por favor, entenda este em que estamos entrando... é a última vez que vou relembrar você. — Madame sorriu. — Então vá se preparar. Estamos prestes a atravessar o espelho de Alice.

KATE ALCOTT

• • •

ESTAÇÃO PENSILVÂNIA
NOVA IORQUE
18 de abril — 7h

Pinky Wade inclinara-se para a frente em seu assento, observando por uma janela suja o trem parar devagar no túnel abaixo da nova Estação Pensilvânia, aquele amplo edifício de arcos altíssimos e claraboias esplêndidas sustentado por colunas de granito rosado magníficas. Pulou de leve quando o condutor entrou no vagão e gritou:

— Nova Iorque, fim da linha!

Reuniu com rapidez seus pertences, que consistiam de uma pequena mochila com uma blusa extra e artigos de toalete. Pinky Wade tinha orgulho por sempre viajar com pouca bagagem.

Saiu do trem e começou a subir a escada, olhando para cima na direção das claraboias cheia de expectativas. Sim, a luz explodia por ali, dançando pela cabeça dos passageiros apressados e cintilando sobre todas as superfícies polidas. Em geral ela amava aquela passagem elegante do trem até a sala de espera, adorava pisar no mármore travertino resplandecente, imaginando estar em algum palácio grandioso. Hoje ela não tinha ânimo para isso, porém. Cansada e rabugenta, ainda remoía a exigência da sua presença pelo *Times*. Fez uma tentativa displicente de endireitar o cabelo bagunçado preso no alto da cabeça, depois olhou para seus sapatos. Van Anda provavelmente faria algum comentário sobre o comprimento da sua saia, que agora estava alguns centímetros acima dos tornozelos. O que ele esperava que ela vestisse para trabalhar?

Passou por um espelho enorme com moldura dourada e parou, encarando o próprio reflexo. Bem, ela parecia com tanta raiva quanto se sentia. Como Van Anda podia tê-la tirado da investigação sobre o hospital psiquiátrico para mandá-la entrevistar sobreviventes? Aquilo a deixava inquieta. Ele era um bom chefe, defendia-a na maioria

A
Costureira

das suas matérias. Mas, no fim das contas, era igual a qualquer outro homem da imprensa: quando se tem algo ridiculamente sentimental, chame uma repórter mulher elas são boas para isso. Se ela tivesse sido designada para estar no próprio Titanic... aí sim teria uma história que valia a pena cobrir. Mas não, ela estava presa àquela função mole de extrair dos sobreviventes relatos de interesse humano.

Continuou andando, enquanto sua indignação crescia. Às vezes se perguntava por que continuava trabalhando com jornalismo. Será que seu pai um dia admitiria sentir orgulho dela? Tinha crescido ouvindo-o afirmar quanto ela era esperta, mas ultimamente ele não se cansava de cutucar: "A maioria das mulheres já se casou com a sua idade. Que tal construir uma família?" Pinky parou de novo, remexendo na bolsa à procura de dinheiro para o táxi. Ela tinha mais liberdade para fazer o que quisesse do que a maioria das mulheres, e talvez ele não tivesse gostado de compartilhar com ela a alegria culpada do trabalho. Quando ela denunciava abuso em um orfanato ou forçava reformas em um hospital psiquiátrico, sentia-se poderosa. Mas a verdade era que ela ainda podia ser afastada de uma reportagem importante tão rápido quanto se tirava uma caixa de doces de uma criança.

Ela suspirou enquanto se apressava em sair da estação e se juntava à fila de pessoas aguardando por um táxi. Ao menos não tinham mais de utilizar carruagens.

• • •

EDITORIA LOCAL, *NEW YORK TIMES*
NOVA IORQUE
18 de abril — 10h

Há três dias que Van Anda mal dormia. Não que isso tivesse importância. Todos os outros jornais do país tinham vendido a alma. Apenas o *Times* tivera a coragem de dar a história do naufrágio do Titanic antes de os dirigentes da White Star finalmente pararem de mentir e confirmarem tudo. Aquele era o furo da sua vida, e ele não perderia a liderança agora, de jeito nenhum. O Carpathia atracaria naquela noite, e ele deixara quase tudo pronto. Havia reservado um andar inteiro em um hotel da cidade para seus repórteres, que já estavam a postos. Uma dúzia de telefones tinha sido instalada ali, com acesso direto ao plantão do jornal.

— Chegamos na frente, e vamos continuar — gabou-se ele aos repórteres empolgados que estavam na redação.

— Olá, Carr.

Ele ergueu o olhar e viu Pinky Wade à frente dele, de braços cruzados e testa franzida. Sorriu, notando que a saia dela tinha subido um pouco mais. Ela era bonita — pele rosada, olhos brilhantes e uma risada sempre solta. Era também uma espécie de camaleão, o que ajudava em matérias secretas. Grande coragem e opiniões fortes. Se não fosse a língua afiada, talvez até pudesse tomar chá em uma daquelas mansões da Quinta Avenida. Ela sempre dava a impressão de que tinha uma enorme energia reservada dentro dela, prestes a estourar a qualquer momento. Ninguém amava uma boa história mais do que Pinky.

— Você precisa estar nas docas quando o navio aportar — disse ele sem rodeios. — Fale com a gente mais simples e também com as pessoas da primeira classe. Retratos rápidos. Depois nós juntamos tudo. Se eles viram o *iceberg*, quando perceberam o que estava acontecendo... Quanto mais detalhes, melhor. Consiga histórias de forte impacto. Consiga um...

— Olá, Carr.

Van Anda percebeu que dessa vez ela estava brava de verdade.

— Olá, Pinky.

— Por que eu? — perguntou ela.

— Porque você é a repórter que mais enxerga o lado humano que conheço. E me desculpe por não precisar arriscar a vida para cobrir essa matéria. Tentarei corrigir isso da próxima vez.

Ela não pôde evitar um sorriso. Van Alda tinha senso de humor.

— Quero entrar no navio antes que ele aporte — avisou ela.

— Ótimo. Se você conseguir, ficarei feliz.

• • •

WASHINGTON, D. C.
NOVA IORQUE
18 de abril — 15h30

O senador Smith mal conseguiu entrar no trem que saía da Union Station, equilibrado no primeiro degrau, com uma pasta cheia de documentos enfiada embaixo do braço e dois assistentes vindo atabalhoados atrás dele.

— O senhor está impressionando aqueles jornalistas — disse um deles, apontando para um enxame de homens portando câmeras fotográficas e cadernos, que agora rapidamente ficavam para trás na plataforma.

Smith ficou secretamente satisfeito ao ouvir o comentário um pouco surpreso do ofegante assistente. Ele tinha lhes mostrado audácia, ah, se tinha, e não havia demorado. Sua posição no Comitê de Comércio ajudara, lógico. Sua resolução de abrir uma investigação, encabeçada por ele mesmo, havia atravessado o Senado como uma faca quente na manteiga, para usar uma boa e velha expressão do Meio-Oeste. E ele iria começar o inquérito em Nova Iorque em vez de em Washington — bem no meio do hotel Waldorf. Lá ele conseguiria falar com mais testemunhas e mais rápido. No dia seguinte de manhã o *show* iria começar.

O senador se acomodou em um assento, checou o relógio de pulso pela vigésima vez.

— Precisamos chegar ao Carpathia antes que ele aporte — avisou aos assistentes. — Aquele povo da White Star vai sumir se não esfregarmos umas intimações judiciais na cara deles. Principalmente aquele escorregadio do Ismay.

— O senhor acha que eles plantaram aquelas mensagens falsas dizendo que o navio não tinha afundado? — perguntou um dos assistentes.

— Certamente. — Aquilo o enfurecia. Pensar em todas as pessoas que tinham ido para Halifax a fim de receber os amigos e a família depois de a White Star lhes garantir que o Titanic estava a salvo. Uma mentira brutal e covarde, e para quê? Para os oficiais da White Star ganharem tempo e salvar a própria pele?

Ele franziu a testa e se reclinou na poltrona. Sim, ele havia planejado bem as suas cartas. Ninguém no Congresso pensara mais depressa do que ele. Isso, disse ele a si mesmo enquanto olhava a paisagem pela janela, coroaria sua carreira de servidor público. Se ele chegasse a tempo.

. . .

Devagar, o Carpathia seguia adiante, fumegando cada vez mais perto do porto de Nova Iorque. Às 17 horas as pessoas começaram a lotar a amurada, esforçando-se para avistar a terra. A noite seria gelada, e Tess apertou o suéter contra o corpo. Observou a esposa do cozinheiro, que agora tinha dado para vagar pelo deque, agarrando o braço das pessoas. "Você viu meus filhos? Eles estão jantando?", repetia ela. "Por favor, avise os dois que estou esperando. Se eles não chegarem logo, vou ter de ir atrás deles."

Jim estava de pé sozinho, fumando um cigarro e olhando para a frente, no ponto onde a terra em breve apareceria.

Tess deu uma rápida olhada ao redor. Lucile não estava por ali.

— Alguém vem encontrar você? — perguntou ela com timidez, indo se juntar a ele na amurada, sentindo-se esquisita. Provavelmente assim que eles chegassem em terra virariam estranhos um para o outro.

— Não tem ninguém me esperando aqui — ele disse com um ligeiro dar de ombros. — A White Star disse que vai nos hospedar em algum lugar para o inquérito. Veremos. Ismay tem outras ideias. —

Olhou para ela, parecendo analisar seu rosto em busca de alguma coisa. — Ouvi dizer que um senador norte-americano logo virá a bordo para começar a entrevistar os oficiais e a tripulação — disse ele.

— O capitão comentou que as entrevistas do governo começam amanhã.

Jim soltou uma risada curta.

— Isso quer dizer que os políticos assumiram a coisa. Desculpe, mas acho que vai ser mais uma dança dos executivos gananciosos inventando desculpas para seus erros. Ninguém leva a culpa... é isso que geralmente acontece. Nenhum deles dá a mínima para os pobres coitados das classes inferiores nem para os homens que estavam na sala das caldeiras. Os foguistas... eles não tiveram a menor chance.

— Você conhecia alguém que trabalhava ali? — adivinhou ela.

— Um amigo. Um homem bom. Estávamos indo para o Oeste juntos. Ele estava alimentando as caldeiras quando batemos no *iceberg*. Às vezes acho que eu deveria ter estado lá embaixo jogando carvão com ele, só que eu estava cansado de carvão. Disse a ele que nada no mundo me faria chegar a menos de um quilômetro dessa coisa de novo.

— Sinto muito.

Era inadequado, mas ele não pareceu se incomodar.

— Nenhum daqueles homens teve a menor chance, sabe? Nós sobrevivemos e descobriremos muitas coisas sobre o que houve. Ninguém que está naquele porto dá a mínima para eles ou se lembra deles. Eu devia ter estado lá, afundado junto com o navio.

— Eles precisavam de você naquele bote salva-vidas. Você era o único que sabia remar e sabia o que fazer — disse Tess, rápido. — Você só estava fazendo seu trabalho. Sei que parece errado estar vivo quando toda aquela gente morreu. Sinto a mesma coisa.

Ele sorriu, devagar.

— Está tudo bem, Tess. Acho que já existem dor e tristeza suficientes neste navio, não precisamos de mais.

— E suas esculturas confortaram as crianças — acrescentou ela, em voz baixa. — Admiro você por isso.

— Não fiz grande coisa — disse ele. — Aquela menina para quem fiz a girafa, sabe? Perdeu pai e mãe. Não fala uma palavra desde que disse o seu nome a alguém naquele bote. Ela me segue por todos os lados. Ficou me observando esculpir durante horas.

Tess respirou fundo, desejando ser capaz de expirar a angústia. Quem entenderia, a não ser quem estivera ali?

— As crianças tornaram todo esse maldito tempo suportável. E você também. — Ele pareceu constrangido. Hesitou, depois enfiou a mão no bolso e sacou algo que colocou na mão dela, fechando suavemente os dedos dela por cima.

— Isso é para você... talvez não seja a recordação que você gostaria, mas é o que eu me vi fazendo. É só uma besteira. — Ele sorriu. — Seja bem-vinda aos Estados Unidos, Tess. Espero que nos vejamos de novo. Adeus.

— Jim... — Era a primeira vez que ela dizia o nome dele.

Mas ele levou o dedo aos próprios lábios, o gesto de que ela se lembrava durante o passeio no deque do Titanic, e se afastou.

Tess abriu a mão. Ali estava um bote salva-vidas cuidadosamente entalhado. Observando-o à luz que caía, ela viu duas figurinhas minúsculas ali dentro — cada uma delas segurando o que parecia ser um remo. Quando ela levantou a cabeça para agradecer, ele já tinha sumido.

E a esposa do cozinheiro também havia desaparecido. O que acontecera? Num instante ela estava lá, de pé na plataforma. No outro, tinha sumido para procurar os filhos. Deslizara para o fundo do mar.

4

CARPATHIA
Quinta-feira, 18 de abril — 21h

Não foi tão difícil quanto Pinky havia esperado. Ela só precisou bater um papo com um simpático encarregado no porto para descobrir que um rebocador estava sendo enviado ao Carpathia antes de o navio atracar — um senador importante de Washington desejava entrar para conversar com as pessoas. Devia ser William Smith, o senador de Michigan que fora designado para comandar uma investigação que começaria na manhã seguinte. Que espetáculo seria.

Então foi apenas uma questão de estar no lugar certo na hora certa — induzindo um mensageiro a lhe emprestar seu uniforme e enfiando o cabelo embaixo de um boné para parecer um trabalhador das docas — quando o senador Smith chegou apressado, com suor na testa por causa da corrida desde a estação de trem. Um ligeiro burburinho, uns cumprimentos, alguns "seja bem-vindo, senhor", gritos para os tripulantes, todos em alvoroço, e Smith e dois assistentes entraram no rebocador. O mais importante sempre, Pinky sabia, era agir como se você pertencesse ao grupo no qual lhe era vedado entrar. A hesitação era a marca do amador.

Assoviando, ela saltou no escuro para dentro do rebocador. No fim das contas, talvez aquilo acabasse valendo a pena.

O capitão do rebocador ligou o motor e se aproximou devagar do Carpathia. Pinky olhou para cima e viu grupos de pessoas amontoadas e encharcadas na amurada, seus corpos curvados e abatidos, passageiros de um barco fúnebre. Nem sequer um grito ou choro de criança quebrou o silêncio do deque acima. Por um instante, o barulho suave das ondas contra a popa do rebocador foi o único som que se ouvia. Então, inesperadamente, os trovões começaram a ribombar e raios cruzaram o céu, anunciando a chuva.

Ela pensou em tentar se aproximar de fininho dos assistentes que rodeavam Smith para ter uma ideia melhor do que eles estavam indo fazer no navio, mas não conseguiu tirar os olhos das figuras imóveis lá em cima. O rebocador se aproximou devagar, Quase tocava o casco do navio.

De repente houve uma explosão de *flashes*, revelando a presença de vários outros rebocadores que se aproximavam do Carpathia. Fogos de artifício. Gritos.

— Olá, vocês aí em cima! — berrou uma voz por um megafone. — Vocês são os sobreviventes? Alguém quer conversar? Pulem aqui, vamos cuidar de vocês!

Pinky sorriu. Ela sabia quem era aquele com o megafone: um repórter do *World*, cheio de arrogância e com pouco cérebro. Como ele podia achar que fazer todo aquele barulho convenceria alguém *daquele* navio a saltar para o mar? Será que não passara pela sua cabeça entrar escondido e conseguir um verdadeiro furo? Bem, aquilo tornaria o trabalho dela mais fácil.

Em questão de minutos, enquanto seus rivais continuavam gritando com os observadores silenciosos do deque, ela estava subindo uma escada de corda atrás de Smith e seu comitê, entrando no navio de fininho e escondendo-se na escuridão. Tinha certeza de que ninguém a vira.

· · ·

Tess observava os recém-chegados subirem a bordo quando viu uma silhueta se destacar do grupo e ir para trás de uma chaminé. Foi até o deque para ver melhor quem era, imaginando por que alguém estaria tentando se esconder. Viu uma mulher de macacão falando sozinha enquanto tentava enfiar seus cabelos compridos e espessos embaixo do boné na sua cabeça.

— Pode me ajudar com isto aqui? Meu cabelo não quer ficar no lugar — pediu ela impaciente quando Tess se aproximou.

— Quem é você? — perguntou Tess.

— Uma impostora, óbvio. Por favor...

Talvez tenha sido a sem-cerimônia do pedido dela. Seja lá por que motivo, Tess se viu erguendo a parte de trás do boné para enfiar os cachos desalinhados de Pinky ali embaixo, resistindo ao impulso de rir.

— Você parece meio maluca — disse ela.

— Bom, você também ficaria se estivesse disfarçada de homem. Eu devia ter cortado esse ninho de rato todo de uma vez.

— Então, quem é você? — perguntou Tess mais uma vez.

— Acho que não vou escapar de lhe explicar, não é? Sou Sarah Wade, mas todo mundo me chama de Pinky.

— Por que está se escondendo no escuro? — Tess recuou a fim de olhar melhor para aquela criatura um tanto bizarra e tropeçou em uma corda. A escultura de Jim escapou do seu bolso, caiu no convés e deslizou para a beirada do navio. Com um grito agudo, ela tentou apanhá-la.

Pinky foi mais rápida. Saltou para o chão e apanhou o pedaço de madeira antes de ele cair no mar. Ela se pôs de pé em silêncio e entregou-o de volta a sua dona.

— Um bote? — perguntou ela, curiosa.

— Sim. Obrigada. — A mão de Tess foi bem mais rápida dessa vez quando ela apanhou a escultura e enfiou-a de novo no bolso.

— Certo, respondendo à sua pergunta, sou repórter. Quero conversar com os sobreviventes do Titanic, e essa roupa facilitou minha entrada no navio. Assustei você?

— Quase nada, desculpe.

Pinky pareceu quase comicamente arrasada.

— Ah, tudo bem. Você acha que pareço maluca assim.

— Um pouco. Como conseguiu não ser descoberta no barco que a trouxe até aqui?

— Os homens não são muito observadores, segundo minha experiência.

— A menos que você esteja usando saia — replicou Tess.

— Ah, é. Nesse caso, eles só querem enfiar a mão por baixo dela.

Tess riu. Gostou daquela pessoinha arrogante.

— Calças são mais confortáveis do que saias? — quis saber ela.

— Claro, são meio libertadoras. São como calcinhas, mas melhores — disse Pinky. Espiou o suéter gasto e desalinhado de Tess, algo que obviamente tinha vindo de uma sacola de roupas para doação. — Suponho que você estava no Titanic. Estou certa?

— Sim — respondeu Tess. Seu sorriso sumiu. A pergunta parecia estar vindo de outro mundo, um mundo seguro, um mundo que ela não habitava havia dias.

— Deve ter sido terrível.

— Sim — repetiu Tess. Agora se sentia agitada. Mal conseguia ficar parada.

— Você vai me contar a respeito?

— Conte sobre você primeiro.

— Trabalho para o *New York Times*. É um dos bons jornais, não um folhetim sensacionalista. É o que todos dizem. — Ela logo corrigiu as próprias palavras: — Bem, quase todos.

— Acho que não posso acreditar na sua palavra quanto a isso — disse Tess, pensando nos jornais que ela tinha visto na Europa.

— Seria meio ingênuo da sua parte se acreditasse. Muita gente diz que somos nojentos e embusteiros, e às vezes isso é verdade. Olhe, eu só queria ouvir a sua história. Não sei quem você é, mas estou feliz que tenha sobrevivido. E isso não é mentira. Como você se chama?

— Tess Collins, mas, por favor, não me chame de Tessie.

Uma garota assim tão suscetível provavelmente era uma serviçal, imaginou Pinky.

— Como você foi parar no Titanic? — perguntou ela. Tentou não parecer apressada, mas não podia perder tempo se quisesse fazer mais entrevistas antes que Smith e sua turma a desmascarassem.

— Fui contratada como empregada para a viagem e tive sorte.

— Por que teve sorte?

— Porque minha cabine ficava na primeira classe, onde estavam os botes salva-vidas.

Pinky esperou. Conseguia as melhores informações desse modo.

— As pessoas morreram porque não conseguiram chegar aos botes — disse Tess.

— Não havia botes suficientes, certo? É o que ouvimos dizer. — Pinky sacou um caderno e um lápis do bolso e começou a rabiscar. — Como você conseguiu escapar?

— Consegui entrar em um dos últimos botes com duas crianças. O pai delas me pediu para levá-las.

— Ele sobreviveu?

— Não.

Isso daria um ótimo tom.

— De quem você é empregada?

— Trabalho para Lady Lucile Duff Gordon.

— A estilista?

— Sim.

— Ela estava em seu bote?

— Não. Olhe, você vai conseguir histórias melhores com as outras pessoas. — De repente passou pela cabeça de Tess que ela estava desobedecendo Lucile e arrumando mais encrenca. Ela não queria mais falar nada. Simplesmente desejava que aquela repórter fosse embora.

— Desculpe, deve ser brutal que lhe atirem perguntas assim tão rápidas. — Mas Pinky ainda não tinha terminado. — Se todos os botes salva-vidas estavam no deque superior, então basicamente os sobreviventes são da primeira classe?

Tess viu de novo os rostos das classes inferiores.

— Acho que sim — respondeu ela. — A maioria dos outros não conseguiu chegar aos botes a tempo.

— Então você teve sorte dupla. — Pinky rabiscava rápido. Ali estava aquela coisa podre da divisão de classes, mais uma vez. Essa seria outra história, tinha certeza, de como os ricos recebiam melhor tratamento em relação aos pobres. Ela ainda não tinha a contagem, mas estava certa de que mais gente da primeira classe havia sobrevivido do que das classes inferiores. Como o mundo era corrupto... Ela parou, com o lápis a postos. — Por que você não estava no mesmo bote de Lady Duff Gordon?

— O bote foi lançado antes que eu conseguisse entrar.

— Por quê? Ele estava lotado?

Tess hesitou.

— Não. Não sei por quê.

— Quantas pessoas havia dentro dele?

— Umas doze, mais ou menos.

As peças estavam se juntando com uma rapidez impressionante — e logo de primeira. A imperiosa Lucile Duff Gordon, a decana não tão bondosa assim do mundo da moda... Bem, aquela mulher rica e mundialmente famosa salvara a pele num bote quase vazio. Pinky fechou o caderno. Desejava fazer mais perguntas, mas precisava falar com outros passageiros antes que o senador

Smith terminasse de entregar suas intimações. Se ela não voltasse naquele rebocador com ele, terminaria presa no meio da multidão durante o desembarque.

— Obrigada, você ajudou muito — agradeceu Pinky, enfiando o caderno e o lápis no bolso. — Foi um prazer conhecê-la. — Ela virou as costas para ir embora e depois parou. — Boa sorte — desejou ela, estendendo a mão. — Talvez nos encontremos de novo em terra firme.

— Obrigada por salvar minha escultura — disse Tess de repente.

— Claro — retrucou Pinky. — Talvez um dia você me conte a história que existe por trás dela.

— História?

— Sempre existe uma história — disse Pinky antes de sumir por trás de uma chaminé e se embrenhar na multidão.

• • •

O navio se movia devagar, e logo os que estavam a bordo se viram olhando para milhares de pessoas no píer que, em seu silêncio, quase pareciam a imagem espelhada deles mesmos. Os familiares que aguardavam, metidos em casacos pesados e com chapéus-coco que faziam a água da chuva escorrer para dentro de suas golas, estavam enfileirados, organizados por ordem alfabética sob cartazes que traziam a letra inicial de seus sobrenomes. Era um esforço predestinado ao fracasso para, de alguma maneira, a reunião de sobreviventes e familiares sem provocar um caos.

Vozes roucas começaram a gritar nomes, esperando ouvir gritos de resposta. As mulheres começaram a chorar. Quando as pranchas de desembarque foram instaladas, as pessoas começaram a se empurrar e muitas delas gemeram de frustração ao perceber que os passageiros da primeira classe seriam os primeiros a descer. Médicos de avental branco e enfermeiras com toucas engomadas se movimentavam entre os homens e mulheres que aguardavam, carregando sais e compressas frias para aqueles que desmaiassem ou sofressem um ataque cardíaco ao saber do pior. E isso já estava acontecendo com muitos, um fio serpenteante de terror atravessando a multidão.

. . .

O senador Smith estava em pé na ponte de comando do Carpathia olhando para a multidão reunida no porto, com o estômago revirado. Ele odiava navios, odiava o mar. Suas mãos estavam pegajosas por causa da água salgada. Ele sentia uma necessidade urgente de lavá-las, mas talvez fosse apenas para lavar a lembrança do britânico de rosto gelado que ele acabara de entrevistar. Como aquele homem podia ser tão cara de pau em relação ao que acontecera? Ismay só havia se preocupado em salvar a própria pele. Smith segurou-se quando o navio começou de repente a balançar, completamente enjoado. Ele precisava sair dali. Mas sua intuição tinha sido certeira. Estava satisfeito por ter ido a bordo e apanhado Ismay antes que aquele sujeito astuto tivesse a chance de pular em um navio de retorno sem prestar contas ao povo dos Estados Unidos. Sua determinação de resolver aquilo tudo, de investigar todas as condições do naufrágio, só se fortalecia. E não era mais apenas para fazer um nome em Washington. Por acaso aquelas pessoas abaixo dele, observando o navio se aproximar, sabendo que a vida delas estava alterada para sempre... por acaso elas não mereciam saber a *verdade* sobre o acidente daquele maldito navio? Agora estavam tão perto que ele podia ver seus rostos: uma mulher segurava as mãos unidas com força diante da boca como se rezasse; o homem ao seu lado espiava para cima com angústia evidente, esperando ver um rosto familiar. Uma esposa? Um filho? Ele engoliu com dificuldade.

Ele era capaz de fazer isso. *Faria* sim, levantaria todas as evidências, não importava o que acontecesse, porque se havia algo que ele tinha era honradez.

E aquele britânico, de olhos inabaláveis e inexpressivos, seria o primeiro a depor, gostando ou não.

• • •

Lucile hesitou no topo da prancha de desembarque ao olhar para os rostos voltados na sua direção, chocada ante a crueza absoluta da emoção que eles demonstravam. Ela estremeceu e segurou o braço de Cosmo com força.

— Ande rápido, querida — disse Cosmo. — Essa gente não quer nos ver. — Ele a apoiou com firmeza enquanto os trabalhadores das docas começavam a abrir caminho para que os passageiros da primeira classe passassem pela multidão e chegassem aos automóveis que os aguardavam. Com Tess seguindo logo atrás, os Duff Gordon chegaram ao seu Packard Victoria no estacionamento. E ali de pé, conversando com o motorista, trajando um casaco comprido que escondia suas calças, estava Pinky Wade.

— Seja bem-vinda de volta a Nova Iorque, madame Lucile — cumprimentou ela efusivamente, sem olhar para Tess. — Sou Pinky Wade, do *New York Times*.

— Nada de entrevistas agora — resmungou Cosmo.

Lucile fez uma pausa enquanto entrava no carro, observando o rosto de Pinky.

— Você é parente de Prescott Wade? — perguntou ela.

— Filha — disse Pinky de modo brusco.

Os olhos de Lucile se arregalaram de leve.

— Conheci o seu pai. Muito depois de ele ficar famoso ao cobrir o julgamento de Beecher, claro. Um aventureiro bastante galante, pelo que me lembro. Escalava montanhas e coisas assim.

— Bem, ele com certeza aprontou das suas. — Como sempre fazia quando o nome do pai era mencionado em uma conversa, Pinky olhou para baixo.

— Precisamos ir — disse Cosmo. — Nada de entrevistas, por favor. — Ele abriu a porta da frente e fez sinal para Tess subir ao lado do motorista.

— Claro que não, vocês passaram por uma experiência terrível. — Pinky fechou de uma só vez o caderno aberto. — Mas a vida continua, e gostaria de conversar com os senhores mais tarde. Sobre o navio e... bem, não entendo muito de moda, mas gostaria de saber como a senhora está planejando divulgar sua coleção de primavera.

Lucile assentiu.

— Podemos acertar isso — respondeu ela, entrando no carro.

— Sei que parece terrivelmente inadequado, mas é sempre um agito social quando a senhora chega à cidade — falou Pinky com um sorriso, pensando rápido. Qualquer coisa para manter a atenção daquela mulher. — E ouvi dizer que sua irmã está prestes a chocar Hollywood mais uma vez com seu último romance... Podemos conversar a respeito disso, também?

Dessa vez, Lucile riu.

— Vou oferecer um jantar nesta noite no nosso hotel. Por que não se junta a nós?

— Não, essa não é uma boa ideia — objetou Cosmo, espantado.

— Ah, pelo amor de Deus, eu conheci o pai dela — disse Lucile com impaciência. — E então?

— Seria um prazer — disse Pinky. Até mesmo ela estava meio aturdida. Com tanta tristeza arrasando a vida das pessoas que estavam no porto atrás deles, aquela mulher ainda planejava um jantar chique? Era melhor ir logo para o jornal e escrever rápido. Aquilo era bom demais para deixar escapar.

— Sei o que você está pensando — disse Lucile antes de desaparecer dentro do carro. — Mas você colocou a coisa muito bem, srta. Wade. A vida continua. O jantar é daqui a uma hora.

A Costureira

. . .

Quando o carro arrancou, Tess olhou para trás e observou a figura de Pinky Wade de pé no meio-fio, sem saber se deveria mencionar o encontro das duas no navio. Porém, sem perda de tempo, Lucile e Cosmo já estavam envolvidos em uma discussão.

— Você é muito descuidada com seus convites — começou Cosmo.

— Tolice — rebateu Lucile. Cosmo era cauteloso demais, ela pensou. O pai daquela garota tinha sido um homem muito agradável, bastante responsável, não um desses repórteres pegajosos. Com certeza a tal de Pinky sabia que tinha um legado a prezar. Havia tantas coisas importantes em que pensar! Dúzias de preparativos para o desfile de primavera em Nova Iorque... Graças aos céus que eles ficariam no Waldorf. Essa noite seria ótima: nada da comida horrorosa do navio, bons amigos, um jantar de classe... Como ele podia querer estragar a diversão dela? — Tess, você também está convidada, querida — disse ela com um rápido olhar para trás.

Caída em seu assento, Tess quase cochilava, desfrutando a sensação do estofado macio de couro que acariciava a sua cabeça. Ela nunca havia estado em um automóvel tão luxuoso. Lá fora, pedaços de uma cidade nova e agitada deslizavam por ela, rápido demais para seu cérebro absorver. Ela enfrentaria suas exigências e energia no dia seguinte. Agora, ela só queria um quarto para si, com lençóis limpos e travesseiro macio. Fechou os olhos e, com uma pitada de melancolia, seus pensamentos se desviaram para Jack Bremerton. Ele havia partido para sempre, e com ele suas tolas fantasias de vê--lo novamente. Um homem corajoso, morto. Seus pensamentos se voltaram para Jim, revivendo os momentos da despedida no Carpathia — seus olhos azuis, sua bondade, sua intensidade. Ela já não conseguia mais considerá-lo apenas um garoto interiorano. Não que isso tivesse importância, porém, pois ela provavelmente jamais voltaria a vê-lo, o que só aumentou sua melancolia. Quando o Packard elegante estacionou no Waldorf, ela estava caída em um sono profundo e nebuloso.

. . .

Entrar na sala de jantar particular do Waldorf mais tarde, naquela noite, foi como mergulhar em uma caixa de joias forrada de veludo vermelho. Era a sala mais elegante que Tess já tinha visto. Seus pés, metidos agora em sapatos emprestados, imediatamente se afundaram no carpete. Garçons pairavam aqui e ali. Hesitante, Tess puxou uma cadeira à mesa e, com olho experiente, inspecionou como a toalha de mesa elegante de linho branco havia sido bem passada. Ela conhecia a dificuldade de passar linho e renda, e aquele trabalho tinha sido minucioso.

— Isso corresponde aos seus padrões de qualidade, Tess? — perguntou Lucile, aparentemente divertindo-se com a inspeção da garota. — Estamos em terra agora, chega de chão se movendo embaixo de nossos pés. Nesta noite quero me divertir. O fardo acabou. Não é mesmo, querido?

Tess foi poupada de ter de dar uma resposta devido à chegada de diversos amigos dos Duff Gordon, que irromperam porta adentro com gritos altos, abraços e beijos. Ela passou os dedos pelo fino vestido de *chiffon* que Lady Duff Gordon ordenara que ela vestisse, sentindo-se estranhamente nua. O que ela estava fazendo ali embaixo daqueles candelabros cintilantes, observando garçons servindo champanhe em taças alongadas e finas de cristal? Em Cherbourg, ela estaria atendendo aquela mesa, e não sentada ali.

— Sinto como se estivéssemos recebendo vocês de volta ao mundo dos vivos — disse uma mulher com voz baixa e trêmula, enquanto plantava um beijo úmido de batom na face da amiga. — Querida Lucile, estamos tão felizes por vocês estarem a salvo. Olhe... — Ela estendeu o braço para trás e puxou para perto um cavalheiro com aparência digna e bigode escuríssimo. — Trouxemos Jim Matthews para comemorar conosco!

Lucile já tinha dado alguns goles de champanhe, o bastante para fazer um dos garçons encher de novo sua taça, e ela estava corada. Estendeu a mão. Aquele era um dos seus jornalistas de moda preferidos e um dos mais bajuladores, um homem que sempre idolatrava seus vestidos.

— Meu caro amigo, é um prazer tê-lo aqui, muito embora você recuse aceitar meu conselho de deixar esse ramo horrível dos jornais.

— Mas então onde Nova Iorque poderia ler a melhor cobertura sobre os mais recentes vestidos de Lucile? — indagou o homem com um sorriso, inclinando-se para segurar a mão dela.

Todos riram, mas Tess notou os olhos de Cosmo se estreitarem. Ele ocupou-se em acender seu cachimbo quando viu que ela o observava. Com o fósforo aceso e o cachimbo no lugar, Cosmo em seguida olhou com expressão desaprovadora para a porta. Tess acompanhou seu olhar.

Pinky Wade estava ali de pé, observando a cena com interesse. Ela obviamente não se sentia intimidada pelo ambiente. Usava um vestido comum que era curto demais e cujo corpete estava manchado, com botas surradas. Trazia a tiracolo uma bolsa enorme e desengonçada.

— Seja bem-vinda, querida, você vai ficar para jantar? — Lady Duff Gordon olhou-a de cima a baixo com um olhar crítico. — Essa garota é um desastre de moda ambulante — murmurou ela para uma amiga ao lado. — Por que as mulheres fazem isso consigo mesmas?

Pinky não parecia notar nada.

— Com certeza. É de graça, não é? — Ela sorriu com simpatia para a turma reunida e desabou em uma cadeira vazia. Ao ver Tess do outro lado da mesa, acenou.

— Você a conhece? — perguntou Cosmo, olhando duro para Tess.

— Nós nos conhecemos no Carpathia.

— Não foi uma boa ideia. — A voz dele era gélida.

— Falamos muito brevemente — disse Tess, rápido.

— Entendo. Mas Lucile a avisou para não conversar com jornalistas.

— Que belo jantar vocês estão tendo — disse Pinky, interrompendo a conversa. Ela chamou um dos garçons que levava uma bandeja com queijos, apanhou uma colher de prata e começou a se servir, satisfeita com o modo como as coisas estavam correndo. Van Anda tinha ido ao delírio com o material que ela colhera no navio. Sua cotação estava tão alta no *Times* que ele lhe dissera que ela podia seguir a história do Titanic do ângulo que quisesse. E era exatamente o que ela estava fazendo nessa noite. Olhou de relance para Tess e sentiu mais confiança ainda em sua decisão de continuar reunindo fatos sobre o bote salva-vidas número um em vez de divulgá-los em sua primeira matéria. Havia mais coisas a descobrir, ela tinha certeza, e conseguir aquele convite tinha sido um enorme golpe de sorte. Ela passou uma camada generosa de *camembert* sobre um pãozinho, mastigando toda satisfeita enquanto olhava ao redor, sem querer parecer concentrada demais em Lady Duff Gordon. Que negócio era bom, salgado e amanteigado. Ela provaria o *fourme d'ambert* em seguida.

Por que, perguntou-se Pinky, havia tanta mística em torno daquela mulher espalhafatosa de sobrenome pretensioso? Para alguém que assomava tão alto no mundo dourado dos abastados de Nova Iorque, ela parecia pequena demais com seus cabelos ruivos intensos, quase desafiadores. Era um conjunto curioso.

— Minha cara, espero que goste do queijo, mas precisamos guardar espaço para o delicioso *filé-mignon* que o *chef* está preparando para nós neste momento — cantarolou Lucile pela mesa. Sua risada ondulou pelo salão de jantar, mais leve e coquete do que Pinky imaginaria.

Pinky estendeu a mão para apanhar o *fourme d'ambert*, cortando um pedaço grosso para si:

— Com certeza — respondeu ela, animada. — Então, a senhora vai nos contar tudo sobre a sua experiência, Lady Duff Gordon?

— Sim, o que aconteceu, Lucy? — implorou uma mulher com um boá enrolado nos ombros. — Oh, Lucy, diga tudo, do começo ao fim! Como vocês sobreviveram?

Lucile pigarreou, lançando um olhar triunfal para Cosmo.

— Meus caros, olhando para baixo lá do deque e ouvindo os gritos das pobres almas lá embaixo, não vou negar que tive medo daquelas águas escuras — disse ela, com a voz naturalmente grave descendo ainda uma oitava. — Foi a aventura mais incrível da minha vida, e foi necessário cada grama da minha determinação para burlar o destino.

— E como a senhora conseguiu fazer isso? — perguntou Pinky em voz baixa.

— Mantendo a cabeça no lugar enquanto os outros perdiam a deles — retrucou Lucile, com frieza.

Durante os cinco minutos seguintes, ela manteve o público nas mãos. Lamentou a incompetência da tripulação do navio, a fragilidade do bote salva-vidas de lona, o frio, o medo. Descreveu como, mesmo com a água gelada do mar entrando pelo bote até a altura dos tornozelos, ela conseguira conter a histeria dos outros sobreviventes... E então, num sussurro quebrado e quase sem fôlego, falou do momento horrível em que o Titanic mergulhou para o fundo do mar.

— Homens e mulheres se agarravam a restos do naufrágio no meio da água congelante, e passou-se pelo menos uma hora até que o coro horrendo de gritos agudos cessasse — disse ela.

Cosmo pigarreou, pousando uma mão cautelosa no braço da esposa, que se desvencilhou.

— Eu me lembro do último grito de todos, uma voz masculina berrando alto: "Meu Deus, meu Deus..." — A voz de Lucile ficou entrecortada. Suas mãos, que foram escondidas com rapidez, começaram a tremer.

Àquela altura, as poucas pessoas presentes no salão estavam reduzidas a lágrimas. Até os garçons estavam cravados no lugar, ouvindo, de olhos arregalados, segurando os pratos em pleno ar. Emocionada com seu próprio relato, Lucile ergueu o rosto para a luz cintilante do candelabro de cristal, sem sequer tentar enxugar as lágrimas que desciam por seu rosto.

Tess olhou para as próprias mãos entrelaçadas embaixo da toalha de mesa. Quase podia sentir o gosto do sal, a angústia. Quase podia sentir-se de novo segurando as laterais ásperas e úmidas do seu bote, de tão vívido que o relato tinha sido. Ela olhou para os homens e mulheres bem-vestidos inclinados sob a luz brilhante dos candelabros soltando murmúrios de espanto e atirando perguntas nas pausas de efeito dramático de Lucile.

— Oh, Lucy, que sorte! Você teve a inteligência de vislumbrar sua fuga — murmurou um dos convidados. — Como você foi corajosa.

— As pessoas estavam iludidas, dizendo que o navio não poderia afundar. — Ela pareceu estar em algum outro lugar por um breve instante, sonhando. O salão caiu em silêncio. Houve um alívio palpável quando ela recuperou seu tom autoritário de sempre. — Eu as vi se afastarem dos botes salva-vidas, recusando-se a embarcar. Odeio dizer isso, mas foram umas idiotas. Não usaram a cabeça. Quem ficou calmo teve as melhores chances de sobreviver.

— Quantas pessoas havia em seu bote, Lady Duff Gordon? — perguntou Pinky de modo abrupto.

— Estávamos no bote do capitão, e poderíamos ter levado mais gente se a tripulação não tivesse sido tão desorganizada — retrucou Lucile.

— Quem deu a ordem de partir prematuramente?

— Não foi prematuro, o navio estava afundando, pelo amor de Deus!

— Nosso bote não foi o único a sair sem estar lotado, srta. Wade — interrompeu Cosmo, falando rigidamente. — Nos disseram que o embarque de passageiros foi malfeito em todo o navio.

— Mas o de vocês foi o mais vazio de todos, creio, é algo a se pensar — disse Pinky. Seu tom não era acusatório, e seus olhos se iluminaram quando os garçons começaram a servir cortes altos de *filé-mignon* em pratos de porcelana cor-de-rosa com borda prateada. — Que refeição maravilhosa — disse ela para Lucile. — Obrigada por me convidar. — Ela começou a cortar sua carne, mais rosada e macia do que qualquer outra que ela já havia comido, mastigando alegremente enquanto os outros remexiam em seus garfos, incomodados.

— Você está me criticando depois do que eu passei? — inquiriu Lucile.

Pinky limpou a boca com um gesto impaciente, usando seu guardanapo de linho branco.

— Não estou criticando a senhora, estou fazendo uma afirmação — disse ela. — Se entendi bem, a senhora é quem estava mandando naquele bote salva-vidas.

— Já chega de falar desse evento trágico — disse Cosmo, interrompendo aquela discussão. — Minha mulher ainda está abalada, tal como eu. Esperávamos que a senhorita viesse até aqui para se juntar a nós na celebração da vida, não para nos atacar.

Mal se ouvia um som no salão. Pinky pousou o garfo na beirada do prato e encarou seus anfitriões: primeiro Lucile e depois Cosmo.

— Celebrar a sobrevivência não é suficiente — disse ela, com tranquilidade. — Há pessoas lá embaixo no saguão do hotel, no porto, nos cortiços do East Side, que perderam maridos, esposas, irmãs e crianças, e não têm nada para celebrar. Gente como vocês sempre sobrevive. Vocês devem mais do que isso.

De novo, silêncio.

— Essa não é uma daquelas histórias de ricos contra pobres que você adora contar — disse Jim Matthews, olhando feio para Pinky. — Lucy, você contou uma história incrível, e seu comportamento foi heroico, essa é minha opinião. Sei que o sr. Hearst gostaria de publicar seu relato no *Sunday American*. Podemos usá-lo? Com sua assinatura?

— Acho que não... — começou a dizer Cosmo, mas Lucile o interrompeu com um meneio decidido de cabeça. Não seria intimidada por aquela menina malcriada.

— Claro que podem — respondeu ela.

Pinky empurrou a cadeira para trás e se levantou. Em todo caso, havia dado um jeito de limpar seu prato.

— Isso é muito corajoso da sua parte — disse ela. — Espero que a senhora forneça mais detalhes sobre o que aconteceu no seu bote. Andei ouvindo umas histórias. Boa noite a todos.

Pinky olhou de relance para Tess, respondendo silenciosamente ao seu olhar inquiridor. Sim, ela andara falando por aí sobre o bote salva-vidas número um.

Os olhos de Tess acompanharam Pinky enquanto ela pendurava a bolsa no ombro e marchava porta afora. Ninguém mais pareceu prestar atenção nela. Lady Duff Gordon já estava entretida em uma conversa animada com uma de suas amigas, e uma onda de risinhos começou a circular pela mesa, obviamente à custa de Pinky. Era como se aquelas pessoas estivessem atrás de um vidro, protegidas da raiva alheia. Bem-vestidas, recobertas pela maquiagem. Cigarros manchados de batom em cinzeiros de cristal, cheirando azedo. Tess deslizou da sua cadeira e saiu depressa atrás de Pinky.

— Espere! — pediu ela.

Pinky parou diante das portas do elevador, que já se abriam.

— O que você está fazendo, tentando ser decapitada? Você não devia ter me seguido. Ela vai despedi-la num piscar de olhos.

— Você tem razão quando disse que sobreviver não é o suficiente. Só queria lhe dizer isso.

— Cuidado, essas palavras são perigosas. Você trabalha para gente pomposa e privilegiada que nunca aprende coisa nenhuma. Ainda não sei por que está arriscando seu emprego. Volte e coma as sobremesas finas que ela está oferecendo.

— Não estou com fome. — Era verdade. A refeição daquela noite poderia muito bem ter sido serragem.

— O que está lhe tirando o apetite?

— É prematuro demais. E é... demais. — Ela podia dizer isso, precisava dizer isso, sendo desleal com Lucile ou não.

— Claro, essas pessoas não mudam. Você achou que seria diferente? Tess respirou fundo.

— Sim — respondeu, com simplicidade.

Pinky olhou curiosa para Tess. Para alguém que era empregada nos Estados Unidos havia poucas horas, ela até que estava se arriscando muito. Mas a sua própria raiva estava se transformando em constrangimento. Que idiota ela tinha sido. Devia ter descoberto mais coisas a respeito do que acontecera no bote número um antes de atacar uma estilista esnobe que só era capaz de enxergar um grande desastre do prisma de sua própria experiência. Ela devia ter segurado as rédeas e ouvido, feito perguntas e não discursos idiotas.

— Não estou com raiva de você, fui eu que estraguei tudo. Eu devia ter fechado a boca e ouvido.

— Mas você falou o que devia.

— Certo, tudo bem. Então você vai conversar comigo? — desafiou Pinky.

— O que eu posso lhe dizer? Todo mundo fez o melhor que podia. — Ela já tinha dito isso antes, em algum lugar.

— Ah, entendi. Estamos de volta ao emprego com a fabulosa Lady Duff. Certo, a gente se vê depois.

Pinky entrou no elevador e deixou que as portas fechassem atrás de si.

Corando, Tess se virou para voltar à sala de jantar. Tinha sido dispensada, simplesmente dispensada, como se não valesse nada.

Parou. Lucile, de braços cruzados na frente do peito, estava de pé no fim do corredor.

— Se não gosta da minha comida, posso providenciar outros arranjos — disse ela em tom gélido. — É isso que você quer?

— Eu não estava com fome — conseguiu dizer Tess.

— Aquela mulher me insultou. Abertamente. E pelo visto você a admirou. Foi por isso que a seguiu até aqui.

— Não, não é assim... — Tess tentou dizer mais alguma coisa, mas as palavras não saíam. Lucile a encarou com olhar impenetrável. Mas Tess viu de novo algo ilusório passar de um lado a outro nos olhos de madame e depois, sumir.

— Peço... Deixe-me colocar as coisas de modo diferente: *ordeno* que você volte ao seu quarto. — Lucile se virou, depois fez uma pausa para acrescentar: — Durma um pouco, numa cama decente, por fim. — E marchou de volta à sala de jantar, sem esperar pela resposta de Tess.

· · ·

Enquanto o elevador descia, Pinky olhou a própria imagem no espelho com moldura dourada. As mulheres se maquiavam e se enfeitavam diante daquele espelho todas as noites, beliscando as bochechas para adquirirem um tom rosado, arrumando o cabelo, acariciando seus diamantes. Contudo, nesse exato instante ela estava olhando para si mesma — e estava um horror. Olhos agudos, língua afiada e péssima.

Ela não deveria ter virado as costas para Tess; ela podia ter dito algo mais. Por que sempre achava que devia corrigir as injustiças do mundo? Seu pai sempre a repreendia quanto a isso. "Se você perder a frieza, perde o olho jornalístico", era o que ele sempre dizia.

As portas do elevador se abriram e ela saiu no saguão do Waldorf, onde já estavam sendo feitos os preparativos para o início do inquérito do senador Smith sobre o Titanic. Fora uma decisão inteligente essa de agir rápido, antes que os sobreviventes ficassem impacientes para voltar para casa. Mais gente continuava se reunindo ali, provavelmente com medo de não conseguir lugar de manhã. Até mesmo ela ficou impressionada com a intensidade crescente da cena. Mulheres com roupas desgastadas estavam sentadas em cadeiras de brocado, algumas delas chorando e enxugando os olhos. Homens com bonés de *tweed* e olhos assombrados andavam por ali, conversando, apoiando-se naquele ambiente estranho. Pinky olhou para seu caderno de anotações: 706 sobreviventes, dentre 2.223 pessoas. Sessenta por cento dos passageiros da primeira classe tinham sobrevivido, a maioria mulheres. Nenhuma surpresa aí. E apenas vinte e cinco por cento dos passageiros da segunda e terceira classes.

Rapazes com colarinhos rígidos transportando caixas para o hotel corriam de um lado para outro pelo saguão, sumindo em um enorme salão de baile iluminado por lustres de cristal. O olhar de Pinky voltou até o centro do salão, onde a ação parecia estar concentrada ao redor de um homem baixo de casaco preto e que tinha um bigode enorme tomando conta de seu rosto.

Agora ela poderia conhecer William Alden Smith de modo legítimo. Não adiantava tentar evitá-lo, ele com certeza já devia saber que ela tinha entrado escondida no Carpathia — isto é, se ele e seus assistentes tivessem lido na última edição do *Times* as entrevistas que ela fizera com os sobreviventes. Talvez não. Com seu caderno a postos, Pinky se aproximou, rabiscando tudo o que conseguia ouvir.

— Olá, senador Smith — cumprimentou ela com um enorme sorriso. — Sou Pinky Wade, do *New York Times*. Que...

— Sim, srta. Wade, acho que já viajamos juntos. Estou certo? — Os olhos dele eram rápidos, mais inteligentes do que ela esperava.

— Sim, senhor.

— Você era aquele de chapéu, assoviando?

Pinky sentiu-se corar de leve. Assentiu.

— Foi o que pensei. Bela canção. *"Good night, ladies"*. Mas certamente não é uma canção comum entre marinheiros.

— Da próxima vez vou escolher uma melhor — disse ela. — Posso lhe fazer uma pergunta agora?

Ele sorriu e fez que sim. Ele a havia desconcertado por um ou dois segundos e a sensação era boa.

— Quem será sua primeira testemunha amanhã?

— Bruce Ismay. — Não havia motivo para não contar a ela. Ele conhecia sua reputação. Era uma repórter para se tratar bem.

— É verdade que ele estava tentando quebrar um recorde de velocidade?

Smith pestanejou, espantado.

— Quem lhe disse isso?

— Tenho minhas fontes, senador. O senhor poderá ler tudo a respeito na edição noturna do *Times*.

— Não tenho nenhum comentário a fazer — disse ele, de modo ríspido.

— Certo, mas parece que o foco do seu inquérito é a culpabilidade da White Star, não é?

— *Suposta* culpabilidade. Vamos tratar de tudo, srta. Wade. Inclusive do fato de que não havia botes salva-vidas suficientes.

— Foi meu editor que percebeu isso primeiro. Não se esqueça de perguntar a Ismay quantas pessoas havia no bote dele. Havia muitos lugares vazios naqueles botes. Principalmente no de número um.

— Sei disso — disse ele, irritado. Aquela mulher estava lhe dando nos nervos.

Pinky sorriu.

— Obrigada, senador. Vejo o senhor amanhã de manhã.

Ela se virou, satisfeita. Ao menos tinha uma novidade para a primeira edição da manhã. Ela se dirigiu até a porta, depois parou. Sentado num dos cantos do saguão, semiescondido por uma gigantesca árvore-do-elefante, estava um dos marinheiros com quem ela havia conversado no Carpathia. Ele parecia deprimido, como se estivesse se escondendo de propósito.

Pinky abriu caminho pela multidão para se aproximar do homem.

— Olá, de novo — cumprimentou ela, afastando as folhas enormes da planta. — Sou eu, Pinky Wade. O que aconteceu?

Ele a olhou espantado.

— O que você está fazendo aqui?

— Só uma reportagem. Não conversamos muito no navio. Há alguma coisa a mais que queira me dizer?

— Não. — Ele afundou em seu assento.

— Você vai ter de depor? — perguntou ela.

— Espero que não.

— Eu com certeza gostaria de saber o que aconteceu naquele bote.

Ele a olhou novamente, de modo mais pensativo dessa vez. Tentando avaliar a utilidade que ela teria para ele, refletiu Pinky.

— Talvez você venha a saber — disse ele.

— Agora?

— Agora.

Pinky puxou uma cadeira.

• • •

Já devia passar muito da meia-noite, mas Tess não conseguia dormir. A primeira noite da sua vida numa cama com um colchão espesso e luxuoso que era um paraíso, coberta com finos lençóis de percal, mas ela não conseguia pregar o olho. Os Duff Gordon estavam discutindo, suas vozes se elevavam no quarto ao lado, ganhando cada vez mais energia à medida que as horas passavam. Só quando eles gritavam é que ela conseguia entender suas palavras. "Vou dizer o que eu quiser, e ninguém vai me impedir, nem mesmo você!", bradou madame a certa altura. Tess sabia o bastante sobre brigas de casais — havia testemunhado muitas daquelas sessões tarde da noite entre seus pais.

Ela se levantou e andou silenciosamente pelo quarto, sem querer fazer nenhum ruído. Parou diante de uma bela cômoda de mogno e serviu-se de um copo d'água de um jarro de porcelana frágil, olhando-se no espelho. Poucos dias antes, a única coisa que ela queria era *ser* a fabulosa Lucile. Tudo o que ela sonhava e esperava tinha lhe sido entregue. Ela havia entrado no universo da mulher a quem mais admirava.

Mas as coisas estavam mudando, virando de cabeça para baixo. Aquele único momento de proximidade no navio — em que Lucile entendera sua dor, compartilhara aquela experiência terrível — fora maravilhoso. Saber que ela se importava, que entendia o que era tentar se libertar e ascender de posição... Entretanto, esses vislumbres de — diga com todas as letras, ninguém está escutando — *crueldade...* O que dizer deles? Às vezes a fabulosa Lucile já não parecia mais tão fabulosa. Porém, outras vezes ela parecia estar procurando ajuda. Como Tess poderia não oferecer consolo?

Contudo, ela não conseguia afastar a sensação de que havia mais alguma coisa acontecendo que ela não entendia.

Pinky tinha razão: sobreviver não era o bastante. E Jim também devia estar certo: talvez ela estivesse se esforçando demais para manter seu tíquete-refeição naquele novo país.

Ela abaixou a cabeça, cansada de tantas emoções conflituosas. Colocar-se, desafiar, fazer o que queria. Sim. Fora isso que a fizera sair do campo, que a fizera fugir de Cherbourg, entrar no Titanic. Não. Tome cuidado, seja leal, não desafie nada. Por que ela havia sobrevivido? Por que não todas aquelas pobres almas que rezavam e imploravam nas águas? Por que não Jack Bremerton? Ela tinha uma dívida, mas não sabia direito com quem — nem como a dívida seria paga.

Correu os dedos pela escultura do bote salva-vidas, que ela colocara na frente do espelho, movendo o dedo com suavidade ao redor de suas curvas e reentrâncias. Num impulso, mergulhou um dedo em um pote de creme e desenhou o contorno do próprio rosto no espelho, depois recuou. Que estranho — o tamanho da imagem não mudava nem mesmo quando ela recuava. Não deveria diminuir? Ela andou para a frente, e permaneceu o mesmo. Ela não ficava nem maior, nem menor.

Esvaziou o copo, grata pela água fria, depois voltou para a cama. Caiu em um sono inquieto com um último pensamento consciente: o que quer que a esperasse mais adiante, não seria o *glamour* de caminhar pelo deque do Titanic. Isso se perdera para sempre, se é que um dia havia existido.

5

WALDORF-ASTORIA
19 de abril

Tess bateu suavemente na porta dos Duff Gordon na manhã seguinte, sem saber direito o que esperar. Lucile abriu para ela quase na mesma hora, parecendo pálida e desatenta. Não havia nem sinal de Cosmo. Em silêncio, apontou para um exemplar do *American* sobre sua cama.

Tess apanhou o jornal. "MINHA EXPERIÊNCIA ANGUSTIANTE DE ESCAPAR DO TITANIC" era a manchete, seguida por um relato em primeira pessoa da aventura de quase morte de Lucile, incrementada por um texto sensacionalista.

— Eu disse isso tudo na noite passada? — perguntou Lucile. Sua voz estava desanimada.

— Parte. Mas numa versão bem floreada. Não é justo.

— Eu me sinto péssima. Cosmo está furioso.

Lucile parecia frágil, seu rosto tão abatido, que Tess, num impulso, segurou-lhe a mão.

— É só para vender o jornal — disse ela. — Fazem a mesma coisa na Inglaterra.

— Mas não me usando como vítima. — Lucile deixou-se afundar no sofá revestido de seda perto da janela. — Cosmo disse que me coloquei na frente e no centro do desastre e que iremos pagar caro por isso. Que todo mundo virá atrás da gente, inventando todo tipo de história. Por que eles estão zombando de mim? — Ela pegou o jornal atirou-o ao chão. — Você leu algumas dessas frases? — Ela citou, com uma voz afetada: — "Eu disse ao meu marido: podemos entrar no bote, a viagem será uma pequena excursão agradável até de manhã". Eu nunca disse isso! Disse?

— Não, não disse. E você não foi petulante de jeito nenhum. — Não adiantava lembrar Lucile quanto ela *de fato* havia falado na noite anterior. — Você só estava contando a sua história.

— Obrigada, querida. Você me entende. — Lucile pareceu verdadeiramente consolada. — Não foi publicado nada a meu respeito no *New York Times*, ainda bem — disse ela. — A tal Wade escreveu sobre as fraquezas do capitão do navio e a resposta confusa da White Star, e atirou no meio algumas histórias de gente que escapou por um fio. Isso tomou toda a primeira página. Ela não escreveu nada sobre o jantar. Provavelmente se deu conta de que nos devia algo em troca do belo jantar que engoliu. — Lucile olhou de lado para Tess, no único sinal de reconhecimento do confronto das duas na noite anterior. — Que bando de gente suja, esses repórteres — continuou ela. — Agora me ajude a me arrumar, querida. Preciso ir ao ateliê. Ainda bem que mandei de navio, com antecedência a maioria dos vestidos para o desfile. Seria realmente terrível se todos eles tivessem afundado. O...

— E o inquérito? — perguntou Tess, interrompendo-a.

Lucile lhe lançou um olhar duro.

— Depois dessa matéria? Tess, se eu descer, serei assediada pelos repórteres. Você sabe o que disse o mensageiro que nos trouxe os jornais nesta manhã? As pessoas lá embaixo estavam falando sobre o "bote dos milionários". Como posso descer e ser sujeitada a tamanha zombaria? — Ela fez um gesto, afastando a ideia, parecendo menos pálida e mais determinada. — Vá e descubra o que acontece. Você mandou seu vestido para a lavanderia do hotel na noite passada, não foi? Eu vou para o meu ateliê.

Tess estava com a mão sobre a maçaneta quando se virou. Precisava perguntar.

— Algo de terrível aconteceu mesmo em seu bote salva-vidas? — perguntou ela em voz baixa.

— Você está tentando me condenar também? — De repente a voz de Lucile estava ferina.

— Não, claro que não. Mas...

— Nada aconteceu, pelo amor de Deus. Absolutamente nada. E toda essa conversa sobre nosso bote ser gigantesco é ridícula. Era bem pequeno. Fora a decepção dos Darling, nada mais aconteceu. Agora você se sente melhor?

— Sim. — Mas era mentira. O sorriso de Lucile estava forçado demais.

• • •

Às 9 horas, Tess abriu caminho pela Sala Leste já lotada do hotel. Ela mal conseguia respirar enquanto abria passagem. A sala fervia sob a luz intensa de cinco enormes lustres de cristal, e estava ainda mais sufocante por causa das centenas de pessoas que se acotovelavam, muitas delas — principalmente as malvestidas — encurraladas contra as paredes. Ela sentiu o suor se acumular nas axilas e desejou que estivesse usando algo mais leve. Na noite anterior Cosmo havia deslizado por baixo da porta dela um envelope com o pagamento pela sua primeira semana de serviço em dólares norte-americanos, mas ela não conseguia se imaginar gastando aquilo em coisas tão frívolas como roupas. Era o único dinheiro que ela tinha.

Uma mulher robusta deslizou sua circunferência ampla em um dos últimos assentos vagos atrás de Tess e se inclinou para a frente a fim de bater papo. Era Margaret Brown.

— Olá, minha companheira de remos. — Seu rosto era tão redondo e maternal. — Sua patroa com certeza roubou as notícias nesta manhã, não é?

— Injustamente — disse Tess com rapidez.

— Ela não deu aquela entrevista?

— Bem, deu sim.

— Ah, que pena. Embora não seja exatamente justo chamar o bote deles de "bote dos milionários", devo dizer. Havia muitos milionários em todos os botes. Mas ser identificado não é bom. Pode ser que os Duff Gordon tenham de enfrentar um período duro pela frente.

— Ela só estava tentando contar a própria história.

A sra. Brown olhou com bondade para Tess.

— Você é uma jovem leal, pelo que vejo. Se tiver sorte, Lady Duff Gordon será poupada de mais atenções. Esse homem decente, senador Smith, não planeja chamar nenhuma mulher para prestar depoimento. Ele diz que somos delicadas demais para passar por um trauma público tão grande. Não é ridículo? Sabe o que eu acho? Esses homens não querem ouvir nada crítico nem *sobre* nós, nem *vindo de* nós.

— A senhora acha que...? — começou a dizer Tess. Porém subitamente desviou a atenção para uma mulher com um casaco puído que gritava no fundo da sala.

— Por que todos vocês me odeiam? O que eu fiz além de salvar minha própria vida? — berrava ela.

Um murmúrio correu pela sala, uma onda quase inaudível.

— Ah, aí está — disse a sra. Brown. — Algum homem da primeira classe provavelmente lhe cedeu seu lugar no bote. Todo mundo ainda está magoado.

— Esses inquéritos estão começando cedo demais.

A sra. Brown se inclinou mais para perto.

— Meu amor, Netuno foi excepcionalmente bom conosco — sussurrou ela, com olhos calorosos e cheios de bondade. — Conseguimos escapar daquelas águas, e agora precisamos depor.

De fato. Isso deu um impulso a Tess. Ela se levantou, apontando para a mulher que estava sendo encurralada contra a parede.

— Alguém dê um lugar para essa mulher se sentar — berrou ela o mais alto que pôde. — Não estão vendo que ela é uma de nós? Que vergonha!

O silêncio caiu sobre o ambiente. Tess não fez nenhuma menção de se sentar. Que os curiosos que tinham ido até ali para observar rissem ou desaprovassem, ela não dava a mínima. Podia sentir todo o medo e a dor ao seu redor.

Houve um movimento à porta. Uma cadeira foi oferecida e a mulher se sentou. Um suspiro percorreu a sala, liberando a tensão. Tess sentou-se novamente, espantada com a própria fúria — e agora completamente consciente dos olhares dirigidos a ela.

— Isso mesmo, meu amor — disse a sra. Brown, animada, dando-lhe um tapinha nas costas. — Você se colocou e acertou um de direita no meio dos olhos deles.

— Posso acabar numa encrenca por isso.

Os olhos da sra. Brown se arregalaram de espanto.

— Encrenca? Todo mundo entra em encrenca nos Estados Unidos, neste país é assim. As pessoas não gostam de ser repreendidas com a verdade, mas às vezes precisam ser, pelo amor dos céus. Você defendeu alguém. Qual é o problema? Eu prefiro ouvir a verdade ser defendida a toda fofoca e boatos que as pessoas estão espalhando por aí. Não sei nem mesmo se é verdade o boato de que o homem com amnésia foi atirado na prisão.

Tess se endireitou.

— Que homem? — perguntou ela.

— Algum pobre coitado da segunda ou terceira classe cujo cérebro de algum jeito entrou em curto-circuito. Nenhum parente dele deu as caras, é o que dizem.

— Tem certeza de que ele estava em uma das classes inferiores?

A sra. Brown olhou para ela com curiosidade.

— Não sei quem você tem esperanças de que ele seja, querida, mas a esta altura nenhum passageiro da primeira classe continuaria sem identificação.

Tess abaixou a cabeça, sabendo que era verdade.

— Agora, aqui vai uma história para você: sabe aqueles garotinhos que você salvou? — indagou a sra. Brown, mudando de assunto.

— Eles estão bem? — perguntou rapidamente Tess, com o coração aos pulos. Tinha sido difícil se despedir de Michel e Edmond. — As autoridades localizaram algum familiar?

— Pode-se dizer que sim. — O rosto da sra. Brown ficou entristecido. — Ocorre que o verdadeiro nome do sr. Hoffman era Michel Navratil. Ele estava sequestrando os próprios filhos. A mãe deles está bem viva e frenética atrás deles.

— Oh, minha nossa. — Se aquele homem de rosto triste no Titanic, que obviamente amava os filhos, estava roubando-os, alguém poderia ser quem parecia ser?

— Tantas histórias. — A sra. Brown fez sinal com a cabeça na direção de uma bela mulher elegantemente vestida de preto e sentada ali perto, abanando-se com vigor. Seu cabelo era farto, seu rosto branco como uma xícara de porcelana.

— Ali está a sra. Bremerton, uma das viúvas mais abastadas. Sem dúvida ela veio aqui para descobrir a quem deve processar. Ela me dispensou quando lhe pedi uma doação para o comitê dos sobreviventes. Algumas pessoas querem o dinheiro só para elas. Levam essa coisa toda muito a sério, em minha opinião.

Tess encarou a mulher que a sra. Brown havia apontado, espantada com a calma dela. Mal podia acreditar: aquela era a esposa de Jack Bremerton.

— Ela deve estar arrasada — sussurrou.

— Dado o fato de que todos sabiam que ele iria se divorciar dela, provavelmente não. — Tess engoliu em seco, e a sra. Brown a olhou, curiosa. — Ele era seu amigo, querida?

A COSTUREIRA

Ela estava tentando pensar em uma resposta quando se ouviu uma agitação repentina à porta. Grata pela interrupção, ela olhou para trás. O senador que entrara sorrateiro nos deques do Carpathia *havia chegado*. Ele tinha quase sessenta anos, adivinhou ela, e um enorme bigode num rosto de traços tão fortes que poderia embelezar um monumento. Passou por Tess e pela sra. Brown e foi se sentar à cabeceira de uma mesa colocada perto da parede dos fundos, que já estava cheia de membros do comitê de investigação. Usava um casaco preto com gola de veludo, que ele tirou assim que se acomodou na cadeira.

O senador Smith bateu o martelo de juiz pedindo silêncio na sala.

— Ordem, por favor!

O inquérito ia começar.

• • •

Pinky fez sinal para o seu fotógrafo se aproximar enquanto fitava Bruce Ismay, tentando entender por que os homens ricos e importantes nunca pareciam se dar conta de que era um erro enorme parecer rico demais em um ato público. O presidente ardiloso da White Star Line usava um terno azul-escuro com uma echarpe de seda em volta do colarinho, e tudo — desde o lenço de linho no bolso da frente — denotava privilégio.

— Você devia ter tirado esse seu anel de diamante, Ismay — murmurou Pinky baixinho para si mesma. Fez sinal para que o fotógrafo tirasse a fotografia do momento em que Ismay levantou a mão, fazendo cintilar o enorme anel de diamantes à luz dos lustres de cristal. O *flash* espocou ruidosamente.

— Tirem esses fotógrafos daqui! — bradou o senador Smith. — O senhor tem alguma declaração a fazer, sr. Ismay?

Um Ismay aparentemente perturbado pigarreou e puxou os punhos das mangas.

— Gostaria de expressar meu sincero pesar por esta terrível catástrofe — começou a dizer ele. — Estamos de acordo com este inquérito do Senado norte-americano e não temos nada a esconder. Absolutamente nenhum dinheiro foi poupado na construção do Titanic.

— Então por que o senhor estava apressando o capitão a ir mais rápido no meio daquele campo de gelo? — gritou um homem à porta.

Smith bateu o martelo, dessa vez várias vezes. Será que ele conseguiria manter aquela multidão sob controle? Talvez tivesse sido melhor adiar o início do inquérito por alguns dias. Não, Ismay teria fugido da cadeira das testemunhas. Smith bateu de novo o martelo, com mais urgência.

— Quais foram as circunstâncias da sua partida do navio? — perguntou Smith quando a sala se acalmou.

— O bote estava lá — replicou Ismay. — Havia alguns homens no bote, e o oficial gritou perguntando se não havia mais mulheres, e não houve resposta. Não havia mais passageiros no deque.

Algumas pessoas se remexeram inquietas, entreolhando-se. Não havia mais passageiros no deque? Quanta tolice.

— Qual é a quantidade de botes salva-vidas exigida legalmente para um navio desse porte? — perguntou Smith.

— Só o que posso lhe dizer é que havia botes suficientes para a obtenção do certificado de navio de passageiros — respondeu Ismay com firmeza. — Ele estava devidamente equipado, conforme as exigências de Câmara Britânica do Comércio.

Smith se recostou na cadeira. Devidamente equipado? O que isso queria dizer? Ismay sabia que não havia botes suficientes. E sabia que eles não tinham sido preenchidos de modo adequado, mas jamais admitiria isso.

As perguntas continuaram, vindas de Smith e dos outros membros da comissão de inquérito, durante as duas horas seguintes. O ar da sala ficou tão sufocante que até mesmo o senador Smith começou a enxugar o rosto com um enorme lenço branco. Por fim, ele bateu o martelo para anunciar um recesso, aceitando o fato de que Ismay havia conseguido se desviar com êxito de todas as perguntas que condenariam a White Star Line. Contudo, o que Ismay não conseguiu foi

A COSTUREIRA

sair ileso da mácula de seu comportamento frio. Isso animou Smith. A testemunha seguinte, declarou ele à sala, seria Arthur Rostron, capitão do Carpathia. Um homem honrado. Ótimo contraste.

. . .

Tess abriu caminho entre a multidão do saguão, ansiosa por ar fresco. As pessoas começaram a se acotovelar, lutando para sair, e ela de repente sentiu uma pontada do mesmo pânico que assaltara a todos no Titanic. Ela pôs-se a empurrar, a se espremer, depois se obrigou a respirar fundo. Aquilo não era o deque de um navio condenado, era uma sala, só isso — uma sala lotada. Ela respirou fundo mais uma vez, estava quase à porta. Levaria um bom tempo até que ela se sentisse à vontade em uma multidão como aquela.

Viu Pinky perto dos elevadores olhando diretamente para ela, com um sorrisinho inquisidor enquanto se aproximava, e, a tiracolo, a mesma bolsa grande que usara na noite anterior. A alça era enorme, o que fazia a bolsa chegar à linha abaixo de sua cintura e esbarrar nas pessoas que saíam da sala. Alguns olhares irritados voaram na direção dela, mas ela parecia não se abalar.

— *Ops!* — disse ela uma vez, depois de pisar no dedo frágil de um pé.

— Você está irritando as pessoas — comentou Tess.

— Isso não é novidade — disse Pinky, dando de ombros. Ela hesitou. — Desculpe por ter virado as costas para você ontem. Eu acabei com a noite.

— Não, não acabou. Você disse o que tinha de dizer, o que admiro.

— Quero dizer, não fiquei tempo o bastante para reunir informações suficientes. Você responderia a algumas perguntas agora?

Tess assentiu.

— Se eu puder ajudar, mas não sei se posso.

— Ouvi dizer que Lady Duff Gordon se recusou a deixar a tripulação voltar para apanhar mais sobreviventes quando teria sido fácil colocar mais alguns no bote. O que você acha?

— Como eu posso saber? Eu não estava lá.

— Belo desvio. Bem, foi o que ouvi de um marinheiro que estava no bote. — Pinky mudou de curso rapidamente. — Também ouvi da tal sra. Brown que foram as mulheres que assumiram os remos no seu bote, e que você foi uma delas.

Tess concordou, depois riu.

— Os marinheiros eram terríveis. Acho que os do nosso bote nunca tinham colocado as mãos em um remo na vida.

— Bela frase — disse Pinky, remexendo a bolsa atrás de papel e lápis. — Pense em quantas vezes as mulheres precisam assumir as coisas quando os homens se acovardam. E esses cretinos pomposos não nos deixam nem votar...

— Você é sufragista?

— É claro. — Pinky se divertiu com a curiosidade espontânea no rosto de Tess. — E você também vai ser, se ficar aqui. Então, em uma de suas transições abruptas: — Que marinheiro lhe deu a escultura de um bote?

— Isso não importa, é só uma escultura. — Por que essa parecia ser uma informação que ela não queria revelar, ela não sabia. Talvez porque Pinky parecesse querer saber tudo e também ser capaz de soltar surpresas com facilidade demais.

— Oh... — Pinky permitiu-se dar um olhar desapontado, mas tinha ali a resposta. Talvez um romance a bordo? Aquilo daria uma bela matéria complementar. Ou, quem sabe... ah, esqueça. Ela fechou o caderno e o enfiou de novo na bolsa. Gostava de Tess. Não precisava descascar mais camadas. Pelo menos, não agora.

As luzes começaram a piscar, sinalizando o recomeço do inquérito.

— Hora de voltar para a sala — disse Tess, encolhendo os ombros.

Pinky viu o movimento.

— Eles são uns idiotas em fazer esses interrogatórios assim tão cedo — disse ela. — Você deve achar que somos uns demônios.

— Eu vejo demônios em toda parte hoje — disse Tess. — Ninguém parece real.

— É uma espécie de dança, sabe? Não se deve levar para o lado pessoal. Pelo menos, não o tempo inteiro.

— Você sabe que isso pode magoar — retrucou Tess.

— Sei. E não estou aqui para magoar você. — Elas trocaram olhares rápidos e sem guarda. Por um segundo, Tess acreditou que Pinky entendia os conflitos entre a cabeça e o coração.

. . .

O capitão Rostron era um homem excepcionalmente alto, algo que Tess havia notado desde o primeiro momento em que o vira no deque do Carpathia. Lembrou-se de como sua careca brilhava sob o sol da manhã.

A sala caiu em silêncio quando ele começou a prestar seu depoimento. Havia uma distância assombrosa de cinquenta e oito milhas entre o Carpathia e o Titanic, e se ele não tivesse se movimentado rápido quando recebeu o pedido de ajuda, não teria dado tempo. Ele colocou vigias extras e ordenou que os equipamentos de emergência fossem trazidos para o deque e que leitos fossem preparados para os sobreviventes. Ordenou que toda a água quente do navio fosse desligada para que cada pingo de água pudesse ser convertido em vapor. E, com *icebergs* ou não, seu navio viajaria a toda velocidade.

— Capitão, pode descrever os botes salva-vidas do Titanic que transportavam os sobreviventes? — perguntou a certa altura o senador Smith. — Qual era a capacidade deles?

Tess fechou os olhos, aguardando a resposta.

— Os botes desmontáveis poderiam transportar de sessenta a setenta e cinco pessoas com conforto — respondeu ele.

. . .

A testemunha seguinte foi Charles Lightoller, o segundo oficial do Titanic, o de mais alta patente a sobreviver. Logo Lightoller percebeu que o senador Smith não era nenhum especialista em assuntos marítimos.

As primeiras perguntas de Smith sobre questões técnicas foram desajeitadas, obviamente desinformadas. Sempre que Lightoller explicava com paciência algum detalhe, como se estivesse diante de uma criança, ele dava um sorrisinho e olhava para o público, num gesto de cumplicidade. Ele parecia quase impertinente ali reclinado na cadeira de testemunhas, recebendo perguntas sobre a proximidade dos *icebergs*, a velocidade do navio, a ausência de alarmes.

Então, de modo inesperado, veio uma pergunta direta.

— O senhor estava responsável por carregar os botes salva-vidas. Por que tantos deles não partiram com a lotação máxima?

— Eu tive medo de que se os botes estivessem completamente cheios, desabassem durante a descida até a água — respondeu Lightoller com voz suave.

— Mas não havia gente querendo embarcar?

— Algumas pessoas sim, outras não.

Tess pensou no caos, nas pessoas sendo empurradas para dentro dos botes ou afastadas deles, nos gritos e berros e na confusão total daquelas horas finais.

— O senhor faria as coisas de modo diferente se pudesse?

— Não. Lidei com as coisas do melhor jeito possível.

Olhares foram trocados na sala: olhares indignados acompanhados de exclamações, olhares furtivos que dardejavam de um lado para o outro com lábios cerrados. Tess encarou o homem na cadeira de testemunhas. Já tinha visto gente cara de pau antes. Bastava dizer algo com calma e convicção que haveria quem acreditasse.

— Eles estão se acobertando — murmurou um homem atrás dela. — Ninguém vai levar a culpa.

Tess ficou ali sentada, pensando em sua própria ingenuidade.

. . .

O depoimento de Lightoller — que não teve uma única crítica ao seu empregador — prosseguiu durante horas, mas por fim terminou, e o senador Smith, obviamente exausto, encerrou a sessão daquele dia. Algumas pessoas da audiência se levantaram e foram cumprimentá-lo, com murmúrios educados e elogiosos. Porém, muitas simplesmente fizeram fila para sair, conversando umas com as outras.

Smith reuniu seus papéis. Ismay, Lightoller — o depoimento de ambos não foi nenhuma surpresa. Eles sabiam muito bem que estariam encrencados se fizessem alguma declaração de negligência. Sabiam que os norte-americanos poderiam processá-los, mesmo eles sendo britânicos. E sabiam que enfrentariam um julgamento na Grã-Bretanha quando aquele ali terminasse.

Siga em frente, disse Smith a si mesmo. Uma coisa ele havia conseguido: aqueles dois não iriam a lugar nenhum durante um bom tempo.

. . .

Pinky empurrou a cadeira para trás, afastando-se da sua mesa no *New York Times*. Mais uma vez a rodinha quebrada se prendeu no assoalho de madeira da sala da redação. Mas nessa noite, ela nem ligou. Os depoimentos daquele dia estariam nas reportagens do mundo todo na manhã seguinte. Não na dela. Sua matéria era mais substanciosa — escrita rapidamente, abriria as manchetes da primeira edição da noite — e era mais do que apenas uma boa reportagem — ela mergulhava no mundo dos ricos e privilegiados. Como eles eram idiotas. Então os Duff Gordon não tinham feito nada pior do que todos os outros? Ela não acreditava nisso. Eles mereciam ser desmascarados. Eles eram o chamariz para a verdadeira história: em sua maioria, quem morreu era pobre, e a maioria dos ricos se salvou. Esses eram os fatos.

Ela fez bolinhas de papel bem amassado com as páginas descartadas e as atirou, uma depois da outra, em uma caixa presa na parede do outro lado. Era uma boa maneira de liberar a tensão depois do fechamento da edição, e ela era uma das melhores lançadoras da redação. E, ah, como era bom ter ganhado uma discussão com Van Anda. Como ela poderia dar o nome do homem que lhe dera as informações? Ele imediatamente seria despedido ou deportado; é o que faziam com os marinheiros. "Certo", dissera por fim o editor-chefe. "Você está abrindo as coisas aqui, então se prepare para o que vier em seguida." No dia seguinte ela conversaria com alguns sufragistas que haviam achado um absurdo terem salvado primeiro as mulheres e as crianças. Isso sim faria voar algumas penas.

A voz bem-humorada de Van Anda cortou sua concentração.

— Bom trabalho, Pinky — elogiou ele. — Smith vai ficar furioso por você ter conseguido isso tudo sozinha, em vez de esperar pelos depoimentos. Você precisa continuar mostrando como se faz aos outros repórteres? Vá para casa, amanhã você terá outra sessão de interrogatórios.

— Daqui a pouco.

— É, eu sei.

Um tremor suave começou sob os pés deles. As prensas estavam rodando na gráfica.

— Pode ir agora — disse ele com suavidade. Para onde ela ia?, perguntou-se ele. Não pela primeira vez, ele se maravilhara com o foco daquela repórter de primeira linha. Com sua recusa em compartilhar qualquer coisa que dissesse respeito à sua vida particular que, ele suspeitava, girava em torno de um prato quente em uma pensão solitária. As mulheres daquele ramo eram um bando de esquisitas.

Pinky atirou mais uma bola de papel amassado e pendurou a bolsa de lona no ombro. Acenou para Van Anda e saiu da redação, chutando no caminho uma casca de laranja caída no chão. Por que aquele lugar estava sempre precisando de uma faxina? Alguém deveria escrever a história das precárias condições de limpeza no *New York Times*. Ela sorriu sozinha enquanto descia a escada, dois degraus por vez. Poderia ter dançado sapateado naquela noite. Mais uma vez, a sensação adorável de girar sob as estrelas, sem dever nada a ninguém, com seu nome aparecendo com todo destaque em uma fonte em negrito que todos veriam — e, se isso não fosse suficiente, então nada seria.

• • •

Tess saiu pela porta giratória do Waldorf-Astoria e respirou o ar gelado. A sensação era maravilhosa. Ela se perguntou se Lady Duff Gordon já teria voltado do ateliê. Com certeza sim, o sol já estava se pondo, e a rua à sua frente — tomada por uma mistura barulhenta de charretes e automóveis — estava banhada por uma luz rósea.

Mas ela não queria subir para descobrir. Ainda não. Havia um parque nas proximidades, dissera-lhe um dos porteiros do hotel, um parque muito agradável, bem ali no meio da cidade. Ela nunca tinha ouvido falar dele.

— Tess. — A voz era familiar.

Jim Bonney estava de pé na calçada, com as mãos nos bolsos da calça larga. O cinto, sem fivela, fora atado com um nó. Se havia alguma diferença nele, é que ele parecia mais maltrapilho do que antes. Ela viu o desdém nos olhos do porteiro, que trajava um uniforme azul-marinho com botões de metal brilhante. Ela já tinha visto aquele olhar nos olhos de diversos mensageiros e garçons do Waldorf quando os sobreviventes das classes inferiores passavam por eles.

— Jim — disse ela, espantada com a própria alegria ao vê-lo. — Tive medo de não nos encontrarmos mais.

— Queria saber como você estava. Imaginei, bem, ela está hospedada naquele hotel chique e meus dois pés podem me levar até lá. Vou descobrir como a gente se sai em terra firme.

— Bom, não tem nada se mexendo embaixo da gente agora.

— Nenhuma onda, nenhum horizonte que sobe e desce, nenhum deque rangendo.

— Nenhuma água. — Ela estremeceu de leve. — Sair para caminhar dá uma sensação de... liberdade.

— Posso lhe fazer companhia?

Ela ficou ressabiada.

— Você leu sobre Lady Duff Gordon?

— Sim. — O sorriso dele desapareceu. — É impressionante o que ela consegue fazer consigo mesma.

— Ainda trabalho para ela, sabe?

— Sim, eu sei. Podemos andar e falar ao mesmo tempo, não é?

A luz nos olhos dele era envolvente demais para resistir.

— Sim, podemos — respondeu ela. Lançou um olhar ao porteiro, cujos olhos percorreram a pela silhueta de Jim com desaprovação óbvia.

Os olhos de Jim seguiram os dela.

— Não deixe que ele incomode você — disse ele, dando de ombros. — Provavelmente ele está a poucos meses de usar roupas como as minhas.. Um dia desses eu serei o cara que vai salvar o emprego dele. E você estará passando por ele toda cheia de penas de avestruz. — Jim falou com uma confiança tão bem-humorada que ela não pôde deixar de rir enquanto ambos se afastavam do hotel.

— Você estava ali por causa do inquérito? — perguntou ela.

Ele fez que sim.

— O que achou? – Tess quis saber?

— Tive orgulho da garota que se indignou.

Ela enrubesceu, lisonjeada.

— Obrigada, mas e os depoimentos?

— Tivemos sorte de ter um homem como Rostron, tão dedicado a nos salvar — disse ele, de modo sombrio. — Ele é corajoso. Lightoller? É só mais um executivo tomando cuidado para jogar uma pá de cal, é o que eu acho. — Ele fez uma pausa. — Vi você conversando com aquela repórter, senão teria ido falar com você durante o recesso.

— Você a conheceu? — Tess estava surpresa.

— Claro. Ela estava no Carpathia correndo para todos os lados pegando os marinheiros pela gola da camisa para fazê-los falar — disse ele. — Cheia de energia. Não é do tipo mau. Está só fazendo seu trabalho, do mesmo modo que todos nós.

— Você falou com ela?

Ele deu de ombros.

— Por alguns minutos, como os outros.

— Gosto dela — disse Tess, com hesitação. — Só que ela me deixa incomodada.

— Ela entende os fatos direito, Tess.

— Mas quer pegar vilões. Todos os detalhes precisam conduzir a alguma coisa mais sombria.

Ele suspirou, correu os dedos pelos cabelos. Eram castanhos, com reflexos dourados, algo que ela não tinha notado antes. Ficavam caindo sobre seus olhos e ele os atirava para trás — ela teve um impulso de fazer isso por ele.

— Bom, você sabe a minha opinião a esse respeito — declarou Jim.

— Sei. Mas os jornais zombaram de Lucile nesta manhã. Não foi justo.

Ele lhe deu um olhar espantado.

— Justiça não tem nada a ver com isso. Ela não foi nenhuma heroína naquele barco. E se eu for chamado para depor, vou ter de dizer a verdade.

— Você a jogaria na lama?

— Não é assim que eu vejo as coisas.

— Eu sei que ela dá ordens a todo mundo ao seu redor e quer que as coisas aconteçam do jeito dela... Oh, Jim, não vamos estragar nosso passeio com outra discussão, vamos?

— Você acha que julgo demais os outros.

— Que é teimoso. Gosto mais desta palavra.

— É gentil da sua parte. "Duro" seria mais preciso.

— Sim, acho que sim.

— Olhe, não lhe contei toda a história.

Tess puxou o casaco para junto do corpo, a fim de se proteger do frio da noite, mas também para que servisse de escudo. Não queria mais falar naquele assunto. Não havia jeito de explicar como era Lucile. Ela mesma ainda estava juntando as peças. Porém aqueles pequenos vislumbres de alguém diferente... eram reais, tinha certeza. Ela não estava sendo servil. Mas queria ficar ao lado de alguém que precisava de lealdade. Apertou os lábios, sentindo uma dor de cabeça repentina. Ela não se alongaria naquele assunto, não agora.

— Eu a entendo melhor que você — declarou.

— Certo. — Ele respirou fundo. — Talvez em algum momento você tenha de escolher em quem acreditar.

— Não quero ter de fazer isso.

— Não vou colocar você nessa posição — disse ele, devagar.

A tensão se suavizou. Ele pegou-a gentilmente pelo braço.

— Não, srta. Collins, não vou estragar nosso passeio. Seu acompanhante — ele fez uma reverência exagerada — pode ser um marinheiro teimoso e desajeitado, mas não irá arruinar os poucos e preciosos momentos com você.

Ela riu, aliviada. Ele podia ser só um marinheiro, mas ela sentia prazer em sua companhia, e não desejava brigar. Como era bom ouvir as palavras dele dançando provocantes no ar agora, e não soando como instrumentos cortantes.

Eles caminharam devagar pela Quinta Avenida, desfrutando a visão e os sons da maior cidade que Tess já vira. Uma feira estava sendo encerrada, e eles pararam para observar dois bonequeiros grisalhos que desmontavam um cenário de papelão e guardavam as marionetes, ignorando um grupo de crianças que pedia mais apresentações. Uma mulher com um avental cheio de pregas ofereceu uma maçã a Tess, e ela de repente percebeu que estava com fome. Mas, naquele momento, um carrinho de ambulante parou ao lado dela.

— Cachorro-quente? — perguntou Jim, apontando para a vasilha de salsichas fumegantes no carrinho do homem.

— Cachorro? — perguntou Tess, intrigada.

— *Frankfurter* — disse ele, revirando os olhos. Ela corou, depois fez que sim. Agora sabia do que se tratava, mas o nome era muito estranho.

Com os cachorros-quentes na mão, eles continuaram o passeio, sorvendo as maravilhas de Nova Iorque. Passaram por um hotel esplêndido que parecia um castelo francês e pararam para observar as carruagens elegantes estacionadas à entrada, deixando e levando homens e mulheres em trajes de gala resplandecentes. Os homens de cartola de seda, as mulheres de vestidos luxuosos e decotados. Algumas usavam tiaras de brilhantes que cintilavam à luz. Quais delas seriam clientes de Lady Duff Gordon? Provavelmente várias, pensou Tess, sentindo uma ponta de orgulho.

O parque ficava logo adiante, um terreno verdejante de trilhas sinuosas e gramados. Juntos eles atravessaram a rua e entraram, escolhendo uma trilha flanqueada por olmos altíssimos, observando a luz dourada filtrada pelas suas folhas ir aos poucos se esvaindo. Ela levantou o rosto, confortada com o brilho suave do crepúsculo. Havia apenas umas poucas pessoas espalhadas pelos gramados, a maioria crianças, jogando bola mais um pouco antes de voltar para casa e jantar. Jim foi quem mais falou, de início de modo grave, contando do amigo que havia morrido na sala das caldeiras. Depois sobre o oeste norte-americano, principalmente a Califórnia, que ele descreveu como um paraíso com tanto fervor que Tess se viu cada vez mais interessada. Ela tinha desejado conhecer aquele país, mas não imaginara como era grande e diverso. Só Nova Iorque já era impressionante.

— Acha que um dia gostaria de ir para a Califórnia? — perguntou ele.

— Quem sabe um dia. Mas ainda não.

— Você vai se dar bem nesta cidade — disse ele, observando o terreno verdejante do Central Park. — Posso ver que ela oferece aquilo que você quer.

— Espero que sim — disse ela. — Posso aprender *design* de moda com Lucile, essa é a melhor parte. Conhecê-la foi o maior golpe de sorte da minha vida.

— Eu poderia dizer isso sobre conhecer você — disse ele baixinho.

Ela sentiu um estremecimento de prazer.

— Quer dizer — continuou ele, corando um pouco —, talvez você possa me ensinar algumas coisas também. — Ele encarou-a com uma expressão sincera e com tanto ardor que ela quase acreditou no que ele disse em seguida. — Nossos mundos não são assim tão diferentes, sabe?

Ah, mas eram sim. Dias antes aquilo teria sido verdade. E de alguma maneira, por causa disso, talvez, ela se sentiu subitamente livre para agir por impulso. Tomou-o pelo braço.

— Vamos? — perguntou ela. — Só para provar que ainda podemos fazer isso?

— Por que não? — disse ele, sorrindo.

E, por apenas um instante, por alguns breves e poucos passos saltitantes, eles voltaram ao deque do Titanic sob o brilho daquele sol poente dourado, antes de tudo mudar para sempre.

• • •

Tess e Jim caminhavam devagar de volta ao Waldorf, andando próximos, sem se tocar, ela ouvindo os comentários zombeteiros dele sobre os arredores. Ele não se sentia intimidado pelas pessoas reunidas para ir ao teatro, pelas peles, as maravilhosas carruagens negras. Agora os lampiões a gás estavam acesos. Até mesmo os cavalos no Central Park tinham o nariz empinado, disse ele. Ela riu, aceitando o convite dele para que acariciasse uma linda égua cor de mogno, e ficou deliciada quando o animal roçou seu casaco com o focinho.

— Ela quer um agrado — disse Jim, em tom de brincadeira.

— Ou talvez queira que você "vire" a gola dela. Não é isso o que você faz?

— Bem, nunca trabalhei com couro... nós duas teríamos de ter paciência.

Ele aprovou a brincadeira dela com uma risada generosa. Eles seguiram em frente, e Tess tinha consciência de que a figura alta e musculosa dele e suas feições fortes — apesar das roupas surradas — chamavam atenção enquanto eles passavam.

— Não cheguei a agradecer pela escultura. — O hotel estava à vista. Em breve ele iria embora.

— Quis fazer algo para você que marcasse o que aconteceu, o que compartilhamos — disse ele, desacelerando o passo.

— Queria que tivéssemos estado no mesmo bote.

Ele respirou fundo e respondeu num tom grave e subitamente entristecido:

— Quando vi você balançando na borda do gradil, segurando aquelas crianças, soube que você não as abandonaria. E soube que você não poderia entrar no nosso bote. Não teria tempo de saltar. Tive vontade de subir aquelas cordas e apanhar você. Teria sido impossível, mas a visão de você ali de pé, condenada, não deixou meu pensamento naquela noite.

Os dois caíram em silêncio. Estavam quase chegando ao hotel.

— Então, mais uma vez, adeus — disse Jim. Ele parou, depois tocou suavemente o queixo dela com a mão. Seu rosto estava tão próximo. Iria beijá-la? Não. Mas ela pôde sentir o hálito doce e morno quando ele disse: — Da próxima vez, vou levar você para passear pelo parque numa daquelas carruagens. Se você deixar.

— Sim — murmurou ela, afastando de sua mente todos os pensamentos a respeito de ele ser um rapaz do interior.

Em seguida, Jim se afastou depressa, assoviando enquanto seguia na direção oeste.

Tess caminhou devagar para o hotel, envolvida em uma névoa agradável. Daria ouvidos mais tarde aos avisos de sua mãe, não agora.

À sua frente, uma multidão havia se formado à porta do hotel. Será que aquela cidade nunca dormia? As ruas mais pareciam uma bagunça, quase um duelo entre carros e carruagens, com os motoristas gritando uns com os outros, os cavalos, as pessoas desviando enquanto atravessavam as ruas em zigue-zague.

Ela viu o foco das atenções. Um vendedor de jornais, rodeado por um grupo de pessoas curiosas, agitava a edição da manhã seguinte do *New York Times*. Tess passou apressada, ainda não preparada para aquilo. Mas um funcionário que a reconheceu no saguão atirou um exemplar do jornal em suas mãos.

— A senhorita vai querer ver isso — disse ele.

Tess respirou fundo e leu a manchete.

BARONETE E ESPOSA TERIAM COVARDEMENTE
SUBORNADO MARINHEIROS PARA NÃO RETORNAR E RESGATAR
PESSOAS SE AFOGANDO? TESTEMUNHA OCULAR AFIRMA
QUE SIM E SUGERE AINDA MAIS

Embaixo, a assinatura: Sarah Wade.

As portas do elevador se abriram e ela entrou de cabeça baixa. Ninguém mais entrou com ela. Por apenas alguns instantes, ela estaria segura em uma caixa de aço impenetrável. Como ela tinha errado em confiar em Pinky. Quem dissera aquelas coisas para ela? Alguém que odiava os Duff Gordon, claro. Jim?

A única coisa que ela sabia agora era que, quando saísse dali, enfrentaria a dura tarefa de tentar consolar a pessoa que, poucos dias antes, era a mulher mais invulnerável que ela já tinha conhecido. Tess desejou que o elevador subisse vagarosamente.

6

Lucile atirou uma toalha sobre o abajur aceso, ignorando a reclamação de Cosmo quanto ao risco de incêndio. Naquele momento, declarou ela, não conseguia tolerar mais luz do que o necessário. Não podia suportar que alguém visse como seus olhos estavam inchados de tanto chorar, nem as manchas de sua pele.

— Eu estava certa, não estava? Cosmo, diga que eu estava certa.

— Lucy, você assumiu o comando e tomou a decisão razoável de salvar a vida das pessoas que estavam em nosso bote. Ninguém pode culpá-la por isso.

— Bom, eles culparam. Nunca fui atacada assim. — Ela se atirou sobre a pilha de almofadas de seda no sofá, com os cabelos sujos e desgrenhados.

Cosmo apanhou o exemplar do *Times* e colocou-o em um cesto de lixo. Sentou-se pesadamente no sofá, ao lado da esposa.

— Vai ficar tudo bem — disse ele.

— Aqueles homens nos entregaram.

— Só foi preciso um.

Eles se viraram ao mesmo tempo para Tess.

— De que decisão vocês estão falando?... — começou ela.

Lucile se pôs de pé com um salto, os olhos inchados faiscando.

— Quem falou com essa mulher? — vociferou ela, chutando o cesto de lixo e espalhando páginas de jornal para todos os lados no quarto.

— Ela falou com muitas pessoas — respondeu Tess.

— Estou vendo. E essas "muitas pessoas" incluíram você?

— Sim.

— O que você disse?

— Eu disse a ela que as pessoas das classes inferiores não conseguiram chegar aos botes a tempo.

— Sobre o que mais você tagarelou?

— Ela perguntou por que o seu bote estava quase vazio e eu respondi que não sabia.

— Ah, sim. Foi isso que começou tudo. Então veio aquele seu amiguinho marinheiro. É ele que está atrás de nós, é ele. Foi ele que passou todas essas mentiras e insinuações vergonhosas. Não é um mistério tão grande assim, não é?

— Jim não é um homem vingativo — disse Tess, prontamente.

— Ah, agora é *Jim*. — Lucile estava furiosa. — Não é vingativo? De que lado você está? Ele conseguiu sumir quando eu reuni as pessoas para aquela fotografia. Foi por causa dele que você não se juntou a nós? E onde ele estava quando Cosmo agradeceu tão generosamente a tripulação por nos salvar? Não é vingativo? Ah, pelo amor de Deus, ele é obviamente um produto ignorante de sua classe e não tem capacidade de julgamento. É orgulhoso, até o miolo. É melhor você me contar tudo, agora mesmo.

— Lucy, acalme-se — interveio Cosmo. — Nosso acusador é anônimo. Isso não é um depoimento, é apenas uma fofoca maliciosa.

— E quem mais teria nos chamado de covardes? — disse ela, encarando Tess. — *Suborno*? Por pagar àqueles pobres coitados um dinheirinho para que eles se esforçassem? Quem mais?

— Lucy, eu disse calma! — vociferou Cosmo.

— Talvez tenha sido Jean Darling. Não, ela não se atreveria.

— Talvez. — Ele sacou um cigarro de uma caixinha de prata em sua mesa de cabeceira e o acendeu, demorando-se naquela tarefa por causa de um leve tremor na mão.

— Os jornais estão tentando me arruinar — disse Lucile, ignorando o rosto pálido e rígido de Tess.

— Quem foi descrito como "baronete covarde" fui eu, se você não se lembra.

Lucy afundou no sofá.

— Neste momento, preciso de todo apoio que você puder me dar. Como você pode pensar em si mesmo? Sei que não devíamos ter declarado nada para aquele artigo, soube no momento em que entrei no ateliê e ouvi as cortadoras de tecido sussurrando. Ah, todas elas disseram que a entrevista foi maravilhosa, que estavam muito felizes por eu ter sobrevivido, mas o tom era de obediência, não como a noite passada na sala de jantar, quando meus amigos ficaram atentos a cada uma de minhas palavras.

— Você realmente os enfeitiçou — disse Cosmo secamente.

— Certo, eu me coloquei sob os holofotes bem na hora em que os jornais estavam buscando um bode expiatório. Ricos demais sobreviveram e tudo o mais... mas por que *eu* é que tenho de pagar o preço?

Ela olhou de relance para Tess.

— Por que você está aí parada? — inquiriu ela.

— Estou aguardando sua permissão para sair.

— Bem, eu não dei.

— Eu gostaria de ir, por favor. — Não, naquele momento ela gostaria de correr. Então eles realmente tinham pagado aos marinheiros.

— Você me desobedeceu. Falou com aquela repórter. Eu devia despedi-la.

Nada de implorar, disse Tess a si mesma. Ela valia mais que isso.

Silêncio. Então, em um tom mais calmo, Lucile disse:

— Você parece ridiculamente desgrenhada. Minha cara Tess, precisamos de umas roupas decentes para você.

Tess piscou. Outra mudança repentina da raiva para... o quê?

— Posso ir, então? — perguntou ela.

— Vá, vá, pelo amor de Deus. Mas quero que você me acompanhe ao ateliê amanhã de manhã. Outra pessoa pode ir ao inquérito. Agora, por favor, diga à recepção do hotel que não aceitaremos mais telefonemas de repórteres, sem exceções. Encontro você lá embaixo às 8h30. Meu motorista estará aguardando, o nome dele é Farley. E Tess?

— Sim? — Tess recuou, afastando-se. Qualquer coisa para se distanciar daquela mulher volúvel. Ela queria sair dali. Ah, como queria sair dali.

Lucile de repente se levantou e pegou as duas mãos de Tess nas suas.

— Não fique chateada — disse ela. — Sei que você não me trairia. Tenho um humor terrível, e com certeza você não vai querer levar isso para o lado pessoal. — Ela se inclinou e beijou a face de Tess, fazendo o aroma adocicado de seu perfume pairar no ar. — Vou compensar isso tudo, querida.

Tess assentiu, ligeiramente tonta. Abriu a porta, murmurou um boa-noite e saiu do quarto. Lucile havia pedido desculpas — bem, mais ou menos — para *ela*. Aquela coisa do dinheiro tinha de ser esclarecida; não devia ter sido suborno. Gorjetas generosas faziam parte do modo de vida deles. Devia ter sido Jim quem contou a Pinky aquela história. Quem mais se importava? Não os marinheiros que haviam posado para a foto, disso ela tinha certeza. Ele devia saber o que estava por vir, ou adivinhado, ou algo do tipo. E não dissera uma palavra durante o passeio deles, simplesmente deixara aquilo tudo atingi-la direto na cara. Não tire conclusões precipitadas, você não sabe, disse ela para si mesma. Suas mãos tremiam, ela não conseguia fazê-las parar.

E não conseguia esquecer a palavra *tagarelou*.

· · ·

— Você realmente a machucou, Lucy. Pelo amor de Deus, o que está tentando fazer? — repreendeu Cosmo quando a porta se fechou atrás de Tess. — Ser igual sua mãe?

— Aquela mulher horrorosa? Pelo amor de Deus, não.

— Você parece tratar essa garota como se fosse, minha cara.

— Não qucro que ela...

— Que ela o quê? Assuma o controle, desafie você?

— Não me importo com isso, Cosmo, por Deus. Não adiantava repreendê-la pela amizade com aquele marinheiro, ela já parecia suficientemente arrasada sem isso. Na verdade, parecia arrasada até demais.

— Talvez ela seja um lembrete constante daquela viagem terrível.

Lucile fez uma pausa, absorvendo essa ideia.

— Ela não me chamou de madame. Você notou?

— Sim — respondeu Cosmo.

— Isso é uma exigência do trabalho dela.

— Tarde demais — disse Cosmo simplesmente.

— Ela não o trata com a devida deferência, também.

— Eu prefiro não ser chamado de *sir* Cosmo.

— Você é impossível. Por favor, não me deixe triste. — Lucile cobriu os olhos com uma das mãos e recostou-se no braço do sofá. — Estou cansada demais, e nada disso vale uma discussão. Amanhã vou lutar.

— Minha querida, precisamos encarar os fatos. Aquela matéria vai desencadear um grito de revolta nos dois lados do Atlântico, e estamos mais envolvidos nisso do que achei que estaríamos. Esse diligente senador Smith logo vai se concentrar em nós, receio.

— Eles não se atreveriam. E caso se atrevam, eu não vou permitir.

Cosmo andou até o abajur e atirou a toalha quente sobre o chão. As bordas já estavam chamuscadas.

• • •

WALDORF-ASTORIA

Manhã de sábado, 20 de abril

— Então você é a nova garota de recados? Veio lá da Inglaterra ou da França, ou de outro lugar? É meio estranho, Lady Duff geralmente faz suas escolhas por aqui. Bem, entre aí. Ela vai me dar ordens assim que sair por aquela porta.

O homem gesticulando para Tess no carro negro que aguardava em frente ao Waldorf na manhã seguinte tinha lábios cheios e grandes e um sorriso sardônico que a irritava. Ele não tinha uma posição mais elevada do que a dela, exceto pela carteira de motorista.

— Não sou uma garota de recados — retrucou ela.

— Minha cara, você é o que ela quiser que seja — disse ele, de modo afável. — Você vai se juntar à sua tripulação de asseclas. Os asseclas escravos e medrosos que trabalham para a poderosa madame. Eu sou um deles. Meu nome é Farley.

Tess mal havia se acomodado em seu assento quando Farley saltou a fim de abrir a porta para Lady Duff Gordon. Em seguida fechou-a com rapidez na cara dos repórteres que cercavam o automóvel. Engatou a marcha e saiu às pressas pelo trânsito da Quinta Avenida. Tess afundou no banco, olhando cautelosamente para Lucile, cujo rosto estava com mais pó-de-arroz do que o normal. Não houve menção da conversa entre as duas na noite anterior. Certamente não haveria, da parte dela.

• • •

As instalações da Lucile Ltda. ficavam no edifício Flatiron, um prédio triangular e sombrio na rua 23.

— É o orgulho de Nova Iorque — disse Farley para Tess, apontando para o Flatiron. — Parece mesmo um ferro de passar, não acha?

Talvez devido a sua grande apreensão, mas para Tess não parecia um ferro de passar, mas sim um edifício ameaçador, mais semelhante à proa de um navio.

As pessoas que esperavam o elevador se espalharam como um bando de pardais quando Lady Duff Gordon entrou no edifício.

— Não se pode pegar o elevador quando madame o espera. Ela não o compartilha com ninguém — sussurrou Farley para Tess.

— Não cochiche quando estou por perto, Farley — disse Lucile. Entrou no elevador e fez sinal para que Tess a seguisse. Seu *loft*, no

A COSTUREIRA

andar superior, era seu santuário: o reino que ela havia criado e governava. Ninguém entrava ali sem sua permissão.

As portas do elevador se abriram para um amplo salão que tirou o fôlego de Tess. Tudo ali eram mesas de trabalho com pilhas de brocados suntuosos, lãs de tons fortes e rendas frágeis. Costureiras estavam inclinadas sobre manequins, os lábios apertados para segurar os alfinetes, modelando, fazendo camadas, prendendo, enquanto mulheres magras em quimonos de crepe cinza se recostavam na parede, aguardando serem chamadas para as provas. O lugar fervilhava de atividade e excitação.

— É maravilhoso, não? — gritou Lucile por sobre o zumbido das máquinas de costura e das conversas.

Tess assentiu com vigor, olhando ao redor boquiaberta. Seguiu Lucile enquanto ela trançava entre as mesas, alternando sorrisos e cenhos franzidos ao inspecionar o trabalho das costureiras, apanhando um pedaço de tecido aqui, outro ali, avaliando seu peso e capacidade de dobradura enquanto falava o nome de diversas funcionárias. Ali, finalmente, estava a mulher por quem ela se impressionara tanto no Titanic.

Ao fundo do ateliê amplo ficava o escritório de Lucile, isolado por paredes de vidro transparente. O lugar era uma profusão de flores — rosas, peônias, lírios, diversas variedades espalhadas pelo ambiente, inclusive pelo chão, todas com cartõezinhos pendurados, certamente afetuosas mensagens de congratulações.

— Todos os meus clientes e amigos ficaram felizes por eu ter sobrevivido — disse Lucile com ironia ao entrar no escritório. — Em breve veremos se continuam felizes.

Aguardando ali dentro, reunidos como se para confortá-la homens e mulheres com expressões servis se colocoram a postos.

— Bom dia, madame — cumprimentou um rapaz.

Lady Duff Gordon sacou da bolsa um par de óculos com armação de chifre, colocou-os e encarou um por um.

— A passarela deve ser colocada no lugar hoje — disse ela. — E as cortinas que a separam do ateliê precisam ser penduradas. Não estou vendo ninguém fazendo isso ali fora.

— Precisamos de espaço no ateliê por mais alguns dias — explicou uma mulher que usava um jaleco branco, como o uniforme de um padeiro. — Por causa de todos os ajustes de última hora...

— Sempre existem ajustes de última hora — disse Lucile, cortando-a. — Aproxime as mesas de trabalho. Precisamos colocar essa passarela logo. Se houver problemas com ela, não teremos tempo de corrigir, e essa casa estará cheia de clientes. Fui clara?

— Sim, madame.

Lucile voltou a atenção para um rapaz de cabelo ralo.

— James, em que ponto estamos com o vestido de noiva? Não estou vendo lá fora as moças que prendem as contas.

— Elas virão de tarde — respondeu ele, prontamente.

Lucile começou a andar de um lado a outro, elevando o tom de voz.

— Por que não estamos mais adiantados? — inquiriu ela. — Por que os vestidos ainda não estão sendo modelados no corpo das modelos? Elas estão aí de pé sem fazer nada, e o tempo está correndo! O vestido de noiva é o centro do desfile, as pedras devem estar perfeitamente presas e isso precisa começar *imediatamente*. Eu já disse isso tudo ontem! Por que nada está sendo feito?

— Todos estão trabalhando a toda velocidade... — começou a explicar James, parecendo nervoso.

— Fiquei sozinha no mar, lutei para sobreviver, e ninguém está se esforçando para terminar os vestidos do desfile? — Lucile acariciou com a mão a luxuriante diversidade de flores. — Minhas amigas são minhas clientes, e minhas clientes são minhas amigas. Elas não podem ficar sujeitas à incompetência.

Tess viu duas pessoas ali trocarem olhares. Uma delas arqueou a sobrancelha e revirou os olhos. Então aquilo era o comportamento padrão. Estava na cara que Lady Duff Gordon sabia como dar um espetáculo.

Inesperadamente, a estilista apontou para Tess.

— Aqui, sim, está alguém que sabe alguma coisa sobre competência — declarou ela. — Posso apresentar a vocês Tess Collins, minha companheira sobrevivente de bote salva-vidas? — Ela apanhou um vestido de seda dos braços de uma das costureiras, sacudiu-o e o levantou. — Tess, o que você acha? Isso deveria ter sido cortado em viés ou não?

Todos os olhares voltavam-se para Tess. Ela analisou o vestido, imaginando o que esperavam que ela dissesse. Não importava, o peso daquela seda densa lhe deu a resposta correta. Depois de todos aqueles anos costurando com sua mãe, ela sabia alguma coisa de tecidos. Podia fazer isso.

— Não — disse ela com firmeza. — O drapeado vai se soltar na primeira vez em que a peça for usada.

Lady Duff Gordon atirou o vestido triunfalmente de volta aos braços da costureira e se virou para o rapaz que estava ficando careca.

— James, se você não tomar cuidado, vou substituí-lo — ameaçou ela. — Leve Tess para a mesa de desenho. Vamos vê-la desenhar esse modelo do jeito como deve ser cortado.

Tess não tinha confiança em suas habilidades de desenho. Sempre tinha feito rascunhos apressados, guardando os padrões na cabeça e não no papel. Foi o que disse a James assim que ambos saíram do escritório, o que obviamente foi um grande alívio para James, que então muito gentilmente começou a iniciá-la nas excentricidades de Lady Lucile.

— Ela gosta de lançar desafios para fazer as pessoas se desesperarem, o que em geral não tem problema. Mas vamos fazer qualquer coisa para ela se distrair nesta manhã. — Ele suspirou. — Todos apareceram com um exemplar do *Times* hoje, e foi difícil conseguir que trabalhassem. Eu disse para jogarem todos no lixo antes que ela chegasse. Ninguém fala em outra coisa por aqui. É por isso que as coisas estão andando devagar hoje. — Ele olhou para Tess de modo sombrio. — Ainda não contei a ela que alguns pedidos foram cancelados. Pedidos importantes. Ela vai ficar furiosa.

— Não sei o que vim fazer aqui — confessou Tess.

— Madame gosta de desestabilizar as novas funcionárias — disse ele. — Você vai começar passando as roupas.

O ateliê era mágico. Quando não estava passando os vestidos a ferro, Tess andava pelas mesas, correndo os dedos pelos tecidos maravilhosos, observando as costureiras habilidosas trabalharem. Em uma das mesas sentava um homem idoso que abria casas de botão com grande esforço, prendendo e puxando cada ponto separadamente com a mesma força que o anterior. Ela ficou em êxtase quando as provas começaram. Observar os ajustes de uma das criações de Lady Duff Gordon em um corpo humano trazia o vestido à vida. E olhar os pés das costureiras nos pedais de suas máquinas Singer era como observar uma dança complexa. Ela desejou que sua mãe pudesse ver aquilo. A lembrança dela — das noites diante da lareira, costurando aventais e camisas para os filhos, a agulha cintilando dentro e fora dos tecidos — causou em Tess uma pontada fugaz de dor. Ela estava completa e irremediavelmente apaixonada por aquele lugar e por tudo o que havia ali — cada som, cada cheiro, cada pedacinho de luz e movimento.

• • •

Pelas paredes de vidro do escritório, Lucile observou Tess com atenção, permitindo-se certa medida de satisfação. Os olhos da garota estavam tão arregalados como melões. Então ela tinha sido capturada pelo *glamour* de tudo aquilo, o que era precisamente o que deveria acontecer quando tudo era novo. Fora um passo inteligente afastar Tess daquele carnaval perigoso que estava acontecendo no Waldorf.

Naquele instante, Tess ergueu o olhar. Por um por um momento, os olhos das duas se encontraram. E Tess viu o triunfo na expressão de Lucile.

É isso que você quer, e eu o tenho para dar.

Tess sentiu um arrepio. Foi ela quem desviou os olhos primeiro.

A COSTUREIRA

. . .

WALDORF-ASTORIA
Manhã de sábado, 20 de abril

Eram apenas 9 horas da manhã, mas Pinky podia sentir o suor pegajoso em suas mãos enquanto aguardava pelo início do segundo dia de interrogatório. Havia cadeiras atulhando todos os cantos da sala, e o ar estava espesso e azedo por causa da fumaça de dúzias de charutos. Todos os jornais estavam oferecendo edições extras nas ruas agora, repletas de histórias de bravura, covardia e morte, mas a histeria dos repórteres estava ficando esquisita.

A sala começou a encher rápido. Ela meio que esperava que os Duff Gordon enviassem alguém para lançar um contra-ataque, talvez fazer com que os amigos do casal a evitassem. Mas todo mundo estava comprando a história. Bastava colocar juntas as palavras *suborno* e *bote dos milionários* para que houvesse matérias suficientes para uma semana de boas vendas. Ela não viu Tess, mas isso também não era nenhuma surpresa. Lady Duff com certeza teria dado um jeito de afastá-la do inquérito. Ela pegou seu lenço e o pressionou contra a testa, grata pelos olhares de inveja de seus colegas. Aquilo não se tratava apenas de conseguir uma boa história — toda a raiva que flutuava livremente sobre a questão de quem morrera e quem sobrevivera agora tinha mais um grande foco. Era um furo, claro, mas ela sabia como as coisas funcionavam naquele meio. Hoje Lady Duff era a vilã; amanhã outra pessoa seria. Os homens que tinham sobrevivido já estavam pedindo desculpas, quase encolhidos. Como isso poderia ficar ainda melhor?

— Bem, minha jovem, por que você está sorrindo esta manhã? — O senador Smith havia entrado na sala e parou perto da cadeira dela.

— Por estar aqui, senador — respondeu ela, recuperando-se com rapidez do susto. — O senhor sabe que é o único lugar a se estar nesta cidade.

Smith sorriu e relaxou por um instante. Ele gostava daquela mulher exuberante.

— Claro que sim.

— O senhor leu minha reportagem contando como os Duff Gordon subornaram os marinheiros para não voltarem? Algum comentário a fazer?

O sorriso dele sumiu.

— Prefiro que você aguarde os depoimentos.

— Isso quer dizer que o senhor irá chamar os Duff Gordon para depor?

— Não estou fazendo uma caça às bruxas.

— Bem, o senhor vai intimá-los?

— Isso ainda não foi decidido. — Smith virou as costas e se sentou à mesa, batendo rapidamente o martelo para pedir ordem.

A primeira testemunha era o único operador de telégrafo sobrevivente, Harold Bride. Pálido e surpreendentemente jovem, Bride estava numa cadeira de rodas e contraiu-se de dor ao mexer o pé esquerdo, envolto por uma atadura.

Smith começou as perguntas com gentileza, e as respostas de Bride foram aumentando a tensão do ambiente à medida que revelava novos fatos. Ele e o segundo operador de telégrafo sem fio haviam tentado obter ajuda de outros navios. A certa altura, disse ele, aconselhara o companheiro a usar SOS em vez de CQD.

— "É o novo pedido de ajuda", falei para ele. E brinquei: "Pode ser sua última chance de usá-lo". – Ambos haviam rido, Bride lembrou.

A sala ficou imóvel quando pediram que Bride descrevesse como sobrevivera.

— Caí na água e me segurei em um dos botes salva-vidas desmontáveis, depois deslizei por baixo dele, dentro de alguma espécie de bolsa de ar — explicou ele. — Consegui me soltar e sair dali. Havia um grupo enorme de gente no bote quando subi. Fui o último homem que convidaram para subir a bordo.

Um tremor atravessou a sala. "Convidaram?"

— Havia outras pessoas lutando para subir?

— Sim, senhor.

— Quantas?

— Dezenas — respondeu Bride. A palavra pareceu não só esgotar a última gota de energia do seu depoimento como também desmantelar o distanciamento dos procedimentos oficiais. Todos se remexeram incomodados. Ouviu-se o som de narizes sendo assoados, fungadelas. A angústia na voz do homem contagiava a sala.

— Dezenas — repetiu Smith. — Na água? Com coletes salva-vidas?

— Sim.

— A palavra "convidaram" parece meio irrealista — objetou um dos membros do comitê.

— É como eu coloco as coisas. E é tudo o que tenho a dizer a respeito.

— E os botes onde havia lugar para mais gente? As pessoas estavam com medo de ser sugadas para baixo junto com o navio?

Bride ficou firme.

— Imagino que eu estivesse a cerca de quarenta e cinco metros do Titanic — disse ele. — Eu estava nadando quando ele afundou. E praticamente não senti nenhuma sucção. Alguns dos botes deveriam ter voltado para ajudar.

Então não havia *essa* desculpa para não voltar. Pinky rabiscava furiosamente, bastante satisfeita. Seu lápis pairou no ar quando um pensamento repentino e surpreendente parou sua mão. Estaria ela com raiva de todo aquele bando de malditos?

• • •

Durante um recesso no fim da tarde, Pinky viu uma figura familiar se afastar de um grupo de tripulantes do Titanic e andar na sua direção.

— Você realmente acabou com os Duff Gordon hoje de manhã — disse Jim Bonney.

— Então fiz bem?

Mas o olhar dele havia se desviado; ele olhava ao redor, com um ar preocupado.

— Provavelmente você não é a melhor pessoa para eu perguntar isso, mas estou procurando alguém. Ela trabalha para a senhora Duff Gordon.

— Você está se referindo a Tess Collins?

— Sim — disse ele, meio espantado.

— Não a vi hoje.

— Preciso vê-la — disse ele. — Falar com ela.

— Eu acho que Lady Duff Gordon levou-a para seu ateliê. Desculpe, posso ser repórter, mas não sei tudo.

Ele pareceu não saber muito bem o que dizer.

— Olhe, toda a tripulação será enviada para Washington nesta noite. Preciso vê-la antes de ir.

Ela sabia que o senador Smith estava se preparando para transferir o local do inquérito para sua base, mas não achou que isso aconteceria tão cedo.

— Quando? — perguntou ela.

— Tarde, mas acho que você já sabia. — Distraído, ele enfiou as mãos nos bolsos de trás, ainda correndo os olhos pela sala.

Não, ela não sabia, mas não diria isso, senão seria excluída daquela história. Talvez fosse por esse motivo que Smith tinha sido tão afável. Pensou que tiraria do seu pé ela e os repórteres dos tabloides de Nova Iorque.

— Lady Duff tem reputação de ser uma chefe exigente — disse ela, animada. — Você provavelmente só vai ver Tess por aqui à noite. Não haverá tempo para muito romance. — Aquilo foi um tiro no escuro, mas era sempre divertido ver o que acontecia quando ela se arriscava.

Ele mal pareceu ouvir.

— Você pode falar com ela?

— Parece ser algo bastante importante.

— Olhe, você parece ser do tipo de pessoa decente. Se você a encontrar, diga que estou de partida, sim?

— Claro. Se você me der uma entrevista de novo — rebateu ela.

— Certo, mas agora não. Depois.

Talvez ele estivesse mesmo falando sério.

— Você é muito talentoso, aliás. Gostei daquele bote que esculpiu.

— Outro tiro no escuro.

— Ela mostrou a você? — Os olhos dele se iluminaram.

— Algo assim.

— Obrigado — disse ele, e se virou para ir embora.

— Você não vai se despedir? — Ele era bonito, era difícil não provocar.

Ele não era inocente e lançou-lhe um olhar divertido.

— Bom, nós ainda vamos nos ver, suponho. Você está cobrindo esse *show*, não é? Nos encontraremos em Washington. — Ele se virou e saiu andando, deixando Pinky bastante satisfeita, olhando para ele. Ela confirmara não apenas quem tinha feito a escultura de Tess como também por que aquele objeto tinha importância. Isso era bom. Era sempre delicioso saber mais sobre as pessoas do que elas achavam que você sabia.

• • •

Lucile inspecionou seu ateliê com calma enquanto as cortadoras, costureiras e desenhistas reuniam suas coisas e começavam a se preparar para ir para casa. A luz que morria lá fora lançava um brilho dourado sobre as mesas e as máquinas de costura, chegando até mesmo na passarela concluída, montada na outra extremidade do salão.

— Agora me conte. Quantos cancelamentos de pedidos?

James olhou, para a folha rabiscada em sua mão.

— Cerca de dez, madame — respondeu ele.

— Alguém teve a coragem de dizer por quê?

— Outros compromissos — respondeu James com voz fraca.

— E quanto às reservas para o desfile? — Ela olhou para as pilhas de cadeiras dobráveis no canto da sala, prontas para serem colocadas em seus lugares.

— Alguns cancelamentos, não muitos.

— A sra. Wharton?

— Ela pede desculpas, não poderá comparecer.

— James, eu sei muito bem quantos exemplares do *Times* estavam enfiados nas lixeiras. Tenho certeza de que por ordem sua.

O rapaz, com o rosto sombrio, meneou a cabeça, sem graça.

— Sim.

— Obrigada. Boa noite.

James olhou para Tess, que estava de pé à porta do escritório.

— A srta. Collins vai se sair bem aqui — disse ele, de modo inesperado. E depois: — Boa noite.

Os passos dele ecoaram pelo *loft* vazio enquanto ele se afastava. Agora estavam apenas Tess e Lucile.

— Deve haver uma refeição deliciosa aguardando por nós lá no hotel — disse Lucile, colocando as luvas. Ergueu a cabeça. — O *chef* ali é absolutamente o melhor, e nós três jantaremos em nossa suíte.

Tess acompanhou Lucile até o elevador, tentando conter a euforia que aquele lugar maravilhoso despertara nela. Ela nunca poderia imaginar nada tão fantástico quanto aquilo. Só de segurar os tecidos, observar o trabalho meticuloso dos pontos elegantes e da colocação das contas... Fora um dia como nenhum outro. Não sabia como ela se encaixaria ali, mas sabia que poderia. Sabia, mais do que qualquer coisa, que era o que queria.

Os cabos do elevador rangeram alto no vazio do edifício. Demorou uma eternidade até chegar ao piso superior. Tess e Lucile entraram e ele rangeu para baixo com um ligeiro balançar que deixou Tess nervosa. Quando as portas se abriram no térreo, elas deram de cara com uma horda de repórteres.

— A senhora subornou os marinheiros? — berrou um.

— Por que seu bote estava tão vazio? — gritou outro.

— Como a senhora se defende por ter se recusado a ajudar os passageiros que se afogavam? — berrou um terceiro.

— Onde está Farley? — perguntou Lucile sem fôlego, ignorando os gritos, as muitas outras perguntas, e abrindo caminho até a rua com Tess seguindo-a de perto.

E lá estava ele, lutando contra os repórteres, e guiou-as com mão firme para dentro do carro — o automóvel abençoado e seguro. Tess saltou para dentro, e Farley tentou fechar a porta.

Um rosto irrompeu pela janela — o rosto inchado de um homem com hálito azedo de cigarro que fez Tess recuar.

— Temos relatos de que havia um homem disfarçado de mulher no seu barco — gritou ele. — A senhora confirma?

— Não nego — disse Lucile.

— Era o bailarino Jordan Darling?

A porta estava se fechando. Lucile a segurou por um breve instante e se inclinou para a frente com um sorriso pétreo.

— Também não nego — respondeu ela.

A porta se fechou, Farley saltou para o volante e eles dispararam, trafegando pelas ruas de Nova Iorque, passando por bancas de verduras, igrejas com espiras em forma de agulha e carruagens polidas puxadas por cavalos orgulhosos, enquanto, sob o concreto, nas profundezas escuras do metrô, os trens trovejavam e rugiam, transportando seus ocupantes invisíveis para destinos incertos.

. . .

Cosmo estava de pé na recepção do Waldorf, com a testa franzida diante da pilha de correspondência que o atendente havia acabado de lhe entregar.

— Isto é tudo? — perguntou ele.

— Sim... senhor — disse o atendente, hesitante.

Obviamente era um norte-americano que não tinha certeza de como tratar um membro da nobreza britânica, o que deixou Cosmo impaciente. Ele virou as costas para ir embora.

— Oh, senhor, chegou um recado para um membro do seu grupo — disse o recepcionista depressa. — O senhor quer levá-lo?

— Sim, é claro. — Cosmo estendeu a mão para apanhar o pedaço de papel amassado, olhando-o enquanto andava até o elevador. Uma mensagem para Tess? Do que se tratava? Era apenas uma linha, rabiscada rapidamente a lápis:

Você me encontraria na entrada sul do Central Park nesta noite? Por favor.

Não havia assinatura. Cosmo ficou olhando a mensagem por um longo momento, depois, devagar, amassou-a e atirou-a para o cesto de lixo. Agora completamente irritado, apertou o botão do elevador. Era evidente que aquela jornalista infernal estava querendo apertar Tess em busca de mais informações. Não adiantava contar nada a Lucy a respeito — ela simplesmente daria outro escândalo. Tinha sido um golpe de sorte ele ter conseguido interceptar a mensagem a tempo. A vida deles já estava suficientemente tumultuada. Não precisavam de mais aborrecimentos.

• • •

NEW YORK TIMES
Noite de sábado, 20 de abril

Nessa noite Pinky não desceu dançando a escada do edifício do *Times*. Estava cansada demais. Ela precisava fazer compras no supermercado, apanhar o remédio do pai... e ter mais uma discussão com a sra. Dotson, a auxiliar de enfermagem corpulenta e crítica que nunca a perdoara por não cumprir o papel de filha tutora. A sra. Dotson queria mais dinheiro. Todas as noites ela reclamava num tom sofredor e resignado sobre quanto agora era difícil cuidar de Prescott Wade — pela incontinência dele, pela irritabilidade —, enquanto Pinky se sentava à mesa, presa num canto estreito da realidade da qual ela fugia sempre que possível. Mas essa noite isso não daria certo.

Ela odiava fazer a si mesma o tipo de pergunta direta que moldara a sua reputação de repórter. Ela não tinha resposta para as perguntas que afetavam a sua própria vida. Por quanto tempo ele iria viver? Quanto ela poderia pagar para ele ser cuidado?

As ruas, como sempre, estavam desertas enquanto ela se dirigia para casa sob as luzes tremulantes dos postes. Sempre que ela via uma figura nas sombras, endireitava os ombros e continuava em frente, determinada a mostrar tanta confiança quanto um homem. Ela não se encolheria, enfrentaria as ruas daquela cidade. Na primeira vez que se encolhesse de medo acordaria em uma poça, acabada. Disso ela tinha certeza.

Ajudaria se seu pai sorrisse de vez em quando. Ela nunca sabia ao certo se ele se recusava a fazer isso por teimosia ou simplesmente porque não conseguia. Afinal de contas, ele era Prescott Wade, reverenciado, celebrado... e devia saber que ninguém mais ia visitá-lo. A maioria das pessoas acreditava, como Lady Duff Gordon, que ele havia morrido, embora não se lembrassem de ter lido a notícia dessa morte. Era mais fácil supor alguma espécie de escorregão nebuloso e confortável para a não existência — indolor, claro —, de modo que, quando a morte de fato viesse, eles pudessem cacarejar, relembrar, mas não derramar nenhuma lágrima. Era assim que acabava a vida de uma celebridade. Quem se lembraria dela? Quem seria ela? Um pacote de matérias assinadas mofando em alguma pasta dos arquivos mortos do *New York Times*. Ela atirou esse pensamento numa cesta de tomates apodrecidos enquanto andava até o balcão de carnes do mercado do bairro.

A sra. Dotson já estava de casaco quando Pinky virou a chave na fechadura.

— Ele não teve um dia bom — anunciou ela quando a porta se abriu.

— Ele nunca tem, sra. Dotson.

— Bom, é difícil para mim, com suas viagens e tudo o mais.

— É o meu trabalho, sra. Dotson. É como eu pago as contas. — Ela tirou um saco de feijão e o frango da bolsa de lona e colocou-os sobre a mesa, desejando que aquela mulher fosse logo para casa, sem suas reclamações de sempre.

— Eu sei que você trabalha duro, querida. — O tom da mulher mais velha tinha ficado lisonjeiro. — Mas, sabe como é, ele está piorando a cada dia. Espero que você não viaje muito nos próximos tempos. Seria uma pena você não estar aqui quando ele for embora. Se eu tiver de passar muitas noites aqui, vou precisar ganhar mais, é o justo. Você tem andado muito ausente. Não que não precise fazer isso pelo seu trabalho, claro.

Era razoável. O que ela faria sem a sra. Dotson? Colocaria seu pai numa daquelas instituições infernais que ela andara investigando?

— Vamos dar um jeito — disse Pinky.

— Cinco dólares a mais pelas noites.

— Três.

— Quatro... e meio. — A sra. Dotson tinha ficado mais corajosa.

— Quatro. É tudo que posso pagar.

— Tudo bem.

Elas se olharam. As negociações haviam terminado.

— Gostei da sua matéria de hoje, querida. Eu a li para seu pai, embora ele não tenha parecido ligar muito.

Que coisa mais terrível de se dizer, e Pinky não acreditou naquilo nem por um segundo. Sra. Dotson, ela teve vontade de dizer, nós não somos amigas. Não gostamos uma da outra. Não vamos fingir o contrário: simplesmente cuide do meu pai, vá para casa quando acabar e não fique tagarelando. Odeio tagarelice.

Em vez disso, ela falou:

— Obrigada.

Enfiou a mão na bolsa e sacou um punhado de cédulas. Tirou várias e estendeu-as em silêncio para a sra. Dotson, que as agarrou e saiu depressa, com a promessa costumeira de voltar cedo na manhã seguinte.

Pinky apanhou uma faca e começou a limpar o frango, depois parou. Iria dar uma olhada no pai antes.

O quarto estava escuro. Ela acendeu a luz.

— Bem, estava mesmo na hora de você voltar para casa. — Os olhos dele estavam fechados, e sua voz parecia mais rascante que o normal. Ela pôde ver uma barba rala em seu queixo, o que significava que a sra. Dotson não tinha encontrado tempo para barbeá-lo.

— Adoro fechamentos, você sabe disso.

— Você estava enfurecendo a nobreza, certo?

— Exatamente como você fazia.

— Falou bem. Fazia.

— Quer que traga alguma coisa para você?

— Minha vida, talvez. E, se você não estiver muito ocupada, meu jantar.

Ela tinha jurado havia muito tempo não deixar que ele a fizesse chorar. Aquele homem imenso que ela adorara e imitara estava caído como um monte de argila úmida na cama, e ela não podia fazer nada para ajudar. Não havia nada a investigar ou contra o que lutar nesse caso: só poderia haver resiliência. Ela se virou para sair do quarto.

— Frango assado? — perguntou ele.

— É.

— Você faz um frango delicioso.

Ela andou de volta até a cozinha, sentindo-se melhor. Reconhecia um pedido de desculpas quando ouvia um.

• • •

O parque estava submerso na escuridão da noite. Jim, porém, permaneceu de pé na entrada da rua 59 o máximo que pôde, espiando em busca de algum sinal de Tess. Sempre que via alguma mulher magra se aproximando com passos rápidos, suas esperanças se acendiam. E todas as vezes ele estava enganado.

— Não é a sua moça, né? — Um motorista de carruagem, um homem de aparência jovial com bochechas caídas e um boné bastante desbotado, sorriu com compreensão. — Bem, sempre existe uma próxima vez.

Jim tentou retribuir o sorriso. Esfregou o focinho da égua cor de mogno sonolenta que estava presa à carruagem, lembrando-se da mão graciosa de Tess acariciando sua crina. Tinha acontecido mesmo um dia antes?

Por fim, ele desistiu.

— Obrigado pela companhia — disse ao condutor, depois se afastou, acelerando mais a cada passo.

7

O senador Smith reclinou-se no estofado áspero do seu assento enquanto o trem que seguia para Washington ganhava velocidade. Finalmente um descanso de toda aquela histeria. Iria dormir na própria cama essa noite. Haveria uma sessão de interrogatórios civilizada na segunda, com certeza.

— Senador, o senhor pediu que eu fizesse algumas anotações — disse um assistente, aproximando-se.

Smith endireitou o corpo na poltrona. Ditar seus pensamentos o ajudava a entender melhor as coisas.

— Minha tarefa principal, claro, é descobrir *por que* o navio afundou. Está anotando?

— Sim, senhor.

— Pode ter sido uma série de pequenos erros alinhados de modo fatal, mas as pessoas não querem ouvir isso. Querem um único motivo, e não vários. Não querem analisar as decisões morais e práticas com que estamos lidando. — Ele suspirou. Nessa era de progresso, não era espantoso demais para todos eles (ele, inclusive) ver o produto das melhores mentes e os mais modernos equipamentos punirem de modo tão espetacular os seus criadores?

— O senhor leu os jornais, senador?

— Sim. Eles estão pedindo vilões.

— Principalmente aquele casal de britânicos. O senhor vai levar os Duff Gordon para o banco das testemunhas?

— Por que está me perguntando? Estou cansado de ser pressionado quanto a isso.

O assistente foi claramente pego de surpresa.

— Desculpe, senador. Só pensei que...

— Respondendo à sua pergunta, prefiro não. Enfureceria demais os britânicos. — Ele tornou a afundar o corpo no assento. — Que já estão furiosos comigo. Você viu isso? — Ele apontou a reportagem do *American*. — Henry Adams... sabe quem ele é?

— Sim, senhor.

— Esse homem é um historiador admirável. Ele diz que estamos correndo sobre o nosso próprio *iceberg*, que somos uma sociedade que está rachando. Diz que todo o tecido do século XIX está afundando, está me ouvindo? E todos nós, amigos ou inimigos, vamos afundar junto.

— Talvez seja melhor continuarmos depois.

— Sim, acho que seria melhor.

Ah, Iar. Ele poderia impor mais ordem ali. Aquele maldito do Ismay estava furioso por ter sido obrigado a ficar, e deveria estar mesmo. Esse pensamento deu a Smith um momento de satisfação. Ele sentiu uma ânsia íntegra de justiça. Seguiria essa investigação aonde quer que ela pudesse levar. E pelo menos agora não teria os tabloides de Nova Iorque no seu pé a todo instante. Era motivo suficiente para adiar aquele negócio complicado de interrogar a nobreza britânica.

• • •

NOVA IORQUE
Manhã de domingo, 21 de abril

Esse era em geral o dia mais tranquilo da semana. Jean Darling estava sentada com o jornal de domingo na sua amada sala de café da manhã, com suas janelas circulares que difundiam a luz dourada. Usava

A Costureira

seu vestido preferido, aquele com punhos e gola de pele de raposa descolorida até chegar ao mais puro branco; Jordan gostava de vê-la assim aos domingos. O dia mais tranquilo de todos.

Ela costumava tomar seu café desfrutando do belo panorama do Central Park que se espalhava diante dela, do outro lado da rua, três pisos abaixo. Como tinha sido empolgante quando ela e Jordan, banhados numa onda de glória depois de sua primeira peça na Broadway, andaram por aqueles cômodos elegantes e souberam que eles, dois atorezinhos britânicos de *vaudeville*, podiam erguer a cabeça e dizer: "Sim, vamos ficar com o apartamento". Há quanto tempo tinha sido isso? Anos.

Mas ela não chegou a levar a xícara aos lábios. Simplesmente ficou ali parada, fitando a porcelana translúcida e frágil cheia pela metade. Ela poderia ser confundida com uma estátua, talvez, quase esculpida numa rocha. Mas uma estátua não sentiria dor.

Ao lado da xícara estava seu exemplar matinal do *New York Herald*. E lá estava a matéria que ela temia encontrar pelo caminho em meio à agonia gritante de erros e sofrimento que assolava o país desde o naufrágio do Titanic. "Disfarce vergonhoso de dançarino", dizia a manchete. "Vestido de mulher para se salvar no bote dos milionários." Logo abaixo estava uma foto de Jordan, olhando para a câmera com um meio-sorriso nos lábios. Tão vulnerável.

Jean correu os olhos pela matéria. Era o que ela tinha esperado, uma zombaria do homem que "abandonara as mulheres" para salvar a própria pele. Seu olho parou apenas em uma frase: "Ao lhe pedirem para confirmar essa nova informação sobre os acontecimentos desprezíveis ocorridos no bote dos milionários, Lady Duff Gordon afirmou: 'Não nego'".

Quanta crueldade. Seu querido marido, um homem de coragem e integridade, estava arruinado. A vida profissional dos dois tinha acabado, claro. No dia seguinte de manhã, todos os seus compromissos estariam cancelados.

Ela poderia ter mudado alguma coisa? Se ela não tivesse insistido, Jordan não teria colocado aquela toalha ao redor dos ombros e da cabeça e corrido com ela até o bote; e se não estivesse quase vazio, ele teria se recusado a embarcar. Ela sabia que essa era a verdade. Ele não era um covarde, estava simplesmente tentando sobreviver. Isso era errado? Alguém havia morrido para que Jordan vivesse? Não.

Jean olhou agora pela janela para as trilhas sinuosas e a folhagem lá embaixo, que a tinham preenchido em tantas manhãs tranquilas com uma sensação de bem-estar. Ela só desejava agora a ausência da dor.

Ela ouviu os passos de Jordan se aproximando pelo corredor. Cuidadosamente, dobrou o jornal e guardou-o dentro do armário, debaixo daquela velha caixa que eles haviam comprado na lua de mel. E que lua de mel maravilhosa. A viagem para o Marrocos quando eles haviam dançado como parceiros pela primeira vez. Eles estavam em sincronia desde o início, fluindo por coreografias de graciosidade mágica, felizes com o entusiasmo das plateias e voltando para casa para os braços um do outro. Ela sorriu e ergueu os olhos, esperando que o rosto alegre dele iluminasse a sala. Quantas mulheres tinham uma dádiva tão preciosa de amor? Por que, por que ela deveria tê-lo entregado à morte?

Jordan entrou na sala e fez sua reverência divertida de sempre para cumprimentá-la.

— E como está minha adorável esposa nesta manhã? — perguntou ele. — Como está nosso mundo hoje?

Ela levou dois dedos aos lábios e atirou-lhe um beijo.

— Maravilhoso — respondeu ela. Levantou-se e andou até ele, apoiou um braço sobre o ombro dele e esticou o outro para apanhar sua mão. Ela não derramaria nenhuma lágrima. Uma teia quase imperceptível de rugas finas apareceu ao redor dos seus olhos quando ela sorriu de novo. — Deveríamos começar com uma dança, você não acha? Afinal de contas, este é o dia mais tranquilo de todos.

• • •

Lucile andou de um lado a outro em seu *loft* vazio, frustrada com o silêncio das máquinas de costura. As coisas deveriam estar agitadas ali, mas ela não ousava mais insistir em trabalho aos domingos em Nova Iorque, não desde que o Sindicato dos Trabalhadores nas Indústrias do Vestuário começara a importunar confecções e ateliês como o dela. Era ultrajante e injusto. Ela não administrava nenhum estabelecimento escravizante como a fábrica da Triangle, pelo amor de Deus. Pagava bem seus funcionários, e nenhum tinha menos de catorze anos; Poderia ter engordado o bolso deles se tivessem trabalhado nesse domingo. Ela suspirou, tentando relaxar. Ficava sempre nervosa antes de um desfile. Ver seu nome ser caluniado mais uma vez, porém, com todas aquelas histórias de Jordan Darling se passando por mulher, era enervante. A única coisa que ela fez foi responder a uma pergunta, e não se sentia mal por ver Jordan Darling exposto. Contudo, ligar o nome *dela* àquela história com tanto destaque era ridículo. Ela não tinha confirmado nada, e o repórter que escrevera a matéria sabia muito bem disso. Cosmo, entretanto, não queria nem ouvir. Tinha atirado o jornal na lata de lixo e saído do quarto de manhã, sem dizer nada.

Lucile diminuiu o passo para observar a recém-construída passarela para as modelos, colocada nos fundos da comprida sala. Parecia completamente apresentável, e seu ânimo melhorou. Como era empolgante o período que antecedia um desfile: a expectativa, a animação. Ela adorava tudo aquilo. Pisou na passarela, aprumou-se e começou a andar, de cabeça erguida, do jeito como ensinava suas modelos todas as temporadas ali, em Londres e em Paris. Ela fez uma graciosa meia-volta e retornou, impaciente agora para que chegasse a segunda-feira. Ali eram os domínios dela, e ela queria que estivessem vibrantes de vida. Queria estar no mundo que conhecia, e esquecer o Titanic. Com certeza tudo aquilo logo iria terminar; com certeza não haveria mais cancelamentos. As mulheres elegantes de Nova Iorque adoravam seus vestidos. Não a abandonariam. Ela desejava sentir-se segura novamente.

De repente ela percebeu um movimento num canto escuro do *loft*. Devia ser Farley com algum recado. Ela pisou para fora da passarela e caminhou em direção à pessoa, em parte assustada, mas basicamente indignada. Ninguém tinha permissão para subir ali sem seu consentimento. Ninguém.

— Quem está aí? E o que você quer? — inquiriu ela.

— Você sempre foi mandona — disse uma voz feminina com um risinho. — Não reconhece sua própria irmã?

Lucile engoliu em seco.

— Elinor?

— E por que você está tão surpresa? Comprei passagem no primeiro navio assim que ouvi a notícia do naufrágio, e recebi seu telegrama do Carpathia. Você achou que eu não viria?

— Oh... — Lucile mal conseguia falar enquanto a irmã se aproximava, com aquela sombrinha estúpida no braço. Será que ela tinha pensado a respeito? Será que se perguntara se Elinor passaria ao largo dos piores acontecimentos do modo como sempre fazia, sem se afetar de verdade?

— Eu deveria saber que você viria... você sempre foi do tipo impulsivo.

— Essa qualidade me recompensou de modo esplêndido. — A voz de Elinor era enérgica. — Eu precisava mesmo de um novo roteiro. Desta vez Hollywood vai ter de esperar.

— Obrigada. Você não sabe quanto preciso de você. — Algo estava explodindo em seu peito.

Elinor atirou a sombrinha em uma mesa de corte e estendeu os braços para a irmã.

— Pelo que andei lendo nos jornais, tenho uma boa ideia — murmurou ela.

O abraço das duas durou apenas um instante, mas naquela fração de tempo Lucile sentiu o primeiro consolo verdadeiro que recebera desde o naufrágio do Titanic.

· · ·

Manhã de domingo. Tess estava deitada na cama do hotel, olhando para o trabalho intricado de gesso que unia o teto e as paredes. Esticou o peito dos pés, ao mesmo tempo que segurava as barras de metal da cabeceira da cama, para alongar os músculos. Tinha ficado de pé por tanto tempo no dia anterior que suas costas ainda doíam, e era bom ficar ali deitada sem fazer nada, embora não conseguisse afastar seus pensamentos atormentados. Não queria pensar em Jim, descartando todos os motivos possíveis de ele não ter entrado em contato com ela. Com certeza ele devia ter suas razões, ela *queria* que tivesse, mas o silêncio dele parecia dizer tudo. Será que ele tinha relutado em dizer a ela o que estava por vir e depois se envergonhado de admitir seu papel naquilo?

Ela o afastou com firmeza da sua mente. Agora o dia era dela. Lady Duff Gordon havia anunciado de modo bastante enfático na noite anterior que ela não precisaria trabalhar aos domingos. Por cortesia das leis dos sindicatos de Nova Iorque, ela estava livre para desfrutar das feiras de rua dos domingos. E Tess havia visto o olhar de prazer no rosto da sua chefe quando ela, Tess, na verdade se desapontara com a notícia. Sim, Lucile, disse ela a si mesma. Eu amo aquele lugar mágico. Sua sedução está dando certo.

· · ·

Pinky pendurou a cesta de feira no ombro e começou a sair do apartamento na ponta dos pés, ignorando a louça suja. Nada era mais barulhento do que pratos sendo lavados. O pai estava dormindo, e ela queria sair antes que ele acordasse. Não desejava mais nenhuma exigência naquela manhã. Ela já o tinha barbeado antes, algo de que ele em geral gostava, mas não hoje. Tudo bem, alguns dias eram melhores que outros. Ela estava se cansando de dizer isso a si mesma.

— Para onde você está indo, posso saber? — berrou ele do outro quarto.

— Para a feira. É domingo, lembra? Vou comprar umas frutas, umas bananas. Você gosta. Vou comprar os jornais, também.

— Venha aqui, Pinky.

Droga. Pinky abaixou a cesta e caminhou até o quarto do pai. Sentiu uma pontada no coração. Ele parecia tão pálido.

— Eles não lhe pagam muito, não. — Aquilo não era uma pergunta.

— Ah, é razoável.

— Não tente me enganar. Ouvi você pechinchando com aquela enfermeira gorda ontem à noite.

Ela sorriu, sem querer.

— Talvez você consiga convencê-la a emagrecer, assim ela não vai precisar de tanto dinheiro.

— Muito engraçado. — A voz dele era rascante, mas gentil. — Quando eles vão lhe dar um aumento?

Era a pergunta que ela mesma se fazia, claro.

— Estou fazendo umas boas matérias, e na semana que vem vou cobrir a manifestação das sufragistas. Logo vou ganhar um. Eles precisam de mim.

— Não acredite nas próprias histórias. É um grande erro.

Lá vinha ele de novo, dando mais conselhos de como ela devia fazer seu trabalho. Pinky se dirigiu para a porta.

— Olhe, preciso ir, senão se dirigiu para a porta as frutas mais bonitas vão acabar. Tudo bem?

Ele fez que sim.

— Sarah...

Ela parou. Ele nunca a chamava de Sarah.

— Desculpe, filha.

Ela quase voltou para beijá-lo na testa. Mas as lágrimas já ameaçavam brotar em seus olhos.

• • •

Tess viu Pinky primeiro. Conversando com um vendedor, os cabelos esvoaçando em seu rosto, parecendo tão à vontade naquela feira — com seus toldos coloridos, caixas de alface e de pêssego e crianças brincando ao redor da saia das mães — quanto nos interrogatórios. Parecendo bondosa e feliz, como se não fosse a mesma pessoa que, tranquilamente, estava destruindo vidas e reputações. Tess começou a dar meia-volta.

Tarde demais.

— Tess? — Pinky se aproximou. — Então Lady Duff lhe deu um dia de folga? Você veio a uma ótima feira de rua. — A voz dela estava firme, mas hesitante. Ela estava na defensiva.

— Por que você fez isso? — Tess até então não sabia o que diria quando elas se encontrassem, mas pronto, aí estava.

Pinky se espantou.

— O quê? — perguntou ela.

— Baronete *covarde*? *Subornar* os marinheiros para que não voltassem? Isso não é verdade.

— Eu não inventei nada disso — disse Pinky prontamente, pega de surpresa.

— Mas confiou na palavra de outra pessoa. Alguém que não teve a coragem de colocar seu nome nas acusações. Quem foi?

— Olhe, Tess, não gosto de ser atacada. Eu tinha fontes do navio...

— Um marinheiro? — perguntou Tess, perturbada.

— Sim, se é que você quer saber.

— Não foi Jim Bonney. — Por favor, que não seja Jim Bonney.

— Você está falando daquele marinheiro que gosta de você? Daquele que esculpiu o bote salva-vidas que você não estava segurando com firmeza suficiente?

Foi a vez de Tess ser pega de surpresa.

— É — disse ela.

— Bem, se você fosse uma grande amiga... E não preciso lhe contar nada. — Era seu dia de folga. Ela precisava comprar frutas e verduras para o jantar, talvez fizesse um cozido para o pai. Ele adorava cebola. Ela odiava. Não precisava ficar ali sendo atacada.

— A única coisa que você quer é uma matéria boa. Você não se importa em arruinar a vida dos outros.

Pinky bateu a cesta com força no chão, ignorando os olhares das pessoas ao seu redor. Ela estava cansada demais para diplomacia.

— A única coisa que *você* quer é ser igual a essas pessoas egoístas e mesquinhas para quem você trabalha, que torcem o nariz para todo o resto. Então eu estou errada? Qual é a sua versão? Você sabe o que aconteceu naquele barco?

— Você não vai me envolver nisso. Não, eu não estava lá, mas Lucile jura que nada de mais aconteceu. — Ela respirava com dificuldade. — Por que você os odeia? Você também tem uma vida privilegiada. Olhe toda a liberdade que você tem! Você tem tanto poder! Por que não o utiliza de um jeito mais bondoso?

— O que você acha que os Estados Unidos são? — perguntou Pinky, estupefata. — Algum nirvana onde todo mundo é tão rico quanto os Duff Gordon? Então você chega aqui e come numa mesa cheia de cristais e porcelanas na primeira noite e acha que a vida é isso? E que as pessoas devem ser livres para ignorar ou machucar as outras se puderem se safar? E depois fica brava comigo, quando só estou tentando dizer a verdade?

— Você atira uma declaração moralista atrás da outra. E acho que você não se importa com a verdade.

— Olhe, eu dou duro para descobrir as coisas e tento ser uma boa repórter. A moralista aqui é você. Você tem certeza absoluta de que os Duff Gordon não tentaram subornar os marinheiros a não voltar?

Tess respondeu tão devagar e calma quanto foi capaz.

— Eles deram dinheiro aos tripulantes, mas não como suborno, e sim para *agradecer* e *ajudar*. Por que é tão difícil para você acreditar nisso? Por que isso faz deles pessoas ruins?

— Tess, a lealdade pode cegar.

— E correr atrás de manchetes também.

— Será que você não está errada?

— Será que você não?

As duas se encararam. Pinky assumiu o comando do que veio a seguir.

— Então eu sou privilegiada. Quer ver onde eu moro? — Ela agarrou a mão de Tess.

Esquecendo a feira, Tess se deixou arrastar pela rua, virando por fim em uma ruela estreita e serpentante cheia de prédios sem elevador caindo aos pedaços. Cheiros fortes pairavam das janelas, de repolho, carne ensopada e cebola; crianças choravam e cachorros latiam. Varais entre os prédios balançavam sob a brisa gentil. Pinky apontou para cima.

— Quarto andar. Com meu pai. Ele está doente. Não ganha pensão. Não que alguém mais se importe. Que tal isso como declaração moralista?

Tess ficou em silêncio um instante.

— Você está me dizendo que é pobre? É isso?

— Estou dizendo que tenho um emprego ótimo que não paga muito bem, e que isso é frustrante. Principalmente — Pinky respirou fundo e tentou falar com calma — quando me dizem que sou privilegiada e moralista.

— Do meu ponto de vista, é mesmo... — Tess respirou fundo também. — Um pouco das duas coisas.

— Talvez eu seja. Vejo gente ser atirada em instituições e ser largada ali para morrer pelos ricos que vão a bailes e não dão a mínima para ninguém a não ser eles mesmos.

Não adiantava bater a cabeça com gente tão radical.

— Você não pode olhar para as coisas boas, também? Lady Duff Gordon emprega gente, paga um salário decente e... os trata bem. — Tess corou com seu próprio exagero. — Isso não conta nada para você?

— Vocês britânicos e seus títulos — retrucou Pinky. — Ela só está fazendo o que é bom para ela.

— Ela não é uma pessoa má, Pinky.

— Certo, mas sei no que eu acredito. Acho que você está se esforçando demais para agradar aquela mulher, e gente do tipo dela nunca é agradada.

— Ela podia ter me largado depois que chegamos aqui, mas não fez isso. Você sabe quanto isso é importante para alguém como eu?

— Você não precisa se curvar tanto, Tess.

Aquelas palavras doeram.

— Não entendo por que você utiliza seu poder do jeito que usa.

— Tento lutar algumas batalhas que chamam a atenção. E tento mudar um pouco as coisas. Mas fico irritada porque não consigo mudar muito.

Elas ficaram de novo em silêncio por alguns instantes.

— Posso lhe contar — disse Pinky, relutante. — Consegui a história do que aconteceu no bote salva-vidas com um marinheiro chamado Tom Sullivan. Um cara de dar medo, mas que estava lá.

Tess sentiu uma onda de alívio. Não fora Jim.

— Como você pode confiar nele?

— Ele não recebeu o dinheiro que achou que conseguiria de Lady Duff, por isso está bravo. Na hora do pagamento, eles foram uns mãos-fechadas. Para mim, faz sentido.

— Você admitiria que pode estar errada?

— Só se ela negar tudo sob juramento. E mesmo assim, não tenho tanta certeza. Por que você achou que Bonney era a minha fonte?

Naquele momento, um menino de boné verde passou montado em uma bicicleta bamboleante, obrigando as duas a saírem da frente. Tess ficou grata pelo tempo extra para pensar em uma resposta.

— Eu não achei. Eu tinha medo que fosse — disse ela, devagar. — Você entende?

— Ah, claro. — Pinky comemorou mentalmente pela sua intuição do dia anterior, mas isso não lhe deu grande satisfação. — Por que não voltamos para a feira? Posso apresentar você às melhores maçãs que já provou — disse ela, com um tom de alegria de volta na voz.

Tess assentiu com a cabeça.

— Não sou má pessoa — disse Pinky. — Gosto de você. Vai se sair bem aqui, Tess.

Era a mesma coisa que Jim tinha lhe dito.

— Não tenho certeza do que pensar a seu respeito. Se eu deveria desconfiar de você ou pensar em você como uma amiga.

Amiga. Pinky gostou disso.

— Faço meu trabalho. Ninguém gosta de repórteres.

— Vocês são muito convencidos.

— Ao contrário de Lady Duff?

Tess ficou em silêncio. Pinky suspirou.

— Certo, será que ajudaria se eu lhe dissesse que meu pai acha que às vezes sou uma harpia enfurecida?

Tess não pôde evitar um sorriso.

— Acho que ajuda. Por ora, pelo menos.

Silenciosamente, em consentimento mútuo, elas voltaram pelo mesmo caminho por onde tinham ido. Logo os toldos brilhantes e os carrinhos de feira lotados se tornaram visíveis. Tess protegeu o rosto do sol, confortada pelo seu calor, pensando em Jim. Sentiu seu espírito relaxar. Por um dia, com certeza, tudo estava bem.

• • •

O sol estava alto quando Tess fez seu caminho de volta para o Waldorf, com um pequeno cesto de maçãs embaixo do braço. Pinky falara bastante durante o passeio das duas pelas bancas, papeando sobre Nova Iorque, oferecendo conselhos de onde comprar blusas baratas e os melhores locais para tomar um chá decente. Haveria uma manifestação em favor do sufrágio feminino saindo da Washington Square dali a alguns dias, dissera ela, uma marcha grande, a maior até então, e esse era o tipo de matéria que ela adorava cobrir, porque dizia respeito à opressão e aos direitos femininos. A líder era uma mulher que andaria montada em um cavalo branco. Um cavalo branco enorme, esplêndido. Haveria faixas, cartazes, bebês e até mesmo homens — uns poucos, pelo menos. Que tipo de existência as mulheres tinham levado até então, espremidas em espartilhos e sofrendo as dores do parto enquanto os maridos passavam as noites nos bordéis? O casamento não passava de uma armadilha.

Aquilo tudo era tão apaixonante. Havia sufragistas na Inglaterra, Tess lera a respeito delas, até as tinha visto numa marcha certa vez, carregando faixas e cartazes que elas agitavam de um lado a outro. Mas aquilo parecia ser algo que acontecia em um lugar muito distante. Sufragistas? Mulheres declarando independência? Elas eram estranhas, vindas de algum planeta privilegiado. Mulheres com tempo e energia para fazer alguma coisa além de trocar a roupa de cama e limpar banheiros.

— Bem, elas conquistaram para você o direito de votar, não é? — perguntara Pinky.

— Não me adiantou de nada. Gastei muita energia lutando contra o filho da minha patroa em Cherbourg. Ele achava que tinha permissão para passar a mão em mim.

— Viu só? Você não tinha poder para impedi-lo.

— Não entendo como minha permissão para votar teria mantido as mãos dele onde deveriam estar.

Pinky olhara para ela com a impaciência de uma professora enfrentando o mais lento dos alunos.

— Talvez signifique que você tinha voz e podia influenciar os políticos que desejam ficar no poder, para que talvez um dia haja uma lei que mande abusadores como esse garoto para a prisão.

— Adoraria ver isso um dia.

— Então venha para a marcha. Vou lhe contar um segredo — dissera Pinky.

— Um segredo?

— É a coisa mais empolgante do mundo. Vou cobrir a marcha, e elas concordaram em me deixar andar no cavalo branco antes do início do evento. Não consigo explicar quanto isso significa para mim. — Pinky falava com a reverência de uma acólita.

— Você sabe andar a cavalo?

— Mas claro! — Ela rira. — Sabe qual é uma das melhores coisas? O fato de mulheres se reunirem para marchar ou fazer qualquer coisa juntas deixa um monte de homens loucos da vida. Eles gritam, berram e ficam provocando, balançando os punhos fechados. Sabe por quê? Porque têm medo. Têm medo de que nós conquistemos o poder e os obriguemos a mudar. — Os olhos dela traziam a luz de uma criança travessa. — Isso é divertido de assistir.

— Conheço homens assim — dissera Tess. Não precisara muito para que o oficial do Titanic a culpasse pelo ato desastrado de um homem. E ela estava acostumada com isso. Será que esse fato horrorizaria Pinky? Provavelmente.

Era bom passear, conversando sobre mulheres, voto, poder e cavalos brancos. E como o sol era gostoso em sua pele! Pinky falava sobre sua nova matéria do Titanic, mas Tess ouvia apenas em parte. Ela estava em paz.

— Temos relatos de que alguns poucos sobreviventes não foram contados, provavelmente por estarem na segunda ou na terceira classes e não falarem inglês — dissera Pinky. — O engraçado é que um cara rico ficou de fora porque de início estava inconsciente e usava um paletó meio surrado.

Tess parara de andar.

— Você sabe quem era?

— Um cara de Chicago chamado Jack Bremerton.

— Ele está vivo? Ele está bem?

— Sim. Você o conhece?

— Nós nos conhecemos no navio.

— Ele é bem importante, foi o que eu soube. O famosíssimo Henry Ford veio vê-lo, e ele já está de volta a seu escritório, trabalhando. Para mim, pelo visto ele continua delirando. — Ela deu um risinho. — Aliás, convenci meu editor a me mandar para Washington nesta noite para cobrir o inquérito de amanhã.

— Washington?

— Smith decidiu prosseguir as investigações em seu quartel-general. Toda a tripulação do navio foi enviada para lá ontem. Quer mandar algum recado para seu marinheiro?

— Ele não é meu marinheiro. — Ouvir o tom de gozação na voz de Pinky a irritara. E agora ela não poderia mais perguntar nada sobre o sr. Bremerton.

— Bem, conversei com vocês dois, e ambos ficam acesos quando menciono o outro. Isso não quer dizer nada, é claro.

Tess escutara em parte, lembrando-se do homem lindo de cabelo grisalho do Titanic. Ele estava ali, naquela cidade, mas ao mesmo tempo tão longe quanto a lua. Ela desejou poder vê-lo. Ah, era ridículo — ela estava com uma paixonite de colegial. No mundo real, o que ela fantasiava agora era impossível. E Jim... Jim tinha ido embora, sem lhe dizer nada.

— Tess? Estou indo. Algum recado para Jim? — Pinky levantara uma sobrancelha.

— Não, nenhum recado.

8

WALDORF-ASTORIA

Anoitecer de domingo, 21 de abril

Lucile estava tagarela e parecia felicíssima enquanto Cosmo abotoava as costas de seu belo vestido de chá.

— Venha, venha — chamou ela toda alegre quando Tess entrou na suíte. — Vamos ter uma noite adorável, porque a coisa mais maravilhosa do mundo aconteceu. Minha irmã veio me ver!

— Esta é a primeira vez que você me chama de maravilhosa — gritou uma voz divertida do outro quarto. E lá estava ela, a bela mulher que Tess se lembrava de ter visto girando a sombrinha no porto de Cherbourg, esticando a mão para cumprimentá-la. — Olá, Tess — disse ela com um sorriso. — Sou Elinor Glyn. Acho que não nos apresentamos de fato antes. Ouvi dizer que você virou qualquer coisa, menos empregada... Aindaa bem.

— Como a senhora chegou até aqui tão rápido? — perguntou Tess, surpresa.

— Bem, querida, meu navio não afundou.

Ela disse aquilo com uma enorme naturalidade e leveza. Então ainda existia, no fim das contas, um mundo comum onde era possível fazer piadas. Tess simpatizou com ela na mesma hora.

— Elinor me disse que vamos jantar no Palm Room nesta noite. Chega de fazer as refeições aqui em cima, como se fôssemos pessoas culpadas de alguma coisa — declarou Lucile, afastando-se das mãos de Cosmo e girando. — São os Darling que devem manter a cabeça baixa agora. Você viu a matéria sobre o disfarce vergonhoso dele? — Ela vestiu as luvas brancas de pelica e girou em seu vestido longo e esguio de seda cor de framboesa. — Este vestido não é lindíssimo? Talvez eu mesma o apresente na passarela do desfile de primavera. Não seria diferente?

— Você é a melhor modelo para todos os seus vestidos, querida — disse Cosmo prontamente, quase de modo automático. Ele olhou seu relógio de pulso e apressou a mulher. A reserva deles era para dali a dez minutos.

— Tess, você precisa vir conosco — disse Lucile. — Já tenho um vestido preparado para você no quarto ao lado.

Aquilo não era na verdade um convite, é claro, era mais uma ordem. Mas a chegada de Elinor havia melhorado o humor de Lucile com velocidade estonteante. Tess mal conseguiu respirar ao ver o vestido pendurado na porta do armário. Era surpreendentemente parecido com o que Lucile havia lhe dado antes do naufrágio do Titanic. As mesmas cores, o mesmo corte. Será que ela o escolhera de propósito? Ele deslizou para fora do cabide e flutuou na ponta de seus dedos, tão efêmero e etéreo quanto a passagem do tempo.

• • •

O Palm Room — abrigado sob um magnífico teto em domo — estava tomado pela elegância e os murmúrios discretos da gente bem-vestida. O *maître* havia levantado o cordão de veludo vermelho para permitir a passagem deles, curvando-se diante de todos, inclusive de Tess. Nada de ficar boquiaberta, disse ela a si mesma. Não se comporte como uma serviçal. Ao redor, paredes espelhadas refletiam uma mistura de brilho dos cristais, mármore cor de âmbar e luz de velas que criava um redemoinho quase desnorteante de imagens dançantes. Lindo.

— Cabeça erguida, Tess — murmurou Elinor. — Você está vestida como uma rainha. Desfrute o fato de que todo mundo está olhando para nós.

— Não me sinto uma.

— Finja, pelo amor dos céus.

Os clientes estavam mesmo observando a chegada deles, sussurrando ao vê-los passar. Mas havia um tom afiado em suas vozes, como o som de uma faca cortando rapidamente o ar.

— Eles não nos querem bem — disse Tess.

— É uma mistura de inveja e maldade. Normal. Olhe minha irmã, é assim que se faz.

Lucile, com a mão apoiada no braço dobrado de Cosmo, não estava apenas andando, e sim deslizando pelo salão, como se a qualquer momento fossem aplaudi-la e ela pudesse fazer uma reverência de agradecimento. Seu rosto estava corado. Para Tess, ela parecia um girassol buscando a luz.

• • •

— Agora, Tess, preciso saber. Você vai ficar ou está prestes a sair correndo?

Agora sentada, Elinor fez a pergunta num tom calmo e baixo, mas seus olhos eram frios. Uma garrafa de champanhe tinha sido aberta pelo *sommelier*, e os garçons pairavam ao redor, um atrás de cada cadeira.

— Não tenho nenhum plano de ir embora — respondeu Tess, espantada.

— Lucy parece achar que você tem talento. Você tem agora a chance de provar seu valor, uma oportunidade maior do que você se dá conta. Mas as coisas não andam muito bem por aqui.

— Eu sei.

— Minha irmã não para de meter os pés pelas mãos. Esse seu último ataque aos Darling foi idiotice.

Tess se remexeu, incomodada, sem saber se deveria concordar ou apenas guardar silêncio.

— Não estou querendo testar você. Não valorizo a discrição. Ao contrário, descobri que se pavonear faz uma mulher se dar bem. Pelo menos no mundo do cinema.

— Não é a mesma coisa no universo dos serviçais — murmurou Tess.

Elinor riu.

— Você não está mais nesse ramo — disse ela. — Olhe, não posso ficar aqui muito tempo. Por mais que deseje dar apoio à minha irmã, preciso ir a Los Angeles. — Ela bateu a cinza do cigarro num cinzeiro. A prata de sua piteira delicada refletiu a luz da brasa. — Então vou colocar as coisas de modo direto. Lucile precisa ter olhos e ouvidos no ateliê nesse momento. E você é obviamente a pessoa certa agora. Cosmo achou um apartamento para você hoje perto do edifício Flatiron, não muito longe do *loft* de Lucile. Você não pode ficar aqui, o hotel quer o seu quarto. Não vai ser por muito tempo, mas Lucy não pode voltar para casa até que o desfile de primavera acabe e ela tenha certeza de que não será chamada para depor. Aí então você poderá fazer o que quiser. Você terá referências.

— O que isso quer dizer? Ser os olhos e os ouvidos dela?

Elinor deu de ombros e sorriu.

— Ah, você vai saber. — Seu sorriso sumiu quando ela olhou para Lucile conversando com um Cosmo silencioso. Ele bebericava seu champanhe, e seu rosto era um estudo do vazio. — Seria melhor Lucy tomar cuidado — disse ela baixinho.

— Com o quê?

— Muitas coisas desagradáveis podem acontecer.

Com cuidado, Tess apanhou um garfo de prata para comer a salada que agora estava à sua frente. Verduras delicadas, aspargo branco e presunto cortado em pequenos pedaços — porém, o mais tentador eram as azeitonas recheadas. Um olhar rápido para Elinor lhe assegurou que estava usando o garfo certo.

— A senhora acha que ela vai ter de depor? O senador Smith não está chamando mulheres diante do comitê.

— Eu sei. Qualquer mulher que tenha passado por essa experiência está em estado delicado demais para falar a respeito. Mas talvez Smith seja forçado a isso. Lucy está inundada de críticas, e a culpa é dela mesma. Dele também, para ser exata. — Ela revirou os olhos, olhando para Cosmo. — *Subornar* a tripulação para não voltarem? Minha nossa...

O *maître* se aproximou.

— Mensagem para Lady Duff Gordon — murmurou ele.

— Mais tarde, agora não — disse Lucile, dispensando-o com um gesto.

O *maître* se inclinou mais para perto, sussurrou algo no ouvido de Cosmo e entregou-lhe o recado. Cosmo correu os olhos depressa pelo papel e sua expressão se congelou.

— Você não está me escutando — disse Lucile, com impaciência. — Precisa ler enquanto eu falo com você?

Cosmo empurrou a cadeira para longe da mesa e ficou de pé.

— Acho que terminaremos a refeição em nosso quarto — disse ele em tom simpático ao *maître*. — Mande os cardápios e um garçom para nossa suíte o mais rápido possível.

— Ora, pelo amor dos céus...

— Quieta, Lucy. Vamos.

— Mas...

— Rápido — murmurou Elinor, segurando o braço da irmã.

Sem fazer nenhuma pergunta, Tess os seguiu para fora do restaurante, sentindo os olhares dos outros clientes mais uma vez sobre eles. Manteve a cabeça erguida, dessa vez com esforço.

Cosmo fechou a porta da suíte e as encarou, com lábios enrijecidos e sem cor.

— Jordan Darling se enforcou — disse ele, sem tirar os olhos de Lucile. — Sua esposa o encontrou algumas horas atrás.

Um estremecimento — vindo, da sua barriga, das suas pernas, de onde? — se espalhou, frio e incontrolável, pelo corpo de Tess. As mãos começaram a tremer.

Cosmo olhou o papel em sua mão como se este pudesse explodir a qualquer momento.

— É da mulher dele. É para Lucile.

— Não quero ver — disse Lucile. A carne embaixo do seu queixo estava trêmula.

— Você vai ouvir, então. — Cosmo passou o papel para Elinor, que leu em voz alta uma única frase rabiscada, com letras de cor púrpura ligeiramente tremidas.

Por que você foi tão cruel?

Lucile desabou em uma cadeira com um gemido, cobrindo o rosto com as mãos.

— Ela está equivocada, você não fez isso — disse depressa Elinor.

O tremor havia parado, mas a denúncia de Darling no Carpathia coçou o cérebro de Tess. Não, não, Lucile não o matou. Não, isso era horrível.

— Mas eu tive minha parcela de culpa — disse Lucile devagar.

Só então Tess se viu em condições de demonstrar sua piedade e o desejo de consolá-la, falando, num sussurro:

— Sinto muito.

Lucile olhou para ela, com olhos gratos.

— Obrigada.

— Não saia desta suíte amanhã, Lucy — disse Cosmo. — Recue. Vou dizer a todos que você está de luto. Está me ouvindo? E faça-me o favor de não falar com nenhum repórter.

A COSTUREIRA

. . .

WALDORF-ASTORIA
Segunda-feira, 22 de abril

O sol mal tinha nascido quando Tess saiu do hotel, olhando ansiosamente ao redor enquanto entrava no carro de Farley, à sua espera. Ótimo, nenhum repórter ainda. Que noite terrível tinha sido aquela, assombrada por pesadelos em que se atirava sobre trilhos de trem, tentando proteger Lucile de uma locomotiva que se aproximava; entrando em uma sala e vendo o corpo de Jordan Darling enforcado com uma faixa de seda drapeada... De onde seu cérebro havia inventado tudo isso?

A realidade dessa segunda-feira seria ainda mais amedrontadora. Agora era função dela fazer as coisas andarem no ateliê, dissera Elinor tarde da noite, depois que Lucile, quase catatônica, por fim caíra no sono. Ela não precisava saber tudo, só tinha de estar ali para acalmar o ambiente. Não havia modo de evitar que a presença de Lucile lá fora não resultasse em mais histórias terríveis. Ela podia fazer isso.

Com o estômago se revirando intensamente? Impossível.

— Só estive uma vez no ateliê — protestara Tess, tentando não entrar em pânico. — Não sei nada de como aquilo é administrado.

— Você vai aprender algumas lições rápidas amanhã, mas lembre, James estará lá para ajudá-la. Ele sabe muito — dissera Elinor em voz confortante. — Só vai ser por uns dois dias. A vida é uma peça de teatro... a maior parte dela, pelo menos. Vá lá e finja que está no comando, por favor. Está me ouvindo? Levante a cabeça e *finja*. — Um arremedo de sorriso passara pelo rosto dela. — Esse é o segredo para tudo.

Enquanto ela se afastava para ir ao seu quarto, Cosmo estendera-lhe um molho de chaves e colocara o metal gelado em sua mão com um endereço rabiscado num papelzinho.

— Isso é do seu apartamento, Tess — dissera ele em voz baixa. — Ele vai estar pronto na terça-feira. A cama estará feita, haverá toalhas. Comida. Avise-me do que você precisar. — O rosto dele estava tão franzido quanto uma ameixa seca. Fora a primeira vez que ela percebeu que ele também estava sofrendo. Não parecia nem um pouco o homem educado e calmo que ela conhecera no porto de Cherbourg. Isso com certeza alimentou a turbulência dos sonhos dela.

Não havia sorriso nenhum no rosto de Farley naquela manhã, mas sim uma espécie de olhar desconfiado, na defensiva.

— Então nada de Lady Duff hoje? — perguntou ele, abrindo a porta para ela.

— Não, ela está descansando.

Ele arrancou com o carro e não falou durante todo o trajeto. Tess encarou as anotações que Elinor lhe dera: checar a passarela, inventariar os vestidos para o desfile. Garantir que o trabalho de bordado e os ajustes finais estivessem sendo feitos de modo apropriado. Checar as últimas provas nas modelos.

Era loucura, impossível.

— Não sou a pessoa que deveria estar encarregada disso. Por que a senhora não vai? — protestara ela.

— A imprensa adoraria isso — respondera Elinor, revirando os olhos. — Vão caluniar o nome de Lucy com as matérias do suicídio de Darling. Não, eu também vou manter a cabeça abaixada, não preciso desse tipo de atenção. Você é que deve fazer isso, Tess. Ninguém está atrás de você.

O som das máquinas de costura confortou Tess quando ela saiu do elevador e entrou no *loft*. Alguns olhares foram lançados em sua direção quando ela entrou no escritório de Lucile, mas nenhuma pergunta foi feita. Ela levou algum tempo para perceber que havia menos gente ali do que no sábado.

James a esperava no escritório, parecendo nervoso.

— Onde está a madame? — perguntou ele.

— Está trabalhando muito e resolveu descansar hoje. — Tess olhou ao redor para os diversos buquês de flores murchas, torcendo um pouco o nariz ante o odor enjoativo, e esperou que James não tivesse notado.

— Sabemos o verdadeiro motivo, não é? — disse ele. — Ninguém quer manchar as mãos com a morte. Além de tudo o mais que já maculou a reputação dela.

— Acho que hoje depende de nós dois fazer o que precisa ser feito — disse ela, esperando que sua voz exibisse uma nota ou duas de confiança.

James virou de costas para a parede de vidro, e Tess percebeu que ele não queria que as costureiras vissem seu rosto.

— Tenho más notícias — disse ele. Andou até uma mesa comprida e apontou para um vestido cor de creme coberto com um trabalho intrincado de contas que estava sobre a superfície. – O vestido de noiva, a estrela do desfile.

— É lindo — comentou Tess, estendendo a mão para erguê-lo. Para seu horror, a saia se soltou em seus dedos. O vestido havia sido cortado. Apenas metade dele continuava presa ao corpete. — O que aconteceu? — Ela não podia acreditar. Aquele lindo trabalho, destruído.

— Alguém odeia a madame — disse ele. — É monstruoso. Nada assim jamais aconteceu antes. — Ele não olhou para Tess, apenas fitou o vestido como se estivesse diante de um cadáver. — Ninguém estava gostando do que lia nos jornais, ela não vinha sendo muito gentil, mas ainda assim...

— Precisamos refazê-lo.

Ele balançou a cabeça.

— Não há tempo. Nem como. Ele é frágil demais.

— Quem sabe do que aconteceu?

— A pregadora de contas. Ela foi embora banhada em lágrimas. Disse que não podia mais trabalhar aqui. Agora todo mundo lá fora já sabe o que aconteceu.

Tess correu os dedos pela seda destruída e os fios de contas partidos, lembrando-se de um ponto que sua mãe havia lhe ensinado para consertar cortinas rasgadas: duas voltas e uma torção — o truque estava na torção. Se isso não bastasse, ela poderia tentar reunir o tecido com pedacinhos de elástico.

— James, você poderia trazer uma costureira para cá, alguém em quem confia?

— Sim, senhora.

— Acho que consigo consertar isso, mas preciso da sua ajuda com todo o resto. Não consigo administrar este ateliê. Não sei como fazer isso.

— Ninguém sabe, exceto madame. É muito uma questão de aparências, você sabe. Mas pode contar comigo para ajudar.

Tess lhe deu um sorriso trêmulo de gratidão.

— Talvez devêssemos contar a todos que o vestido será consertado e que o desfile vai acontecer no dia marcado, e não fingir que nada aconteceu.

— Para mim, parece ótimo. — Ele parecia aliviado. Começou a andar até a porta e parou. — O que mais?

— Definir os vestidos que serão usados por cada modelo? — perguntou ela, incerta.

— Parece ótimo.

— E talvez arrumar alguém para tirar essas flores murchas… Isto aqui está tão triste…

— Certo.

Só depois de alguns minutos ela percebeu, curvada sobre o vestido rasgado, que James a chamara de "senhora".

• • •

EDIFÍCIO DOS ESCRITÓRIOS DO SENADO
WASHINGTON, D. C.
Segunda-feira, 22 de abril — 5h

Pinky estava sentada nos degraus do edifício dos escritórios do Senado, observando o brilho do nascer do sol e sentindo-se meio boba por estar ali tão cedo. O início dos interrogatórios estava marcado para as 10 horas, mas onde mais ela poderia esperar? Van Anda não iria pagar mais pernoites em hotel do que precisasse, ou seja, ela precisara pegar o trem da meia-noite, o que fizera a sra. Dotson ter um chilique. Mas cinquenta dólares extras a tinham convencido a prestar seus serviços benevolentes. Ela teria de dizer a Van Anda que ela só poderia fazer viagens diurnas, depois disso. Pinky esfregou a testa latejante. Ficou na dúvida se deveria ir ao Hotel Continental, onde a White Star estava hospedando a tripulação, e acordar alguns dos tripulantes. Talvez eles lhe contassem sobre a indignação de terem sido confinados numa cidade estranha sem receber nada por isso. Mas parecia esforço demais.

Ela apertou o casaco junto do corpo para se proteger do frio. Talvez devesse ter ficado em Nova Iorque e seguido a história do suicídio de Jordan Darling. Mas, na verdade, ela não tinha nenhuma vontade de pegar no pé de Lady Duff Gordon de novo, embora aquela mulher patética tivesse atraído sozinha para si a última leva de críticas. Tess era leal demais — mais do que ela mesma seria, com ou sem emprego. Por outro lado, Darling realmente pulara naquele bote com uma toalha na cabeça — e fizera isso sozinho. Ela esfregou a testa de novo. Às vezes toda aquela parafernália em torno do Titanic a deixava exausta. Será que não podia aparecer alguém e abrir o maldito prédio? Deveria ter vestido um casaco mais quente.

— Olá, minha jovem. Conheço você!

Uma voz feminina, calorosa, veio de um carro preto comprido estacionado à frente do prédio. Pinky se aproximou e espiou pela janela. Olhando-a de volta estava o rosto sorridente da mulher do Colorado que havia remado em um dos botes. Margaret Brown, esse era seu nome. Digno de ser citado.

— Entre, querida, venha se aquecer. Viemos pelo mesmo motivo, isso está mais do que óbvio. Você está trabalhando, mas eu estou só curiosa para ver como o estimado senador vai lidar com essa história em seu próprio terreno. — A sra. Brown abriu a porta e convidou Pinky para entrar, oferecendo-lhe imediatamente uma xícara de café fumegante da garrafa térmica que lhe foi entregue pelo chofer. Grata,

Pinky saltou para dentro do carro e envolveu a xícara com os dedos frios. Conseguiria uma entrevista ali, tinha certeza.

— Você é a garota de nome esquisito que trabalha para o *Times*, não é? Insolente como eu, foi o que ouvi dizer. Então, o que achou de Washington ao nascer do sol?

— Silenciosa — respondeu Pinky.

— Não por muito tempo. Quais são as notícias mais recentes da cidade?

— Um suicídio. Uma das pessoas do bote salva-vidas número um.

— Ah, o coitado do Jordan Darling. Sim, eu ouvi dizer lá no hotel. Um disfarce fatal. A humilhação deve ter sido grande demais — murmurou a sra. Brown. — Alguma notícia boa?

— Os órfãos que falam francês... A mãe virá buscá-los.

— Ah, sim, ouvi falar disso também. Coitadinhos. Pelo menos o pai fez o máximo para salvá-los. A preparação para a morte tem um jeito especial de clarear a mente.

— O que ela clareou no seu caso? — perguntou Pinky.

A sra. Brown riu.

— Me disse para continuar fazendo e dizendo o que eu bem entender, sem ser desconcertada por ninguém. A vida é curta, nada de ficar remoendo as coisas por doze anos ou mais. E você?

— Eu não estava no navio.

— Belo desvio de repórter, querida. Você terá de fazer suas escolhas também, na hora certa. — Ela deu um sorriso largo e confortador. — Esse tal senador Smith... tenho vontade de arrancar o couro dele. Não quer me chamar para depor, e quero que o que eu diga seja registrado de modo oficial. Principalmente o fato de que nós, mulheres, tivemos de assumir o comando no lugar dos homens covardes.

— Conte para mim — disse Pinky, baixinho. — Meu jornal é o jornal oficial, você bem sabe.

— Sim, eu li o expediente com o nome do conselho editorial do *Times*. — Os olhos da sra. Brown estavam cintilando. — Sabe que concorri ao Senado alguns anos atrás? Vou tentar de novo na primeira oportunidade.

Pinky estava remexendo na sua bolsa, atrás do caderno.

— Posso anotar isso?

A sra. Brown dobrou os braços brancos e grandes sobre uma barriga igualmente grande.

— Meu amor, você pode anotar qualquer coisa que eu disser. Depois de ser salgada e colocada em conserva no meio do oceano, agora estou em terra firme encalhada.

— E os Duff Gordon? Eles não deviam prestar depoimento também?

— Acho que é isso o que você espera, não é?

— Sou só uma repórter.

— Não, não é. Li sua matéria, e acho que você se importa com o que aconteceu naquele bote.

Um segundo de hesitação.

— Bem, você entendeu — disse Pinky.

— O pobre e velho Smith não quer, mas vai entrar pelo cano de todo jeito. Veremos. Ele não quer me chamar porque eu não vou ser educada e fazer as coisas do jeito dele. Ele tem medo que, se chamar a classe alta britânica, eles descubram como conduzir esse *show*. Existem boas chances de que descubram mesmo. — Ela espiou pela janela, para o prédio do Senado. — Todo mundo está dando voltas, sem parar, você consegue sentir? É como se todos nós estivéssemos dentro de um barril de pólvora prestes a explodir. Ou talvez já tenha explodido e a gente não saiba ainda.

· · ·

— Quem está reclamando *agora*? — O senador Smith olhou carrancudo para o assistente de pé à porta de seu escritório no edifício do Senado.

— As filhas da Revolução Americana, senhor. Estão preocupadas com a moral da nação.

— Por quê? Não fomos nós que construímos aquele maldito navio, e com certeza não fomos nós que o afundamos!

— Não, senhor. É que... todos parecem tão estressados. O suicídio do dançarino... ele era muito querido.

— Eu sei, eu sei. — Smith empurrou a montanha de correspondência diante dele para a ponta da mesa, sem se importar com as cartas que caíram no chão. Ele havia ficado acordado a maior parte da noite, lendo livros sobre assuntos náuticos, informando-se sobre os perigos do gelo. Descobrir que todos os seus planos para aquele dia poderiam ser derrubados por mais escândalos era demais.

Smith saiu do escritório e caminhou na direção da sala de convenções, de mau humor. Acusações, contra-acusações... em quem acreditar? Aquele marinheiro que dissera que o vigia tinha caído no sono no cesto de gávea... dava para acreditar nisso? Não era provável, o homem era suspeito. Smith tinha a tripulação, e tinha Ismay por mais algum tempo. Porém os sobreviventes já estavam se espalhando. Teriam de ser intimados logo, senão ele perderia o depoimento deles. E isso significava que ele teria de voltar a Nova Iorque. Pensar sobre essas coisas não melhorou em nada seu humor.

Os guardas abriram as portas da sala de convenções com esforço, e Smith viu, para sua decepção, que centenas de pessoas estavam apertadas naquele imenso salão, incluindo — bem ali na frente — aquela mulher irritante do *Times*. E logo ao lado dela estava aquela estrepitosa sra. Brown. Com toda a certeza, não seria um dia fácil.

• • •

— Silêncio, por favor! — Smith bateu repetidamente seu martelo, exasperado com a dificuldade de colocar o inquérito em andamento. Mal havia começado e ele já estava rouco. — Nossa primeira testemunha será o quarto oficial Joseph Boxhall, um dos principais navegadores do Titanic — anunciou ele.

Um homem baixo com cabelo preto e boca nervosa foi guiado até a cadeira de testemunhas. Pinky olhou para a porta de onde ele havia vindo. Sem nenhuma lista oficial de testemunhas, será que Smith

A COSTUREIRA

estava segurando todos os tripulantes lá atrás? Conseguir entrevistá-los talvez fosse difícil.

Smith começou o interrogatório. Boxhall obviamente tinha orgulho de suas habilidades de navegador. Ele também estivera encarregado de reunir todos os avisos de *icebergs* dos outros navios, e depois redesenhar o curso do Titanic. E quem transmitira tais avisos para ele? O capitão do navio, é claro. Ele havia recebido algum alerta de que existia gelo no caminho do Titanic? Não. Como estava o tempo? Claro e calmo.

Um membro do comitê pigarreou.

— Como o senhor explica o fato de não ter conseguido ver os *icebergs*, se a noite estava tão clara?

Boxhall contorceu o rosto e balançou a cabeça. Não podia explicar, lamentava.

— É mais difícil vê-los à noite?

— Nem sempre. Mas a água naquela noite estava de uma calmaria oleosa. Se tivesse uma única ondinha, teríamos uma chance muito boa de ver aquele *iceberg* a tempo de evitá-lo.

Uma "calmaria oleosa": expressão estranha. Mas era perda de tempo explorá-la. Em vez disso, Smith decidiu demonstrar parte dos seus conhecimentos, apontando (com Boxhall assentindo antecipadamente a cada frase) as diferenças entre os pequenos *icebergs* conhecidos como *growlers* e as grandes extensões de gelo na superfície, conhecidas como campos de gelo ou banquisas.

— Essas formações são mais frequentes na latitude dos Grand Banks, pelo que entendo. E normalmente é necessário um cuidado especial ao navegar naquelas proximidades?

— Ah, sim, senhor.

— Bem — pressionou Smith —, como pode ser que nesse local não tenha sido necessário aumentar o estado de vigilância?

Boxhall fez uma pausa.

— Não sei.

Chega. Smith bateu o martelo e declarou um recesso.

Velocidade e estupidez, foram essas as causas do acidente, disse Pinky a si mesma enquanto se acotovelava pela multidão para chegar à porta. A mesma velha história de sempre. No fim, era tudo política. Ela ansiava por um pouco de ar fresco.

Ela escapou da multidão — ninguém parecia querer se afastar muito do local, com medo de perder o lugar — e abriu caminho pelo corredor de mármore até o *hall* de entrada. E ali, num banco, ela viu a sra. Brown conversando muito entusiasmada com um marinheiro. Pinky se aproximou e viu que era Jim Bonney.

— Pinky, venha até aqui! — gritou a sra. Brown. — Olhe só o que este homem fez!

Jim olhou para Pinky e seu rosto se abriu em um sorriso quando a reconheceu. Ele parecia cansado, mas estava à vontade. Segurava uma faquinha curva e um pedaço de madeira — as mãos dele eram grandes, Pinky notou pela primeira vez, com dedos fortes e longos.

A sra. Brown tirou o pedaço de madeira das mãos dele e o ergueu.

— Olhe só os detalhes — maravilhou-se ela. Era uma escultura do Capitólio, feita com minuciosidade e habilidade impressionantes.

— Já conheço seu trabalho — disse Pinky a Jim com um sorriso. — Você é bom.

Jim estendeu a mão para apanhar a escultura.

— Ainda não acabei, na verdade. Não existe muito mais a se fazer por aqui até eles me chamarem para depor. — Os olhos dele se voltaram para Pinky com uma pergunta.

O que ela poderia dizer? Tess não tinha mandado nenhum recado.

— Bem, estou imensamente impressionada — comentou a sra. Brown. Ela olhou para Jim com astúcia. — Tenho um trabalho para você, se quiser, meu rapaz. Você consegue fazer uma réplica daquele navio infeliz onde estávamos?

— Do Titanic? Claro, posso sim.

— Com todos os detalhes... escadas, cordas, cesto de gávea, esse tipo de coisa?

Ele fez uma pausa, franzindo a testa.

— Eu me sairia melhor se tivesse algumas plantas do navio — disse ele. — Mas não sei se teria tempo para isso.

— Posso conseguir as plantas para você — disse a sra. Brown. — Você não está planejando ficar sentado como um legume depois de prestar depoimento, não é?

Um sorriso surgiu dos cantos da boca de Jim.

— Não, senhora, vou arrumar um emprego.

— Já conseguiu um — disse ela. — Estou encomendando uma réplica desse navio. Ou seja, irei pagar a você uma quantia bastante generosa. Você, meu senhor, é muito talentoso, e agora está em minhas mãos. Vou lhe conseguir trabalho, sou boa nisso. E, caso você não saiba, sou muito rica. — Ela suspirou. — Minas no Colorado, esse tipo de coisa.

Pinky observou o rosto de Jim mudar. Ele pareceu espantado de início. Depois olhou para as próprias mãos, como se as estivesse enxergando pela primeira vez.

— Negócio fechado — disse ele.

• • •

NOVA IORQUE
Noite de segunda-feira, 22 de abril

Tess andou sem rumo pelo seu quarto de hotel, feliz por saber que no dia seguinte estaria livre dos olhares de curiosidade dos funcionários e dos hóspedes do hotel, dos sussurros depois que passava pelo grandioso saguão e seguia até aquele pequenino cubículo de privacidade. Amanhã ela estaria em sua própria casa.

Sentou na cama, de início desfrutando do silêncio. Depois veio uma pontada de solidão. O que estaria acontecendo em Washington? Pinky publicaria uma matéria na terça-feira, com certeza. Será que havia conversado com Jim, falado com ele? Será que ele estava bem?

Devagar ela se preparou para se deitar. Não adiantava fingir para si mesma que não sentia saudade dele. Fechou os olhos, imaginando o rosto dele, seus passos largos enquanto eles voltavam para o hotel vindo do mágico Central Park. Dois dias antes, apenas.

Puxou as cobertas e afundou nos lençóis sedosos de percal. Não havia tempo para devaneios bobos. Ela havia conseguido consertar o vestido, mas o dia seguinte seria difícil e desafiador.

Caiu no sono, com os dedos segurando com força o molho de chaves em sua mão.

9

WALDORF-ASTORIA
Manhã de terça-feira, 23 de abril

— Você viu a notícia do funeral no jornal? — perguntou Elinor ao puxar as cortinas pesadas, deixando entrar a luz da manhã.

— Sim, claro que vi. — Uma nuvem de pó pairou no ar, exposta pela luz. Lucile tossiu, depois gemeu, segurando um lenço contra o rosto.

— Ah, pare com isso, Lucy — disse Elinor com impaciência. — Você já bancou a vítima por tempo demais.

— Como você pode falar assim comigo?

— Porque a conheço, e você adora entrar em indignação e autocomiseração, é por isso. O que passou, passou, e quanto antes pudermos sair daqui e voltar para a Inglaterra, melhor.

— Meu recado a Jean Darling não continha nem um pouco de autocomiseração, me dê esse desconto.

— Ele estava razoável. O melhor que você podia fazer, dadas as circunstâncias. — Elinor apanhou a piteira e começou a inserir nela um cigarro.

— Precisa mesmo fumar? Estou tão cansada do cheiro dos seus cigarros.

— Pior que o do chá e das tortas? — Elinor acendeu o cigarro e tragou, olhando para as janelas abertas. — Você os chamou de "abomináveis" ontem à noite.

— Por favor, estou me esforçando.

A expressão de sua irmã se suavizou.

— Tudo bem. — Ela apagou o cigarro com os dedos e o atirou num cinzeiro.

— Eu sei que você está brava comigo, e obviamente Cosmo também. O suicídio de Jordan Darling foi terrível, e me arrependo de ter aberto o bico para aqueles repórteres. Mas é muito injusto me culpar pelo que ele fez. Ele sobreviveu, por que não podia deixar a coisa assim? O que há de errado em sobreviver?

— Muita coisa, talvez.

Lucile apertou os lábios, irritada.

— Você vai me dizer alguma coisa profunda e complicada, e eu vou sentir vontade de sair correndo deste quarto.

— Bom, desta vez você está encurralada. — O tom de Elinor era descontraído. — Nós duas não formamos uma bela dupla?

— O que isso quer dizer?

— Olhe só para nós. Escrevo histórias desde os quinze anos. Você, minha querida irmã, abaixou a cabeça sobre as agulhas e costurou seu caminho para fora de um casamento infeliz. Então teve a ideia de moldar roupas em modelos vivos e *voilà!* Sucesso. Casar com um nobre ajudou, é claro. Agora, você não concorda que somos uma dupla e tanto?

— Você está preparando terreno para mais alguma coisa, conheço você.

— É claro. Talvez estejamos acostumadas demais a criar nossas próprias regras.

— E o que isso tem a ver com sobreviver?

— Não somos pessoas particularmente legais, Lucy. Somos as duas meio negligentes, você não concorda?

— Não estou interessada em participar dos seus joguinhos. — Ela não precisava ouvir aquilo. Era a mesma velha provocação de sempre de que Elinor tanto gostava.

— E egoístas?

— É o que Cosmo diz.

— Bom, deixando o seu querido marido de lado por um momento... Em todo caso, ele foi bastante inconsequente com a própria generosidade naquele bote. Bem, aí está sua resposta.

Lucile levantou uma sobrancelha.

— O que foi, minha querida irmã?

— É simples. Os negligentes e egoístas conseguiram sobreviver. Não temos sorte?

Um silêncio caiu sobre as duas. Só depois de um longo momento olhando para o bule de chá em sua bandeja de prata Lucile respondeu.

— Achei que você tinha vindo para cá me oferecer conforto.

— E também para abrir seus olhos, Lucy. — A voz de Elinor era calma. — Somos mulheres vencedoras, não existem muitas iguais a nós por aí, você não concorda? Mas não podemos arcar com o preço de acreditar nas fantasias que construímos a nosso próprio respeito. Agora, uma pergunta: ouvi dizer que aquele marinheiro que afirmou ter sido impedido por vocês de resgatar mais sobreviventes vai depor. O que vocês vão fazer a respeito?

— Não sei o que podemos fazer. Negar tudo, óbvio.

— Posso imaginar onde isso vai acabar.

— Vai dar tudo certo, tenho certeza. E, quanto a acreditar nas minhas próprias "fantasias", como você disse, eu só quis ser bem-sucedida no que sei fazer de melhor, que é desenhar roupas. Foi o que fiz, e pretendo desfrutar.

— Isso pode se evaporar em um minuto, você sabe.

— Bom, se alguma de nós se preocupasse com isso, nunca teríamos chegado a lugar nenhum.

— Provavelmente nem teríamos escapado da nossa infância.

— Mamãe era impossível.

— Ah, seja sincera, Lucy. Ela era malvada como uma bruxa.

Elas ficaram sentadas em silêncio por um instante.

— Conseguimos dar um jeito — disse Lucile com um tom diferente. — Juntas.

— Minha cara Lucy, foi você que arcou com o peso maior.

— Mas dominei a arte de ter chiliques de qualidade fenomenal.

— Arte que você continua aperfeiçoando — murmurou Elinor, com ar zombeteiro.

— Sim, é claro.

De novo, um silêncio entre elas — dessa vez, mais à vontade. Lucile mordiscou uma torta e tomou seu chá.

— Com certeza essas matérias horrorosas de jornal logo irão arrefecer. Não vou aguentar mais um dia escondida aqui — disse ela por fim. — Sou o bode expiatório agora, mas eles vão se cansar de mim. Sempre se cansam. Vão procurar outra pessoa para ser o bode da vez, você não acha? Eu mesma ouvi umas histórias de comportamentos terríveis, principalmente das pessoas mais irritáveis da segunda e da terceira classe.

— Não conte com isso. Você tem uma carreira muito boa e uma reputação muito alta para que eles a deixem em paz.

Lucile se recostou e fechou os olhos.

— Preciso voltar para meu ateliê. É minha vida e não quero que outra pessoa assuma o comando, muito menos Tess, que não tem competência para os negócios. — Seus olhos se abriram. Ela franziu a testa.

— Ela foi meio vaga ao contar como as coisas andaram ontem. Você conversou com ela? Será que está escondendo alguma coisa?

Elinor aproximou-se da irmã.

— Se eu lhe disser que está, você precisa me prometer que não vai ficar histérica.

— Ai, meu Deus.

— Promete? Se não prometer, saio daqui e pego um trem para Los Angeles agora mesmo.

Com relutância, Lucile concordou. Ficou sentada em silêncio, horrorizada enquanto Elinor lhe contava sobre o vestido de noiva rasgado e sobre como Tess conseguira consertá-lo, como tudo havia funcionado.

— Quem seria capaz de fazer uma coisa dessa?

— Ela não sabe. Mas a ausência do assistente do seu gerente foi suspeita.

— Ela não mexeu no meu projeto, não é?

— Ela fez o que precisava ser feito.

— Quer dizer que mexeu. E teve medo de admitir.

— Já disse, ela fez o que precisava ser feito. E você parece prestes a repreendê-la. Por que a mandou em seu lugar, então?

— Não tive escolha.

— O que Cosmo acha?

— Ele acha que estou sendo maternal. O que é uma tolice.

— Tentando *não ser* maternal seria mais exato — disse Elinor.

O peso de uma mágoa antiga e não dita desceu entre elas.

— Não estou perguntando nada.

Lucile virou a cabeça de canto antes de responder.

— É melhor não mesmo — disse ela.

Os sons abafados da cidade — cavalos batendo os cascos nas ruas, barulho de carros e de crianças gritando — entraram pela janela aberta, os únicos ruídos no silêncio que se seguiu.

Elinor suspirou e deu um tapinha na mão da irmã.

— Bem, voltemos ao desfile de primavera. Consegui fechar um acordo com uma jovem que será uma das estrelas do cinema, mas neste momento ela precisa de dinheiro.

— Que tipo de acordo?

— Damos a ela um dos seus vestidos e ela promete usá-lo aqui e em Hollywood, enaltecendo suas virtudes de estilista.

— Qual é o acordo?

— Em troca, nós lhe pagamos mil dólares.

— Meu Deus, ela está louca! *Ela* é que deveria estar me pagando!

— Lucy, em breve ela vai ser uma grande cliente. Você nunca ouviu falar de Mary Pickford?

— Já li a respeito. Não preciso desse tipo de propaganda barata. Não, não quero nem saber.

Elinor se acomodou em seu assento e apanhou mais uma vez a piteira, depois acendeu sem pressa um cigarro.

— Minha querida irmã, você não pode se dar ao luxo de deixar passar essa chance — disse ela.

• • •

Tess saiu do hotel com uma pequena valise, evitando a suíte de Lucile. Era um alívio saber que não teria mais de fingir naquele ambiente luxuoso. Cosmo e Elinor com certeza não tinham ideia de quanto significava para ela ter um apartamento só para si. Ela afastou o cabelo do rosto, esperando que não parecesse tão cansada quanto se sentia.

A noite tinha sido repleta de mais sonhos, todos entremeados com os Darling. Ela não conseguia tirar os dois da cabeça. Aquele homem afável e feliz, ele e sua mulher eram a própria encarnação da fantasia... E ele tinha morrido, desaparecido. No dia anterior ela conseguira afastar esses pensamentos para um canto escondido, sabendo que mais tarde eles estariam esperando por ela. E agora eles martelavam, exigindo ser ouvidos. *Cruel.* A palavra que Jean Darling tinha usado. Porém, Lucile não havia matado o marido dela, ninguém podia dizer isso. Como era irônico que o mesmo homem pudesse ter agido de modo covarde e depois reunido coragem — ou teria agido apenas por vergonha? — para tirar a própria vida. Ela correu os olhos pelo *Times* no saguão do hotel, lendo a matéria de Pinky sobre o inquérito no dia anterior. Não havia menção a Jim; nada sobre os Duff Gordon. Uma foto de Jordan Darling e uma de sua esposa aos prantos.

E não havia modo de oferecer-lhes consolo. Nenhum, certamente não de alguém que trabalhava para Lady Duff Gordon. Jim devia saber o que acontecera, àquela altura. O que ele acharia?

Ela entrou no carro à sua espera, com o coração pesado. Era melhor se recompor. Focar-se no dia que começava, dar um passo de cada vez. O ateliê estaria frenético, o desfile — como isso poderia ter importância diante de tamanha tragédia? — aconteceria dali a poucos dias. Na noite anterior, James havia dado conta de todas as coisas que precisavam ser feitas, e ela sentira uma gratidão imensa por ele tê-la ajudado tão prontamente. Ele encomendaria os canapés e o vinho. Até tinha providenciado a entrega de cartões às clientes de Lucy, para lembrá-las do evento. O que mais? Ela tentou se concentrar nas modelos. No dia anterior uma delas parecera inquieta e entediada, não quis fazer as últimas provas — e ela é quem usaria o vestido de noiva.

Tess esfregou os olhos. Estava cansada, e o dia mal havia começado.

— Lucile, volte logo — sussurrou, baixinho. — Este mundo é mais seu do que meu.

Puxou a bolsa para perto do corpo, confortada pelo peso das chaves ali dentro.

• • •

— Temos um problema — disse James quando ela entrou no escritório de Lucile. Sua cabeça careca cintilava de suor. — As pregas do vestido de noiva o deixaram apertado demais para a modelo.

— Posso consertar isso com um pedaço de seda, acho — retrucou Tess, tentando aparentar confiança.

Ele sacudiu a cabeça, cansado.

— A garota o arrancou do corpo e o vestido rasgou de novo. Disse que nunca viu uma bagunça tão grande antes de um desfile. Depois saiu pisando duro, provavelmente com uma oferta de emprego daquela tal de Chanel embaixo do braço.

— Traga o vestido. E outra modelo, não me interessa quem.

James assentiu e saiu apressado do escritório.

As mãos dela tremiam quando ele lhe entregou o vestido e ela viu o rasgo. Ela teria de modificar a linha do corpete, o que significava que a saia precisaria ser redesenhada também. Lucile ficaria chateada, mas não havia escolha. Enquanto Tess descosturava as emendas e refazia as pregas do tecido — por que era necessária aquela anágua? —, sentiu algo completamente inesperado e espantoso: uma sensação de euforia. Ela podia fazer aquilo. Podia salvar a criação de Lucy.

A modelo, uma garota alta e magra de mais ou menos dezoito anos, olhava para a frente enquanto Tess trabalhava, não parecendo se importar nem questionar nada. Envolvida com a tarefa de cortar e remodelar, Tess trabalhava em silêncio. A anágua havia se enrolado ao redor do tecido rasgado; precisava ser descartada. Com tesoura em punho, ela hesitou. Será que ficaria diáfano demais, ou daria apenas um pequeno vislumbre das pernas da modelo? Se deixasse entrever mais, seria desastroso. Ela sabia que daria certo, tinha certeza; as contas suavizariam a transparência e todo o vestido flutuaria com muito mais caimento. Com confiança, a tesoura começou a cortar fora a anágua.

Justamente quando ela terminou, James entrou de supetão, com os olhos enlouquecidos.

— A srta. Glyn acabou de ligar — disse ele. — Isadora Duncan disse que vai comparecer ao desfile. Isso compensa a ausência da sra. Wharton, eu diria.

Tess tirou os olhos do tecido, sem fôlego.

— Minha nossa! — exclamou ela.

— Madame já fez umas roupas lindas para ela — disse James, antecipando a pergunta de Tess. — E ela não precisa comprar nada. Só precisa *aparecer* por aqui. Venha logo, venha ver o tapete... eles estão colocando agora.

Tess espiou pela porta e recuperou o fôlego. Da entrada ao lado do elevador caindo aos pedaços, nos fundos do *loft*, uma tira de tapete roxo espesso e luxuoso estava sendo desenrolada e pregada. As costureiras e modelistas observavam, dando risadinhas. O estúdio em que elas trabalhavam todos os dias, lotado de máquinas de costura e pilhas de seda e lãs macias, estava sendo transformado. Cortinas de *chiffon* começavam a ser arrumadas atrás do palco. Um técnico testava a iluminação, diminuindo sua intensidade até obter um brilho suave. O efeito era mágico.

— Lucile sabe mesmo como fazer isso, não é? — murmurou James. — Quanta teatralidade. É uma mulher impressionante, por mais maluca que seja.

— Sim — concordou Tess. Será que ela também seria capaz de fazer algo parecido um dia? Talvez, ela pensou, deixando os pensamentos vagarem para o Titanic e para o inesperado voto de confiança de Jack Bremerton nela. Ela provavelmente nunca mais o veria de novo, e a fé que ele colocara nela naquela noite fora imerecida naquele momento. Mas o que ela sabia com certeza era quanto ela desejava tentar.

● ● ●

SALÃO DE CONFERÊNCIAS DOS TERRITÓRIOS
WASHINGTON, D. C.
Terça-feira, 23 de abril

Pinky sentiu dificuldade em se arrastar até o novo salão de inquérito naquela manhã. Aquele mesquinho do Van Anda a tinha hospedado em um hotel cheio de baladeiros, e não adiantora nada bater nas paredes nem gritar pelos corredores pedindo silêncio. Ela tentara conversar com Bonney no dia anterior, mas os asseclas de Smith o viram no corredor de entrada e o enxotaram dali junto com o resto da tripulação. Havia testemunhas e contradições demais; aquilo a deixara irritada. Um curtidor de couro dissera que os tripulantes haviam atirado para cima para impedir que os homens em pânico lotassem os botes, e um clérigo do Brooklyn insistira que houve completo decoro no navio, que não houve nenhum pânico. Pink tinha trabalhado até o fechamento da primeira edição da manhã, esquecendo-se um pouco da preocupação em relação ao seu pai. Ela havia colocado uma vizinha para ficar de olho na sra. Dotson e torcia para que ela tivesse agido com certa discrição, de modo que a auxiliar de enfermagem não percebesse que não confiava nela totalmente. Bem, era provável que ela já soubesse disso de todo jeito.

Pinky deslizou para uma das cadeiras da frente, satisfeita por ter chegado cedo. Sentia falta da sra. Brown — da eminente e citável sra. Brown —, mas aquela senhora borbulhante já tinha voltado para Nova Iorque, fazendo previsões generosas sobre o futuro de Jim como artista, todas meio exageradas, na opinião de Pinky. Mas enfim, os ricos sempre falavam como se ganhar dinheiro fosse fácil.

As pessoas protestavam lá fora com raiva porque o inquérito tinha sido transferido para outra sala, mas ali a acústica era melhor. Elas não davam a mínima para a acústica; só queriam estar presentes e ouvir todas as histórias tristes e revoltantes que normalmente sucedem qualquer desastre, tornando-o saboroso e gratificante. Meu Deus, que coisa horrorosa de pensar, disse ela a si mesma. Como sou cínica!

A primeira testemunha do dia foi o vigia do cesto da gávea do Titanic — Frederick Fleet, um homem vestido com roupas surradas que remexia um boné caindo aos pedaços. Ele não parava de olhar nervosamente na direção de Bruce Ismay, o que não era surpresa nenhuma. Como Smith poderia esperar sinceridade total de homens cuja comida na mesa dependia da White Star?

— Sr. Fleet, seu trabalho era avisar sobre qualquer perigo à frente, correto? — perguntou Smith.

— Sim, senhor. Eles nos mandaram ficar de olho em pequenos pedaços de gelo. E, bem, eu avisei que havia um *iceberg* à frente, uma massa preta.

— Quanto tempo antes da colisão, ou acidente, o senhor reportou a existência de gelo à frente?

— Não tenho ideia. — Novamente um olhar nervoso na direção de Ismay.

— Mais ou menos quanto tempo? — pressionou Smith.

— Eu dei o aviso assim que vi.

— O senhor está acostumado a estimar distâncias, não está, lá do cesto da gávea? O senhor está lá para olhar para a frente e identificar objetos, não é?

— Só estamos lá em cima para avisar sobre qualquer coisa que virmos — respondeu Fleet. — Não sou tão bom assim em calcular distâncias.

Um riso nervoso se espalhou pela sala. O vigia do maior e mais grandioso navio do mundo não sabia julgar distâncias nem tempo.

— O senhor tinha binóculos de alguma espécie? — perguntou Smith.

— Não tínhamos nada, só nossos olhos, para vigiar. Pedimos por esse equipamento em Southampton, e nos disseram que não havia nenhum.

— Naquele navio, o maior do mundo, não havia nem um único par de binóculos?

— Correto.

Pinky escreveu duas palavras em letras maiúsculas em seu caderno: SEM BINÓCULOS. Esse seria o centro da sua matéria.

. . .

— Então, como acha que as coisas estão indo? — perguntou ela a Smith no recesso para o almoço.

— Você de novo — disse ele com grosseria, afastando-se.

Ela foi atrás dele.

— Senador, tudo que estou perguntando é: como esse inquérito está afetando o senhor? Eu sei como está me afetando.

— E como? — perguntou ele, parando.

— É pior que triste. É uma mistura de gente incompetente, empregos em risco e egoísmo. Essa é a minha impressão.

Smith se deixou sorrir de leve.

— Estamos tentando montar um quebra-cabeça, srta. Wade. Há muitas peças que ainda não estão no lugar. Acho que podemos topar com mais histórias honrosas do que você espera. Mas lembre-se, a natureza humana não é necessariamente corajosa.

Num impulso, Pinky atirou outra pergunta.

— Isso tudo diz respeito tanto ao que alguns dos sobreviventes fizeram como ao que a White Star fez, não é?

— Sei aonde a senhorita quer chegar — retrucou Smith, e mais uma vez virou as costas.

— Os britânicos estão furiosos com o senhor — disse ela, depressa. — Estão chamando o senhor de ignorante, limitado e...

— Eu sei, eu sei. Recebi um relatório nesta manhã. — O tom dele ficou desafiador. — Mais alguma coisa?

Valia a pena tentar.

— O senhor confinou os tripulantes até que eles testemunhem, senador, mas posso falar brevemente com um deles, Jim Bonney? Para dar o pano de fundo, sabe? Não vou escrever nada até o senhor terminar de interrogá-lo.

— Amanhã — respondeu ele. — Depois do inquérito.

— Quando Bonney vai depor?

— Quinta-feira.

— E quando o senhor vai chamar os Duff Gordon para se explicar?

Smith deu as costas e se afastou.

Pinky observou-o ir embora, satisfeita. Se continuasse pressionando, talvez conseguisse que ele realmente os chamasse.

* * *

NOVA IORQUE
Noite de terça-feira

Tess parou na frente de um prédio modesto não muito longe do edifício Flatiron, olhando para o papelzinho amassado em suas mãos. Sim, o endereço era aquele. Ansiosa, subiu os degraus até a porta de entrada e enfiou uma das duas chaves na fechadura. A chave não virou. Ela sentiu

A Costureira

um segundo de pânico antes de perceber o óbvio. A chave da porta de entrada do edifício devia ser a outra; aquela seria a do seu apartamento.

Inseriu a chave certa e a porta se abriu. Subiu a escada depressa, conferiu o número e colocou a segunda chave. E, pela primeira vez na vida, Tess Collins entrou em uma casa que podia chamar de sua.

Abriu os braços e dançou devagar pelo espaço modesto. Uma minúscula cozinha, mas que tinha um fogão de ferro. Um par de cadeiras de carvalho meio surradas, mas sólidas, com pernas que não cederiam assim que ela sentasse. Uma cama com uma colcha alegre em tons de vermelho e verde, uma mesinha com um abajur elétrico. Era dela, só dela. Para quem poderia contar? Com quem ela poderia compartilhar aquela novidade? De repente ela desejou que Pinky estivesse ali. Ela tinha a sensação de que Pinky entenderia.

— Vou fazer por merecê-lo — disse ela em voz alta, meio espantada com o som da própria voz. — E vou mantê-lo.

●   ●   ●

SALÃO DE CONFERÊNCIAS DOS TERRITÓRIOS
WASHINGTON, D. C.
Quarta-feira, 24 de abril

O homem não cederia nem um milímetro. William Alden Smith, enojado, observou Bruce Ismay descer do palanque. Embora ele houvesse prestado depoimento por duas vezes, apenas mostrara a arrogância defensiva do rosto frio do mundo corporativo da White Star.

Não, ele não havia incitado o capitão a aumentar a velocidade do Titanic além do limite de segurança. Sim, ele ouvira falar da possibilidade de haver gelo, mas a velocidade do navio não estava excessiva.

— O senhor não consideraria uma medida de precaução adequada *diminuir* a velocidade de um navio que fazia a travessia do Atlântico, diante de alertas sobre a presença de gelo à frente? — perguntara intrigado um dos membros do comitê.

— Não tenho opinião a respeito — dissera Ismay. — Empregamos os melhores homens a nosso alcance para comandar nossos navios, e esse é um assunto que diz respeito ao discernimento deles.

E agora lá estava ele, de volta à sua cadeira, com os braços cruzados e ar convencido. O senhor ainda não está livre e em casa, pensou sombriamente o senador Smith. Só vou deixar que volte para a Inglaterra quando eu tiver acabado de resolver este assunto.

Ele olhou para sua lista de testemunhas. O próximo era Harold Lowe, o quinto oficial do navio, um sujeito de renomada ousadia e boca suja, e provavelmente o homem do mar mais qualificado de todos ali.

— O senhor ajudou a carregar os botes, correto? — começou Smith.

Lowe assentiu vigorosamente.

— O senhor conhecia algum dos homens que ajudou?

— Não, senhor, não pelo nome. — Ele hesitou, mas apenas por um segundo. — Mas existe um homem aqui... e se ele não estivesse nesta sala, eu não saberia que ordenei que o sr. Ismay saísse de um dos botes.

Todos na sala se agitaram.

— O senhor ordenou que o sr. Ismay saísse de um dos botes? — perguntou Smith, surpreso.

— Sim, porque o sr. Ismay estava muito ansioso e agitado um pouquinho demais. Ele disse: "Baixe o bote! Baixe o bote!" E eu disse...

— Diga o que o senhor disse.

Lowe correu os dedos pelo cabelo, obviamente decidindo se deveria ou não ser discreto. Sua natureza direta venceu.

— Eu disse a ele: "Se o senhor der o maldito fora daí, talvez eu consiga fazer alguma coisa. Quer que eu baixe o bote logo? Se eu fizer isso, todo mundo vai morrer afogado".

O senador Smith permitiu-se um momento de desfrute diante da vermelhidão no rosto de Ismay. Muito satisfatório, realmente.

Lowe agora estava à vontade. Ele contou que gritou para os marinheiros colocarem os tampões dos botes dobráveis antes que eles atingissem a água, senão eles afundariam, e que observou enquanto os mais incompetentes se atrapalhavam com os remos.

— Não houve treinamento antes de o navio partir? — perguntou Smith, incrédulo.

— Houve uma simulação, mas com apenas dois botes — respondeu Lowe. — Éramos completamente novatos naquele navio, exatamente como todo mundo.

Smith deixou o silêncio cair. Um suspiro coletivo pelo que poderia ter acontecido, pelo que deveria ter acontecido, preencheu a sala.

— Então o senhor ajudou a carregar os botes. Conte o que aconteceu quando vocês estavam na água — disse Smith por fim.

— Aproximei meu barco de quatro outros, juntei todos eles. Cinco botes ao todo. Então amarrei-os com corda. Imaginei que assim seria mais fácil sermos vistos por um navio de resgate. Então transferi os passageiros do meu bote para os outros quatro.

— Por que o senhor fez isso?

— Para poder voltar.

A sala ficou em completo silêncio. Pinky esperou, com a caneta em punho. O senador Smith inclinou o corpo para a frente.

— Quer dizer que era possível voltar para resgatar as pessoas?

— Sim, senhor. Claro que precisei esperar até que os gritos diminuíssem, que as pessoas se acalmassem, depois considerei seguro voltar para o local do naufrágio.

— O senhor esperou até que as pessoas que estavam se afogando se acalmassem? — A voz de Smith tinha um leve tremor.

— Sim, senhor. — Lowe obviamente não era um homem que adoçaria a história. — Não teria sido inteligente nem seguro voltar antes disso, porque todos os botes seriam afundados e então ninguém se salvaria. Quando os gritos pararam, remei até o local do naufrágio e apanhei quatro pessoas. Três outras estavam mortas.

— O que o senhor fez com elas?

— Pensei: não estou aqui para me preocupar com cadáveres, vim aqui pela vida, para salvar vidas, e não para me preocupar com os corpos, por isso os deixei onde estavam.

— O senhor poderia ter salvado mais gente se não tivesse esperado.

Lowe olhou bem no rosto de Smith, com a voz resoluta:

— Fiz a tentativa, senhor, o mais rápido que qualquer homem poderia fazê-lo, e não tenho medo de dizer isso. Se qualquer pessoa pudesse se salvar no meio da massa, eu estaria lá para pegá-la. Mas era inútil eu voltar ao meio da massa.

— O senhor quer dizer qualquer pessoa?

— Teria sido suicídio.

A multidão ficou quieta enquanto as palavras do marinheiro eram absorvidas. Olhares confusos foram trocados. Pinky ficou imóvel, encarando suas anotações. Ninguém ainda havia colocado tão vividamente os observadores daquela tragédia, que estavam a salvo naquele tribunal insulado, lá na água, fazendo-os se defrontar com a questão do que era certo e do que era errado. A questão principal era: *o que eles mesmos teriam feito?* Sua caneta começou lentamente a se mover pela página.

Jim esperava por ela na escada do edifício do Senado depois que a sessão do dia acabou. Com as mãos nos bolsos de trás da calça, ele andava inquieto para um lado e para o outro, sem casaco, parecendo não se importar com o ar frio daquela noite de início de primavera. Olhou para Pinky quando ela o chamou.

— Disseram que posso conversar com você hoje — disse ele. — Mas não para uma matéria, certo?

— Para fornecer um pano de fundo. Vou usar o que você disser depois de seu depoimento, amanhã. Sabe, tenho o palpite de que você vai colocar Lady Duff de volta nas primeiras páginas dos jornais. Estou certa?

— Só posso dizer que vou responder com sinceridade às perguntas que me fizerem.

Juntos, eles começaram a descer a colina.

— Você estava na sala do inquérito? — perguntou Pinky.

Jim fez que sim.

— O que achou do depoimento de Lowe?

— Ele é um homem honesto, e corajoso também.

— Achei que ele se dispôs a voltar, você não acha?

— Você está jogando verde comigo ou realmente acredita nisso?

Essa não era a resposta que Pinky esperava. Ela hesitou.

— E então?

— Não sei — disse ela.

Ele olhou para Pinky e disse, com a voz tensa e séria:

— Pense a respeito, sim? Lowe estava com medo. Que merda! Todos nós estávamos, qual é o problema em dizer isso? Ele fez o que achou que deveria fazer, e aquelas pessoas presunçosas trocando olharezinhos chocados na sala de conferências não têm ideia do que foi aquilo. Desculpe-me por ficar louco da vida, mas essa é a verdade.

— Já ouvi coisa pior — disse Pinky, rindo. — Você devia ir a uma redação, somos todos marinheiros lá.

— Não consigo imaginar você cuspindo palavrões, aposto que você nem conhece os que eu conheço — disse ele com um sorriso tímido.

— Quer jantar comigo? — perguntou ela num impulso.

— Claro. Desde que não seja naquele pulgueiro onde estamos hospedados.

* * *

Eles encontraram uma mesa na taverna Ebbitt's, bem longe do balcão de mogno do bar, iluminada por uma única vela votiva. Pinky se viu afundando no conforto do assento e relaxou. Não estava trabalhando agora, embora soubesse que deveria estar. O que havia em Jim que a fazia baixar a guarda e ficar até menos dura? Não importava. Ele provavelmente só pensava em Tess.

— O que você vai dizer amanhã? — ela por fim perguntou.

— Você já me perguntou isso antes — respondeu ele, enfiando o garfo em um pedaço de batata. — Minha resposta é a mesma. Vou contar o que aconteceu, se perguntarem.

— Você se sente diferente agora quanto ao fato de Lady Duff tê-lo impedido de voltar para resgatar as pessoas? Depois de ouvir o depoimento de Lowe?

Ele pareceu surpreso.

— Como assim?

— Bem, Tess defende Lady Duff, dizendo que ela não fez nada diferente dos outros. Diz que ela virou o bode expiatório dos pecados de todos os outros.

— Eu sei. — Ele disse aquilo em voz baixa, quase com ternura. — Temos opiniões diferentes. Mas não posso contar tudo para ela.

— Desculpe por não ter nenhum recado para você ontem.

Ele pareceu meio constrangido com a sinceridade dela.

— Eu queria um mas não estava esperando por isso.

Jim olhou para o outro lado, sem dizer nada.

Talvez agora ela conseguisse chegar àquilo que a estava incomodando.

— Você teria esperado… Como foi que Lowe disse mesmo? Que a massa nas águas tivesse *acalmado*? Não estou defendendo Lady Duff, mas Lowe foi bastante frio, também.

— É isso que você vai escrever?

Será? Ela não sabia, mas não diria isso. Ela precisava ir ao posto telegráfico dali a algumas horas. Até lá pensaria a respeito.

Jim se inclinou para a frente, cruzando as mãos sobre a mesa, o rosto próximo ao dela.

— Essa não é a história — disse ele. — Sua história é: *ele voltou*. Olhe, tínhamos escolhas. Sim, eu teria voltado na mesma hora, e talvez tivesse sido maluquice e eu tivesse matado todos no meu barco por isso. E talvez não. Talvez Lowe se arrependa de ter esperado tanto para voltar com um bote vazio que poderia resgatar sessenta pessoas. Mas ele contou sua história direito. Não estou tentando dourar a pílula, como Lightoller dizendo que estava uma calmaria completa no navio e que não havia gritos no mar. Por que limpar a coisa?

— Se para ele pareceu certo voltar, então todo mundo devia ter voltado. E devia ter feito isso imediatamente.

— Só vou falar do que eu sei. Quem deveria voltar foi quem estava comigo em um bote enorme e vergonhosamente vazio. — Ele segurou sua cerveja com as duas mãos, olhando para a espuma. — Os

A
COSTUREIRA

Duff Gordon estão acostumados a conseguir tudo com seu dinheiro. Deu certo dessa vez.

— Só acho que... — Ela parou. Não queria que a conversa enveredasse por aí. Talvez se Jim tivesse voltado e o bote virasse, teria matado as pessoas, em vez de salvá-las. E talvez não houvesse nada de nobre nisso… ou quem sabe sim.... Ela queria pisar em terreno mais firme.

— Você vai atacar uma dupla dura de roer, Jim.

— Preciso fazer isso. Ela dominou aquele bote, deu o tom. Não foi só quanto a voltar ou não voltar. Ela deixou as coisas acontecerem.

— Tipo o quê?

Ele estava lutando contra algo.

— Não posso dizer.

— Cosmo realmente subornou os marinheiros para calarem a boca?

— Você soube disso por Sullivan, não é? E ele provavelmente lhe disse que recusou o suborno. Sabe qual é a história verdadeira? Acho que os Duff Gordon ofereceram mais dinheiro do que acabaram dando no fim das contas, e ele ficou uma fera. — Jim soltou uma risada repentina. — Olhe, vou dizer apenas o que aconteceu. Não vou enfeitar nada. Gostaria de poder fazer isso, por Tess. Não lutei contra Lady Duff Gordon como deveria. Você acha que tenho orgulho disso? E sou o primeiro a cumprimentar Harold Lowe, não importa o que digam a respeito dele. O fato é que ele voltou.

— Acho que sei por que você não quer prestar depoimento.

Jim apanhou a caneca de cerveja à sua frente e sorveu um longo e vagaroso gole.

— É, acho que sabe — disse ele.

— Bem... — era um dos tiros no escuro dela — não se trata aqui de um tribunal de justiça. E você só precisa responder às perguntas que eles fizerem.

— Eles vão perguntar — disse ele.

10

SALÃO DE CONFERÊNCIAS DOS TERRITÓRIOS
WASHINGTON, D. C.
Manhã de quinta-feira, 25 de abril

Outra noite maldormida. Pinky, dessa vez agachada em frente às cadeiras dobráveis atulhadas por todo o local até a frente da mesa do comitê, não conseguia parar de bocejar. Matérias sobre o depoimento do dia anterior estavam em todos os jornais. Algumas destacavam a "frieza" de Lowe por haver esperado, outras observavam o que Jim apontara: aquele homem fora a única pessoa que realmente tinha salvado alguém. Olhando para o teto do quarto na noite anterior, ela concluíra que Jim tinha razão. Para os leitores da sua reportagem daquela manhã no *Times*, Lowe era um herói — um herói de verdade.

Pelo canto do olho, ela viu dois homens sentados perto da parede, no outro lado da sala, cada um segurando uma pasta de couro preto sobre o colo. Não havia correria pela sala, cumprimentos, conversas privadas — toda aquela costumeira agitação de congressistas e assessores. Um dos homens trazia um par de óculos na ponta do nariz, o outro era muito pálido, a pele branca como leite. Os dois eram bem-vestidos demais para ser legisladores. E, bem à frente deles, remexendo-se com inquietação na cadeira, estava Sullivan. Será que ele fora até ali para apoiar a versão de Jim? Improvável. O olhar dela se dirigiu para Jim. Agora ele usava um paletó mais formal, obviamente emprestado, as mangas curtas demais revelando seus pulsos. Ele subiu no estrado e foi até a cadeira de testemunhas. Parecia resoluto, mas vulnerável.

De repente ela percebeu o que estava acontecendo. Mas era tarde demais para avisar Jim.

. . .

O senador Smith, que apertava os olhos devido à fumaça dos cigarros, bateu o martelo.

— Esperamos hoje reunir informações sobre o que aconteceu no mar e nos botes salva-vidas — informou ele. — James Bonney é nossa primeira testemunha. Um marinheiro de primeira viagem, pelo que entendi, que escapou no bote salva-vidas número um. Pode se sentar, sr. Bonney.

As perguntas começaram. Com um tom de voz constante, quase monótono, Jim falou de como ajudara a carregar cinco botes diferentes antes de ir para estibordo, onde havia pendurado um bote dobrável, preso num emaranhado de cordas. De como o oficial Murdoch gritara para que eles preparassem aquele bote para Lady Duff Gordon. De ter se apressado para ajudar os marinheiros a desamarrarem as cordas a fim de liberar o bote de emergência conhecido como número um. Sim, ele disse. O marinheiro Sullivan fora encarregado do comando do bote.

— Por que ele foi lançado com tão poucas pessoas?

— Porque assim insistiu Lady Duff Gordon.

— O senhor a está acusando de abandonar pessoas no deque? — perguntou Smith.

— Não, senhor. Estou acusando-a de só pensar em si mesma.

— Quando o navio afundou, o senhor procurou sobreviventes?

— Não.

— Qual era a capacidade de seu bote, e quantas pessoas havia nele?

— Poderíamos ter levado cinquenta pessoas ou mais. Havia doze pessoas.

— Acredito que seu bote ficou conhecido como aquele que foi lançado com menos pessoas, correto?

— Sim, senhor.

Ouviu-se na sala um murmúrio que fez a nuca de Pinky se eriçar.

Então um dos colegas de Smith tomou a palavra:

— Agora vamos ao principal. Sendo o bote com mais lugares vagos de todos, o senhor não voltou para apanhar absolutamente mais ninguém?

A voz de Jim não tinha entonação:

— Absolutamente mais ninguém — disse ele.

— Por que não?

— Os outros não queriam voltar.

— O senhor queria?

— Sim. Ninguém concordou.

— Quem se objetou a voltar?

— Lady Duff Gordon não permitiu que pegássemos nos remos. Ela temia que afundássemos na tentativa de resgatar mais alguém.

— Havia, pelo que o senhor sabe, algum risco de o bote afundar caso vocês voltassem?

Jim não hesitou:

— Com certeza seria uma possibilidade. Mas estávamos em um bote grande que não estava lotado.

— Considerando que havia sete tripulantes no bote, de que modo seria perigoso voltar até as pessoas que gritavam pedindo ajuda no mar? — vociferou o senador Bolton, outro membro da comissão, que obviamente estava remoendo o depoimento de Lowe do dia anterior.

— O senhor ouviu os gritos?

— Com certeza ouvi — respondeu Jim. — Todo mundo ouviu. Já mencionei, eu propus voltar e ninguém quis saber.

— O senhor propôs isso a alguém especificamente? — pressionou Smith.

— Eu gritei isso para todos.

— O homem a quem cabia decidir se o bote deveria voltar para resgatar mais gente era Sullivan, não era? — Smith olhou para sua testemunha seguinte, que se afundara na cadeira com olhos inquietos.

— Sim — disse Jim, agora mal conseguindo esconder a raiva. — Ele era o homem no comando. Deveria ser, pelo menos.

— E ele negou?

— Correto.

— A atitude dele se deveu aos protestos dos Duff Gordon?

— Sim. — Dessa vez ele olhou direto para Sullivan, que desviou o olhar.

— O senhor tem certeza disso?

— Só sei do que aconteceu no meu bote. Eu deveria ter passado por cima dele.

— Com que autoridade?

Jim ficou em silêncio.

— O senhor disse que ouviu os gritos? Gritos agonizantes?

— Sim.

— E os Duff Gordon disseram que era perigoso demais voltar para salvar vidas?

— Sim.

Um dos membros do comitê, um senador com rosto redondo e vermelho, inclinou-se à frente e disse, num tom cheio de sarcasmo:

— Então eu devo acreditar que, porque dois passageiros disseram que seria perigoso voltar, vocês todos ficaram de boca fechada e não fizeram nenhuma tentativa de resgatar mais pessoas?

— Correto, senhor. — Jim endireitou os ombros, contendo o golpe.

Smith mudou o foco.

— *Sir* Duff Gordon prometeu dar dinheiro aos senhores naquele bote? — perguntou ele.

— Sim.

A sala agora zumbia com os comentários sussurrados. O suborno, diziam as pessoas, houve suborno.

— E esse foi um acordo feito com os outros tripulantes, fazer certa coisa por determinado preço? Em outras palavras, não voltar? — perguntou de novo o homem de rosto vermelho.

Pinky conteve a respiração. Jim parecia exausto.

— A coisa não foi proposta assim.

— O que isso quer dizer? Que ele não declarou que era um suborno? Não teria sido meio estranho? O senhor achou que era suborno?

— Sim, achei.

— Estou pensando em que mais esse assim chamado suborno desejava silenciar. Alguém que estava no mar tentou entrar no bote?

Pinky esperou, sem respirar.

— Sim. Havia gente por toda a nossa volta. Mais de uma pessoa tentou subir.

— E o que aconteceu?

Silêncio. Os olhos de Jim pareciam tristes.

— Alguns escorregaram.

— E outros?

De novo, silêncio.

— Estava escuro e era difícil enxergar — disse ele por fim.

— O senhor acha que alguém foi empurrado de propósito para fora do bote?

— Pode ser.

O público se remexeu inquieto. Os murmúrios recomeçaram.

— Essa é uma acusação e tanto, sr. Bonney — declarou o senador Bolton. — Uma acusação bastante grave. O senhor está acusando alguém especificamente?

— Não vou acusar ninguém que eu não tenha visto claramente, senhor. Mas isso é o que eu acredito.

— O senhor tem mais alguma coisa a dizer? — perguntou o senador Smith.

— Não, senhor.

— Pode ir — disse o senador Smith. Ele olhou pela sala, com o coração pesado. Ande logo com isso.

O próximo era o marinheiro magro com pele marcada que supostamente estivera no comando do bote salva-vidas número um. Ele afundado em sua cadeira, como se estivesse entediado com o que via, embora seus olhos não parassem de correr a sala.

— Sr. Tom Sullivan, ao que parece o senhor era o marinheiro no comando do bote salva-vidas número um. O senhor, por favor, suba até aqui.

Estupefata, Pinky viu Jim descer do palanque e sentar. Então era isso que ele estava escondendo. Um ataque com certeza viria agora. Por que ele não tinha dito ao comitê que recusara o suborno? *Porque eles não tinham perguntado.* Mas ele tinha feito o que disse que faria: simplesmente contou a verdade nua e crua, sem perfumarias. Eles o devorariam vivo.

• • •

— Tom Sullivan, este é seu nome?

— Sim, senhor. — Sullivan sentou na cadeira de testemunhas, com as mãos cruzadas no colo, segurando o boné. A fonte de Pinky para a primeira matéria sobre o suborno. Os olhos dele estavam furiosos, prestes a abrir um buraco nas costas de Jim, que se afastava. Porém seu rosto assumiu uma máscara solene quando ele se virou para encarar o inquiridor.

— Vamos ouvir sua versão sobre o que aconteceu no bote número um. O senhor estava no comando, certo? — O senador Perkins conduzia aquela rodada de perguntas, e estava impaciente para acabar logo com aquilo.

— Sim, senhor, com certeza. Eu era o líder da situação.

— Quantas pessoas havia em seu bote?

Sullivan não hesitou.

— Ah, de catorze a vinte — disse ele.

— A testemunha anterior nos informou que havia doze ocupantes, e que vocês poderiam levar até cinquenta. Correto?

— Bem, levamos quem pudemos.

— Também entendemos, pelo depoimento do sr. Bonney, que o senhor não retornou até o local do naufrágio.

Sullivan balançou a cabeça com tanto vigor que o colarinho da sua camisa quase desabotoou.

— Não, senhor, voltamos ao local onde o navio afundou e não vimos nada. Obrigado pela oportunidade de corrigir o que foi dito.

Smith e os outros membros da comissão trocaram um olhar de surpresa.

— O senhor voltou?

— Claro que sim — disse Sullivan, indignado. — Desculpe por dizer isso, mas Jim Bonney é um cara ardiloso, e ele tem seus motivos para estar insatisfeito.

— O senhor resgatou alguém da água?

— Não, senhor, ninguém estava vivo. Não ouvimos ninguém. — O tom pesaroso estava de volta.

— Quando vocês voltaram?

— Assim que possível. — Sullivan fez um gesto vago.

— Então o que fizeram?

— Remamos. — Ele olhou rapidamente para os dois homens que seguravam as pastas de couro, um movimento que Pinky percebeu. Ela encarou a dupla.

— Houve alguma confusão ou tumulto entre seus passageiros?

Sullivan parecia completamente à vontade agora.

— Não, senhor, não vi nada. Parecia um dia como qualquer outro.

Um dia como qualquer outro? O silêncio na sala disse a ele que havia ido longe demais. Alguns murmúrios e olhares foram trocados. Ele começou a cutucar seus dedos, voltando os olhos mais uma vez na direção dos homens com as pastas.

— Não completamente, claro. Mas estávamos remando juntos, entende? Foi um momento triste.

— Há algum outro incidente que o senhor deseje declarar e que seja de interesse do público? Alguma coisa a respeito dos atos dos passageiros, os Duff Gordon?

— Não, senhor, não que eu saiba.

— Eles se recusaram a voltar?

— Não, senhor. Eles são ótimas pessoas.

— Eles lhe ofereceram suborno? — interrompeu o senador Smith.

— Não, senhor. O sr. Bonney errou de novo nisso. Ele tem problemas. E não tenho mais nada a dizer.

Perkins se inclinou à frente na cadeira, a testa franzida.

— Obrigado, sr. Sullivan. O senhor está dispensado — disse ele, olhando para seu relógio de pulso.

— Posso dizer mais uma coisa, senhor? — perguntou Sullivan.

— O que seria?

— Às vezes nas situações ruins as pessoas não pensam direito, e depois tentam encobrir seu comportamento. Se havia alguém que podia empurrar as pessoas para fora do bote, esse alguém era Bonney. Ele tem má reputação, bem podia ter empurrado gente para fora, pode apostar. Nesta sala, ele é o desonesto.

Pinky encarou Sullivan. Seu sapo nojento e mentiroso, tentando salvar a própria pele alterando os fatos. Ela devia ter divulgado o nome dele. Lá estava Sullivan bancando o marinheiro humilde, apenas um homem robusto tentando fazer seu trabalho. Um ótimo espetáculo. Os Duff Gordon tinham sido mais generosos agora. Ela observou os dois homens de aparência suspeita saírem pela porta e viu um deles acenar rapidamente para Sullivan quando saíram.

Quem eram? Ela saiu atrás dos dois, seguindo-os pela porta de saída, fechando-a a tempo de parar na frente de um deles. Ele não pareceu nem espantado, nem irritado, apenas indiferente.

— Espere, por favor, gostaria de saber: quem é o senhor? — perguntou ela.

— Isso não é da sua conta, srta. Wade — respondeu ele.

Então ele sabia o nome dela.

— Aposto que é advogado. Para que firma trabalha?

Ele deu um sorriso rápido.

— Srta. Wade, há muitos advogados nessa sala. Alguns, como você sabe, foram eleitos para o Congresso. Está assim tão surpresa que um marinheiro humilde possa ser representado? Receio que a senhorita não tenha muitos conhecimentos sobre legislação. Tenha um bom dia. — E começou a se afastar.

— Espere um pouco. Quem contratou seus serviços?

Ele a ignorou e continuou andando.

• • •

O senador Smith mal ergueu o olhar ao chamar a última testemunha da manhã. Mais uma do bote número um.

— Sr. Albert Purcell, por favor, suba até aqui.

Um homem troncudo e curtido de sol, com orelhas grandes e cabelo ralo acomodou sua figura grandalhona na cadeira de testemunhas. O interrogatório começou, cobrindo os mesmos assuntos de antes: onde ele estava no navio, o que fez.

— Depois que o navio afundou, o senhor ouviu algum grito?

— Não que eu me lembre. — Ele deu um olhar rápido para Sullivan.

— Alguém sugeriu que o senhor deveria voltar em direção às pessoas que estavam na água?

— Não que eu saiba.

— Ninguém disse *nada* sobre voltar?

— Não, senhor. — Purcell estava quase sorrindo.

— O sr. Bonney disse que falou. Isso é correto?

— Não, senhor. Ele está só se exibindo.

O senador Harbinson interrompeu.

— Certo. O senhor se lembra de ter ouvido alguma coisa em relação a promessas de presentes ou dinheiro?

— Sim, lembro, e vou explicar como aconteceu. — Purcell já tinha ensaiado os detalhes, e estava ansioso para fazer sua encenação. — Bem, sabe, Lady Duff Gordon disse algo do tipo: "Lá se vai meu belo vestido de gala", e eu disse: "Não se preocupe com isso, desde que conserve sua vida". Eu disse que nós havíamos perdido tudo, e então *sir* Duff Gordon disse que mais tarde nos daria alguma coisinha para recomeçar a vida. Foi tudo o que eu ouvi.

— Quanto tempo depois de o Titanic afundar o senhor ouviu a primeira menção a esse dinheiro?

— Mais ou menos quarenta e cinco minutos depois.

— O senhor considerou isso um suborno?

— Oh, não, senhor. Apenas uma oferta generosa de pessoas bondosas.

— O senhor pensou que deveria voltar?

Purcell respondeu de um jeito altivo.

— Não, eu não estava em posição de pensar isso. Eu não me encontrava no comando do bote. Se isso tivesse sido dito, eu com certeza teria voltado.

— O senhor estava pronto e disposto para tanto?

— Bastante disposto.

— O senhor não ficou surpreso por ninguém sugerir isso?

— Sim, fiquei — respondeu, com o que ele obviamente esperava que fosse uma indignação.

— Não entendo sua linha de raciocínio — vociferou de repente o senador Harbinson. — O senhor ficou surpreso por ninguém fazer essa sugestão, mas não se admirou de o senhor mesmo não tê-la feito?

— Estávamos meio confusos naquele momento — gaguejou Purcell, lançando outro olhar para Sullivan, que olhava carrancudo para ele.

— O senhor poderia fornecer alguma explicação para o seu bote não ter tentado resgatar pessoas?

Purcell hesitou, preso numa armadilha, depois investiu:

— Sim... bem... nós teríamos afundado se voltássemos, é a minha opinião. Havia muita gente na água, a gente sabia disso por causa dos gritos.

— Ah, então o senhor ouviu os gritos e *não* voltou? Nem mesmo para não encontrar *nada*? E, falando nisso, o sr. Sullivan afirmou que vocês voltaram, sob o comando dele, certo?

Purcell olhou para Sullivan, impotente. Havia sido pego.

— Não, senhor. Sim, senhor.

— Alguém afirmou que era perigoso?

Ele recobrou o rumo do treinamento que havia recebido.

— Não, senhor. Ninguém disse nada do tipo.

— Alguém disse que vocês poderiam afundar?

— Não, senhor.

— Não lhe ocorre que vocês poderiam muito bem ter voltado e conseguido resgatar muitas pessoas no meio da confusão?

— Sim, se eles estivessem por ali, acho eu.

Harbinson estava farto. Todos eles estavam fartos.

— Não lhe ocorreu que o senhor poderia ter transferido seus passageiros para outros botes e depois voltado com uma embarcação praticamente vazia para apanhar alguns dos pobres coitados que estavam no mar?

— Não, senhor.

— Basta — disse o senador Smith. Todos na sala estavam obviamente lembrando-se da franqueza de Harold Lowe. E Pinky, inquieta, rezando para que pudesse falar com Jim. Sullivan com certeza tinha sido desmascarado por aquele tolo incompetente que não conseguira manter a história de pé. Será que todos veriam isso agora?

· · ·

Jim estava de pé, sozinho, em frente à porta do prédio do Senado, tragando fortemente seu cigarro e observando o Capitólio. Vincos profundos marcavam seu rosto.

— Quem...? — começou a dizer Pinky ao se juntar a ele.

— Não pergunte, porque não vou responder. Nada disso trará os mortos de volta.

— Olhe, aqueles dois estavam mentindo, todo mundo pôde ver isso. Você se saiu bem.

— Não tenha tanta certeza assim. Você viu aqueles homens que tinham uma pasta de couro na mão? Quem são eles?

— Vou descobrir. Se forem advogados, Purcell devia ter sido mais bem orientado. Relaxe, Jim. Purcell estragou a história deles.

— Aquela mulher não vai desistir assim tão fácil. Você sabe tão bem quanto eu que ela tem alguma carta na manga.

— Lady Duff?

— É claro.

Ela fez uma pausa. Mas não podia parar de tentar consolá-lo.

— O que ela pode fazer agora? Os outros no seu bote sabem qual é a verdade. O que ela vai fazer, silenciar todos? Alguém vai apoiar a versão que você revelou para eles.

— Quem? Além daqueles dançarinos e dos Duff Gordon, só havia tripulantes naquele bote. E, acredite em mim, o casal tem todos eles nas mãos. Sabem o que estão fazendo. — Ele deixou o cigarro cair no chão e imediatamente acendeu outro. — Mas o que importa, de fato? Ninguém vai ser preso por causa disso. Eu sei que isso também aconteceu nos outros botes. Só quero que a maldita verdade apareça. E quero que Tess acredite em mim.

— Acho que ela vai acreditar.

— Quando a coisa é entre mim e aquela mulher, Tess acha que ela é seu colete salva-vidas.

— Ela não vai ser enganada por uma mentira. — Por que ela estava falando com tanta segurança? Como ela saberia o que alguém na posição de Tess achava? Mas era difícil imaginar que alguém não confiasse em Jim, principalmente Tess.

— Eu quero vê-la, Pinky.

— Achei mesmo que eu seria a intermediária — disse ela de bom grado. — Tem certeza?

— Mais do que você pode supor.

Havia tanto fervor nas palavras dele que ela ficou em silêncio por um momento. E ainda mais ardor no que ele disse em seguida.

— O negócio é: o que Sullivan disse é o que as pessoas querem ouvir. É uma mentira deslavada que faz todo mundo se sentir melhor. — Ele tragou o cigarro e o atirou no chão, amassando-o com o pé. — Entende o que eu quero dizer? Marinheiros e passageiros corajosos voltam em missão de resgate, mas todas as pessoas gritando na água convenientemente já morreram. A coisa está muito bem amarrada. Nada do conflito de um homem entre esperar ou não até a maioria das pessoas morrerem; nada de acreditar em outro marinheiro que não consegue arrumar um herói para a história, nem para si mesmo. Sullivan preenche os requisitos: o que as pessoas querem é um cara íntegro que fez a coisa certa. Seja lá o que for. — Ele voltou as costas para Pinky. — Desculpe, preciso sair daqui. — E saiu andando, descendo a colina.

Pinky não tentou ir atrás dele. Simplesmente o acompanhou com o olhar.

. . .

E de uma janela do salão de conferências que dava para a escadaria, com as mãos cruzadas atrás das costas, foi o que fez também o senador William Alden Smith.

Homem alto, esse Bonney, afastando-se com um aspecto bastante sombrio e determinado. Ele provavelmente dissera a verdade, embora fosse evidente que havia um confronto entre ele e Sullivan. Já Purcell era uma piada.

Até onde desejava levar aquela história? Smith sabia em seu coração que, independentemente do que os jornais dissessem, havia sobreviventes que estavam arrependidos por ter agido movidos pelo medo, não pela coragem. Valeria a pena caçá-los e expô-los? Bastava ver o caso daquele tal de Darling. Um bom homem, pelo que se dizia, que tivera um único ato de fraqueza e agora estava morto. Acabara tirando sua vida com as próprias mãos. Será que ele precisava arrastar aquela arrogante estilista britânica e seu marido para o inquérito? Então eles já não estavam sendo chicoteados o bastante pelos jornais?

Ele continuou obervando Bonney se afastar e tomou sua decisão.

. . .

O crepúsculo se intensificava quando Pinky tomou o trem de volta para Nova Iorque, exausta de tanto discutir com Van Anda. Certo, talvez parecesse a história de um idiota e dois marinheiros que se odiavam. E sim, sua fonte da primeira matéria sobre o suborno havia mudado a versão dos fatos. Mas Bonney a confirmara, portanto a versão não estava errada. Ele era de longe o mais confiável daquele palanque, com muito a perder. Por que ele diria que achava que as pessoas tinham sido empurradas, se não fosse verdade? "Cuidado, você está se esforçando demais para fazer de Bonney um herói", dissera Van Anda. Que ela mantivesse o foco no fato de que ele e Sullivan estavam se acusando de mentirosos. Tem certeza de que viu advogados? Prove. Continue amanhã, e vá para casa dormir. "A história sobre Lowe ficou ótima", acrescentara ele antes de desligar. Ela afundou na poltrona, angustiada. Estaria perdendo a perspectiva das coisas? Precisava parar de pensar em tinha sido era ferido e quem não. Seu trabalho era reportar os fatos, mesmo quando suas emoções intervinham. Mas nem sempre era fácil discernir uma coisa da outra.

Pinky dobrou o casaco, enfiou-o embaixo da cabeça e fechou os olhos. Van Anda tinha razão; era melhor descansar um pouco. Ainda tinha muitas coisas a fazer, o que não incluía preocupar-se com Bonney. Ela precisava ir ao mercado assim que chegasse em casa e, se chegasse muito tarde, a sofredora da sra. Dotson estenderia a mão novamente querendo mais dinheiro.

A COSTUREIRA

• • •

DISTRITO FLATIRON
NOVA IORQUE
Manhã de quinta-feira, 25 de abril

Nenhum repórter estava de tocaia na entrada quando Lucile e Elinor entraram depressa pela porta do edifício Flatiron e seguiram até o elevador. Lucile apertou o botão aliviada.

— Não posso ficar muito tempo, tenho horário marcado com meu cabeleireiro — avisou Elinor enquanto elas subiam pelo elevador barulhento. — Não sei por que você quis que eu viesse para cá hoje, aliás.

— Seu cabelo é mais importante do que meus negócios? Poupe-me, Elinor.

— Mas seu *timing* foi ótimo, eu diria. Bem na hora do funeral de Jordan Darling.

— Exato. Todos os repórteres estão lá. Já fiquei longe daqui por tempo demais, não posso mais ficar escondida. Graças aos céus que não tive de passar pelas hordas de sempre. Você pode ir embora na hora que quiser, estou de volta a um terreno familiar agora.

— Madame — cumprimentou James surpreso, por trás de uma mesa de trabalho atulhada de chapéus, luvas e joias, todos acessórios necessários para o desfile. Ao lado dele estava Tess, com a boca cheia de alfinetes, ajoelhada ajustando uma saia em uma das modelos.

— Bem, estou vendo que vocês dois andam ocupados — disse Lucile com um sorriso cintilante. — James, jogue fora essa coisa verde horrorosa. — Ela apontou o dedo para um dos chapéus. — Essa cor é atroz. Parece bile.

— Sim, madame. É bom vê-la de volta, madame.

Tess já havia conseguido retirar os alfinetes da boca quando se levantou.

— Que bom vê-la — disse ela, calorosamente.

— Como está seu novo apartamento, minha cara? Cosmo agiu rápido, não foi?

— É maravilhoso, e estou muito grata. — Grata? Felicíssima seria mais exato. Aquele apartamento maravilhoso e minúsculo na Quinta Avenida... tão simples, mas só dela. Um bule, duas xícaras e dois pratos no pequenino balcão da cozinha; a primeira coisa que ela tinha feito fora um chá. Agora ela era uma assalariada, recebia um salário, e logo estaria pagando por aquele apartamento. E depois traria sua mãe da Inglaterra e elas fariam cortinas juntas, e ela começaria a ser parte de um mundo que poderia chamar de seu.

— Onde está o vestido de noiva?

A voz de Lucile a trouxe de volta para a realidade.

— Ali, na mesa. Terminei os reparos — disse Tess.

Lucile começou a inspecionar o vestido, e Tess sentiu uma onda de medo na barriga. James recuou. Duas modelos observavam Lucile, desconfiadas. A costureira na máquina de costura mais próxima parou de trabalhar.

Lucile ergueu a saia com dois dedos, segurando-a ao longo do braço, com os olhos estreitados.

— Onde está a anágua? — inquiriu ela.

— Estava rasgada e eu a tirei. Isso faz a saia fluir melhor — disse Tess.

— E o que você fez com este corpete?

— Ele precisava ser modificado, porque também estava rasgado. — Ela gaguejava, falando rápido demais.

Fez-se um silêncio constrangedor enquanto Lucile analisava o corpete.

— *O que você fez?* — inquiriu ela por fim. A voz estridente e rouca ecoou pelo ateliê. — Estamos às vésperas do meu desfile e *você* adulterou minha peça principal, o carro-chefe da minha coleção!. E agora, *agora*... — Ela deixou o vestido cair de volta à mesa. — Agora ele não passa do trabalho amador de uma principiante que pode ser boa em montar roupas, mas que não sabe *nada* sobre estética e estilismo!

Tess segurou a ponta da mesa para se firmar, com medo de cair. Sua voz soou trêmula e fraca:

— Fiz o que pude para salvar seu vestido, madame. Só algumas poucas mudanças, mas tentei me manter fiel ao seu estilo. Deixe a modelo prová-lo e a senhora verá.

Lucile a olhou carrancuda.

— Não me venha com tolices. Você transformou uma criação de Lucile em algo seu.

— Do que você está reclamando? — murmurou Elinor, tocando a manga de Lucile. — Não está vendo que a menina salvou um vestido destruído? O que mais ela poderia ter feito? Cuidado, o clima aqui não anda muito amistoso para o seu lado. Será que você não percebeu?

Lucile afastou a mão da irmã.

— Aqui. — Ela fez sinal para uma das modelos e lhe estendeu o vestido. — Prove isso para eu ver a extensão do estrago. — Ela caminhou até a passarela, apontou o dedo para James e orientou: — Quando ela estiver pronta, diga para ela andar nessa direção.

James saiu correndo para dar as instruções à modelo, fazendo uma pausa ao passar por Tess.

— Você fez um ótimo trabalho — sussurrou ele. — Não importa o que ela diga.

Foi um consolo tímido, mas Tess se sentiu grata. Ficou atenta à expressão de Lucile quando a modelo caminhou na direção dela, com o lindo vestido flutuando graciosamente com o movimento de suas pernas. Continuava fiel aos princípios básicos do projeto de Lucile. Porém, ela nada disse, e sua expressão indignada não se alterou. Claro, ela não ia querer alterá-la; jamais cederia terreno para Tess.

— Por que você não inverteu as costuras laterais, pelo amor de Deus?

— Não pensei nisso.

— Ele já não se qualifica como o centro da minha coleção, receio dizer.

O rostou de Tess ficou escarlate. Ela podia ter a simpatia dos funcionários, mas isso não melhorava sua situação.

— Você ainda tem muito que aprender, sabe?

— Eu sei.

— Nunca mais tente fazer nada tão audacioso.

Novamente aquela estranha sensação de estar em suspense, à beira de um precipício desconhecido. Tess segurou a respiração.

Lucile de repente se levantou e ajeitou sua saia com um gesto rápido.

— Mas terá de servir. Tess, faça algo que você sabe fazer. Passe com vapor as telas dos chapéus, sim? Elas estão horrivelmente amassadas.

— Sim, madame.

— Faltam poucos dias, pessoal — gritou Lucile, batendo palmas enquanto marchava até o escritório. — Vamos trabalhar!

. . .

— Lucile, podemos conversar? — pediu Tess quando ambas pisaram na calçada, no fim do dia.

— Estou cansada demais de consertar todos os estragos por aqui para ficar batendo papo. — Lucile não queria nem olhar para ela.

— Fiz o melhor que pude para ajudar. Desculpe se não foi bom o bastante.

Lucile olhou para o carro à sua espera, com a mandíbula tensa.

— Esteja no ateliê às 8 horas — disse ela. — *E não me chame pelo meu primeiro nome.* — Com isso, e diante de um Farley de expressão vazia que segurava a porta, Lady Duff Gordon entrou no carro sem olhar para trás.

. . .

Tess enfiou a chave na porta do apartamento, desesperada para entrar logo. Havia passado o dia não apenas passando as telas dos chapéus, mas também fazendo bainhas, varrendo fios e retalhos de de tecido, esvaziando cestos de lixo... tudo que não envolvesse chegar perto de uma agulha, cortar moldes ou ajustar roupas no corpo de modelos. Nada além do que uma empregada faria. Tudo isso para que todos no ateliê de Lucile soubessem que madame continuava no comando, que a estilista era ela — como se alguém duvidasse disso. Tess havia dado seu máximo, tentado salvar um grande vestido, mas seu trabalho fora insuficiente. Será que sempre seria insuficiente?

A chave virou e Tess entrou em seu refúgio. Acendeu a luz; fechou a porta. Com alívio, ela encostou-se na porta. Havia usado a máscara de serviçal o dia todo e… ah, como tinha sido difícil respirar com ela. Em um dado momento naquela tarde ela levantara os olhos enquanto apanhava restos de tecido pelo chão e vira Lucile encarando-a com uma expressão indecifrável que ela já tinha visto antes. Era algo diferente de raiva, algo que por um instante ela havia esperado que pudesse aproximá-la da sua patroa.

Tess andou até o armário da cozinha e passou a mão pela superfície da mesa. Nenhuma notícia ainda de Jim. Deixe para lá, deixe para lá. Se ele quisesse, com certeza teria dado um jeito de entrar em contato com ela. Sentia-se sozinha.

Respirou fundo e olhou ao redor. Se ela queria que aquele pequeno apartamento fosse de fato um caminho para uma nova vida, para sua independência, precisava descobrir quais eram os planos de Lucile para ela. Todo mundo ao redor de Lucile se moldava para se encaixar naquilo que ela exigisse no momento. Como seria possível saber quem de fato ela era, o que era capaz de fazer? Seria o ateliê de Lucile um lugar promissor ou apenas outra forma de servidão? Será que ela estava tomando o mesmo rumo daqueles que viviam bajulando a grande madame? De repente sentiu-se exausta. Era capaz de trabalhar duro e bem; isso era tudo o que ela podia fazer. Seus pensamentos vagaram de novo para Jim. Onde ele estaria naquela noite horrível? Se fechasse os olhos, podia se imaginar com ele numa carruagem passeando pela cidade, sentir o braço dele envolvendo-a. Ela poderia ter lhe enviado um recado, e se perguntou por que não o fizera.

Uma chaleira de água para ferver. Um pouco de chá, tomado à janela, olhando para a rua. Ela começou a se acalmar. O bastante, na verdade, para se dar conta de que não tinha comida para o jantar. Havia um mercado no fim do quarteirão pelo qual ela havia passado no caminho. Valia a pena sair de novo. Terminou seu chá e apanhou a bolsa, mais animada. Pelo menos agora aquele era seu refúgio, e ela tinha a chave.

. . .

O açougueiro no balcão de carnes levantou um frango molengo e uma perna de carneiro.

— Qual dos dois? — perguntou ele.

Pelo visto eram as únicas opções. Tess apontou para o carneiro, esperando que o forno do apartamento funcionasse. Andou até as seção de legumes e apanhou algumas batatas, depois pão. A sensação de comprar os próprios mantimentos era boa. Algumas frutas seriam uma boa ideia também, mas as maçãs pareciam meio murchas e ela hesitou, com a mão apalpando uma delas.

— Tente uma laranja. Parecem melhores.

Uma voz familiar, uma voz chocantemente familiar. Ela olhou o rosto de um homem que estava de pé do outro lado das cestas repletas de frutas. Um corte ainda não cicatrizado completamente corria da sua testa até a ponta da orelha, mas o sorriso continuava ali. O cabelo grisalho estava bem penteado, o terno bem passado, e sua aparência era quase a mesma daquela última noite no Titanic. Na mão, ele segurava uma laranja.

— Sr. Bremerton. — Ela mal conseguiu dizer seu nome.

— Olá, srta. Collins. — Ele olhou para a perna de carneiro na sacola dela, com um sorriso largo. — Parece gostoso.

— O que está fazendo aqui? Como...?

— Achei um jeito de encontrá-la. Como você está?

Será que ele realmente estava ali de pé na frente dela, falando daquele jeito confiante e relaxado tão particular?

— Não acredito que estou vendo o senhor — disse ela, ainda meio sem fôlego. — Ouvi dizer que o senhor havia sobrevivido.

— Bem, espero que esteja tão feliz de me ver quanto estou de ver você.

— Estou. Estou sim. — Ela quase podia sentir o cheiro do ar salgado daquela última noite, quando os dois haviam ficado juntos no deque. Ouvir a voz dele novamente trouxe de volta toda aquela vida pulsante. — Mas por que o senhor está aqui? Não mora por estes lados, com certeza. — Ela o imaginou em uma mansão grandiosa no início da Quinta Avenida, não ali, não naquele bairro modesto de galpões comerciais e pequenos apartamentos como o dela.

— Meu escritório fica no edifício Flatiron. Mas agora que encontrei você, tenho uma proposta a fazer. Por mais que esse carneiro esteja prometendo uma deliciosa refeição, você consideraria me acompanhar para o jantar?

— Gostaria muito — conseguiu ela dizer.

— Com uma condição — disse ele com suavidade. — Que me chame de Jack.

— Bem...

— Ainda não? Eu entendo.

Que cavalheiro ele era. Ela deixou o carneiro e as batatas em cima das maçãs, e juntos saíram do mercado, passando pelo verdureiro espantado. Talvez ela estivesse sonâmbula. Mais tarde, Tess não teve certeza se estava mesmo ou não.

. . .

O restaurante se chamava Sherry's e ficava na esquina da Quinta Avenida com a rua 44, e, aos olhos de Tess, era mais espetacular que o Waldorf. O pé-direito era bem alto, arandelas e candelabros de cristal cintilavam, as mesas eram cobertas com toalhas de linho imaculadas, os garçons curvavam-se gentilmente para servir os clientes. Ela não disfarçou seu encantamento e olhou em torno com prazer evidente.

— Aqui nos Estados Unidos nós amamos os excessos, Tess — disse Jack com gentileza. — E adoramos imitar os britânicos.

— Não consigo imaginar o motivo. Todos nós queremos copiar vocês. — Ela aninhou uma taça delicadamente curva e depois deixou o primeiro martíni de sua vida deslizar suavemente por sua garganta. O gosto era estranho, seco, com um leve toque de ervas que logo se desfez.

Ele riu.

— Você diz mesmo o que pensa, não é?

— Nem sempre, mas agora disse.

— Você tem muito sobre o que falar, aposto. Ah, chegaram nossas lagostas.

O prato colocado na frente dela continha um grande crustáceo avermelhado com uma casca brilhante, garras arqueadas e olhinhos redondos minúculos. Ela olhou para o animal, sem saber como deveria comê-lo.

— Deixe eu lhe mostrar — disse ele com suavidade.

Usando um pequeno alicate, Jack quebrou as garras com habilidade, expondo uma carne branca e aparentemente macia. Com um utensílio comprido e fino que ela não conhecia, ele puxou um pedaço e estendeu-o para ela. Sem hesitar, Tess provou. Era delicioso. Outro gole do martíni e ela já lhe contava sobre suas provas de fogo com a volúvel Lucile. Ela, que tentava pesar tudo o que dizia naquele novo país, percebeu que em nenhum momento se policiava na conversa com Jack.

— Você só pergunta sobre mim, mas não diz nada a seu respeito — disse ela por fim.

— Sou o próprio *self-made man* norte-americano — disse ele, dando de ombros. — Sento-me para assistir à minha cota de óperas, e se quiser ouvir tudo a respeito do modelo T da Ford, sou o cara certo. É um automóvel sensacional, que logo terá velocímetro e buzina.

— Parece interessante — disse ela com timidez.

— O progresso é maravilhoso — comentou ele. — O mundo está mudando, e se a gente não mudar com ele, será o nosso fim.

A noite escorregou depressa — empolgante, estonteante. Tess bebericou seu segundo drinque, ciente da tontura que parecia fazer o salão brilhar. Estava flutuando, e o melhor de tudo foi que o homem à sua frente a escutava, escutava de verdade tudo o que ela dizia.

E, durante todo o jantar, nenhuma vez, nem mesmo de relance, eles conversaram sobre o naufrágio do Titanic e sobre a experiência de Jack no Carpathia. Somente quando eles se levantaram para ir embora Tess pensou em como isso era estranho.

. . .

— Gostaria de ver você de novo — disse ele em frente ao prédio dela.

— Eu também — respondeu ela.

Os dois ficaram próximos, em silêncio.

— Eu tinha esperanças de ver você no Carpathia — disse ela.

— Isso me deixa muito feliz, é muito importante para mim.

— Não conseguia acreditar que você tivesse morrido. Não queria acreditar. — Ela sentiu um nó na garganta.

— Algumas pessoas achariam bastante conveniente.

Os pensamentos de Tess voaram para a esposa de Jack. Como aquela mulher não pôde prantear esse homem?

— Não posso dizer que me lembro da época em que fiquei fora do ar no Carpathia, mas se, naquela última noite no Titanic eu tivesse previsto tudo o que veio depois, não teria sido tão educado. Eu teria beijado você, Tess. Teria tomado você em meus braços e lhe dado um beijo.

Por um instante, não houve nada além do som da respiração misturada dos dois.

— Posso fazer isso agora? — perguntou ele por fim.

— Pode.

Ele a puxou para perto, buscando os lábios dela com os seus. Não havia necessidade de Tess dizer nada. Apenas ficou na ponta dos pés para retribuir aquele beijo.

. . .

Tarde da noite, deitada na cama olhando o teto, Tesse lembrava-se do som da voz dele murmurando o seu nome. Sua voz rouca, íntima...

ela não conseguia dormir. Sentou e olhou pela janela. Como era possível que um cavalheiro como Jack Bremerton estivesse interessado nela? Era muito mais velho que ela, provavelmente estava na casa dos quarenta. Tão calmo e confiante. Ela nunca tinha conhecido ninguém como ele, e ele a abraçara e a beijara. Sem exigências, sem apalpadelas, sem mão boba. E queria vê-la de novo. O que ela podia ousar sonhar agora? Quem era ele, e quem era *ela*, com os pensamentos que estava tendo?

Mas havia Jim. Ela enterrou a cabeça no travesseiro, tentando, só por um instante, bloqueá-lo dos seus pensamentos, mas não estava dando certo. Ele estava lá, ela podia senti-lo ao seu lado. Ela afastou aquela ideia com raiva; não havia motivo para se sentir dividida. Ela não estava prometida em casamento, pelo amor dos céus. Não havia motivo para sentir culpa. Dois homens, tão diferentes. Jim era mais que um garoto do interior, muito mais, e Jack era um homem do mundo. Empolgante, de um modo novo. E, porém... ah, meu Deus, por que Jim não tinha entrado em contato com ela? Onde ele estaria? Teria se esquecido dela? Seus pensamentos voltaram para o momento que os dois haviam compartilhado, oferecendo suas orações hesitantes pela mãe e seu bebê mortos; para sua bondade enquanto fazia esculturas para as crianças com seus dedos rápidos e habilidosos. Sentiu de novo o gosto do prazer quando os dois andaram saltitando pelo Central Park. Estaria ela apenas fascinada pelo *glamour* da vida de Jack? E onde estava Jim?

Chega. Ela socou o travesseiro com raiva. Não conseguiria dormir naquela noite.

• • •

NOVA IORQUE

Manhã de sexta-feira, 26 de abril

O menino jornaleiro em frente ao mercadinho corria de um lado para outro, berrando manchetes que lhe traziam uma abundância de moedas de cinco e dez centavos dos passantes. Ele as enfiava nos bolsos naquela manhã ensolarada. "Leiam a última bomba sobre o bote dos milionários revelada em Washington! Marinheiros se enfrentam, discordando sobre a verdade! Extra, extra!"

Tess procurou por trocados em sua bolsa e comprou exemplares do *Tribune* e do *Times*. "NÁUFRAGOS FORAM EMPURRADOS DO BOTE NÚMERO UM? MARINHEIROS TROCAM ACUSAÇÕES", estampava a manchete do *Tribune*. Duas fotos, uma de Jim e a outra do homem chamado Sullivan. E então uma linha fina: "*QUEM É O MENTIROSO?*" A manchete da matéria de Pinky era mais discreta: "RELATOS CONFLITANTES DOS MARINHEIROS DO BOTE NÚMERO UM. TERCEIRA TESTEMUNHA VACILA".

Ela leu rapidamente, com as mãos trêmulas ao virar as páginas com a tinta ainda úmida. Jim, Jim, você tem certeza? O que você viu? Quem você está acusando? Ela levantou a cabeça. A calçada parecia molhada de chuva, mas eram seus olhos que estavam tomados pelas lágrimas. Não voltar podia ser um ato frio, covarde, racional ou cauteloso. Tudo isso. Mas empurrar as pessoas para fora? Crueldade, pânico? Porém, estava tão escuro naquela noite que era difícil ver alguém, mesmo no bote dela, que estava repleto de sobreviventes. Ele tentara não acusar os Duff Gordon. Típico do homem que ela instintivamente já conhecia. Ele dissera o que tinha visto quando lhe perguntaram; não havia calúnia contra ninguém. E, naquela história toda, quem era o mais vulnerável? Ele.

Tess atirou os jornais em um cesto de lixo do lado de fora do mercado e se dirigiu para o trabalho, tentando lembrar o som da voz de Jim. Mas aquela lembrança havia sumido, de alguma maneira. Desvanecido no ar.

Lucile estava no *loft*, prendendo calmamente novas camadas de tule na parte interna do vestido de noiva para substituir a anágua que Tess havia retirado.

— Bom dia — disse ela apenas. — Já leu os jornais?

— Sim.

— Eu tinha razão sobre seu amigo marinheiro. Obviamente foi ele a fonte da primeira matéria, portanto agora ele está crente que nos pegou, suponho. Bem, não nos demos por vencidos. O apoio do sr. Sullivan ajudou muito. E o outro rapaz fez o que pôde. Não é um homem muito inteligente, talvez.

Tess não conseguiu ficar em silêncio.

— Sullivan é que foi a fonte da primeira matéria sobre suborno, não Jim. Pinky Wade me contou. E eu não acredito em nada do que ele disse.

— Ah, não? Então em quem você acredita? No seu marinheiro? Que houve suborno? Assassinato? O quê? Você está me culpando por tudo isso?

— Eu não sei o que aconteceu no seu bote.

Lucile jogou um pedaço de tule sobre a mesa e cortou-o com uma tesoura bem afiada.

— Eu aconselho você a tentar descobrir logo. Esse Bonney está tentando nos destruir, e não ouse negar isso.

Não havia volta agora.

— Ele foi obrigado a depor, não tinha outra escolha a não ser responder às perguntas.

— Ah, poupe-me, Tess. — Lucile parou, com a tesoura no ar. — A *intenção* dele era óbvia. Seu marinheiro foi um pouco incisivo e amargo, não lhe parece? Eu não ficaria surpresa se soubesse que ele recusou nosso presentinho porque estava de olho em coisa maior. Chantagem, é evidente. Pense no que os jornais fariam se soubessem disso.

— Ele não é chantagista — disse Tess com a maior calma que pôde.

— Quer parar de defendê-lo? Não fizemos nada de errado. Sullivan e Purcell falaram por si mesmos. E Bonney está nos fazendo pagar por sua própria consciência escrupulosa.

— Eu não acredito nisso.

— Estou dizendo que nas condições emocionais, de muita tensão, em que nos encontramos desde que aquele navio infernal naufragou, é fácil julgar com radicalismo. Olhe como a imprensa vem nos tratando. — Os olhos dela ficaram tristes. — Você acredita que somos pessoas más? Que fizemos coisas terríveis? Sim ou não?

— Não — respondeu Tess, com pesar. — Vocês não são maus. Mas às vezes...

— Obrigada, querida. Estou profundamente aliviada. — O humor de Lucile mudou depressa para um entusiasmo exuberante. — Tenho uma ideia, uma função para você que, espero, você queira assumir. Durante o desfile. Quero que você seja o rosto desta empresa. Você será minha representante de vendas! Quem melhor que você? Você conhece todos os vestidos do desfile, e pode apresentá-los pelo nome. Eu tinha pensado em deixá-la servir o chá com biscoitos, mas outra pessoa pode cuidar disso. Essa tarefa lhe trará uma visibilidade incrível.

Tess mal a ouviu.

— Eu sei quanto tudo aquilo foi amedrontador. O que não posso entender é um medo tão grande a ponto de as pessoas serem empurradas para fora.

— Claro, isso seria assassinato, minha cara. Então, o que me diz?

— Do quê?

— Da minha oferta de fazer de você minha representante de vendas. Você não está me ouvindo?

— Oh, minha nossa, é muita generosidade, mas...

— Então está tudo acertado. Agora, vamos deixar isso tudo para trás e seguir em frente.

Antes que ela pudesse responder, uma voz interrompeu:

— Tess.

Elinor estava atrás das duas, encostada em uma mesa de corte, o cabelo num penteado alto e os braços cruzados.

— Desculpe interromper, mas parece o momento exato. Vamos comprar as toalhas de mesa para o desfile? Ir às compras nos fará bem. Pelo menos, fará bem a *mim*. Estou ficando cansada de quartos de hotel, tecidos e máquinas de costura.

Tess olhou para Lucile. Ela havia abaixado a cabeça e estava esticando o pedaço de tule que havia cortado, suas unhas vermelhas contrastando com o tecido de cor creme. Não havia mais nada a dizer. Por enquanto.

— Certo — respondeu Tess.

Farley abriu a porta do carro para Elinor entrar, e Tess a seguiu, reclinando-se no banco de couro. Pouco tempo antes ela teria se maravilhado com aquele automóvel suntuoso de estofamento macio. Pouco tempo antes? Não uma vida inteira.

— Herald Square, Farley — instruiu Elinor antes de se acomodar e se virar para Tess. — Que bom que eu estava lá — disse ela sem preâmbulos. — Você e Lucile caminhavam para uma briga das feias. Você tem consciência disso, não tem?

— Eu a admirei logo no primeiro dia em que nos conhecemos, mas hoje não mais. Não sei o que é verdade, mas sei que Jim não é mentiroso. — Foi surpreendentemente fácil dizer aquelas palavras. Com Elinor ela se sentia à vontade.

— Eu sei, mas você precisa entendê-la melhor.

— Sempre que acho que entendo, ela consegue me surpreender.

— Eu avisei Lucy que você não se comportaria fragilmente e com disposição para se curvar diante da deusa por muito tempo. — Elinor riu. — Posso ser franca com você?

Tess assentiu, sem dizer nada.

— O mundo da minha irmã está balançando, e ela nem sequer sabe disso. Não é só essa história do Titanic e toda a publicidade ruim. É... Meu Deus, preciso de um cigarro, e acho que não tenho mais nenhum. — Ela começou a remexer ansiosamente na bolsa e soltou um gemido de prazer: havia encontrado um cigarro meio torto, com tabaco saindo pela ponta. Ela o acendeu depressa. — O que eu estava dizendo mesmo?

— Que não se trata apenas do Titanic.

— Sim, claro. Veja, qualquer um que sai por aí hoje em dia dizendo que os joelhos femininos são feios não entende as tendências da moda. As saias curtas virão, não tenha dúvida. Lucy, entretanto, não para de desdenhar delas. Minha pobre irmã se considera alguém insubstituível, mas está muito errada. Toda aquela renda e tule... e dar *nomes* aos vestidos... Minha nossa...

— Eu fiquei me perguntando ontem se ela estaria com medo.

— Talvez. Você achou também que ela a tratou como uma escrava. Estou certa?

Tess só fez que sim, sem confiar na própria voz.

— Bem, você tem razão. Você salvou aquele vestido de noiva e foi tratada mal. Por isso está com raiva. Estou certa nisso também?

— Sim.

— Foi o que pensei. Mas não esqueça: ela pode lhe ensinar muito sobre esse ramo. Você é talentosa, e sabe que tem um futuro nisso se quiser. E acho que você quer.

— Não vou negar, é claro que quero.

— Mas está começando a ficar impaciente, não é?

Tess virou a cabeça e olhou pela janela.

— Desculpe. É como eu falei... Estou tendo dificuldade em admirá-la. — E em imaginar qual seria a verdade, acrescentou ela em silêncio.

— Ora, você nunca será um dos cachorrinhos de colo dela. Por favor, entenda. Ela está passando por uma fase horrível e não quer encarar o que está acontecendo. Escute, os clientes estão se afastando. Lucy acha que é por causa da publicidade negativa, mas não tenho tanta certeza assim. Tivemos mais cancelamentos ontem. Estou tentando segurar Mary Pickford, mas ela tem sido um pouco evasiva. Se o desfile de Lucy for um desastre aqui em Nova Iorque, isso vai afetá-la terrivelmente em Paris e Londres, e ela não está preparada para isso. — Elinor estendeu a mão para segurar a de Tess. — Tenha um pouco de compaixão, Tess. Eu sei que ela tem sido ingrata e vem criticando você, mas precisa da sua ajuda.

— Como pode precisar de *mim*?

— Bem, as coisas talvez se compliquem.

— Sinto uma grande lealdade por ela — disse Tess devagar. — Mas receio que ela esteja tentando me transformar em algo que não sou. No navio ela falou em me cortar em pedaços, como se eu fosse um corte de tecido, para me rearrumar de um jeito diferente.

— E isso incomoda você?

— Naquele momento não incomodou, mas agora, sim.

Elinor riu.

— Você não percebe, querida? Ela é seu Pigmalião.

— Não sei do que você está falando.

— Não importa, é um velho mito. Agora, mudando de assunto... quanto esse marinheiro é importante para você?

A pergunta a pegou de surpresa.

— Somos amigos, ou pelo menos achei que éramos — disse ela, estranhando a sua própria reserva. Aquilo soou rígido, frio, distante. Não era suficiente. — E não quero que nada de ruim aconteça com ele. Ele é um homem honrado.

— Bem, fique tranquila. Os homens honrados sobrevivem. — Elinor bateu no vidro com a ponta da unha. — Farley, deixe-nos na Macy's. — Ela se virou com ar alegre para Tess. — É uma loja maravilhosa, você vai gostar. Pertence à família Straus, sabe?!

Tess a olhou sem entender.

— Isidor Straus, minha cara. Ele e a esposa afundaram com o Titanic.

Quando elas voltaram horas depois, encheram o automóvel de caixas com guardanapos e toalhas de mesa de linho. Para Tess, a experiência de caminhar por aquela imensa loja tinha sido impressionante. Centenas de metros quadrados repletos de roupas e uma enorme variedade de mercadorias; gente animada passeando; vendedores buscando roupas maravilhosas dos estoques; garotas provando luvas empilhadas nos balcões; mulheres com paletós e saias de corte benfeito e simples caminhando, rodando as saias para exibir as panturrilhas...

— Entende agora o que eu quis dizer? — dissera Elinor a certa altura, fazendo um gesto na direção de uma senhora gorda bem--vestida que experimentava chapéus. — Ela não é cliente de Lucile. Tudo o que você vê aqui é *prêt-à-porter*. O futuro é isso, e não *chiffon* esvoaçante.

Na pressa de descarregar os pacotes, Tess demorou alguns minutos para ver Pinky de pé na frente do prédio do estúdio de Lucile, com uma roupa bem despojada, como sempre a mesma bolsa caída presa em um dos ombros.

— Não querem me deixar subir — declarou Pinky com um sorriso. — Lady Duff disse que não vai mais falar com nenhum repórter.

— Ah, ela só está ocupada — respondeu Elinor bem-humorada, abrindo a porta com os braços cheios de pacotes. — Suba, você pode conversar com Tess.

— Então agora você é a porta-voz dela? — perguntou Pinky, olhando para Tess com olhos arregalados. Coisas estranhas aconteciam: num minuto alguém estava de um lado; no seguinte, de outro. Conveniência.

— Claro que não — respondeu Tess depressa.

— Não, não. É que ela está por dentro de tudo sobre o desfile. Você veio aqui cobrir os preparativos, não é?

Elas já estavam no elevador. Já consegui chegar até aqui, disse Pinky a si mesma. Não adiantava fingir.

— Você é a irmã dela, certo? — perguntou Pinky para Elinor quando as portas se fecharam. — Acho que não fomos apresentadas. Sou Pinky Wade e estou cobrindo o inquérito sobre o Titanic.

— Ah, entendi. Então você veio aqui para deixar minha irmã catatônica. Não é uma boa ideia neste momento. — As portas se abriram para o *loft* e Elinor segurou-as, saindo do elevador. — Tess, coloque os pacotes na mesa e depois acompanhe a srta. Wade até lá embaixo novamente.

Mas Tess e Pinky já tinham saído e o elevador começava a descer. Ambas ficaram ali esperando que ele subisse novamente.

— Bem, acho que isto é o mais próximo que consegui chegar do refúgio secreto da grande estilista — comentou Pinky, olhando ao redor para o ateliê cheio de gente atarefada.

— Você já sabia o que Jim ia dizer?

— Não. Mas sei que foi difícil para ele.

— Sua matéria foi a melhor.

Pinky lançou-lhe um olhar agradecido.

— Fico feliz por você achar isso. Não é fácil ponderar as coisas, ainda mais quando eu sei no que de fato acredito e para que lado gostaria que tudo se encaminhasse.

— Ele está bem? — perguntou Tess. A pergunta a deixava vulnerável, mas podia ser feita. Ela e Pinky estavam do mesmo lado.

— Acho que sim. Mas quem quer ser chamado de mentiroso? Sullivan e Purcell não se ajudaram contando versões conflitantes. Amanhã vou escrever sobre os advogados que estavam presentes na sala de interrogatório. Imagine você que eles trabalham para o mesmo escritório de advocacia que cuida dos assuntos dos Duff Gordon. Que coincidência, não? — Os olhos dela continuavam correndo pelo ateliê. — Acho que os Duff Gordon tentaram manipular os depoimentos. Não posso provar nada, mas creio que sim.

As portas do elevador se abriram atrás delas, e as duas entraram. Pinky começou a remexer na sua bolsa.

— Desculpe, não consegui dormir muito na noite passada e estou bem atrapalhada, mais do que o normal. — Ela sacou um pente com alguns dentes faltando e passou-o displicentemente pelos cabelos. — É como Jim disse: as pessoas escolhem aquilo em que querem acreditar e declaram que é verdade, acho eu. Preciso de provas. Enfim, é isso que estou tentando fazer. Tem mais coisa nessa história e vou descobrir o que é.

— Gostaria que você estivesse errada — disse Tess devagar. — Mas talvez não esteja.

— Tess, você é de fato uma garota madura.

Tess sorriu ao ouvir essas palavras.

— Você precisa de um pente novo — disse ela. — E estou feliz por você ter voltado.

Pinky olhou para o pente com ar distraído.

— Talvez seja por isso que sempre estou com a mesma aparência desleixada. — Ela largou-o de volta na bolsa. Era hora de transmitir a mensagem mais importante. — Jim quer ver você. Quer muito.

— Então por que ele não veio me ver antes de partir para Washington? Ele sumiu sem dizer nada — retrucou Tess. Sua mágoa ainda não tinha passado.

— Mas ele tentou encontrá-la — devolveu Pinky. — Deixou uma mensagem no hotel. Você não recebeu?

— Não, não recebi. — Então ele não tinha se esquecido dela.

— Você não está com raiva dele por ter testemunhado?

— Por ter tido a coragem de dizer o que achava? Não. Como poderia ter raiva?

— Porque você parecia uma defensora ardorosa de Lady Duff, sabe? Ele acha que você não quer mais saber dele agora.

— Eu não poderia pensar assim — disse Tess. — Não quero que ele se magoe.

— Acho que ele está se saindo melhor do que os outros tripulantes. Tenho certeza de que os Duff Gordon mandaram seus advogados orientarem Sullivan. Você meio que ficou presa no meio dessa confusão, não é?

— Não é bem assim — disse Tess depressa.

— Você quer vê-lo quando ele voltar para Nova Iorque?

— Sim, é claro. — Ela esperava que Pinky, com sua intuição aguçada, não tivesse percebido o seu instante de hesitação. Porque, se tivesse, não poderia esclarecer suas verdadeiras aflições. Virou para escapar da curiosidade dos olhos de Pinky. — Preciso voltar lá para cima agora.

— Acho que não me convidarão nunca para subir lá — retrucou Pinky. — A menos que eu seja escalada para cobrir o desfile de moda.

*   *   *

Tess saiu do elevador e quase trombou com Lucile, que a chamou até seu escritório.

— Pelo que Elinor me disse, creio que terei de lhe dizer com todas as letras que a valorizo e quero que você seja feliz aqui. — Os braços de Lucile estavam cruzados diante do corpo, e sua voz era fria. — E que, caso contrário, você irá embora. É isso mesmo?

— Sim, é — disse Tess.

— Você desistiria do seu futuro aqui, e do seu apartamento?

— Eu encontraria outra maneira de construir meu futuro, se fosse preciso.

— Ah, uma faísca de ousadia, Tess? Dependeria das circunstâncias, acho. Mas eu lhe garanto que o que estou dizendo é a verdade. Eu de fato valorizo você, e não tenho intenção de arruinar seu marinheiro, embora ache que você conseguiria arrumar coisa muito melhor.

Imperiosa e conciliatória ao mesmo tempo. As duas se encararam, e Tess percebeu que seus joelhos não tremiam. Um bom sinal.

— Com uma condição.

Tess esperou, e Lucile continuou:

— Você precisa prometer que não fará nada para me arruinar.

— É claro — respondeu Tess.

— Bem... — Lucile parecia não ter certeza de como continuar.

— Melhor eu voltar ao trabalho — disse Tess com suavidade, e se virou para sair.

— Mudando de assunto, você está magra demais. Não está fazendo treinamento para ser modelo, sabe?

Agora foi a vez de Tess ficar sem palavras. Um pouco desconcertada, ela transferiu o peso do corpo de um pé para o outro, com a mão pousada na maçaneta da porta.

— Não ando com muito apetite ultimamente — disse ela por fim.

O humor de Lucile de repente se tornou exuberante e brincalhão.

— Bem, acho que estamos todos passando por um momento difícil. Então agora quero lhe falar de um desafio que acho que você vai adorar. Talvez não consiga cumpri-lo, mas você vai aprender muito tentando. Você seria capaz de desenhar um vestido, cortá-lo, costurá-lo e modelá-lo até o dia do desfile?

— Oh... — Tess recuperou o fôlego. — Minha nossa... Mas...

Lucile riu.

— Tess, adoro ver você surpresa.

Tess enrubesceu. Depois ficou desconfiada.

— Não tenho talento para isso ainda... Não sou experiente o bastante. Por que...?

— Responda à minha pergunta. Você seria capaz?

— Sim. Seria, acho que sim. Pelo menos... — e todo os anos de esperanças e sonhos foram parar na sua resposta — eu quero tentar.

— Então essa é a sua tarefa, querida. — Lucile deu um grande sorriso. — E se ficar bom... para seu governo, precisa ficar bom... eu vou apresentá-lo no desfile. Você e eu precisamos continuar a vida, não acha?

Elas saíram juntas do escritório e pararam de repente ao ver um homem estranho de boné, com jeito de entregador, à espera delas. Cosmo, com os lábios apertados, estava ao lado dele.

— Quem é esse homem, e quem o deixou subir? — perguntou Lucile enquanto o estranho colocava um envelope branco na mão dela, sem nenhuma expressão no rosto e erguendo ligeiramente a aba do boné, num cumprimento.

— Prepare-se, Lucy. — Cosmo deu um passo à frente. — E, por Deus, não fique histérica. O senador Smith lhe mandou uma intimação.

Lucile fitou o envelope.

— Como ele ousa? — sussurrou ela.

— Fofoca demais circulando pelos ares, suspeito eu. Ele não conseguiu evitar — disse Cosmo.

Lucile ficou branca, depois se virou para Tess com um olhar estranho de triunfo.

— Más notícias, Tess. Talvez você precise escolher de que lado está, no fim das contas.

Cosmo segurou o braço da esposa e guiou-a até o escritório. Fechou a porta na cara de Tess.

— Antes que você diga qualquer coisa, por favor, perceba que não estou berrando nem chorando.

— Devidamente observado — retrucou ele com um meio-sorriso.

Lucile passou a mão pela manga do seu blazer, irritada com uma pequena sujeira. Aquela cidade era imunda. Tirou o blazer e jogou-o no chão.

— Lucile. Sente.

— Não quero falar sobre esse senador metido e o que ele está tentando fazer comigo!

— Sente.

O rosto sombrio de Cosmo a advertiu para não contrariá-lo. Com relutância, ela sentou no sofá.

— Você consegue fazer todo esse horror parar? — implorou ela. — A única coisa que eu quero é fazer meu desfile de primavera, sair deste lugar horrendo e voltar para nossa casa na Inglaterra.

— Isso não vai parar. Achei que tivéssemos a garantia de Smith de que não seríamos arrastados para esse torvelinho, mas não se pode confiar nos políticos. Eles agem de acordo com o vento.

— Quando preciso prestar depoimento?

— Semana que vem. Ele vai transferir os interrogatórios de volta para Nova Iorque durante alguns dias, para que gente como nós não possa escapar. E, acredite em mim, as sessões estarão lotadas. — Cosmo começou a andar de um lado para outro, sem olhar para ela. Mantendo distância.

— Eu só vou responder o que eu quiser responder!

— Você vai dizer, palavra por palavra, aquilo que nossos advogados mandarem você dizer. Não vai falar nem uma palavra a mais, está me escutando? — A voz dele, dura e monocórdica, era a de um professor de adolescentes.

Lucile ficou espantada com a atitude enérgica dele, mas se recompôs rápido.

— Não me subestime, Cosmo. Posso orquestrar isso tudo. Vou me vestir para a ocasião. Um chapéu preto enorme e muito pó-de-arroz. Posso parecer bem abatida, se preciso for. Quando eu terminar meu depoimento, todo o país verá quanto fui vitimizada.

— Boa menina. — O sorriso dele apareceu de novo, dessa vez mais cansado. — Tudo o que Smith vai conseguir é uma retórica antibritânica. Mas tenho ainda uma outra má notícia. Haverá um inquérito na Inglaterra também, e nós dois seremos intimados a depor. Ainda não consegui fazer nada para impedir isso. O clima por lá certamente é de que somos um constrangimento para o país. Minha reputação deve estar destruída. — A voz dele ficou amarga. — Você acha que os jornais aqui foram perversos? Minha querida, espere só para ver o que está acontecendo por lá. Nós estamos entrando em um turbilhão.

Na Inglaterra? Impossível. A reputação dela era inatacável, contudo, nada parecia estar de pé.

— O que vamos fazer? — indagou ela.

— Estou mexendo alguns pauzinhos. Não haverá negociação quanto ao depoimento. Mas talvez possamos articular tudo a nosso favor.

— Claro que podemos. É um absurdo nos tratarem assim.

— Você vai ter de fazer mais do que ensaiar sua performance.

— O que quer dizer com isso?

— Aquele marinheiro também deve depor na Inglaterra.

— O tal de Bonney?

— Sim.

— Isso é completamente inaceitável.

— Acho que essa decisão não cabe a você.

— Veremos.

Cosmo a olhou com quase frieza.

— A comissão de investigação em Washington considerou o depoimento dele bastante crível, segundo me disseram. Pelo menos aqui você não terá de depor com ele na sala, só esperando para negar a história que você contar. Na Inglaterra vai ser pior. Sugiro que a partir de agora você não fale com ninguém sobre o naufrágio nem sobre nada que aconteceu aqui, está me entendendo?

— Por que você não diz logo? — pediu ela, furiosa. — Você acha que fui eu quem nos colocou nesta lama, não é verdade?

— Será que você não pode responder por si mesma? Precisa mesmo que eu responda?

— Não se esqueça de que você também estava naquele barco.

— E isso significa o quê?

— Meu caro marido, você não foi nenhum herói. — Ela virou as costas e respirou fundo para se acalmar. — Não vou deixar que eles me liquidem em um tribunal qualquer. Vou pensar em alguma coisa.

12

Quase uma semana de trabalho duro já tinha se passado. A mão de Tess doía. Ela estava segurando o lápis com força demais: o sinal de uma amadora. Chegou mais perto da mesa de desenho e suavizou o traço. Ela poderia desenhar as mangas com bainhas que havia feito em Cherbourg; isso iria funcionar. Pense no tecido fantástico, não pense na intimação feita a Lucile. Não pense em Jim. Olhou para a saia que estava esboçando. Deveria ser cortada em um tecido rígido, mas moldável; fique longe de *chiffon*.

Olhou se reclinou, olhando seu projeto com olhar crítico. Tomara. Todas aquelas longas horas, desenhando e redesenhando, mantendo com determinação a cabeça longe da sensação de que tudo estava se desmantelando. Lucile teria de depor na véspera do desfile, e a tensão no ateliê vinha crescendo cada vez mais.

Porém, ao fim de cada dia de trabalho, ela se levantava da mesa de desenho, despedia-se dos outros funcionários e entrava em outro mundo. O mundo de Jack.

Lá estaria ele, na porta da casa dela, cumprimentando-a com o chapéu, oferecendo-lhe o braço para levá-la a mais um restaurante elegante onde tudo cintilava e era lindo. Aos poucos, ela havia conseguido reunir algumas informações sobre ele. A sra. Brown tinha razão: ele estava se divorciando — e, segundo ele, não pela primeira vez. "Não considere isso uma mácula, eu aprendo devagar", dissera ele com bom humor, e ela sorrira, sem saber direito o que pensar daquilo.

Depois, em casa, olhando para o teto: onde estaria Jim? Será que ele apareceria para o depoimento de Lucile? Ou já estaria indo para o Oeste, esquecido dela? Ela precisava encarar a possibilidade de nunca mais vê-lo de novo por causa do bilhete não recebido, não respondido.

Na manhã seguinte ela estaria de volta à mesa de desenho, afastando os dois homens do pensamento e se concentrando no desafio mais difícil que ela já tinha enfrentado.

E agora era o final do quarto dia. Uma pontada de dor; ela esfregou os dedos. Estava fazendo aquilo de novo, segurando o lápis com força demais.

• • •

— Ela está levando a coisa a sério — disse Elinor para a irmã enquanto observavam Tess do escritório de Lucile.

— É bom mesmo, depois do que aquele amigo marinheiro fez comigo.

— Não desconte nela. Tess está no meio do fogo cruzado entre vocês.

— O projeto dela está razoável, até agora.

Elinor levantou uma sobrancelha e observou Lucile.

— Sabe que eu acho que você está mesmo falando sério?

— E por que não estaria?

— Se estivesse com outro ânimo, minha querida irmã, talvez você tivesse dado essa oportunidade a alguém só para ver com que rapidez a pessoa quebraria a cara... e voltaria rastejando para os pés da invencível madame.

— E o que você acha agora?

— Acho que você quer que ela se saia bem.

Tess ergueu o olhar justamente nesse instante e viu as duas mulheres observando-a. Lucile fez-lhe um breve aceno de cabeça, Elinor sorriu.

Elas acham que eu consigo fazer isso, pensou Tess. E consigo mesmo.

. . .

Estava tarde. Os pés dela doíam ao pisar na calçada. Por que não entrar num daqueles bondes que seguiam na direção de sua casa? Um deles estava vindo, com o sino tocando e as pessoas amontoadas lá dentro e nos degraus, equilibrando-se como podiam. Como se fazia isso? Ela puxou a saia com uma das mãos, saltou para dentro e agarrou uma trave com a outra, quase caindo quando o bonde arrancou para a frente.

— Você precisa de treinamento — comentou uma garota, rindo, segurando um chapéu.

Uma mulher que carregava um saco de maçãs correu para pegar o bonde.

— Vá mais devagar! — gritou ela.

O motorista, com um grito irritado para a mulher se apressar, desacelerou o suficiente para que ela, sem fôlego, conseguisse embarcar. Ela ergueu a saia, quase tropeçou no tecido, mas conseguiu subir.

— Nossa, isso foi perigoso — comentou Tess para a passageira ao lado.

— Perigoso? Meu amor, é o que fazemos o tempo todo — retrucou a mulher.

— Ela poderia correr mais rápido se estivesse usando uma saia mais curta.

A mulher fez um muxoxo.

— Saia mais curta? Não é coisa de uma mulher respeitável.

. . .

Tess saltou do bonde na parada perto de seu apartamento, esperando tomar uma reconfortante xícara de chá quente antes de Jack chegar

— um intervalo entre os dois mundos em que ela estava vivendo. Ela não iria ficar remoendo o que podia acontecer no interrogatório e no dia seguinte — o coração dela deu um pulo — cortaria o vestido.

— Srta. Collins?

Um homem de chapéu-coco se aproximou dela, os saltos dos sapatos fazendo barulho ao bater na calçada. Ela não o tinha visto.

— Por favor, deixe eu me apresentar. Sou Howard Wheaton, secretário do sr. Bremerton. — O homem cumprimentou-a com um toque na aba do chapéu e estendeu-lhe um buquê de flores. — Ele me pediu para entregar as flores para a senhorita com este bilhete. Disse que lamenta por não vir entregar pessoalmente, mas tinha assuntos importantes no centro da cidade.

Tess nunca havia recebido um buquê. Apanhou-o e sentiu a deliciosa fragrância dos lilases e das rosas.

— O bilhete?

— Claro. — Ela corou ao abrir o pequeno envelope colocado entre as flores: "Sherry's às 22h30?" Frank escrevera.

— Sua resposta?

— Por favor, diga ao sr. Bremerton que estarei lá.

— Obrigado, ele ficará satisfeito. Um carro virá apanhá-la.

Ela assentiu e, sorrindo, observou o diligente sr. Wheaton se afastar.

• • •

Tess foi conduzida a uma saleta privativa. As paredes estavam cobertas por prateleiras repletas de livros, e as encadernações de couro deixavam um aroma delicioso no ar.

— Quero passar todas as noites com você — disse Jack ao vê-la entrar, levantando-se de uma cadeira perto da porta enquanto colocava alguns documentos em uma valise. — Desculpe por não ter levado as flores pessoalmente. O trabalho me impediu.

— O automóvel do sr. Ford? — perguntou ela.

— Não quero entediá-la com assuntos de trabalho.

— Mas assim eu aprendo muitas coisas.

— Você está fingindo interesse, e eu a adoro por isso. — Com naturalidade, ele se inclinou e beijou-a suavemente na orelha.

— E se um garçom entrar? — perguntou ela, nervosa.

— Eles têm ordens para só entrar quando eu tocar a sineta.

Jack segurou a mão dela e acariciou-a. Seu rosto parecia cansado; sua testa tinha uma ruga que ela não havia notado antes e que o fazia parecer mais velho. Mas seu toque era firme. Tão seguro.

— Preciso ir para a Califórnia — disse ele.

— Você vai voltar? — perguntou ela, com o coração acelerado.

— Sim, mas pode demorar um pouco. Não gosto de ficar longe de você. — Ele envolveu o queixo dela com a palma da mão e virou-o em sua direção. — Você poderia vir comigo.

Tess prendeu a respiração, surpresa.

— Impossível.

— Tem certeza?

No silêncio que se seguiu, ela ouviu o tique-taque de um relógio na parede. Depois a mão dele apertou a dela. E ela se deu conta de que... sim, poderia haver uma resposta diferente. Não queria que ele fosse embora. Hesitou.

Jack sorriu, reclinando-se para trás.

— Eu sei, Tess, que você não é esse tipo de garota. Mas não seria divertido? Eu poderia lhe mostrar uma vida maravilhosa por lá.

— Estou certa disso, mas... tenho trabalho aqui.

— Certo, esqueça essa ideia. Sou um homem impulsivo. Ao menos é o que muita gente já me disse. Mas agora é diferente. Eu sabia que você era extraordinária desde o momento em que você entrou na ponta dos pés na academia do Titanic. Tive vontade de levantar daquele camelo bobo, mas você não deixou. Era a única coisa que eu podia fazer para não beijá-la. — Ele riu. — Eu soube naquele momento que você é quem iria mudar meu comportamento errante.

Será que ele estava brincando?

— Preciso ir para casa logo, está muito tarde — disse ela, esperando não parecer orgulhosa.

Ao olhar ao redor — os livros, a luz das velas, a privacidade —, ela percebeu que ele estava puxando-a mais para perto, mas o gesto não pareceu inadequado.

E então eles já estavam juntos no sofá de veludo, todo o pretenso interesse no jantar desaparecido. Ele começou a acariciar seus longos cabelos escuros, enrolando-os nos dedos, passando suavemente o rosto nas mexas que se soltaram. Depois ficou frustrado quando tentou recolocar o pente que segurava seu penteado.

— Deixe que eu faça isso. Não posso sair deste restaurante sem uma aparência respeitável.

— Sabe como eu gostaria de vê-la? Com seus cabelos compridos vestindo você... e nada mais.

Ela fechou os olhos. Um homem tinha acabado de dizer isso para ela — um homem como nenhum outro, alguém que ela não precisava estapear na mesma hora e denunciar, a quem ela poderia ou não dar a permissão de dizer esse tipo de coisa. Ela tinha uma escolha, e era maravilhoso. O que havia de fascinante naquele homem? Sua confiança. Havia segurança ali... era isso? Nenhuma preocupação, um refúgio. Ela fechou os olhos e deixou que ele a beijasse.

• • •

Tinha dormido tão pouco. Suas costas doíam quando ela se inclinou diante da mesa de corte na manhã seguinte, com uma tesoura na mão. A versão em musselina do seu vestido havia dado certo. A inclinação da costura do corpete precisava de ajuste, mas parecia boa. Mesmo assim, ela hesitou. Diante dela na mesa estava a linda seda moldável cor de creme que ela tinha escolhido — um tecido que, cortado corretamente, seria macio e encorpado ao mesmo tempo. Um dos tecidos mais luxuosos do estoque generoso de Lucile. Ela não poderia errar.

— Você gostaria que uma das cortadeiras fizesse essa parte? — perguntou James com gentileza.

Tess levantou os olhos e viu um punhado de funcionárias de Lucile — costureiras, cortadeiras, modistas — reunidas ao redor da mesa para assistir. Vários sorriam, hesitantes.

Olhou na direção do escritório de Lucile, perguntando-se onde ela estaria. Lucile passara ali rapidamente um pouco mais cedo e murmurara algo sobre uma reunião com seus advogados. Tudo estava acontecendo ao mesmo tempo. Tess estava sozinha ali, assim como estivera ao consertar o vestido de noiva de Lucile, e isso a deixava apreensiva.

— Obrigada, mas acho que consigo — respondeu ela. Torceu para que sua mão ficasse firme. — Lá vamos nós.

Tess cortou o tecido com um movimento seguro, fazendo com que a tesoura deslizasse pelas linhas desenhadas com apenas algumas poucas paradas para ajustes. O tecido estava se separando lindamente, com precisão. A confiança dela aumentou enquanto cortava as mangas. Contava que houvesse tecido suficiente para fazer o trabalho elaborado de pregas que havia imaginado.

Enquanto cortava a última peça, o silêncio ao redor da mesa irrompeu em palmas.

— Ótimo trabalho — elogiou James, sorrindo. — É preciso muita coragem na primeira vez em que se corta um tecido como esse.

Era mesmo. Agora, sentada ali, com a tesoura ainda na mão, sentia-se como se estivesse no topo de uma montanha, enquanto as costureiras que ela havia escolhido começavam a alinhavar o vestido.

— Tess... — James a chamou do outro lado da mesa. — Olhe isto. — Ele segurava uma pecinha de metal com um formato curioso.

— O que é?

— É um fecho sem gancho. Observe. — Ele puxou um pedaço chato de metal, expondo o que pareciam ser dentes intercalados, depois puxou-o de volta para cima, fechando como que por mágica o espaço com os dentes unidos de modo alternado. — O vendedor disse que é possível costurar este fecho em coisas como cintos para dinheiro e coletes salva-vidas. O que você acha?

Tess segurou o fecho em sua mão, fascinada com a facilidade com que ele abria e fechava. Será que ele acrescentaria corpo ao vestido? Difícil saber. Poderia dar certo, porém. Ela correu os dedos pelos minúsculos dentinhos de metal, fascinada.

Os olhos de James brilharam.

— Sabia que você ia se interessar — disse ele.

Só horas depois Lucile irrompeu do elevador, marchando para dentro do ateliê acompanhada por uma decoradora que estava ocupada rabiscando anotações enquanto ela lhe atirava instruções.

— As flores precisam ficar lindas sob luzes azuis. Não traga *nada* que fique verde ou amarelo, está entendendo? — disse ela. — Não vou tolerar isso. Não esqueça os vasos. Devem ter um metro e meio de altura, não menos, e... — Ela olhou com impaciência para Tess, que a interrompera.

— Meu vestido está cortado e alinhavado. Quer vê-lo? — perguntou Tess.

— Ótimo — disse Lucile com um aceno apressado. — Olharei mais tarde. Você trabalhou duro, querida. Tire o dia de folga amanhã. — E, com isso, ela e a decoradora entraram no escritório, isoladas pelos vidros.

Foi desanimador, como se de algum modo Lucile a tivesse dispensado. Tess endireitou os ombros e chamou a modelo que havia acabado de se enfiar no vestido alinhavado com todo cuidado.

— Ande na minha direção — pediu ela.

Não conseguiu deixar de conter a respiração. Sim, o vestido se movia exatamente como ela havia imaginado: a seda cor de creme se desdobrando em vários tons, tão sutis quanto uma onda quebrando na areia. As mangas precisavam de mais pregas, mas isso não era um problema; o tecido estava lá. Porém, algo a incomodava.

— Como você se sente caminhando com esse vestido? — perguntou ela à modelo.

Obviamente surpresa, a modelo gaguejou uma resposta.

— Eu gostei dele, não me sinto presa em gaze e renda. — No mesmo instante a jovem enrubesceu, obviamente assustada por sua crítica ao estilo de Lucile.

— Tudo bem — disse Tess com simpatia. — Eu entendo o que você quer dizer.

— Só uma coisinha, já que você está perguntando.

— Sim?

— Este é um vestido para o dia, está ótimo. Mas eu odiaria que ficasse preso numa porta de trem.

Tess fitou sua criação, lembrando-se da mulher que entrara no bonde. Pegou a tesoura que estava sobre a mesa. Não precisava pensar demais a respeito; sabia o que queria. Em questão de minutos, estava feito: vinte centímetros de tecido precioso cortado da bainha. Se fosse mais corajosa, teria tirado vinte e cinco.

— Vai ficar pronto a tempo para o desfile. Mal posso acreditar — comentou para James.

— Nós nunca duvidamos disso — retrucou ele. — Foi um longo dia, Tess. Está na hora de ir para casa.

O vento soprava forte quando ela saiu do edifício Flatiron, levantando a barra de sua saia enquanto ela caminhava. Tess se divertiu ao ver os homens se juntando ali perto na esperança de dar uma espiada em um ou dois tornozelos. Um policial estava a postos na esquina e ordenou que os bisbilhoteiros seguissem seu rumo, já que ninguém podia fazer nada a respeito do vento. Isso não seria mais necessário quando as mulheres tivessem coragem o bastante para encurtar seus vestidos.

Um homem estava de pé nos degraus do edifício dela. Jack? Tess se aproximou e notou que ele segurava um cigarro em uma das mãos, enquanto a outra corria inquieta pelos cabelos de reflexos dourados.

Não, não era Jack.

Ele a viu e sorriu. Oh, como tinha sentido saudade daquele sorriso.

— Tess.

— Olá, Jim.

— Bem, está feito.

— É, eu sei.

— Fiz o que devia. Tentei lhe contar antes, mas acho que àquela altura você já sabia o que estava acontecendo e decidiu que não queria me ver mais. — Os olhos dele estavam contidos, mas firmes: tão profundamente azuis. — Enfim, agora estou aqui para perguntar o que isso me custou.

— Pinky contou que você me enviou um bilhete, mas eu não o recebi — disse Tess.

— Não recebeu? — Ele parecia surpreso.

— Não — respondeu ela. — Não sei por que não recebi. Achei que você tivesse apenas se esquecido de mim. Ou então...

Uma luz nascia nos olhos dele.

— Ou então que eu tivesse conversado com Pinky para ela escrever aquela matéria sem ter lhe contado nada?

— Sim.

— A única coisa que eu queria era dar um passeio com você pelo parque em uma daquelas carruagens chiques — disse ele com suavidade. — E lhe contar que iria a Washington, mas que voltaria.

— Eu teria gostado disso — disse ela.

Ele lhe deu um sorriso melancólico.

— Eu fiquei torcendo para você aparecer. Aqueles cavalos me conheciam como velhos amigos quando eu fui embora. Acho que os Duff Gordon interceptaram o bilhete. Mas pelo menos agora eu sei que você não me deixou esperando.

— Isso nunca iria acontecer — disse ela depressa.

— Você teria entendido? Que eu tinha de dar meu depoimento?

Ela não precisou de tempo para formular uma resposta.

— Você disse o que acredita sinceramente, o que é mais que os outros fizeram. — Ela estendeu a mão para ele. — Isso não lhe custou minha amizade, se é o que quer saber.

O olhar de alívio no rosto dele atravessou fundo o coração dela. Tess não sentia vontade de se mexer, nem quando ele estendeu a mão e os dedos dos dois se tocaram. Nem mesmo quando, ali de pé, ele lentamente levou a mão dela até o rosto dele e a beijou com ternura. Com suavidade, ela se desvencilhou, com a mente em um turbilhão.

— Podemos caminhar um pouco? Talvez irmos a outro parque no seu bairro bacana, mas não tão chique... — Os olhos dele estavam iluminados agora, não exatamente felizes, mas aliviados.

— Claro — respondeu ela. A sensação da sua mão envolta pelos dedos dele tinha sido tão boa. Ela não esperava por isso.

Jim andava com passos largos, e ela concentrava-se para acompanhá-lo. Ele falava depressa, contando suas impressões sobre Washington, parecendo ansioso para compartilhá-las. Parou quando eles entraram em um parque e se abaixou para apanhar uma castanha. Depois, rindo, atirou-a na direção de um esquilo que corria. Eles precisavam falar logo.

— Continuo com Lucile — declarou ela.

— Eu sei. E não culpo você.

O rosto dela corou e ela olhou para o chão.

— Pare de ficar se culpando, Tess.

— Estou dividida...

— Acha que é a única? Que está dividida entre escolhas? Todos nós vivemos isso.

— Jim, o comitê a intimou para depor.

— Acho que não fico surpreso. Ela está obrigando você a escolher um lado?

— Por que as coisas precisavam ser assim? — explodiu ela, com os olhos se enchendo de lágrimas.

Jim atirou outra castanha sem olhar para ela.

— Se precisar se afastar de mim para conservar seu emprego, eu vou entender — disse ele. — Posso aguentar tudo, desde que eu saiba que você é minha amiga.

— Eu sou — disse ela com fervor. — Sou e sempre serei.

Eles caminharam num silêncio à vontade até Jim parar e virá-la na direção dele.

— Tenho uma boa notícia — disse ele. — Uma notícia boa mesmo. — De repente ele quase parecia tímido.

— Qual é?

— A sra. Brown, a sua aliada no bote, lembra?

Tess assentiu, esperando.

— Ela me viu esculpindo durante o inquérito em Washington e começou a elogiar meu trabalho, de um jeito bastante exagerado. Achei que ela fosse meio maluca.

— Ela não é nem um pouco maluca — disse Tess depressa.

— Estou tentando ser modesto, ok? — Ele sorriu e atirou outra castanha, fazendo o esquilo incansável correr atrás dela. — Enfim, seja como for, ela gostou do que viu e encomendou uma peça especialmente para ela. — Ele olhou de relance para Tess, com ar provocador. — Uma versão maior, na verdade, da peça que esculpi para você. Ela quer o navio inteiro. Não sei para quê.

— Você quer dizer uma réplica do Titanic? — Tess não tinha certeza de como se sentia a respeito.

— Sim.

— Isso é maravilhoso, Jim, mas não lhe provoca pesadelos relembrar o navio?

— Não — respondeu ele, devagar. — É até um pouco curativo, na verdade. Enfim, ela arranjou para mim algo ainda melhor que isso. — Ele pigarreou e encarou-a de frente. — Minha cara srta. Collins — disse ele, com uma reverência exagerada —, você está olhando para alguém descrito como um mestre artesão por uma dama empolgada capaz de fazer qualquer coisa acontecer. O melhor de tudo, para mim: um emprego.

— Isso é fantástico! — disse ela, rindo. — Absolutamente fantástico.

— Então... e não se esqueça de que está olhando para um *futuro* "mestre artesão"... este escultor londrino agora tem um emprego em uma oficina de carpintaria. Um lugar ótimo, um salário ótimo. — Ele estava falando depressa agora. — O lugar é sensacional. Eles têm as melhores ferramentas para esculpir que eu já vi, e farei trabalhos especiais para eles: alto-relevos, em espelhos e coisas assim. Extrair da madeira um rosto ou imagem... adoro isso. O que... — Ele parou na mesma hora e deu um tapa na testa. — Onde estou com a cabeça? Quer vir comigo para ver onde é?

Um instante de hesitação e então Tess assentiu, tomada pela empolgação dele. Ele apressou o passo, e ela quase precisou correr para acompanhá-lo.

— Adivinhe só! Lucile me deixou desenhar um vestido para o desfile! — comentou ela sem fôlego. — Estou trabalhando com tecidos maravilhosos e é muito emocionante...

Ele parou de repente, virou-se e levantou-a pela cintura, rodando-a no ar.

— Que notícia ótima! Olhe só para a gente, os dois encontrando o que queremos! Meu Deus, isto é maravilhoso, não é?

— É — respondeu ela, rindo, ainda sem fôlego, sem querer que ele a soltasse. Como ela podia sentir aquilo com tanta intensidade...? E Jack?

Suavemente ele a colocou no chão, tomou a mão dela de novo e eles continuaram a andar. A lembrança da primeira vez em que as mãos dos dois se tocaram no Carpathia irrompeu daquela intimidade sem palavras.

— Esse emprego na oficina significa que você vai ficar por aqui? Não vai mais para o Oeste? — perguntou ela.

— Vou ficar aqui por enquanto. Talvez mais tarde, quem sabe... Estou em uma oficina sindicalizada, portanto posso trabalhar nos sindicatos aqui mesmo. É bom ser flexível, principalmente quando se tem motivos para não partir. — Ele lhe deu um sorriso rápido, depois olhou ao redor, como se só agora percebesse onde estavam. — Já ouvi falar deste lugar — disse ele. — Union Square. Muitas manifestações ocorrem nesta praça. Um bom lugar em um bom país. — Por fim, alguns metros mais à frente, ele parou e apontou. — Ali está — disse ele.

Tess viu um edifício meio antigo localizado entre duas hospedarias. Jim segurou a mão dela, abriu a porta da oficina e parou quando eles entraram, inspirando fundo.

— Sente o cheiro doce da madeira? — perguntou ele. — Adoro esse cheiro.

Tess assentiu. Era um aroma delicioso, terroso, muito confortante. Não havia nenhum traço de umidade ou frio, nenhum vestígio de maresia. O chão estava coberto por raspas de madeira, algumas finas como papel, outras enroladas como os cachos do cabelo uma mulher. Uma serragem fina cobria uma mesa comprida e gasta de carvalho onde havia um monte de ferramentas. Ela nunca vira nada semelhante.

— Dá para fazer qualquer coisa com essas ferramentas — explicou Jim, apanhando uma delas. Ele apontou para um pedaço de madeira. — Aquilo é a moldura de um espelho. É nela que estou trabalhando agora. — E mostrou para ela um espelho barroco elaboradamente ornado que estava pendurado ao lado da mesa. — Aquele é meu modelo.

— Onde está o Titanic?

— Venha ver. — Ele mais uma vez tomou a mão de Tess e juntos andaram até os fundos da oficina. Jim cumprimentou e brincou com alguns dos funcionários. Dava para ver que ele já se sentia à vontade naquele lugar.

— Ali está. Mal comecei, na verdade. Tenho muito que fazer ainda.

Quase com medo, Tess fitou o navio. As quatro chaminés, bem entalhadas, lhe provocaram um arrepio. Como tinham sido grandiosas e fascinantes.

— Pode tocar, Tess. Não tem problema.

Com um dedo, ela acompanhou a curvatura de um dos botes salva-vidas finalizados. Pequenino e imóvel, mas uma réplica perfeita. As cordas o amarravam com firmeza, não o deixando deslizar para o convés. As escadas delicadamente esculpidas que levavam à torre de vigia, onde não havia nenhum binóculo... Ela tocou a popa, a última parte do Titanic que todos eles haviam visto.

O que aprendi com isso?, perguntou-se ela. O que isso me ensinou?

— Tenho muito que fazer para deixar perfeito — explicou Jim, a seu lado.

— Jim, está maravilhoso. — Ela não conseguia tirar os olhos da réplica. — Onde estávamos quando nos conhecemos?

Ele apontou um ponto próximo a um dos botes. Por um instante, os dois o fitaram em silêncio, sem dizer nada. Então Jim falou baixinho:

— Eu lhe disse uma vez que não achava que éramos tão diferentes, e vi nos seus olhos que você não concordava comigo. Espero que essa opinião tenha mudado.

Direto e sincero. Apesar do tumulto em seu coração, ela deveria ser direta e sincera também. Mas como? O que ela poderia dizer?

Ele pousou as mãos suavemente nos ombros dela e a virou, para que o encarasse.

— Preciso ver seus olhos — disse ele com tanta ternura que ela não pôde dizer mais nada. — Vou beijar você, Tess Collins. É algo que eu queria fazer desde nosso passeio pelo parque.

Ela não conseguiu se conter. Os braços dele ao seu redor, os lábios sobre os dela, a poderosa sensualidade do toque de Jim — por um longo momento, ela retribuiu à volúpia dele, envolvendo-lhe o pescoço com seus braços, tocando seu cabelo macio e despenteado. Ele sussurrou em sua orelha, depois voltou a procurar seus lábios. O que ela estava fazendo? Ela o afastou.

— Não, não. Jim, estou confusa demais.

— Desculpe... Fui rápido demais?

— Não, não é isso.

— Tess, tem tanta coisa que quero lhe dizer. — Ele falava depressa de novo. — A única coisa em que tenho pensado há dias é em construir uma vida nova neste país com você. — Ele mostrou-lhe as mãos, com as palmas voltadas para cima. — Estas são minhas ferramentas, meu passaporte para coisas melhores, exatamente como as suas. Tess, nosso futuro está aqui. — Ele tocou o queixo dela, olhando em seus olhos com uma expressão tão esperançosa que era doloroso para ela. — Pode pelo menos pensar na ideia de nós dois juntos?

Pronto, ali estava, como uma luz cálida, uma parte enorme dela desejando responder, dizer que sim. Mas outra parte recuou, olhando em outra direção. Como ela poderia saber, como poderia ter certeza de alguma coisa naquele momento?

— Acho que isso é maravilhoso, e você é maravilhoso, e tenho uma ligação com você que não terei com mais ninguém na minha vida — foi o que ela conseguiu dizer. Depois parou.

Levou algum tempo, mas as cores no rosto de Jim aos poucos o abandonaram.

— Você está dizendo que não?

— Estou dizendo que não tenho certeza.

Ele ficou imóvel, como se tivesse levado um tapa no rosto.

— Para mim, parece um não. Foi porque eu dei aquele depoimento?

— Não, não, eu admiro você, fui sincera quando disse isso.

— Eu nunca comprometeria você, Tess. Talvez eu esteja supondo coisas demais, rápido demais...? Desculpe, posso esperar.

Ela tentou pensar no que dizer.

— Ou... existe outra pessoa?

Ela assentiu, devagar.

Uma pausa.

— Será que eu deixei de perceber algum sinal? — A voz dele tremia ligeiramente. — Nunca imaginei. Eu me enganei a nosso respeito?

— Não havia ninguém antes, por favor, saiba disso. Mas...

— Mas agora existe.

— Sim — sussurrou ela.

Ele recuou, parecendo tão chocado que ela foi obrigada a recuar a mão que estendia para tocar a dele. Ela não conseguiria mesmo tocá--la. Entristecida, ela viu a luz nos olhos dele sumir. Ele estava recuando... como ela poderia esperar algo diferente? Ele manteve as mãos caídas ao lado do corpo.

— Me perdoe por ter suposto coisas demais.

— Estou muito confusa e não quero feri-lo — disse ela. Palavras idiotas que não diziam nada. Ela tinha feito exatamente o que não pretendia, deixara-o magoado.

— Acho que isso não depende de você.

— Mas eu sinto do mesmo jeito.

— Não vai fazer bem nem para mim, nem para você — disse ele. — Olhe, eu imaginei coisas demais.

— Tanta coisa aconteceu rápido demais... Oh, Jim...

— Tudo bem — disse ele, mecanicamente. — Mas preciso ir agora. — Ele enfiou as mãos nos bolsos, olhou para o chão. — Eu acompanho você até sua casa. Logo vai escurecer, e é melhor você não andar por aí sozinha.

— Não, tudo bem se você precisa ir. Posso ir sozinha.

Ele desviou os olhos, quieto por um instante. Uma brisa leve balançou as árvores e despenteou os cabelos dele. Quando Jim falou, seu tom era ao mesmo tempo seco e curioso.

— Posso muito bem perguntar então, acho. Você realmente acredita que não passo de um garoto de interior?

— Como...?

— Como eu sei? Sua Lady Duff espalhou isso aos quatro ventos pelo Carpathia. — Ele deu de ombros. — Mas isso não importa mais. Eu não ia querer que você tivesse vergonha de mim. Seríamos um casal esquisito.

— Não tenho e nunca poderia ter vergonha de você — balbuciou ela.

— Legal ouvir isso...

— Por favor, Jim. Temos algo importante entre nós, uma amizade, não vamos destruí-la.

Dessa vez ele a fitou indignado.

— Você está mesmo me pedindo isso? Que eu simplesmente estale os dedos e, pronto, mude meus sentimentos por você?

— Não, não... foi besteira...

— Acho que preciso andar um pouco. Boa sorte — disse ele. Virou as costas para ela e, com os ombros curvados sob o peso da mágoa, se afastou.

Olhe para trás, pensou ela. Por favor, Jim. Mas ele não olhou. Ela deu meia-volta e caminhou devagar na direção oposta, pisando sobre as raspas de madeira, sentindo o cheiro doce daquele lugar. Ela acabara de perder algo imenso, que deixava um buraco no seu peito. Ah, se ela pudesse ter mais tempo para pensar! Mas o que isso queria dizer? A única coisa que ela tinha certeza agora é que não dava mais para manter dois homens em compartimentos separados do seu coração.

. . .

Jack esperava em frente ao prédio dela num Buick azul-escuro, cujo motor ligado girava impaciente, os faróis prateados acesos. Por quanto tempo ele estaria esperando? Tess caminhou devagar, ao mesmo tempo aliviada por vê-lo e ansiosa para ter algum tempo sozinha. Não estava pronta; precisava entrar em seu apartamento, fechar a porta e recuperar o fôlego.

Ele saiu do carro, inclinou-se para a frente e beijou-lhe, com olhos desconfiados.

— Talvez você não queira me explicar nada — disse ele. — Mas preciso saber onde estou pisando.

Tão cortês. Jack sempre a tratava como alguém digna. Ela já se sentia mais calma.

— Você me viu com aquele homem do bote número um que queria voltar para o navio — disse ela.

— Ele deve ser um homem muito corajoso.

— Ele é. — Os olhos dela mais uma vez estavam marejados.

— E ele ama você... estou certo?

Ela assentiu.

— Por que está chorando, Tess? — A voz dele era tão suave. Não ansiosa, não irritada, não desafiadora.

— Não estou. Tudo aconteceu tão rápido.

— Talvez você consiga explicar.

— Eu o recusei. — Que expressão mais fora de moda e dissimulada. Os ombros de Jack, visivelmente tensos, começaram a relaxar.

— Tem certeza? — perguntou ele. — Eu vi como você olhava para ele. Não vou ficar no caminho de algo que você queira, mas eu preciso saber.

— Tenho certeza. — Ela ouviu a própria voz, tão fraca. Nada que saía da sua boca parecia claro e seguro.

— Talvez você só queira ter certeza.

Ela cobriu o rosto com as mãos.

— Como você pode ser tão sábio? — perguntou ela.

Ele suspirou.

— Experiência. Demais até, na verdade. — Ele fez uma pausa, depois prosseguiu. — A incerteza não é ruim. Eu gostaria de poder desacelerar as coisas, mas não consigo. Posso abraçar você?

Ela precisava saber mais, ir devagar. Mas, nos braços dele, tudo parecia desaparecer. Era tão bom flutuar acima do chão, colocar de lado suas preocupações.

— Estou convidado? — murmurou ele, acariciando-lhe o pescoço com os lábios.

— Sim.

— Tenho uma proposta a fazer — disse ele. — Case comigo.

Tess congelou.

— Eu sei que é precipitado, mas procurei por muito tempo e já cometi minha cota de erros para saber que encontrei a pessoa certa.

— Mas você ainda está casado — disse ela.

— Os documentos do divórcio estavam prontos para ser assinados quando embarquei no Titanic. Você é cautelosa, Tess. — O sorriso dele era cálido e gentil. — Se eu me permitisse a timidez, não estaria onde estou hoje.

— Não sou tímida... estou só surpresa.

Ele ergueu uma sobrancelha.

— Então onde está a garota corajosa e aventureira que conheci no Titanic?

— Não quero me casar, ainda não — soltou ela. Podia ver o rosto da sua mãe, ouvir suas advertências. — Eu sei o que está acontecendo. Já lhe disse, eu quero trabalhar, quero...

Jack riu.

— Não estou pedindo para você escolher — explicou ele. — Sou um dos poucos homens que você vai encontrar por aí capazes de lhe dar a vida que quer levar. Você pode ter tudo. Duvida?

Ela fez que não.

— Então, qual o problema?

Era fácil demais, esse era o problema. Ela o trouxe para perto, incapaz de dizer aquilo.

— Preciso pensar a respeito — sussurrou ela.

13

Pinky mal enxergava através da neblina e da chuva enquanto aguardava em frente ao imponente escritório da Dunhill, Brougham e Picksley na rua 57. Montar guarda era a parte mais chata do seu trabalho, mas aquela não devia durar muito mais tempo.

A porta gigantesca subitamente se abriu. Por ela saíram três homens.

Eu sabia, pensou Pinky com triunfo.

Sir Cosmo estava vestido, como sempre, com um terno de corte impecável, o bigode bem aparado. Ele conversava animadamente com os outros dois homens — um deles usava os mesmos óculos de que ela se lembrava durante os depoimentos no salão de conferências. Eles se despediram com um aperto de mãos e ela observou Cosmo se afastar.

Pinky se aproximou dos dois homens. O de óculos se retesou quando a viu.

— Olá — cumprimentou ela efusivamente. — Sei do plano de vocês, senhores. Acho que a única coisa que ainda não sei é quanto os Duff Gordon estão lhes pagando.

Tess ouviu a chuva tamborilando na janela de seu quarto e enfiou a cabeça sob as cobertas, desejando dormir sem os sonhos malucos que a haviam consumido a noite inteira. Não adiantou. Sentou-se na cama, grata agora por ter um dia de folga. Precisava disso. Mas a voz de Jack, sua persuasão, permanecia na sua cabeça quando ela por fim se levantou e colocou a chaleira no fogo. Ouviu gritos no apartamento ao lado, uma briga entre um homem e uma mulher. Na noite anterior, quando ela se deitara depois da meia-noite, tinha ouvido através da parede as molas da cama do casal rangendo insistentemente. Na sua casa, quando morava com os pais, era igual. Ela não queria levar uma vida daquela, raiva de dia e sexo no escuro, com muitos bebês e nenhum dinheiro.

E se houvesse bastante dinheiro? Qual seria o problema de se casar, então?

Ela serviu-se de chá e sentou à mesa. Jack podia ensiná-la sobre aquele país, conduzi-la pelas dificuldades que viriam. Ele estaria lá para protegê-la e fazer as coisas boas acontecerem. Ele vivia no topo do mundo, não lutava por um lugar ao sol. Ela poderia relaxar pela primeira vez na vida. E, se tudo aquilo tinha acontecido num piscar de olhos, não havia o que fazer. Não pense em Jim. Simplifique. Ele tinha razão; de certa maneira, os dois eram parecidos: estavam à beira de acontecimentos novos, sedentos e dispostos. Mas nenhum dos dois poderia ser o guia do outro. E não era isso que ela desejava agora?

Devagar, ela se vestiu. Faria um passeio até o centro, talvez até o Central Park. Qualquer coisa, qualquer lugar onde pudesse estar perto de outras pessoas. Ela gostaria de ter notícias de sua mãe, mas não tinha recebido nenhuma ainda. Aquilo lhe dava a sensação de que, naquele vasto país novo, não havia ninguém com quem ela pudesse trocar confidências.

Tess colocou as luvas, apanhou o guarda-chuva e saiu, batendo a porta com força, o que silenciou seus vizinhos briguentos. Ela estremeceu e apertou o casaco contra o corpo quando parou diante do mercado para comprar o jornal. Ela não conseguia mais se livrar do hábito de correr os olhos pelas manchetes, preparando-se para ver o nome de Lady Duff Gordon em algum novo escândalo.

Seus olhos pararam e se fixaram em uma pequena nota de dois parágrafos. Naquela mesma manhã haveria, no Carnegie Hall, um serviço fúnebre para Isidor Straus — o sócio daquela loja impressionante na Herald Square. Uma despedida especial para um homem distinto, dizia o jornal, cuja esposa escolhera permanecer no navio ao lado dele, em vez de deixá-lo morrer sozinho.

Ela fechou o jornal. Era para lá que deveria ir. Ela renderia homenagem a alguém que não conhecia, cujo destino tinha sido amarrado ao dela. Mortos ou vivos, ele e ela existiam em uma fraternidade comum agora, uma fraternidade a que nenhuma das pessoas a bordo do Titanic escolhera pertencer, mas que agora compartilhavam. Aquilo lhe dava uma sensação de pertencer a alguma coisa. Que ideia mais estranha.

Foi uma caminhada longa, mas que acalmou seu espírito. Quando ela chegou à rua 42, a chuva parou e o sol começou a surgir. Um jardim de guarda-chuvas com listras brancas e vermelhas subitamente ficou à vista. Mulheres com chapéus primaveris e homens com ternos de domingo se amontoavam ao redor de bancas de flores e barracas que vendiam linguiça e pimentões, enquanto crianças sentadas na rua assistiam a um espetáculo de marionetes. Claro, era uma festa de rua, com direito a banda e tudo. O violinista usava um boné vermelho e tinha um cabelo comprido que balançava e batia em sua bochecha enquanto ele tocava. Uma mulher de avental amarelo vendia um preparado gelado que era servido em diferentes cores e sabores. Curiosa, Tess se aproximou.

— *Gelati* — disse a mulher, sorrindo, ao ver seu interesse. — É melhor que sorvete.

Tess retribuiu o sorriso e abriu a bolsa para pegar umas moedas. Deu uma mordida no doce servido no potinho que a mulher lhe estendera. Um sabor delicioso e leve de chocolate. Então ela poderia fingir ser italiana por algum tempo, deixando de lado todos os pensamentos preocupantes sobre prazos, dúvidas e mágoas.

No Carnegie Hall, as pessoas amontoadas na calçada estavam silenciosas e sombrias. Tess se juntou a elas e perguntou a um homem:

— Quando devemos entrar?

— A senhora tem convite? — perguntou ele.

— Não, não achei que eu precisaria de um.

— Minha nossa, madame, todo mundo sabe disso. — Ele disse aquilo com bondade. — Olhe, aí vem o prefeito.

Uma grande carruagem preta aproximava-se do meio-fio, e dois policiais começaram a afastar as pessoas. Tess observou um homem todo vestido de preto descer para a calçada e depois se virar para ajudar uma mulher de meia-idade a descer. Ela segurou o braço dele, e os dois atravessaram a multidão e entraram no Carnegie. Mais carruagens e automóveis começaram a estacionar por ali em uma fila comprida e negra. Todos estavam em silêncio, apenas ouvia-se o choro de uma mulher.

Depois que o último convidado entrou no local, um guarda deixou as portas da entrada totalmente abertas, uma gentileza, sussurraram algumas pessoas, para que quem estivesse lá fora pudesse ouvir as orações e louvores. Ninguém tentou entrar.

Um cântico suave veio do interior da suntuosa construção.

— Eles estão recitando o Kaddish — explicou o homem ao lado dela, obviamente achando que ela não conhecia as rezas judaicas.

Mas ela conhecia. A lembrança do que ela ouvira no mar naquele bote frágil começou a surgir. Alguém em outro barco tinha recitado aquela oração lamentosa, e sua voz fora apanhada pelo ar congelante e parado. Ela abaixou a cabeça, surpresa com o conforto que aquela oração lhe oferecia.

— Tess?

Pinky estava ali segurando sua bolsa de lona contra o peito, usando um chapéu mole que ainda pingava com gotas de chuva.

— Você veio cobrir a cerimônia? — perguntou Tess. Sua voz talvez tivesse soado fria, mas ela não conseguira evitar. Pinky sempre trazia consigo barulho e tensão, e naquele momento ela estava invadindo o único instante de tranquilidade de Tess em muitos e muitos dias.

— Não a trabalho. Só pensei em dar uma passada. Eu o conheci.

Tess sentiu uma pontada de vergonha.

— Tenho a sensação de que o conheci, também — disse ela.

Elas ficaram lado a lado em silêncio, ouvindo as orações judaicas. Quando a cerimônia terminou, o prefeito e outros dignitários voltaram para seus carros e carruagens e foram embora.

Pinky quebrou o silêncio.

— Então é preciso ferver os bichos-da-seda para produzir seda? — perguntou ela, do nada.

— Quê? — exclamou Tess, espantada.

— Você sabe. Seda. Estou lendo sobre moda e coisas do tipo. Fiz Van Anda me escalar para cobrir o grande desfile de Lady Duff. Isso é maldade com os bichos-da-seda, não acha?

— Talvez as roupas pudessem ser confeccionadas apenas com linho e lã — retrucou Tess com um sorriso, apanhando seu lenço. — Mas pense em todos aqueles carneirinhos tosados, tremendo de frio. Dê aqui seu chapéu, vou tentar enxugá-lo.

— Estou assim tão lamentável? — perguntou Pinky, estendendo o chapéu. — Desculpe falar, mas você está.

— Tess parou de andar, concentrada na tarefa de secar a água da chuva, antes de responder:

— Estou um pouco — disse, entregando o chapéu para Pinky.

— Por causa da conversa com Jim. Ontem.

— Você sempre sabe de tudo o que acontece? — perguntou Tess num um rompante, bastante irritada.

— Não, tudo não. Quem é o outro homem? Não vou pedir desculpas por ser intrometida, estou só perguntando e você não precisa responder.

— Não, não preciso. E não vou. Desculpe, Pinky.

Pinky deu de ombros. Quem não arrisca...

— Como andam as coisas no ateliê de Lady Duff?

— Você está me perguntando se Lucile está arrasada e enlouquecida por precisar depor daqui a dois dias?

— Eu ficaria surpresa se ela estivesse. Acho que ela está ansiosa para fazer um grande espetáculo. Nova Iorque aguarda com felicidade.

— Então o que você está perguntando?

— Que tal: como andam as coisas para você? Ou estou apenas cavando fofoca?

Tess sorriu, relaxando.

— Ela me deixou desenhar um vestido, e se ficar bom, será incluído no desfile. Já terminei, só falta dar um toque nas mangas. Vou mostrá-lo a Lucile amanhã, na verdade estou orgulhosa dele. Acho que ela vai gostar. — Mais que isso, ela *rezava* para Lucile gostar.

— De seda?

— Sim.

— Que ruim para você... eu queria mesmo escrever sobre a crueldade com os bichos-da-seda.

As duas riram e continuaram andando, mas Tess logo se viu melancólica de novo. Ela estava prestes a dar uma desculpa para se afastar e ficar sozinha quando Pinky falou:

— Meu pai não anda muito bem. A mulher que toma conta dele durante o dia diz que ele está rabugento demais. Torço para ela não pedir as contas.

— Sinto muito, espero que não. — Era fácil esquecer que o temperamento batalhador de Pinky escondia problemas reais.

— Pensei em comprar uns tomates para ele na feira depois da homenagem ao velho sr. Straus. — Pinky tirou o chapéu, mudou de ideia e o recolocou na cabeça de novo. — Obrigada por tirar um pouco da água deste treco.

— Se começar a chover de novo, tenho guarda-chuva. — As palavras saíram tão rápido que ela não conseguiu desdizê-las. Agora Pinky esperaria que elas continuassem juntas.

— Que bom, obrigada. — E então, como se ela tivesse acabado de pensar a respeito: — Por que não vem para casa comigo? Vou fazer almoço. Talvez você goste de conhecer meu pai. Ele é basicamente uma pessoa boa, só acha que o mundo inteiro deveria girar ao seu redor. Mas acho que era isso o que acontecia antes. Temos queijo e salame, frescos.

Então Pinky queria conversar. O que havia a dizer? Ela também queria conversar.

As escadas tinham um leve odor de urina, e Tess tentou segurar a respiração por um tempo enquanto subiam até o quarto andar.

— Nós nos revezamos na limpeza das escadas, meus vizinhos e eu. Em geral o cheiro é razoável, mas fui eu que falhei na limpeza ontem. Desculpe por isso.

— Já senti cheiros piores — disse Tess, com leveza. E tinha sentido mesmo. Ela só não gostava de admitir.

Prescott Wade estava apoiado em diversos travesseiros e olhava pela janela com um livro aberto no colo quando elas entraram em seu quarto. O pai de Pinky era menor do que Tess havia imaginado, mais frágil. Mas os dedos magros e ossudos seguraram sua mão com firmeza quando Pinky fez as apresentações.

— Pinky fala muito de você — disse ele. — Você é a garota que trabalha para a estilista famosa, não é? Só nos Estados Unidos para acontecer esse tipo de coisa.

— Estou tentando. — Ela gostou do jeito sem rodeios dele.

— Ótimo, não se acomode. Sarah, por exemplo, é uma boa repórter, mas quer ser Nellie Bly. — Os olhos dele se voltaram para Pinky. — Só que não pode fazer isso comigo por perto. Acho que cortei suas asas. — Os olhos dele se fecharam e ele virou a cabeça para a parede.

Pinky deu um tapinha de leve no ombro dele e chamou Tess para segui-la para fora do quarto. Começou a abrir um pé de alface com uma faca, franzindo ligeiramente a testa.

— Ele não é mais o mesmo.

— Você se vê como uma Nellie Bly?

Pinky parou, deixando a faca pairar no ar sobre as folhas de alface espalhadas.

— Gostaria de viajar pelo mundo como ela fez. Conhecer pessoas, andar de camelo, deslizar pelas corredeiras... — Os olhos dela ficaram sonhadores. — Poderia fazer isso e, como ela, levando apenas roupas de baixo limpas. Sem bagagem.

— Por quê?

— Por que você quis vir para os Estados Unidos? Porque eu quero viver aventuras e ver o mundo, é por isso. Mas, para dizer a verdade, se ganhasse mais dinheiro já estaria bom.

— E você conseguiria? — perguntou Tess, curiosa. Na experiência dela, aquilo simplesmente não acontecia.

— As mulheres não recebem aumento nos jornais. Só muitos elogios, se tiverem sorte, mas nada de dinheiro. Tome, corte o pão. — Ela lançou um pão e uma faca sobre a mesa na direção de Tess.

— O que aconteceu com seu pai? — De algum modo, enquanto fatiava o pão e Pinky preparava a salada, a pergunta não lhe pareceu invasiva.

— Ele teve diversos ataques cardíacos, e a cada um foi ficando mais fraco. — Pinky manteve a cabeça baixa enquanto cortava um tomate.

— Sinto muito.

Quando Pinky olhou para Tess, seus olhos tinham um brilho incomum.

— Ele nem sempre é fácil, mas é um pai bastante legal. Eu lhe dou morfina para suportar a dor. Você gosta do salame fino ou grosso?

— De como você gosta de cortá-lo.

— Então é fino.

Ambas ficaram em silêncio enquanto o almoço era colocado na mesa coberta por uma toalha de tecido impermeável. Isso feito, Pinky pousou as mãos no encosto de uma cadeira e encarou Tess.

— Sente aí. Tenho algo a lhe dizer — avisou ela.

— Sobre o quê?

— Sobre Jim. Ele está encrencado.

Tess desabou na cadeira, sem tirar os olhos de Pinky.

— Pessoas que o querem ver pelas costas andaram cavando o passado dele e descobriram uma antiga condenação por causa de um protesto nas minas de carvão.

— O quê? — Tess quase derrubou a bandeja de pão de cima da mesa.

— Segundo me contaram, a polícia chegou por lá e começou a prender todo mundo, descendo o porrete... esse tipo de coisa. Quando os mineiros revidaram, um tira foi espancado. Jim estava no meio do grupo, e como sindicalista logo seria demitido. Não fique chocada. As acusações foram retiradas alguns dias depois.

As mãos de Tess começaram a tremer.

— Então por que Jim está encrencado?

— Porque alguém deu um jeito de reabrir o processo contra ele.

— Alguém? Quem?

Pinky não respondeu a pergunta diretamente.

— Você sabia que ele recebeu uma intimação para comparecer ao inquérito na Inglaterra?

— Não, ele não me contou isso ontem.

— Acho que ele tinha coisas mais importantes com que se preocupar.

Tess sacudiu a cabeça.

— Por favor, Pinky. Não faça isso.

— Desculpe, Tess. Mas você sabe como o magoou.

Tess baixou os olhos e Pinky continuou:

— Certo. Enfim, isso significa que ele vai ter de voltar. Será preso assim que pisar em solo inglês, e esse acontecimento "escandaloso" irá tomar conta das páginas dos jornais britânicos, retirando a credibilidade do depoimento que ele prestou aqui. *Voilà*, ele não mais será uma ameaça para os Duff Gordon, porque quem acreditaria em um criminoso? Depois que o inquérito terminar, Lady Duff pula para o próximo desfile e as acusações são retiradas novamente, sem causar barulho. Belo arranjo, na verdade.

— Como você sabe de tudo isso?

— Tenho minhas fontes. Sou repórter, lembra? — O sorriso de Pinky foi bastante forçado. Nenhuma das duas havia tocado na comida.

— Então Lucile está querendo desacreditar Jim de todo jeito.

— Claro. Ninguém vai se beneficiar tanto quanto ela. E foram os advogados dela que orientaram aqueles tripulantes quando Jim prestou o depoimento. São de uma grande firma de advocacia daqui. Eu já fui conferir.

Tess piscou, tentando digerir aquela notícia. Primeiro, descrença; depois, raiva; e então, no fundo de seu ser, fúria. Sim, Lucile era capaz de tudo aquilo. Era ultrajante.

— Jim sabe de tudo isso? — balbuciou ela.

— Descobriu ontem à noite. Ficou surpreso, mas bancou o forte. Você sabe, aquela coisa britânica de se manter firme diante das dificuldades.

— Você está escrevendo algo sobre isso?

Pinky fez uma pausa antes de responder.

— Estou esperando. Se escrever agora, o efeito vai ser exatamente o que ela quer. Eu prefiro aguardar para ver os truques que ela planeja empregar ao depor aqui.

— Tem certeza disso tudo?

— Absoluta, senão não estaria dizendo a você. Coma alguma coisa. — Pinky colocou uma fatia de salame entre duas fatias de pão e entregou para Tess. — Existe outro possível desenrolar para essa história.

— Qual? — Tess apanhou o sanduíche e deu uma mordida. Não conseguiu sentir o menor gosto, não com o nó apertado em sua garganta.

— Se alguém com advogados melhores que os de Lady Duff... o que não é nada fácil... — conseguir derrubar a acusação antes que ela venha à tona nos jornais. Fazer com que volte ao passado, onde é seu lugar. Adivinhe quem está se esforçando para isso? — Agora o sorriso dela era autêntico.

— Certo. Quem?

— A maravilhosa, inteligente e rica sra. Brown. Ela está furiosa. Tem grandes planos para Jim, e não quer perdê-lo. Então... como está o sanduíche?

— Não consigo sentir o gosto de nada. — Tess empurrou o lanche para o lado e se levantou. Caminhou em volta da mesa, incapaz de ficar quieta.

— Você está bastante chateada.

— Achou que eu não ficaria? Jogar assim tão sujo com Jim, para tentar arruiná-lo? Estou furiosa por ela querer feri-lo.

Pinky também se afastou da mesa.

— Alguém já fez isso — disse ela em voz baixa.

Tess ficou em silêncio.

— Desculpe — pediu Pinky de novo. — Mas acho que gosto de pensar que você não merece Jim.

Tess estava abalada demais para articular uma defesa.

— Não mereço mesmo — disse ela.

— Então o que você vai fazer?

— Vou me demitir. Não vou ficar com aquela mulher. Não posso ficar ali nem mais um dia, não agora. — O choque da descrença se afastou. Ela não tinha a menor dúvida agora. Não bastava ter pagado aqueles marinheiros para depor. Não, Lucile era controladora demais para se contentar com isso. Ela queria que todas as críticas fossem abafadas. — Não posso mais trabalhar com ela. Nunca mais confiaria nela.

— Você pode se mudar para cá — disse Pinky. — Estou falando sério, sabe? Pode começar a fazer vestidos... eu até tenho máquina de costura. E quando ganhar algum dinheiro, pode conseguir uma casa para você.

— Como eu conseguiria clientes?

— Não é um problema — disse Pinky, com alegria. — Vou recomendar você para todo mundo sobre quem escrevo, talvez até para a esposa de Van Anda; ela bem que precisa de umas roupas mais elegantes. Tess, essa é uma ótima ideia. Você não precisa de Lucile!

Tess sentiu seu sorriso falhar. Pinky era tão corajosamente norte-americana, toda exuberância e confiança. Ela sabia como desafiar as regras. Talvez aí houvesse algo para aprender. Tinha de haver, porque ela começava a cair num abismo.

Mas havia Jack.

• • •

Os pés doíam da longa caminhada até seu apartamento. Jack a esperava. Ela aceitou as flores que ele lhe entregou sem nem sequer olhá-las.

— Ela fez uma coisa horrível com Jim — soltou Tess.

Ele olhou para as flores que ela, sem perceber, havia deixado cair na calçada.

— Certo, conte tudo — pediu ele.

E foi o que ela fez, abrindo o coração, sem dar a mínima para o que aquilo tudo pudesse transparecer, enquanto ele ouvia em silêncio.

— Você se importa muito com o bem-estar desse homem — foi o que ele falou por fim.

— Claro que me importo — retrucou ela. — Como Lucile é capaz de fazer isso? Ela está tentando destruir a vida dele, exatamente quando as coisas estão dando certo para Jim. Parte de mim não consegue acreditar nisso, enquanto outra parte pensa: "Por favor, como você pode ser tão ingênua e estar assim tão surpresa?" Eu...

— Mas qual o seu papel nisso tudo? — desafiou ele. — O que você vai fazer, Tess?

— Vou pedir as contas, lógico — respondeu ela, surpresa com a pergunta.

— Você vai se demitir antes do desfile? Abandonar a chance de mostrar o vestido de que se orgulha tanto? — Ele falou de maneira gentil, porém provocativa.

— Se isso me deixa triste? Sim. Mas não tenho escolha.

— Sempre existe escolha, Tess. É isso que torna a vida tão complicada.

— Bem, esta é a minha escolha.

Jack a abraçou.

— Talvez isso signifique que agora você esteja mais perto de fazer outra escolha mais importante — murmurou ele.

Ela não disse nada, apenas fechou os olhos e deixou-se confortar pelo abraço de Jack.

• • •

Pinky ficou sentada na cozinha por um longo tempo depois que Tess saiu. Beliscou a salada, enrolou uma fatia de salame com os dedos. Bem, ela tinha feito o que havia se proposto. Tinha colocado as coisas em movimento, e agora só restava esperar para ver o que aconteceria.

— Sarah.

Ai, meu Deus, ela havia se esquecido do almoço de seu pai. Fez um sanduíche depressa, colocou-o num prato e entrou no quarto dele. Ele não se deixou enganar.

— O pão está murcho — comentou Prescott.

— Eu estava pensando.

— Naquele rapaz de quem você me falou?

Pinky desabou pesadamente na cama.

— Queria que você não fosse assim tão observador.

— Então... qual é o problema?

Ela hesitou, pensando em por que deveria se preocupar, sabendo que ele era bem capaz de cair no sono no meio do que ela dissesse.

— Ele está magoado por causa de Tess.

— Então ela o largou para ficar com outro.

— Como você sabia?

— Não sabia. Droga, Sarah, é sempre a mesma história. Não foi a sua geração quem a inventou, sabia? — Os dedos finos dele levaram o sanduíche até a boca, depois o largaram no prato. — Estou cansado, acho que vou dormir de novo.

— Claro. — Ela se levantou, prestes a sair. Só queria sair daquele quarto, daquele apartamento, de tudo.

A mão dele apanhou a dela e a apertou, de novo com força surpreendente.

— Não estou assim tão dopado a ponto de não saber como você está se sentindo, filha.

Grata, Pinky apertou a mão dele de volta.

14

A luz da manhã brilhou suavemente através de uma janela que precisava ser limpa, mas nem mesmo o sol seria capaz de animar Tess. Ela sentou na cama e escovou os cabelos, desembaraçando os nós. Um a um. Não precisava se apressar. E não havia necessidade de ensaiar o que iria dizer. Ajustou o chapéu, colocando o prendedor de cabelo com cuidado através da palha, depois saiu para seu futuro, qualquer que fosse.

As portas do elevador do ateliê de Lucile se abriram, convidando-a para subir aos domínios exclusivos. Como aquilo era risível, ser admitida em um elevador ruidoso e lento como se fosse um privilégio. Ela segurou a saia, ignorou o elevador e subiu as escadas.

— Tess, onde você estava? Venha até aqui!

A voz de Lucile soou pelo *loft*, virando todos os olhares para Tess quando ela entrou. Ondas de seda e lã serpenteavam das máquinas de costura zunindo, banhadas agora pelo sol que entrava pelas janelas — uma visão maravilhosa e cintilante. Ela sentiu um nó na garganta: como amava aquele lugar. Mas não se permitiu se alongar nessa sensação. Apenas umas poucas pessoas acharam estranho que, ao entrar no *loft* e se aproximar da passarela armada para o desfile, não tirou o chapéu.

— Minha nossa, querida, estava louca para ver você. Por que se atrasou tanto? Não importa, olhe! — Lucile apontou para uma modelo que, como se tivesse ouvido uma deixa, começou a caminhar pela passarela na direção de Tess. Exibia o vestido terminado de Tess. A seda cor de creme com matizes intensos parecia ainda mais bonita do que dias antes. Com uma saia mais curta, ela balançava, refletindo a luz e atirando-a pela sala. Era exatamente como ela havia imaginado. Seu vestido. Ela o havia criado.

— Está absolutamente *maravilhoso!* — exclamou Lucile, unindo as mãos. — Consertei aquela dobrinha na manga para você hoje de manhã, tudo bem? — Ela não esperou pela resposta. — Talvez esteja meio curto, mas minhas clientes podem encomendá-lo no tamanho que quiserem. Tess, você fez um trabalho fabuloso. Com certeza integrará o desfile.

Tess não parava de olhar seu vestido, enquanto os elogios de Lucile iam ficando cada vez mais elaborados. O vestido não tinha dado certo completamente. Ela fitou o corpete com olhar crítico e pensou que não apenas deveria ter angulado melhor as pences, como também optado por uma gola quadrada. O vestido quase havia ficado bom.

— Não está tão bom quanto deveria — disse ela.

— Falou como uma verdadeira estilista, minha cara. Claro que não está perfeito, mas tem originalidade, e fico feliz. Não seja tão dura consigo mesma. Por que você está tão azeda?

— Podemos conversar em seu escritório?

Impaciente, Lucile fez que não.

— Não há tempo, temos muita coisa a fazer. O que você quer?

Não era fácil abrir a boca e estilhaçar aquele humor animado e exuberante.

— Desculpe por ter de ser assim, mas estou me demitindo — disse Tess em voz baixa.

— O quê? Você está *o quê?* — Lucile quase guinchou aquelas palavras.

Tess teve a sensação de haver enfiado uma faca em Lucile no meio de uma multidão. Por que demitir-se deveria ter importância? Mas as pessoas estavam virando a cabeça, com olhos arregalados. Murmúrios de espanto se espalharam pelo *loft*.

Tess apontou para o seu vestido. Não sabia se seria capaz de continuar falando.

— Me deixar fazer isso foi um suborno, puro e simples. A senhora estava comprando a minha lealdade.

— Do que você está falando? — exclamou Lucile.

— A senhora sabia que me oferecer dinheiro seria direto demais. Dinheiro era para aqueles marinheiros, para eles mentirem sobre Jim Bonney durante o inquérito. Mas que foi suborno, foi.

O rosto de Lucile ficou cinzento. Ela levou a mão ao coração, e James saiu correndo do escritório para segurá-la.

— Eu não precisava de suborno. Teria ficado apenas porque queria ficar. Mas agora não, por nada no mundo.

— *Do que você está falando?*

— Oh, Lucile, por favor, pare de fingir. A senhora está planejando pintar Jim Bonney de criminoso na Inglaterra, é disso que estou falando. Fazer com que ele seja preso sob uma falsa acusação. Por quê? Ele era uma ameaça assim tão grande à senhora?

— Eu não dou a mínima para esse marinheiro.

— O que aconteceu no seu bote?

Lucile a encarou, com expressão imóvel. Virou as costas.

— Você está histérica. Não sei do que está falando.

— É fácil negar. Mas não consigo acreditar na facilidade com que a senhora tenta destruir a vida de um homem. — Agora a voz de Tess estava trêmula.

Lucile se apoiou em uma mesa de corte. Seus olhos estavam tão escuros quanto um pântano.

— Não tenho nada a ver com nenhum esquema absurdo para mandar seu marinheiro para a cadeia. Está me entendendo?

Claro que ela iria negar, era o jeito dela. Aquela mulher à sua frente, sua mentora, a mulher que a tirara com tanta naturalidade de uma vida de serviçal e lhe abrira o mundo, estava perfeitamente disposta a blefar. Ela não se importava com Jim do mesmo modo que não se importava com as pessoas que poderia — que *deveria* — ter salvado em seu bote. Tudo aquilo, tudo aquilo ao redor dela — os tecidos, as roupas, os sonhos — tudo aquilo estava construído em cima do egoísmo. A única coisa que estava construída em cima de algo admirável era o comportamento de Jim depois que o navio naufragara.

— Eu a respeitaria mais se a senhora admitisse a verdade. Mas não importa... não posso mais trabalhar aqui.

— Isso simplesmente não é possível, Tess. Quero você aqui, e não sei nada dessa trama para destruir aquele marinheiro.

— Não acredito.

Lucile empinou o queixo, com os lábios apertados.

— Então você está quebrando a promessa que fez *para mim*.

— Adeus. — Tess se virou para sair.

— E o que você acha que vai fazer, Tess? Arrumar camas e limpar banheiros de novo? — perguntou Lucile, desafiadora.

— Não sei, mas vou descobrir.

— E seu vestido? Não quer que ele esteja no desfile? — Era a última flecha de sua aljava.

Tess virou-se, ciente de que todos os olhares estavam sobre ela.

— Não me importa — respondeu, devagar. — Pode dizer que é seu, se desejar. Ou jogá-lo fora.

— Talvez eu faça algumas fronhas de travesseiro com ele, é isso o que você quer? — Lucile agora atuava diante de seu público, desesperada.

— Sem problema. — Tess olhou para todos os funcionários que estavam ali, paralisados, e sorriu. — Obrigada a todos vocês, vocês foram maravilhosos comigo — disse ela, depois saiu do *loft*, deixando para trás apenas silêncio.

A COSTUREIRA

• • •

EDIFÍCIO DOS ESCRITÓRIOS DO SENADO
WASHINGTON, D. C.

William Alden Smith cumprimentou com cortesia cansada a visitante em seu escritório de Washington.

— Minha nossa, senador, como o senhor parece esgotado! — disse ela ao entrar, preenchendo a sala com sua robustez e sua voz forte.

— Olá, sra. Brown — cumprimentou ele. Se ela iria mais uma vez pressioná-lo para que a deixasse depor, ele seria obrigado a desencorajá-la com mais firmeza.

— O senhor não anda se divertindo muito, não é?

— Claro que não, isto aqui é um assunto sério.

— O senhor não se saiu muito bem na imprensa britânica, pelo que eu soube.

— Ser chamado de "ignorante" por causa da minha falta de conhecimentos náuticos foi uma péssima experiência — vociferou ele.

A sra. Brown riu.

— Ah, por favor, senador. Quando o senhor perguntou ao oficial Lowe se ele sabia do que era feito um *iceberg*...

— Sim, sim, eu sei. — Ela precisava repetir aquilo?

— E ele respondeu, com a cara impassível: "De gelo"... Ora, o senhor não consegue rir um pouco de si mesmo?

— Estou mais preocupado com questões sérias. A senhora sabia que o homem que nos contou que não havia binóculos no navio está sendo repudiado por todos os oficiais sobreviventes? Ninguém quer conversar com o pobre Fleet, o que é uma vergonha. Ele não sai do seu quarto na pensão nem mesmo para comer. Estou preocupado com ele.

— Com razão, é claro. Mas o senhor vem fazendo um belo trabalho — disse a sra. Brown, acomodando-se animada em uma cadeira, muito à vontade naquele escritório pomposo. — É uma tarefa inglória, e o senhor não fingiu entender de navios ou de oceanos. Gosto dos homens honestos.

Amolecido, Smith se permitiu um sorriso.

— Tenho dificuldade de lembrar qual é a proa e qual é a popa — admitiu ele. — Mas quando minha investigação terminar haverá um corpo sólido e completo de informações para o público digerir.

— Sem ninguém admitir culpa alguma, claro. Não é assim que o mundo funciona?

— De fato é.

Ela enxugou a testa com um lenço amarfanhado.

— Minha nossa, como está quente aqui. Eu achava que os políticos não gostassem muito de calor — comentou ela, distraída. — O senhor deve estar se perguntando por que vim, não é? Bom, não vim para convencê-lo a me deixar depor, se é isso que o está preocupando. Mas com certeza eu poderia contar sua ajuda.

— Para quê? — perguntou ele, pego desprevenido.

— Aquele casal insolente, os Duff Gordon. Não é uma dupla muito simpática, diria eu. Acho que eles estão planejando arruinar o marinheiro que depôs contra o comportamento deles naquele bote. Sabe de quem estou falando, não é?

Smith se lembrou da visão das pernas compridas de Jim Bonney se afastando do prédio dos escritórios do Senado.

— Sim, eu sei — respondeu ele.

— Bem, descobri com aquela repórter do *Times*, Pinky Wade, que ele está prestes a cair em uma arapuca que os dois armaram para ele. — Ela rapidamente contou os detalhes para Smith, depois se reclinou na cadeira, cruzando as mãos sobre o ventre volumoso. — Será que o senhor seria capaz de mexer uns pauzinhos? Fazer com que alguém perceba o que esses dois estão tentando fazer?

— Não tenho muito prestígio entre os oficiais britânicos — disse Smith secamente. — Eles, pelo jeito, pensam que sou alguma espécie de comédia.

— Disso eu sei. Por Deus, comigo é a mesma coisa. Não deixe isso abalá-lo. Mas o senhor tem contatos por lá, sei que tem. Dois velhos colegas de escola, não é? Na Câmara dos Comuns?

Ele imaginou como ela poderia saber daquilo, e a observou mais de perto. Ela devia ser bem mais inteligente do que aparentava.

— Só seria preciso que alguém verificasse os registros e bloqueasse qualquer tentativa de reabrir um processo arquivado. Só um pouquinho de ar fresco no que está acontecendo, entende?

— Farei algumas perguntas — respondeu ele, com cautela. — A única coisa que posso fazer é fazer um levantamento com as pessoas certas e ver se elas estão dispostas a dar prosseguimento à coisa.

— Já está ótimo. — Ela sorriu. — Bonney é um homem muito talentoso, sabe? Um artista. Vai se dar bem aqui, se puder se livrar desse fardo do Titanic.

— Acredito que isso sirva para muitos de nós — comentou Smith, sentindo o cansaço descer sobre ele.

— Bem, senador, tenho a impressão de que nenhum de nós vai conseguir fazer isso completamente.

— É verdade — disse ele com um suspiro. — Voltaremos a Nova Iorque nesta tarde para ouvir mais depoimentos amanhã.

— Foi o que ouvi dizer. Com Lady Duff Gordon como estrela principal. O senhor acha que descobriremos mais sobre a verdade do que aconteceu no bote número um?

— Pelo menos terei o depoimento dessa mulher perseguida registrado, seja lá o que ela disser.

— Um objetivo modesto, senador.

— Sra. Brown, talvez a senhora se surpreenda.

• • •

Lucile abriu a porta da suíte do hotel justamente quando Cosmo, de pé na frente do aparador, servia-se de uma dose de uísque.

— Também aceito um drinque — disse ela, atirando a bolsa no sofá. — Tive um dia péssimo. Aquela garota ingrata se demitiu, acusando-me de todo tipo de coisas. Eu nunca deveria tê-la trazido para cá.

Cosmo serviu um segundo copo da garrafa de cristal e estendeu-o para Lucile. Seu rosto estava calmo e tranquilo.

— Para você, querida. Vai precisar.

— O que quer dizer? — perguntou ela, aproximando-se para apanhar o copo.

— Já me relataram o que ocorreu hoje. Achei que Tess faria um pouco de barulho, mas ela agiu com dureza demais. Pena.

— O que você está dizendo? — perguntou ela, exaltada.

— Será que podemos pular a parte indignada da cena? Você não gostaria de saber, e já estou bastante cansado de histeria.

— Não gostaria de saber *o quê?*

— Você já sabe, acredito eu.

Por um momento, fez-se silêncio.

— Cosmo, o que você fez comigo? — A voz dela exibia um tremor genuíno.

— Não fiz nada *com* você. Fiz algo *por* você. Aquele marinheiro já não mais será uma ameaça. Espero sinceramente que você entenda a diferença. — Ele secou seu copo com um movimento rápido.

— Tess me censurou e pediu demissão. Não vejo como isso pode ser benéfico para mim.

— Pelo amor de Deus, você pode passar sem ela. Se meu plano funcionar, a imprensa britânica terá motivos para nos tratar com muito mais bondade. Não podemos impedir esse Bonney de falar o que quer, mas podemos mudar o modo como os jornalistas reagem a ele. Pense nisso como uma manobra de xadrez, Lucy.

— E ele vai para a cadeia?

— Por pouco tempo. Só o bastante para que a opinião pública nos absolva por sermos vítimas de um agitador mentiroso.

— Mas eu perdi Tess.

— Sua filha substituta. Claro. Que ficou no lugar da que você de fato perdeu.

No silêncio constrangedor, o relógio sobre a lareira pareceu tiquetaquear mais alto que o normal.

— Você não estava feliz com a gravidez, se bem me lembro.

— Eu teria me acostumado.

— Tolice. Uma criança teria complicado drasticamente nossa vida.

— Vejamos. O que era mesmo? Respeito e dinheiro para você e... vejamos, o que era mesmo para mim? Já esqueci.

— Não zombe de mim.

— Eu vou lhe dizer o que eu ganhei. A mulher que eu amava. Ou que achava que amava.

— Essa história é muito cansativa — disse ela, tirando o casaco e virando o rosto para o outro lado. — Quanto a esse marinheiro, você precisa encontrar outro jeito de resolver as coisas, Cosmo. Não posso tolerar isso. Várias outras clientes cancelaram nesta tarde, e acho que é porque a notícia da demissão de Tess está correndo pela cidade. Agora não sei mais quem virá ao desfile.

— É um preço que talvez você tenha de pagar para evitar um desastre ainda maior na Inglaterra.

— Essa é toda a compreensão que eu recebo de você?

Cosmo se serviu lentamente de uma segunda dose de uísque e ficou de pé fitando o copo.

— Receio que não seja só isso. Estarei ao seu lado no depoimento, Lucy. Mas volto para Londres amanhã à noite.

Ela sentiu o primeiro choque de medo.

— Você vai me deixar aqui sozinha? Não vai ficar para o desfile? O que há de tão importante para você se afastar neste momento crucial?

— Vou ficar ao seu lado nos interrogatórios, aqui e na Inglaterra. Mas isso é tudo o que posso prometer.

— Meu Deus, Cosmo, o que você está me dizendo?

— Creio que as coisas mudaram entre nós. Significativamente, receio. Ao longo dos anos gostei de ser o apoiador silencioso capaz de fazer as coisas funcionarem para você, mas não mais. Não é apenas o fato de essa imprensa histérica dos Estados Unidos ter acabado com minha reputação. É o fato de que você me vê muito mais como um empregado do que como um marido. Sou só mais um seguidor obediente que reverencia a grande Lucile. — Ele encarou-a pela primeira vez em muito tempo. — Cometi o erro de deixar você fazer isso por tempo demais.

Lucile tremeu. Umas gotas de uísque atingiram o tapete.

— Contenha-se, querida. Não vou segurar você. — Mais uma vez, ele secou o copo. — Creio que você terá de lidar com as coisas sozinha por aqui. Como eu disse, ficarei ao seu lado durante o inquérito. Depois, eu não sei.

— Você me deixaria? Me *abandonaria*?

No longo silêncio que se seguiu, ela deu a impressão de que realmente poderia desmaiar.

— Já disse. Eu não sei.

— Então vou pensar em alternativas.

Ele sorriu com fraqueza.

— Essa é a minha Lucy. Gosto de seu instinto de reagir, sempre gostei.

— Então você com certeza não está falando sério, não é?

— Sim, estou. Nunca falei tão sério. — Ele fez um gesto em direção ao quarto dela. — Elinor está no seu quarto, esperando por você.

Lucile caminhou com passos incertos pelo corredor, seguindo até a porta do quarto, que se abriu enquanto ela girava a maçaneta. Elinor, com olhar penalizado, estava ali de pé, os braços abertos.

• • •

A noite já caía quando Pinky ouviu uma batida forte na porta do apartamento. Talvez um vizinho reclamando do cheiro de carne queimada novamente. Por que ela sempre esquecia o assado no forno? Muita coisa na cabeça, era isso. Preparada para o pior, ela abriu a porta e se viu diante de Jim Bonney.

— Tem sabão, água e um esfregão por aí? — perguntou ele.

— Desculpe pelo cheiro, sou tão preguiçosa...

— Arrume um balde com água e sabão e um pouco de água sanitária. — Ele lhe deu um tapinha no ombro, esticou o braço por trás dela e apanhou o esfregão que estava apoiado na parede.

— Eu deixo o esfregão aí porque estou sempre preparada para ir limpar o corredor. — Pare de ficar se desculpando, disse ela a si mesma enquanto corria em busca de um balde.

Em questão de minutos, Jim esfregava as escadas com energia feroz.

— Você não deveria estar fazendo isso — protestou ela.

— O que acha que eu fazia naquele navio? Sou melhor nisso aqui do que você, eu diria.

— Melhor não, só mais rápido. — Ela mordeu o lábio. Lá estava ela, atacando de novo.

— Certo, não vou discutir. Sente algum cheiro agora?

Ele estava no pé da escada, apoiado no esfregão e sorrindo para ela. Pinky inspirou o ar.

— Não — respondeu ela, deliciada. — Bem, só de água sanitária.

— Então meu trabalho está feito.

Ela apanhou o balde e o esfregão e se afastou para que ele entrasse.

— Agora você precisa ficar para o jantar — disse ela. — É meu jeito de agradecer.

Dessa vez foi Jim quem inspirou para sentir o aroma.

— Carne queimada, certo? O cheiro está uma delícia. Eu aceito.

Agora, assim de perto, ela percebeu como o rosto dele estava cansado. Aquela não era nenhuma visita social, por mais que ela desejasse que fosse.

— Venha comigo até a cozinha — disse ela.

Ele se sentou pesadamente, esfregando as mãos vermelhas por causa do sabão forte.

— Você não escreveu nada sobre essa acusação?

Ela colocou uma panela de água para ferver e começou a descascar batatas.

— Quero ver se a sra. Brown consegue dar um jeito nisso. Contei tudo a Tess.

— Contou? O que ela disse?

— Ela se demitiu. Acusou Lady Duff e foi embora.

Jim ficou imóvel.

— Ela se demitiu?

Pinky olhou para ele, tempo suficiente para ver o espanto nos em olhos.

— Ela fez isso por você, por mais ninguém. Ela não tem nada a ganhar, a verdade é essa.

Ele baixou a cabeça, depois ergueu-a depressa.

— Ela não devia ter feito isso. Não preciso de gestos vazios.

— Gestos? — Pinky encarou-o, estarrecida. — Isso não é nenhum "gesto", é um verdadeiro protesto, e você deveria saber disso mais do que ninguém.

— Fico agradecido. Mas Tess está abrindo mão do que ela ama, não quero que faça isso. E não vai mudar nada. Acabou, terminou.

— Desculpe, mas você não parece acreditar em uma palavra do que está dizendo.

— Preciso acreditar — disse ele em voz baixa.

— Entenda só uma coisa: ela fez um sacrifício enorme por você hoje.

— Ela está apaixonada por outra pessoa. Essa é a verdade.

Por que ela estava se esforçando tanto? Era sua boca grande de novo!

— Talvez você ache isso, mas não tem certeza.

— Que otimismo — disse ele com um meio-sorriso.

— Sei fingir muito bem. Você está preparado para o depoimento de Lady Duff amanhã?

— Ela vai dizer aquilo em que quer acreditar.

— Com bastante teatrinho no meio.

Ele riu, depois olhou ao redor.

— Posso ajudar? Fazer um prato para o seu pai? Melhor tirar essa carne do forno.

— Droga, estou me esquecendo de novo. — Ela abriu a porta do forno e puxou a assadeira. Seu rosto ficou vermelho pelo calor. Ele não estava pedindo que ela fosse sua defensora junto a Tess. Não dera nenhum sinal de que queria passar algum recado. Será que ele realmente tinha desistido? Ela não acreditava nisso.

. . .

O jantar agora era em um restaurante com paredes que brilhavam como uma fina taça de vinho. Tess só conseguiu beliscar a comida — carne assada e, de sobremesa, groselha batida com mascarpone —, incapaz de reunir energia para comer, nem mesmo com uma refeição daquelas à sua frente. Ouviu distraída o que Jack dizia, mal escutando-o.

Ele jogou o guardanapo na mesa.

— Você só tem uma coisa na cabeça agora — disse ele, depois ficou em silêncio.

Tess não ouviu.

— Eu a defendi o tempo todo. Qual é o meu problema? Eu devia ter percebido que tudo precisa ser feito do jeito dela. Fiz o que eu disse que nunca mais iria fazer. Abaixei a cabeça, tentei agradar... — Ela pousou o garfo no prato. Não adiantava tentar comer. Mais uma vez, ela ouviu a voz do pai. Sim, ela tinha sido boba, mas não por fazer o que ele avisara para ela não fazer. Ela tinha sido tola de *não* se colocar, de *não* se respeitar.

— Você está comigo agora. Abandonou Lucile. Não é o suficiente? Com esforço, ela olhou para ele.

— Não, não enquanto Jim estiver metido em problemas.

— Ele ainda não caiu na armadilha deles. Quem está se esforçando para ajudar?

— A sra. Brown, do navio. Ela percebeu o talento dele para entalhar madeira e conseguiu um trabalho para ele.

— Ah, sim, a sra. Brown. A indômita e inafundável Margaret. — Ele sorriu. — Tratamos de negócios algumas vezes ao longo desses anos. É uma mulher bastante formidável, e sabe como mexer os pauzinhos. Então você se demitiu em protesto. E agora?

Ela ouviu o relógio atrás dela.

— Não sei. Eu sei o que você está me perguntando, mas ainda não sei.

— Uma resposta sensata. Na verdade, sou um estranho para você. — Ele se reclinou na cadeira e a olhou, pensativo. — Estou pedindo demais, receio.

Ela se aprumou na cadeira.

— Então me diga quem você é.

— O produto de uma vida razoavelmente previsível, com mais privilégios do que a maioria das pessoas, mas conquistei-os por mim mesmo. Aprendo devagar, o que provavelmente explica dois divórcios. — Caiu um silêncio entre os dois. — Não basta? — Com melancolia, ele tocou sua barba. — Estou ficando grisalho — continuou ele. — E isso me incomoda. Ajudou?

— Um pouco.

— Bem, você não parece sentir muita hesitação quanto ao seu vínculo com o marinheiro. E há quanto tempo você o conhece?

— É diferente — protestou ela, espantada.

O rosto dele se nublou.

— Talvez você o ame, Tess. Talvez seja isso que a esteja segurando.

Ele pareceu tão profundamente triste que ela não conseguiu ficar parada. Em silêncio, empurrou a mesa para o lado e se aproximou dele, abraçando-o. Ele tinha o direito de saber onde estava pisando.

— Por favor, me dê um tempo — sussurrou Tess.

Ele aninhou a cabeça dela com uma das mãos, e os dois ficaram imóveis.

15

— Estou pronta. — Lucile estava de pé, toda vestida de preto, inspecionando seu rosto no espelho do *closet*. — Será que preciso de mais pó?

— Você está ótima — respondeu Elinor. — Cosmo disse para você revisar aqueles papéis com orientações antes de descermos.

— Não preciso disso — retrucou Lucile com um eco distante de seu comportamento altivo costumeiro. — E por que Cosmo não está aqui para me dizer isso em pessoa? Ele é um covarde, isso é o que ele é...

— Pare com isso, Lucy, ele não é um covarde. Isso vai acabar com ele, e você sabe. Lá na Inglaterra, "fazer um Duff-Gordon" já virou gíria para subornar. — O rosto de Elinor estava quase tão pálido quanto o da irmã.

Lucile puxou um lenço branco de renda do interior de sua luva e com ele deu umas batidinhas na pálpebra inferior.

— Nós dois fomos vilipendiados, e não vou deixar eles se safarem. Cosmo não vai me abandonar, isso só aumentaria ainda mais o escândalo. — Ela encarou a irmã. — Estou certa, não estou?

Elinor deu um sorriso forçado.

— Espero que sim.

De novo, silêncio.

— Precisamos descer agora.

Lucile suspirou.

— O lenço branco contra o preto é dramático o suficiente? Ou seria melhor eu usar uma gola de renda branca também?

— Guarde a gola para Londres.

— Posso lidar muito bem com isso, Elinor, pare de me olhar assim.

Elinor, dessa vez, não estava animada nem irreverente.

— Claro. E eu vou me esforçar ao máximo para reunir os pedaços.

• • •

A Sala Leste estava lotando com rapidez. Pinky ficou de pé ao fundo, correndo os olhos pelos rostos com tanta atenção que não viu Jim abrindo caminho pelas pessoas até que ele tocou seu ombro. O rosto dele estava corado e ele sorria.

— O que você está fazendo aqui? — perguntou ela, arrastando-o para um canto. — Os repórteres não vão deixá-lo em paz se o virem.

— Eu precisava me arriscar. Tenho novidades — disse ele. — Sabe a acusação? Foi retirada hoje de manhã. Não sei por que, não sei como, mas acabou.

Pinky bateu o lápis no seu caderno, com triunfo.

— Eu sabia! Sabia que a sra. Brown daria um jeito de acertar isso tudo. Como ela conseguiu?

— Não foi ela. Ela me disse nesta manhã que nem ela, nem o senador Smith conseguiram obter ajuda do governo britânico.

— Então o que aconteceu?

— Não sei. Nem ela. Um mistério... Que tal? Mas agora não preciso voltar para a Inglaterra e provar que não sou criminoso. Talvez não seja uma boa notícia para muitas pessoas, mas para mim é, com certeza. Provavelmente nem serei intimado a depor lá, uma vez que tenho emprego aqui.

A COSTUREIRA

Um homem, que enxugava a testa vigorosamente por causa do calor dentro da sala lotada, passou por eles resmungando algo sobre a impossibilidade de encontrar um lugar. Gritos irritados vinham da porta. Mais uma vez as pessoas estavam tendo dificuldade para entrar.

— Obrigado pelo assado — disse ele, sombrio. — E por ficar ao meu lado.

E então ele sumiu, deixando-a ali pensando o que tinha acontecido com sua objetividade jornalística. Porque ele tinha razão.

Não, ele não sumira. Tinha parado ao ver uma mulher se aproximar dele, e agora os dois se encaravam, a centímetros de distância. Era Tess, e Pinky segurou a respiração. O que ela estava fazendo ali, depois de pedir demissão no dia anterior? Os dois estavam malucos?

• • •

Jim apareceu tão rápido que Tess não teve chance de se preparar. Ele parecia diferente. Usava roupas novas, uma camisa limpa e um suéter, mas não era isso. Não, havia mais alguma coisa... Um tipo diferente de energia nele, uma luz. Ela de repente se sentiu estranha.

— Olá, Tess. — O sorriso dele era amplo, mas cuidadosamente impessoal, sua atitude tranquila. Ele não parecia nem um pouco atrapalhado. — Ouvi dizer que você se demitiu de seu emprego com Lady Duff.

Tess fez que com um gesto de cabeça.

— Você não precisava fazer isso, não por minha causa. Era sua grande oportunidade, e não quero que a perca.

— Ela queria prejudicar você e eu tinha de revidar.

— Então, quando ela não deu para trás...

— Fui obrigada a pedir demissão. Você significa mais do que esse emprego — disse ela simplesmente.

O olhar firme dele vacilou. Atrás dos dois, o relógio no saguão do Waldorf começou a bater as horas, pesada e ponderadamente. Ela contou. Ele levou oito batidas para conseguir responder.

— Não entendo. Não depois do que mudou entre nós.

— Era a única coisa que eu podia fazer. Meu único poder. — Ela entrelaçou os dedos, pressionando-os com força na frente do seu corpo.

Ele a olhou, ao mesmo tempo confuso e perplexo.

— Explique, por favor. Por quê? Por mim?

Ela hesitou. Ah, se pudesse encontrar dentro de si mesma as palavras certas! Se pudesse extraí-las, colocá-las entre as mãos, oferecê--las... quais eram? Pensou em Jack. Em sua firmeza, em sua confiança. E então esse momento passou, perdido em algum ponto entre os segundos marcados pelo tiquetaquear do relógio.

Ele deu de ombros.

— Acho que você não sabe por quê. Punir-se desse jeito por um cara do interior provavelmente foi uma manobra ruim.

Ela virou a cabeça para o outro lado.

— Jim, por favor.

— Desculpe, Tess. Isso foi mesquinho da minha parte. Saiu da minha boca, acho.

— Você está com raiva.

— Por você ter me dispensado? — Ele deu de ombros e enfiou as mãos nos bolsos com um ar afetado. — É, acho que estou. Mas não quero que você se magoe.

— Jim, sinto tanto, quero que nós...

O olhar triste e firme que ele lhe deu a fez calar-se. Os dois ficaram em silêncio um momento, incapazes de encontrar quaisquer palavras, muito menos as certas. Então Jim fez um sinal na direção das fileiras de assentos que estavam sendo tomados com rapidez.

— É melhor você pegar uma cadeira antes que elas terminem. Suponho que você não veio aqui oferecer apoio moral a Lady Duff, não é?

— Não. — Ela encontrou sua voz. — Eu vi você.

Dessa vez foi ele que hesitou antes de falar:

— Tess, a acusação foi retirada hoje de manhã. Tenho carta branca para ficar.

— Oh, minha nossa, que notícia maravilhosa! — disse ela em um fio de voz. Suas mãos voaram para sua boca. — Estou tão aliviada, tão feliz. Quem conseguiu isso? A sra. Brown?

— Não, não foi ela. Não sei como aconteceu, mas aconteceu. — Ele sorriu, de modo diferente dessa vez. Havia um brilho nos seus olhos, mas ele piscou para afastá-lo, depois virou as costas para abrir caminho pela multidão e sair.

. . .

Às 10 horas, a Sala Leste e o saguão estavam lotados de gente. Tess tentou abrir caminho para sair do meio da multidão, tencionando ouvir tudo da porta, mas não conseguiu se mover. Afundou na única cadeira que restava, perto de Pinky, enquanto o senador Smith batia o martelo mais uma vez.

— Nossa primeira testemunha nesta manhã será Lady Lucile Duff Gordon — declarou ele. — Por favor, abram caminho para que a testemunha possa vir para a frente.

E, numa obediência quase amedrontadora, as pessoas se afastaram.

Lucile caminhou devagar pelo espaço aberto e seguiu até a frente da sala, uma figura minúscula toda vestida de preto e usando um grande chapéu preto com um véu cobrindo seus olhos. Em uma das mãos ela segurava um lenço branco como a neve. A sala ficou em quase completo silêncio até ela se acomodar na cadeira das testemunhas.

O senador Smith olhou para seus companheiros de comitê com certa inquietação. Não se tratava de nenhum tripulante amedrontado e rude. E todos os britânicos estariam prontos para saltar em cima dele, caso ele não conduzisse as coisas direito.

— Lady Duff Gordon, conte-nos como a senhora e seu marido foram parar no bote salva-vidas número um. Comecemos daí — declarou ele.

— Claro, senador — respondeu ela com esnobismo calmo. — Eu já estava convencida de que nos afogaríamos quando de repente vi aquele barquinho na nossa frente, uma coisinha minúscula, e disse ao meu marido: "Não acha que deveríamos fazer alguma coisa?" Meu marido perguntou se poderíamos entrar naquele bote, e o oficial respondeu com muita educação: "Ah, com certeza, entrem. Ficarei muito feliz". E então nos ajudaram a embarcar.

Tess olhou para Pinky, que levantou uma sobrancelha. Que voz cantarolante era aquela?

As perguntas continuaram, cada vez menos genéricas. Lucile prosseguiu respondendo em um tom de voz forte e orgulhoso, pintando uma imagem quase ridícula de educação e gentileza no bote número um, enxugando aqui e ali os olhos com seu lencinho.

— Agora preciso perguntar à senhora. Depois que o Titanic afundou, a senhora ouviu os gritos das pessoas que estavam se afogando?

— Não. Depois que o Titanic afundou, não ouvi nenhum grito.

— A senhora não ouviu absolutamente nenhum grito? — perguntou Smith, incrédulo.

Ela olhou para ele, com o mesmo tom de incredulidade.

— Então eu não saberia, senador? Minha impressão é que havia um silêncio absoluto.

Aquilo foi dito com uma certeza tão serena que a sala soltou um murmúrio coletivo de espanto. Uma boa atuação merecia apreciação. Todos ali sabiam que não era verdade, mas aquela mulher baixinha no palanque estava determinada, pela sua força de vontade, a tornar aquilo verdadeiro.

— A senhora ouviu alguém gritar no bote que vocês deveriam voltar, com o objetivo de salvar pessoas?

— Não.

— A senhora sabia que havia pessoas no mar, não sabia?

— Não, acho que não estava pensando nisso.

— A senhora disse que seria perigoso voltar, que vocês poderiam ser afundados?

— Por Deus, não.

O senador Smith ergueu uma cópia do *Sunday American* com a entrevista de Lucile.

— A senhora afirma nessa entrevista ter ouvido gritos agonizantes implorando por ajuda. Qual é a verdade, madame?

Ela não hesitou nem um instante.

— Essa assim chamada entrevista é uma invenção completa — respondeu ela. — Uma invenção jornalística abominável.

Tess mal conseguia ficar quieta na cadeira. Estaria ela dizendo aquilo tudo de fato?

— E os rumores de que seu marido pagou os tripulantes para que eles não voltassem para ajudar as pessoas que estavam na água?

— Ele pode falar por si mesmo, é claro. Mas tudo o que ele ofereceu foi uma pequena ajuda para eles recomeçarem a vida. — A voz dela estava ficando mais grave e impaciente.

— Seu depoimento difere drasticamente daquele do marinheiro Jim Bonney.

— Bem, óbvio que sim. Ele é uma ameaça, até onde eu sei. E, se posso dizer isso, um mentiroso.

Tess se pôs de pé e encarou Lucile, sem perceber os olhares que agora se voltavam em sua direção.

— Suponho que isso é o que a senhora pensou — murmurou outro membro do comitê. — Mas precisamos ter o registro oficial das impressões da senhora. O que a senhora tem a falar sobre a acusação de Bonney de que as pessoas estavam sendo empurradas para fora do bote número um? Que algumas estavam perto o bastante para serem puxadas para dentro do bote praticamente vazio?

— Tolice completa.

Tess não pôde mais suportar. Começou a abrir caminho para sair da sala, sem dar a mínima para quem estivesse olhando ou conhecesse sua identidade. Mas ela sentiu os olhos de Lucile acompanhando-a. Ela se deu conta de que as pessoas sempre sabiam quando estavam sendo observadas por Lucile.

Lucile se virou para o senador, com a voz ligeiramente trêmula.

— Quanto tempo mais, senador? Eu sou uma mulher muito ocupada.

— Madame, estamos tratando de uma questão de vida e morte — retrucou Smith. — Sua falta de paciência é perturbadora.

— Lamento por não corresponder às suas expectativas. Posso retirar-me agora?

O comitê ficou em silêncio. A sala ficou em silêncio.

— A senhora está dispensada — disse Smith por fim. — Mas... — ele levantou uma das mãos quando o público começou a se inquietar — depois de um breve intervalo, teremos outra testemunha esta manhã. — Ele fez uma pausa para dar mais dramaticidade e em seguida disse: — A sra. Jordan Darling, que também estava presente no bote número um.

O chapéu de Lucile deslizou, seus olhos espantados subitamente se tornaram visíveis. Ela segurou as bordas da cadeira e tropeçou de leve ao se levantar. Um murmúrio agitado varreu a sala no mesmo instante. A viúva, sim, a viúva do homem que se disfarçou de mulher e depois, quando foi exposto publicamente, se suicidou. Dava para acreditar? Por que ela desejaria enfrentar o público depois do comportamento covarde do marido?

Pinky já estava se espremendo para sair, mas parou quando viu Elinor se aproximar de Tess.

— Preciso conversar com você nesta tarde — disse Elinor. — De verdade, é urgente.

— Sobre o quê? — retrucou Tess, irritada. — Sobre as mentiras da sua irmã?

— Eu não menti para você, Tess. Estou pedindo que converse comigo. Por favor.

Tess respirou fundo e respondeu justamente quando Pinky, quase sem fôlego, chegou ao seu lado.

— Vou decidir depois de ouvir o que Jean Darling tem a dizer.

• • •

O senador Smith estava bastante satisfeito consigo mesmo ao observar a sala lotada. Lady Duff Gordon havia cometido um erro se achava que sua arrogância prevaleceria em um inquérito norte-americano. Ninguém poderia acusá-lo de ter encurralado um membro da classe alta britânica; aquela mulher tola o fizera a si mesma. *Poder*, essa era a palavra certa. Ele ficaria feliz de acabar com todos eles.

— Nossa próxima testemunha não está aqui por intimação — começou ele a dizer. — Ela solicitou especificamente esta oportunidade de registrar alguns pensamentos sobre a fragilidade do caráter humano diante das tragédias. — Ele encarou a sala quieta, desfrutando da reação a seu leve tom de suspense.

— Por favor, a sra. Jordan Darling poderia subir até aqui?

Tess girou na cadeira e observou a figura graciosa e ágil de Jean Darling abrir caminho por entre as cadeiras e seguir até o local das testemunhas. Ela usava *blazer* e saia cinza, além de um colar de pérolas minúsculas. Seguia de cabeça erguida. As luzes acima dela cintilavam sobre seu cabelo impecavelmente arrumado, que agora estava quase todo branco. Um lampejo de memória trouxe Tess de volta ao momento em que ela vira os Darling dançando no Titanic. Um momento delicioso e leve repleto de ondas de risadas e aplausos deliciados. Perdido para sempre.

· · ·

— A senhora não precisa prestar depoimento — começou o senador Smith. Será que ela desistiria agora? Com mulheres, nunca se sabia, e quanto mais distintas elas eram, menos previsíveis. — Desejo enfatizar que sua presença aqui hoje é completamente voluntária, a seu pedido. Quero que isso esteja registrado. Correto?

— Sim, senador.

— Todos nós estamos cientes da partida infeliz do seu marido, e desejo oferecer minhas condolências.

— Obrigada.

— A senhora poderia nos contar por que desejou comparecer aqui hoje?

Jean Darling parecia bastante calma ao fitar a sala. Sua expressão era serena: a de uma mulher que havia pedido para fazer aquilo e que não enveredaria por outra opção. Mesmo que isso significasse ser destruída mais uma vez sob o olhar ferino dos jornais ou sujeita a mais desdém e apreensão.

— Estou espantada com as histórias de bravura que foram contadas durante os interrogatórios — começou ela. — Como a do homem que tirou seu colete salva-vidas e o colocou na empregada da mulher. Sei que meu marido teria desejado ser esse homem. — Ela fez uma pausa, suavizando seu costumeiro tom direto. — Mas devo dizer que apenas parte de mim se arrepende por ele não ser. Outra parte ainda assim apanharia uma toalha da mesma e a atiraria sobre os ombros dele, qualquer coisa para salvar sua vida. Muito embora — agora a voz dela era trêmula — eu o tenha matado com esse gesto. Serei atormentada toda a minha vida por três coisas: o fato de não ter deixado meu marido morrer do modo como ele teria preferido morrer, e o fato de não ter passado pela minha cabeça juntar-me a ele. O terceiro, e pior, é que a vida de no mínimo duas crianças poderia ter sido salva se nós dois houvéssemos nos recusado a entrar.

Tess fechou os olhos, mais uma vez sendo levada de volta à terrível imagem de vidros se quebrando, pianos de cauda caindo dentro do mar, camas, penicos, bagagem, gente se agarrando ao deque enquanto o navio afundava. Atos de bravura, acusações, comportamentos estúpidos... estava tudo ali naquela sala.

— A senhora não precisa fazer isso, sra. Darling — interrompeu com gentileza o senador Smith.

— Sim, preciso. Não vai demorar muito, senador. — Ela abriu sua bolsinha e sacou de lá um lenço de linho branco. — No começo eu achei que, se falasse o que eu penso, isso ajudaria a limpar minha consciência, mas isso jamais vai acontecer. Desisti dessa ideia — disse ela, segurando o lenço com força. — O que eu acredito agora é que o que importa é aceitar a realidade de minha decisão. Não posso perdoar minhas ações, nem as ações dos outros. A impulsividade de um único momento modificou a minha vida e a do meu marido, e provavelmente outras decisões rápidas modificaram a vida de outras pessoas naquele navio. Quando meu marido morreu, eu queria alguém em quem jogar a culpa. Queria *evitar* a culpa. Agora não mais. Desejo admitir que meu caráter não foi forte o suficiente para ter coragem. E, se por dentro outras pessoas tiverem essa mesma sensação, por favor, saibam que vocês não estão sozinhos. A única coisa que eu espero é que, caso eu seja colocada à prova de novo, eu esteja à altura.

A sala continuou quieta. Tess podia ouvir a respiração das pessoas sentadas nas cadeiras perto dela. Se o público não quisesse entender, não importava. Jean Darling havia apontado com clareza o centro triste daquilo tudo. E tinha feito isso sozinha.

— Há mais alguma coisa que a senhora deseje dizer, sra. Darling?

Ela aprumou as costas.

— Eu achava que não queria, quando pedi para vir aqui, senador. Mas mudei de ideia.

A sala se agitou.

— O que a senhora gostaria de nos dizer?

— É sobre o depoimento de Lady Duff Gordon. — Ela respirou com dificuldade. — Desperdiçamos oportunidades de agir com coragem naquele bote salva-vidas. Tínhamos espaço, muito espaço. Mas todos nós fomos dominados pelo medo. Bom, isso não é bem verdade.

— Como assim, sra. Darling?

— Houve um homem corajoso, e qualquer um que esteve naquele bote e negue isso ainda continua dominado pelo medo.

Então ao menos algumas peças desse quebra-cabeça lamentável estavam se juntando, disse o senador Smith para si mesmo.

— E quem foi?

— Jim Bonney. Essa é a verdade. Nada mais tenho a dizer, senador.

— Um instante. — A voz rascante do senador Bolton interrompeu, causando uma onda de surpresa na sala. — A senhora não é uma testemunha oficial, madame, portanto pode se recusar a responder. Mas, dadas as acusações e contra-acusações quanto ao que ocorreu no bote salva-vidas número um, talvez a senhora possa ajudar a esclarecer alguns pontos. As pessoas estavam tentando entrar em seu bote? Alguém foi empurrado para fora? O que a senhora viu, exatamente?

A sra. Darling voltou a se sentar, com um olhar espantado. Porém, quando falou, sua voz estava firme.

— As pessoas gritavam para nós, do mar. Vi um homem segurar a lateral do bote para tentar entrar.

— O que aconteceu?

— Ouvi um grito, um grito de mulher. Vi um homem se levantar, segurando um remo por cima da cabeça. O sr. Bonney xingou e se levantou, lutou com o homem que levantou o remo e o arrancou das mãos dele.

— Por que o homem ergueu o remo?

— Para derrubar o pobre coitado do bote.

Um formigamento se espalhou pela cabeça e pelo pescoço de Tess, quente como fogo, embora suas mãos tivessem ficado geladas. Praticamente ninguém respirava naquela sala lotada. Então essa era a verdade do que acontecera no bote número um.

O senador Smith se remexeu, inquieto. Aquilo era mais do que ele havia esperado. Se ele perguntasse agora quem era a pessoa que levantou o remo, perderia o controle daquele inquérito. Aquilo iria, provavelmente, ser encarado como o golpe mortal para os britânicos, que já estavam convencidos de que ele estava promovendo uma caça às bruxas.

— A senhora tem mais alguma coisa a declarar?

Longo silêncio.

— Não — respondeu a sra. Darling. — É só.

— Obrigado, a senhora pode descer agora. — O senador Smith olhou para a gama de rostos espantados e silenciosos diante dele. — Por favor, permitam que a sra. Darling se retire antes de evacuarmos a sala.

Pinky se juntou a Tess, e juntas elas saíram com a multidão quase em silêncio.

— Olhe — disse Pinky, fazendo sinal na direção de uma mulher irreconhecível que estava de pé diante da porta aberta.

Era Lucile. Ela havia tirado o batom. Seu rosto estava imóvel, os lábios se misturavam à pele branca, e o chapéu preto tinha sido descartado, preterido por uma echarpe. Sem suas cores habituais, ela parecia um pássaro sem a plumagem — tanto que ninguém parecia reconhecê-la. De repente ela estava impossivelmente pequena.

Nem uma palavra foi trocada quando elas passaram por Lucile.

Lá fora, Tess disse em voz baixa para Pinky:

— Preciso ir agora. Preciso empacotar minhas coisas.

A caminhada para casa foi tranquila. Ela sentia o calor do sol do fim de tarde no seu pescoço e tirou o chapéu para erguer o rosto na direção dos seus raios, sendo por um instante levada de volta para o momento em que ela e Jim estavam diante dos corpos da mãe e seu bebê no Carpathia. "Eu volto meu rosto para o sol nascente; oh, Senhor, tende piedade."

Todas aquelas perdas. Mesmo não lhe restando senão uma vida de vergonha e desonra, Jean Darling havia reunido a coragem para reconhecer seus próprios erros, um ato voluntário que seria estranho a Lucile. Ela jamais sairia do casulo de seda que tecera para si mesma. Muito provavelmente preferiria se atirar grandiosamente de um penhasco.

De repente, um grito rouco avisava-a para prestar atenção à rua, lançado por um motorista. Tess pulou depressa para o meio-fio.

Seu sonho havia terminado. Mas os Duff Gordon tinham sido impedidos de arruinar a vida de Jim, e isso era tudo o que importava. Então, agora ela caminhava pelas ruas de Nova Iorque, novamente apenas uma serviçal desempregada de Cherbourg. Isso importava, também. Mas não tanto. E por que ela sentia uma estranha serenidade em relação a tudo isso?

. . .

— Minha nossa, Tess, você está nas nuvens. Estava prestes a passar por cima de mim — disse uma voz em tom brincalhão.

— Elinor! — exclamou Tess, surpresa.

A irmã de Lucile estava na esquina, com sua sempre presente sombrinha (dessa vez, verde) protegendo-a do sol e... dos olhares dos passantes. Elinor fez um gesto na direção de um automóvel estacionado, cuja presença Tess não havia percebido.

— Decidiu se vai conversar comigo?

— Eu sei que vocês vão querer que eu saia do apartamento logo, mas se puderem me dar mais uma semana, agradeço. Pagarei pela gentileza.

— Ai, meu Deus, Tess, entre logo nesse carro.

— Por quê? O que você quer de mim?

Elinor esticou um exemplar do *New York World* na direção de Tess. Seu bom humor havia desaparecido.

— É o jornal da tarde. A edição saiu meio atrasada, mas será lida com deleite na cidade inteira. Quer ler a manchete, por favor?

Tess apanhou o jornal e segurou-o com as duas mãos, contra um vento fraco que dobrava suas páginas. E leu: "Secretária 'leal' de Lady Duff Gordon abandona o barco".

— Não é a matéria de capa. Mas espere só até amanhã. Posso imaginar as manchetes: "Secretária sai no meio do depoimento de Lady Duff Gordon". Coisas do tipo. Você planejou isso? Imagino que não.

— Aqui vai a manchete, Elinor: "Marinheiro corajoso vingado das acusações cruéis dos Duff Gordon". Você quer mesmo jogar esse jogo?

Elinor suspirou.

— Há pregos por toda a volta do caixão de Lucile, minha cara. Principalmente, caso se lembre, porque o desfile de primavera é amanhã. Por favor, vamos conversar.

Tess dobrou o jornal e entrou no carro, seguida por Elinor. Um pensamento fugaz lhe ocorreu: pela primeira vez na vida, ela tinha sido chamada de "secretária", e não de empregada.

Elinor bateu na janela que separava os passageiros do motorista.

— Dirija por aí, Farley — ordenou ela. — Para qualquer lugar. Mostre-nos alguns pontos turísticos de Nova Iorque. — Ela voltou a se acomodar em seu assento, virou-se para Tess e não perdeu tempo.

— Cosmo vai se separar dela. Voltar para Londres. E mais da metade das reservas para o desfile foram canceladas. Ela está bambeando, Tess.

— Cosmo vai embora? — Tess não conseguia acreditar.

— Ela bancou a dominadora com ele vezes demais, receio. A última briga por causa do marinheiro acabou de vez de rachar as coisas.

Tess apenas a encarou, confusa.

— Ah, é claro, você não sabia disso. Meu Deus, preciso fumar. Você se incomoda?

Tess fez que não, aguardando.

Um fósforo se acendeu e os dedos de unhas feitas de Elinor o levaram à ponta do cigarro. Ela tragou profundamente.

— Assim está melhor — disse ela, numa baforada.

— Poderia explicar, por favor?

— Você fez um espetáculo e tanto ao acusá-la. Mas não era Lucile que estava tentando mandar seu amigo marinheiro para a cadeia. Foi tudo ideia de Cosmo.

— Sem ela saber... é isso o que está me dizendo? Como pode ser possível?

— Ora, minha cara, você realmente não sabe como as coisas funcionam neste mundo, não é? Cosmo é quem está no comando, sempre esteve. As rivais de Lucile sofreram alguns reveses financeiros lastimáveis ao longo dos anos. Nada que alguém consiga relacionar a ele, claro, mas ele se dedicou a abrir o caminho para Lucile. Era o que ele estava fazendo agora.

Tess cobriu a boca com uma das mãos, olhando para a frente.

— Eu estava errada?

— Não exagere — disse Elinor rindo. — Lucy não quer saber quais são os estratagemas que Cosmo usa, o que não é exatamente a mesma coisa que ser completamente inocente. Você entende isso, n0ão entende?

— Sim, entendo. E, depois do que ela disse hoje, nem *pense* em me pedir para voltar.

Elinor pareceu frustrada. O tom de leveza desapareceu.

— Eu sei, eu sei. Ela é tão teimosa e equivocada, e se perder seus negócios e ainda por cima Cosmo, temo por ela. Tudo o que ela veio construindo para si por fim chegou ao seu auge. Um homem rico é capaz de abrir o mundo para você, mas também é capaz de fechá-lo. Lucile se esqueceu disso, eu acho.

Tess não conseguiu evitar o que era provavelmente uma pergunta inútil e ingênua.

— Ela cometeu atos arrogantes. Mas você é a irmã dela. Ainda a ama?

— Amar? — Elinor tragou, depois soltou uma espiral lenta de fumaça antes de responder. — Não tenho certeza do que isso significa. As pessoas falam muito de amor, e a maioria do que dizem é besteira. Minha irmã e eu temos um laço, e sempre teremos. Somos uma dupla, e entendemos uma à outra. Se a vida não oferece finais felizes, sabemos como fabricá-los.

— O que quer dizer?

— Eu já reescrevi a minha vida mais de uma vez, sabe? E Lucy faz a mesma coisa, só que com tecidos. Roupas românticas e efêmeras que criam fantasias... um jeito mais bonito de flutuar pela vida. Mas é preciso ser rápida e mudar de direção para que a coisa funcione. Ela não é rápida. — Elinor fez uma pausa e depois acrescentou depressa: — Se eu a amo? Sim.

As duas mulheres ficaram em silêncio enquanto Farley virava uma esquina e passava pela Union Square. Tess espiou pela janela, reconhecendo o caminho por onde ela e Jim haviam passado quando ela lhe contou sobre Jack. Era mais um buraco em seu coração que não cicatrizava.

— O que quer que eu faça?

— Apareça para o desfile. Deixe os repórteres verem que a "secretária" mudou de ideia e permaneceu leal.

— Não vou voltar, Elinor. Não posso. Talvez eu deva um pedido de desculpas para Lucile por acusá-la de tentar mandar Jim para a prisão, mas não posso mais trabalhar para ela.

— Só por um dia. Por favor. Não esqueça, seu marinheiro se livrou dessa armadilha.

— Como você sabia disso?

— Tess, eu já disse que sei de *tudo*.

As palavras de Jean Darling voltaram à cabeça de Tess, ainda não completamente absorvidas, procurando um lugar para ficar. Sem perdoar, sem desculpar. A questão não era perdoar; era aceitar o que não podia ser mudado. Oferecer uma mão amiga naquele bote, talvez, por mais fútil que aquilo fosse para as duas.

Será que ela desejava ver Lucile fracassar? Sim. Ela merecia isso. Não. Aquilo arruinaria a vida dela e das pessoas que trabalhavam para ela. Um último gesto. Talvez aquilo ensinasse a Lucile alguma coisa. Depois ela seguiria em frente .

— Ela provavelmente vai me expulsar — disse Tess.

Elinor sorriu.

— Talvez. Mas obrigada por assumir o risco. Aposto, porém, que você vai salvá-la da humilhação. Aliás, vou pagar o aluguel de seu apartamento até você conseguir fazer isso sozinha.

— Você está me subornando? Você deixou essa informação por último. — Ela percebeu mais uma vez que ainda gostava de Elinor.

— Não ofereço subornos, minha cara. É perda de tempo.

• • •

Pinky sentou na beirada da cama de seu pai, com uma tigela de sopa quente nas mãos, esperando que ele acordasse. Ele precisava comer um pouco. Dias bons, dias ruins. Segundo a sempre insatisfeita sra. Dotson, esse tinha sido um dia ruim. Ela desejou que o pai estivesse com vontade de conversar nessa noite. Precisava falar com alguém. O depoimento de Lady Duff tinha sido ridículo, Jean Darling é que havia transformado o evento em uma matéria e tanto. E como aquela acusação havia sido retirada? Talvez Jim não quisesse saber, mas ela queria. E o que acontecera quando Tess e Jim se encontraram frente a frente? Ela mergulhou um dedo delicadamente na tigela de sopa e provou. Caldo de frango com legumes, o preferido dele, mas estava ficando frio. Por que ela se sentia tão cansada?

— Então você está aqui, choramingando por causa de uma sopa fria.

Ela deu um pulo. Prescott Wade estava acordado, com uma leve amostra de seu antigo sorriso no rosto.

— Vou esquentá-la — disse ela.

— Não precisa, não estou mesmo com fome.

— Você precisa comer.

— Então, o que aconteceu hoje?

Ela contou sobre o inquérito — sobre Lucile, sobre Jim. Ele estava ouvindo de verdade, ao contrário de todas aquelas noites em que adormecia e ela terminava falando sozinha. Ela odiava a sensação de estar em uma câmara de eco.

— Quem conseguiu derrubar aquela acusação sabia o que estava fazendo — disse ele, interrompendo o relato dela. — Talvez alguém preocupado com o que Tess pudesse fazer. A irmã de Lucile, a moça de Hollywood?

— Elinor? Acho que não. Ela vive em um mundo diferente.

— Por causa de quem Tess deu o fora no marinheiro?

Pinky se espantou. Ele devia ter ouvido Jim contando o que tinha acontecido.

— Não sei.

— Deve ser alguém relacionado a esse inquérito ou com o ateliê de costura. Ela não está aqui há tempo suficiente para conhecer outra pessoa.

Ela suspirou e colocou a tigela sobre a mesa de cabeceira do pai.

— Não sei por que eu me incomodo com isso — disse ela.

— O trabalho e seus sentimentos estão se misturando, não é, filha?

Ela assentiu, vagamente.

— Bom, não é crime perder a objetividade, mesmo na nossa profissão. Quem importa mais para você, Sarah? Jim ou Tess? Parece complicado, mas talvez você precise escolher.

As palavras dele foram mais incisivas do que ela esperava, e o mesmo ocorreu com a resposta dela:

— Os dois são meus amigos.

Ele sabia quando parar de falar. Ambos ficaram em silêncio até Pinky procurar um lenço no bolso da saia e assoar o nariz com vigor.

— Você está balançando a cama — disse ele, com uma risadinha.

Ela lhe deu um sorriso e enfiou o lenço de volta no bolso.

— Vou preparar um jantar decente para nós dois — disse ela, levantando-se.

— Sabe o que eu acho? — indagou ele, quando ela saía do quarto. — Acho que estou vendo seu futuro, Sarah. É bom. Feliz.

— O que você está vendo?

— Você vai colocar o chapéu e viajar pelo mundo. Vai dançar na Lua. Aposto. — O rosto dele abriu-se em um sorriso.

— Não quero que você vá embora — sussurrou ela.

— Eu sei, filha. Eu também amo você. — O sorriso dele se ampliou. — Tenho um palpite sobre quem derrubou a acusação.

— Tem? — Espantada, Pinky quase deixou cair a tigela de sopa. — Quem?

— Você é uma boa repórter. Descubra.

16

Tess andava de um lado para outro em seu apartamento, contando os passos. Qualquer coisa para fazer o tempo correr. O desfile de Lucile começaria com um chá às 14 horas, meio cedo para o chá, mas nos Estados Unidos isso aparentemente não tinha importância. Ela apareceria pouco antes de o desfile começar, e quem podia adivinhar como Lucile reagiria? Será que tinha sido loucura aceitar fazer isso?

Ela parou de andar e fechou os olhos por um instante, pensando no que estava acontecendo agora naquele *loft* mágico. A iluminação estava sendo ajustada, as cortinas arrumadas, os programas (ela tinha visto o projeto gráfico, muito impactante) dispostos ao lado da porta. O palco para os músicos — o quarteto de cordas preferido de Lucile — seria montado ao lado da passarela. Tudo aquilo, agora, parecia mais longe do que nunca.

Devagar ela olhou ao redor de seu quartinho, memorizando seus contornos. Dê adeus a tudo isso, mas não perca tempo sentindo pena de si mesma — com os altos e baixos e tudo o mais. Haveria trabalho; ela projetaria, costuraria e faria o que sabia fazer de melhor. Teria medo, mas seria capaz de se virar. Com esse pensamento, ela olhou pela janela, obrigando-se a enxergar além do óbvio: o que se escondia nas árvores, atrás dos prédios, os pequenos indícios do que estava por vir, discretamente desenhados. Procure por eles.

. . .

— Andem, andem, todos vocês! — Lucile bateu palmas, inspecionando as atividades frenéticas em seu *loft*, agora magicamente transformado na Casa de Lucile, entretida com os últimos preparativos, tonta de prazer.

— Os vestidos estão *espetaculares* — comentou Elinor ao observar a cena.

— Realmente estão. As manequins, claro, são norte-americanas. Não preenchem os requisitos britânicos, mas são razoavelmente sofisticadas, mesmo assim — disse Lucile. — Se elas tivessem a disciplina de caminhar duas horas todas as manhãs com livros equilibrados na cabeça, teriam uma postura decente, mas não, as norte-americanas gostam de desleixo. — Ela revirou os olhos, depois bateu palmas.

Ao seu comando, cada modelo andou com obediência pela passarela, fazendo um percurso de teste para inspeção de Lucile. Ótimo, os lábios estavam pintados como se devia, os cabelos arrumados como ela queria. Depois ela franziu a testa.

— O que aconteceu com o ramo de flores que eu queria naquele cinto? — inquiriu ela para uma das manequins.

— As flores estavam murchas, madame — respondeu a garota com nervosismo. — Eu o tirei.

Lucile lançou-lhe seu olhar gélido.

— Então por que não disse nada, para que as flores fossem substituídas? Acho que você não tem cérebro nessa sua cabeça. Só vento.

Elinor deu um tapinha no braço da irmã.

— Não vale a pena fazer uma cena — repreendeu ela. — Você não vai querer que uma das manequins chore.

Lucile fez um gesto de desdém, depois foi até a bandeja de chá e inspecionou cada xícara.

— Estas xícaras não estão limpas — anunciou ela em voz alta.

— Estão, madame. Talvez estejam só um pouco descoloridas — retrucou James depressa. — Mas vou providenciar que sejam lavadas novamente agora mesmo.

Lucile voltou para perto da irmã e a puxou até um canto.

— Mary Pickford virá? — perguntou ela em voz baixa.

— Ela prometeu que sim, pelo menos — respondeu Elinor. — Talvez ela queira algo moderno...

— *Por que*, pelos céus? Qual é o problema dessas atrizes? Elas não percebem que ficam lindas e sensuais com meus vestidos? Hollywood é tão vulgar. Sério, Elinor, não sei como você consegue morar e trabalhar naquela cidade.

Elinor deu um sorriso meio duro.

— Tem suas compensações, minha cara irmã. E uma estrela de cinema vulgar que não se dá ao trabalho de ler os jornais é exatamente o que você precisa hoje.

Lucile murchou na mesma hora, como um balão furado. Elinor se desculpou:

— Eu sei, eu sei. Estou só sendo cruel. — Nem mesmo ela era capaz de mencionar como o apoio de Cosmo fazia falta numa hora daquela.

— Será que vai ser um desastre? — perguntou Lucile.

— Com um pouco de sorte, não. – Nem adiantava contar a Lucile sobre as dezenas de convites que haviam sido entregues na última hora, em mãos, para gente de segunda classe da sociedade nova-iorquina. Lucile desdenharia muitas daquelas pessoas, mas esse era um problema para mais tarde. Agora era preciso encher aquele maldito lugar.

Lucile levantou o queixo.

— Vou enfrentar isso tudo com dignidade.

Elinor deu um tapinha em seu braço.

— Parabéns, querida. Você falou quase sem fazer drama. Estarei aqui, seja lá o que acontecer. Mas nada de lágrimas, certo? Você não pode se arriscar a aparecer de olhos inchados hoje. Não é nada bonito.

O sol estava alto quando Tess saiu de seu quarto e caminhou pela rua, seguindo até o número 160 da Quinta Avenida. Ela caminharia devagar e esperaria a alguns metros do ateliê de Lucile até todos os convidados terem chegado. Ser reconhecida não era um problema; ela era apenas um nome nos jornais.

— Tess? O que você está fazendo aqui?

Ela viu o rosto espantado de Pinky.

— Dando as caras pela última vez — respondeu, o mais calma que pôde.

Os olhos de Pinky se arregalaram.

— Depois de pedir demissão? Você está voltando atrás?

— Não. — Como ela podia explicar? — Não vou pisotear em Lucile. Ela tem muita coisa em risco hoje.

Pinky parecia verdadeiramente espantada.

— Essa é uma mulher cruel que estava prestes a acabar com Jim, e você veio aqui hoje para lhe dar apoio?

— Não era ela que estava fazendo isso, era Cosmo. Não vim aqui para defendê-la. — Tess queria que Pinky entendesse. — Estou pagando uma dívida do único jeito que posso. Ela me trouxe até aqui.

— Uma passagem bastante cara, eu diria.

Tess tentou sorrir.

— Concordo. Mas lembre o que Jean Darling disse. Pinky, não seja sempre uma repórter.

— Eu não sou, isso é parte do meu problema — disse Pinky com um sorriso subitamente melancólico. — Tess, também tenho uma novidade. O *World* me ofereceu um emprego. Mais dinheiro.

— Que maravilha. Você não está feliz?

— Não muito. É um jornal apelativo. Bom, pelo menos em comparação com o *Times*.

— Mas...

— Eu sei. Não tenho muita escolha.

— Tem certeza?

Pinky estava surpresa demais para responder. As duas ficaram ali em silêncio, observando enquanto o primeiro carro preto luxuoso estacionava em frente à Casa de Lucile. Eram 13h30.

— Quantos? Talvez eu tenha contado errado. — Tess torceu para que fosse isso mesmo.

— Dez carros, quinze mulheres. E mais alguns repórteres que eu conheço, todos preparados para escrever sobre o fim da Casa de Lucile. Quantas pessoas ela estava esperando?

— Mais de cinquenta. Por favor, não esfregue as mãos de felicidade.

— Olhe, odeio a pretensão dela, mas vi como ela parecia derrotada ontem. Não sou completamente insensível, sabia?

— Quem é aquela? — Tess apontou para uma mulher que saía de um dos automóveis. — Que linda.

Pinky acompanhou seu olhar até uma mulher cuidadosamente vestida com um casaco de seda leve.

— É a *primeira* ex-esposa de Jack Bremerton. Foi um escândalo enorme quando ele se separou dela — disse Pinky.

A ex de Jack ficou de pé, imóvel e nobre, aguardando que o porteiro abrisse a porta do prédio.

Pinky notou que Tess estava corada, olhando a mulher.

— Tess?

— Desculpe, não estava prestando atenção — disse ela.

Mais carros se juntavam no meio-fio. Um enxame súbito de auxiliares saiu deles, fazendo reverências e murmurando obedientemente, oferecendo a mão para ajudar as mulheres de batom vibrante que saíam das limusines.

— Chegaram as estrelas — comentou Pinky, pegando seu caderno. — Preciso ir até lá. Vejo você lá dentro.

— Quem são?

— A primeira é Pickford. A segunda é Duncan, aquela de echarpe.

— Achei que elas não viriam.

Pinky a olhou de um jeito meio irônico.

— Com todos esses repórteres, por que não viriam? Que atriz não viria? — Depois saiu, correndo na direção da porta enquanto os saltos altos da pequenina Mary Pickford sumiam lá dentro.

Tess se aproximava do edifício para entrar quando três outros carros estacionaram. Várias mulheres saíram de cada um, endireitando os chapéus e os casacos, e depois ficaram ali de pé na calçada, meio desajeitadas, como se esperassem ordens.

Bem nesse instante, Elinor surgiu de dentro do prédio e fez um sinal para as recém-chegadas, chamando-as para entrar. Foi quando viu Tess.

— Vendedoras contratadas para encher o ateliê. Você vem? — perguntou Elinor com um sorriso.

Tess fez que sim, maravilhada com as técnicas de Elinor. Ela faria qualquer coisa para ajudar a irmã a passar por aquilo. E, se conseguir que Tess concordasse em aparecer tinha sido uma espécie de arapuca, agora era tarde demais para recuar.

O *loft* estava transformado. Embora houvesse participado dos preparativos, Tess se viu fascinada ante a elegância do resultado. O palco envolto em *chiffon* estava iluminado por baixo graças a holofotes escondidos, que lançavam uma luz suave como se se fosse emitida por velas. O ambiente era de magia, exatamente como ela achou que seria. Ao lado da passarela, os músicos tocavam uma linda canção. Ela desejou saber qual era. Havia tanto a aprender.

James e dois ajudantes removiam em silêncio as duas fileiras de cadeiras dos fundos. O barulho que faziam era mascarado pela música. Funcionárias de vestido preto e avental branco de linho serviam o chá, enquanto os repórteres, incluindo Pinky, estavam encostados numa parede lateral.

Lucile, com uma túnica cor de ameixa em estilo grego, os cabelos ruivos arrumados em um penteado alto e um sorriso de rainha, cumprimentava os convidados com a combinação exata de simpatia e altivez. Ao observá-la, Tess percebeu que estava assistindo pela primeira vez à fantástica criação da personagem "Madame Lucile".

James a observava com um olhar apavorado. Tess então se deu conta de que ele certamente estava achando que ela fora até ali para causar confusão. E bem poderia, mesmo sem querer, se Lucile, a sempre altiva Lucile, a mandasse se retirar. Mas torcia para que Elinor estivesse certa e que a única coisa que Lucile desejasse naquela tarde fosse evitar a humilhação.

Os músicos fizeram uma pausa quando Lucile subiu na passarela, com um holofote iluminando seu rosto calmo e determinado.

— Meus caros amigos, os senhores estão prestes a ver uma coleção *extraordinária*. Eu me arriscaria a dizer que se trata da melhor da minha carreira. Tenho certeza de que os senhores concordarão. — Ela fez um sinal sutil para uma secretária que segurava o importantíssimo livro de pedidos. Tess sabia qual era a deixa para a secretária: a garota deveria observar as reações dos presentes a cada vestido. Após o desfile, ela se aproximaria dos clientes mais promissores, cujo interesse pudesse ser revertido em uma compra significativa. Com muita discrição, é claro.

Elinor, sentada na primeira fila, olhou para trás na direção de Tess, erguendo uma sobrancelha questionadora. Porém, Tess não conseguiu obrigar suas pernas a se mexerem.

— E agora... — Lucile, agora ao lado da passarela levantou o braço com a palma da mão para cima. — O primeiro vestido da coleção de primavera de 1912 da Casa de Lucile! Eu o batizei, meus caros amigos, de "O suspiro de lábios insatisfeitos". Ouçam os sussurros do *chiffon* ao se mover e entenderão o motivo desse nome.

Um murmúrio se espalhou entre os repórteres, pontuado por uma risadinha, mas as convidadas de Lucile bateram palmas educadamente enquanto uma manequim banhada em uma luz azul saía das sombras. A modelo caminhou devagar pela passarela e depois desapareceu atrás das cortinas do palco.

— Em seguida temos um adorável vestido de chá, apropriadamente chamado de "Canção frenética das coisas do amor" — anunciou Lucile enquanto outra manequim, numa mistura brilhante de tule e brocado, assumia a passarela.

Os risos dos repórteres foram mais altos dessa vez. Tess estreme-ceu por dentro. Apesar de todos os conselhos que havia recebido, Lucile, desprezando-os, continuava dando nomes a seus vestidos.

— Esse aí bem que podia ser o vestido que afundou com o navio — comentou um dos repórteres.

A pequenina Mary Pickford levou uma minúscula mão enluvada aos lábios, como se para reprimir uma risadinha também. Os lábios de Lucile agora estavam tensos, a expressão imóvel.

Tess não pôde mais deixá-la ali sozinha. Sem pensar direito no que ia fazer, aproximou-se do palco.

Lucile olhou com rapidez na sua direção, com o rosto pálido. Tess se preparou para um escândalo, uma ordem para se retirar. Estava se metendo em um desastre.

Porém, não havia surpresa nos olhos de Lucile. Nenhuma. A suspeita de Tess era verdadeira; aquele era um drama ensaiado. Elinor o tecera com o completo consentimento da irmã, sabendo que ninguém conseguia se safar ao surpreender Lucile. Era perda de tempo ficar indignada, disse Tess a si mesma. Lucile poderia superar aquilo agora, dando a impressão de ter sido vingada, e não tinha nenhuma importância que não fosse verdade: só precisava parecer verdadeiro, até o fim do desfile.

— Meus amigos, quero apresentar-lhes um talento promissor de quem fui mentora — anunciou ela, virando-se na direção de seus convidados pessoais. — Aqui está ela, Tess Collins!

Mais uma vez, aplausos aqui e ali. De perto, Tess pôde ver os vincos profundos que marcavam a testa de Lucile, bem como as suas olheiras. Mesmo sendo apenas uma peça de xadrez ali, ela poderia dar a Lucile esse último presente. Sorriu para o público.

Lucile mal fez uma pausa.

— E chegou bem a tempo! — continuou ela com uma expressão que denotava mais que triunfo. — O próximo vestido que verão, senhoras e senhores — o olhar dela tremulou ao olhar para os repórteres —, é uma criação da srta. Collins. Um vestido de seda bastante elegante que, infelizmente, não tem nome.

O holofote se voltou para o início da passarela, e assim ninguém notou a expressão surpresa de Tess. Será que Elinor havia convencido Lucile a não excluir o vestido dela do desfile? Pensara que Lucile o tivesse atirado na lata de lixo. Porém, ali estava ele.

A manequim andou langorosamente enquanto a luz dançava pelo tecido, destacando sua textura. Quando a modelo fez meia-volta, a saia encurtada se abriu, permitindo um rápido vislumbre de sua panturrilha. Um murmúrio atravessou a sala, mas ninguém riu.

— Srta. Collins, conte-nos um pouco sobre sua criação — pediu Lucile de repente.

Tess olhou para o público, hesitante, sem saber o que dizer.

— Esse vestido foi desenhado para se movimentar com naturalidade, de forma desinibida — começou ela. — Porém, eu queria ainda que fosse prático e moderno, de modo que uma mulher pudesse sair das carruagens e dos automóveis com rapidez, andar depressa nas calçadas, correr sem tropeçar na saia. Tudo está mudando, e as roupas femininas precisam mudar também. — Ela fez uma pausa. Algumas cabeças assentiram de leve, e ela se sentiu encorajada. — Daqui a alguns anos, não teremos mais de lidar com dúzias de botões nos vestidos. Teremos novos tipos de fechos, e isso é só o começo. Contudo, neste momento, embora possa parecer ousado, as mulheres podem começar a encurtar as saias. Não precisamos mais ser tão sóbrias.

Será que ela realmente estava dizendo aquelas coisas? A manequim havia completado sua volta e caminhava para o fundo do palco. Tess a observou se afastar, com olhar crítico. Talvez o corpete tivesse ficado bom, no fim das contas, mas era tão simples que ninguém desejaria comprá-lo. Os aplausos foram animados. Ela viu no rosto de Lucile um lampejo de surpresa: o público de fato havia gostado daquele vestido tediosamente simples.

— Minha jovem aluna e eu agora dividiremos a apresentação desta coleção — anunciou Lucile de repente. Inclinou a cabeça para Tess, parecendo satisfeita com seu olhar espantado. E provavelmente também com o fato de os risinhos mal-educados terem parado.

KATE ALCOTT

. . .

Pinky se inquietava mais e mais à medida que o desfile prosseguia. Se não fosse todo o drama que estava por trás, ela não seria capaz de imaginar um evento menos provável para ela cobrir. Ficar sentada por duas horas olhando vestidos cheios de enfeites e fitas não era sua ideia de diversão, embora a contribuição de Tess fizesse aquilo parecer mais fácil. Ela olhou ao redor, para as mulheres presentes. Era difícil acreditar que pudessem ter tanto fascínio por roupas... Que coisa triste! Seus rostos pareciam de cera, cuidadosamente empoados, os lábios exibiam vários tons de rosa e cereja. Elas se sentavam eretas, provavelmente por causa dos espartilhos.

Os olhos dela continuaram a passear pelo ambiente e pararam na ex-esposa de Jack Bremerton, que de algum jeito conseguia parecer completamente fascinada e arrasada ao mesmo tempo. Acertar naquela mistura devia exigir muito treino. Por que Tess tinha ficado tão chateada ao ver aquela mulher? Pinky pôs-se a rabiscar o seu exemplar do programa, depois parou, com o lápis no ar.

É claro. Esse era o outro homem. Tudo se encaixava. Tess tinha perguntado sobre ele, falado nele... e depois, não dissera mais nada. Pinky, como você é tonta! Seu pai adivinhara tudo imediatamente; ele não havia perdido o faro de repórter. No caso dela, o fato teve de ser jogado à sua frente. Então, o que faria agora com esse furo? Desviou os olhos para Tess, quase desejando não ter descoberto.

. . .

O desfile estava quase no fim. A modelo com o vestido de noiva — a *pièce de résistance* do trabalho de Lucile — deslizou pela passarela com dramaticidade total, enquanto o vestido cintilava graças aos ornamentos elaborados de contas, que dançavam à luz. Uma explosão de aplausos deliciados preencheu o ambiente enquanto Lucile fazia sinal para que as luzes se acendessem. O quarteto de cordas, dada a deixa, passou a tocar uma música mais animada. Os convidados começaram a se agitar, as mulheres alisando os vestidos, conversando em voz baixa e sorrindo para madame Lucile, algumas com admiração genuína.

Mary Pickford, enquanto Elinor pairava ao seu redor, escolheu um dos vestidos de Lucile, ditando as mudanças que desejava com uma voz ligeiramente melodiosa.

— Nada de tule embaixo da saia, por favor — instruiu ela. — E seria possível encurtá-la uns... não sei, dezoito ou vinte centímetros? Gosto de saias mais curtas. — Ela não pediu o vestido de Tess, mas realmente, isso seria esperar demais.

Depois que os convidados tomaram chá e comeram biscotinhos de limão, agradeceram a Lucile efusivamente enquanto rumavam para a porta. Tess percebeu então que, além de Mary Pickford, apenas duas pessoas tinham encomendado vestidos – uma delas foi a ex de Jack Bremerton.

— Chegarão mais pedidos depois — disse Elinor, segurando o cotovelo de Tess. — Aposto que alguém vai encomendar seu vestido.

— Ela suspirou. — Mesmo assim, as coisas estão mudando. Está no ar, e gostaria que Lucile cedesse. Ou pelo menos parasse de dar esses nomes ridículos aos seus vestidos.

— Por que você não me contou que Lucile sabia da sua artimanha?

— De que você viria? Minha querida, com o temperamento dela, eu não me arriscaria. E, se tivesse contado a você, você não teria vindo. Enfim, não tem problema, ela sabe que foi apenas uma encenação.

— E eu fui uma das atrizes. — Que importava aquilo agora? Ela podia se livrar da decepção, mas se sentiu impelida a oferecer algo mais. — Acho que até hoje eu não tinha entendido completamente todo o talento que ela tem. Seus vestidos são maravilhosos, lindíssimos, mas, mais que isso, a estrutura deles é perfeita.

— Verdade — concordou Elinor em voz baixa. — Mas a época dela já passou.

Tess caminhou devagar até Lucile. Madame estava sentada ereta como um pedaço de ferro na entrada, conversando animadamente com sua voz rouca, despedindo-se das últimas convidadas, acenando para os repórteres. Depois que todos saíram, ela permaneceu sentada, o olhar vazio, mirando algum ponto distante.

— Lucile?

Lucile tomou um susto.

— Ah, Tess, agora vou saber os verdadeiros motivos de sua presença aqui hoje. — O sorriso dela havia voltado. — Não foi divertido? Aquela boba da Isadora Duncan, sempre reclamando que está gorda. Mas você percebeu que ela não hesitou em pedir chocolate quente em vez de chá? Francamente, essas atrizes... E você viu aquela enigmática sra. Bremerton? Está na cara que ela saiu bem do divórcio, isso fica evidente pelo vestido que escolheu. Há tanta coisa a fazer agora. Nós...

— Lucile, por favor.

Pausa.

— Ah, como eu desconfiava. Você não mudou de ideia, não é? Isso tudo foi... como eu poderia dizer? Uma manifestação *encenada* de apoio.

— Ouvi dizer que era o que a senhora esperava. — Tess estava muito calma. — Mas, de certa maneira, não estou atuando. A senhora não sabia dos esquemas para prender Jim, e lamento por tê-la acusado.

— Eu não perdoo você, Tess.

— Não estou pedindo perdão, Lucile.

— Você está sendo ultrajantemente...

— Rude? Insolente? Arrogante?

— Além da sua posição.

Ela parecia tão ferina e, ao mesmo tempo, sim, frágil.

— Eu não trabalho mais para a senhora — disse Tess num tom gentil.

— Então por que veio até aqui? — exigiu Lucile.

— Voltei para ajudá-la a enfrentar este dia. Não queria colaborar para arruinar a senhora ou seu ateliê.

— Bem, é adequado, eu diria.

— A senhora é realmente uma grande estilista, Lucile. E a coleção está soberba.

— Fico feliz por você ter percebido isso.

— Tenho certeza de que irá vender.

— Bem, irá, com certeza. — A voz de Lucile estava levemente fraca. De repente ela estendeu a mão e apoiou-a no braço de Tess. — Fique comigo — pediu ela. — Eu lhe darei treinamento, se ficar neste país. Ou então pode voltar para a Inglaterra comigo. Vou cuidar muito bem de você, dar-lhe todas as oportunidades. Isso é uma promessa.

Devagar, mas com firmeza, Tess fez que não. A natureza de Lucile não iria mudar. Sempre seria elogiar, criticar, aguilhoar e condenar, enredando todos num balé constante de tentar agradar, de esforçar-se ainda mais, de fazer qualquer coisa para agradar a madame. Ela agora não apenas conseguia enxergar essa teia como também senti-la, e não se deixaria enredar por ela mais uma vez.

— Acabaríamos nos odiando — disse Tess.

Por um longo momento, Lucile não disse nada.

— Bem, é sua decisão — balbuciou ela por fim. Não havia nenhum tom meloso agora. Era cortante, cortante como uma faca. — Talvez você tenha razão.

Ela ajeitou seu cabelo com as mãos, deu as costas para Tess e depois parou, como se tivesse decidido algo. Virou-se, apontando para seu escritório.

— Por favor, venha comigo. Tenho algo a lhe dizer em particular.

Não havia nada de particular naquela caixa de vidro, embora pudesse assim parecer para uma mulher que sempre vivia sob o olhar do público. Sem comentários, Tess acompanhou Lucile.

A porta se fechou. Um cheiro pungente e meio acre enchia o ambiente, embora as flores murchas já tivessem sido retiradas. A mesa de Lucile estava uma bagunça. Convites não usados, uma caixa de onde saíam pó, tesoura, até mesmo uma bola de chiclete mastigado — um dos vícios de Lucile, segundo Cosmo — enrolada num pedacinho de papel. Lucile não parecia perceber nada daquilo. Ela cruzou os braços e se virou parcialmente para longe de Tess, sem querer encará-la ao falar:

— Certa vez você falou que eu parecia uma rainha. Lembra?

— Sim, eu me lembro.

— Eu não sou, claro. Vim de uma família tão pobre, de certa maneira, quanto a sua. Subi a escada social, querida, quebrando um belo número de regras ao longo do caminho. Mas fui do nada para o alguma coisa. Aprecio o gosto do sucesso, embora ele não seja atraente numa mulher. Entende?

— Sim.

— Claro que entende. Quando conheci você, você estava disposta a lutar para subir essa mesma escada. Eu me vi em você. — Ela se virou para encarar Tess. — Perdi uma filha no parto, há muito tempo. Ela teria mais ou menos a sua idade hoje. Estarei eu prestes a perdê-la de novo?

— Está falando de *mim*? — exclamou Tess, estupefata.

— Claro.

Tess tentou recuperar a voz, mas o silêncio a dominou.

— Lamento a senhora ter perdido seu bebê — disse ela, por fim. — Eu não tinha ideia que...

— Estou vendo. Bem, achei que seria bom tentar. Mas você bem deve saber que me arriscar a sofrer humilhações não é algo que eu faça de bom grado. — Lucile começou a beliscar de uma pequena bandeja com bolinhos, equilibrada precariamente na beirada da mesa, em meio a toda aquela bagunça. — Suponho que você tenha motivos para ficar feliz de não ser minha filha. Eu teria sido uma péssima mãe.

— Lucile, eu sinto muito, de verdade.

— Não importa, posso ver pela sua reação que não há jeito. — Contudo, ela não fez menção de sair do escritório. Começou a beliscar pedacinhos da cobertura de um dos bolinhos, esfarelando-os distraída sobre a bandeja. — Não gosto de rememorar eventos trágicos, como você sabe — disse ela, mal controlando a voz. — Mas existe uma coisa a mais para esclarecer.

— O que é?

Ela endireitou os ombros, resoluta.

— O que aconteceu naquele bote.

Tess prendeu a respiração e aguardou.

— Eu fiz a coisa certa ao ordenar que aqueles homens não voltassem, e defendo isso. Não me importa o que as pessoas tenham a dizer sobre um bote vazio. Primeiro pensamos em nós mesmos. — Ela fez uma pausa. — Existe algo, suponho, de verdadeiro no que Jean Darling disse, sobre a culpa. Sobre a impossibilidade de se perdoar. — Ela agitou uma das mãos. — Esse tipo de sofrimento não é para mim, mas eu posso lhe dizer que uma pessoa de fato agarrou minha perna no bote. Foi algo muito assustador e chocante, realmente.

— O que a senhora fez? — O ar abafado do escritório estava deixando Tess ligeiramente enjoada.

— Quer me deixar terminar? Talvez queira. Já lhe disse, alguém me agarrou. Não vi quem era. — Agora parecia que ela falava sozinha. — Achei que fosse algum marinheiro desajeitado, por isso o empurrei, com toda a força que pude. Então ouvi o barulho de algo caindo na água.

Silêncio. Passaram-se vários segundos até Tess conseguir dizer algo.

— O que aconteceu depois? — perguntou ela, por fim.

— Pedi ajuda, claro. Ele me agarrou de novo, e um dos homens o afastou.

— Com um remo?

— Sim.

— Meu Deus, Lucile.

— Não sei quem pegou o remo, se é essa a sua próxima pergunta. Estava escuro.

A conveniência da noite.

— Você deve ter uma ideia.

— Se está perguntando se foi Cosmo, eu não acreditaria nisso. E você vai ficar feliz de saber que não foi seu marinheiro, porque ele se levantou e brigou com o homem que estava tentando me ajudar. Quase fez nosso bote virar. Contei tudo o que sei a você, agora.

— Por que a senhora não disse nada disso no seu depoimento?

— Está falando sério? Eu seria acusada de assassinato. — Lucile começou a andar de um lado para outro. — Eu não fui a única —

disse ela. — Você está aí parecendo tão chocada... É porque lhe contei isso? Houve outros... barulhos de gente caindo na água, mas eu não consegui ver nada. Nós queríamos sobreviver, qual o problema nisso? O que você vai fazer agora? Revelar isso ao mundo?

— Oh, Lucile. — Ela tinha vontade de gritar e chorar ao mesmo tempo.

A voz de Lucile ia ficando mais alta, as palavras vindo apressadas.

— Por que nós, que sobrevivemos, somos culpados? Fomos nós que causamos aquela calamidade? Você se lembra do que foi assistir àquele navio afundar? Meu Deus, eu não conseguia acreditar. Virado de proa como um brinquedo, um brinquedo da natureza, uma visão sem precedentes, e devemos sair disso tudo incólumes? Voltar para a civilidade, homens cumprimentando as mulheres com um toque no chapéu, dizendo "depois da senhora" ao entrar nos botes salva-vidas... Que piada! Se existe Deus, com certeza ele estava se divertindo. Como somos idiotas de navegar pelo oceano em uma coisa feita de palitos de dente! Os brinquedos fomos *nós*! O que está acontecendo neste mundo?

E com aquele grito, ela parou de caminhar.

— Acho difícil acreditar que eu fui a única que o estava empurrando, mas talvez tenha sido.

— A senhora não estava tentando matar aquele homem.

— Claro que não. Eu apenas não queria que me tocassem. Pelo menos é o que eu digo a mim mesma. — Ela estava de costas para Tess, agora. Aquela coluna orgulhosa, rígida, reta... inflexível.

— Não havia tempo para pensar — conseguiu articular Tess.

— Sim, sim, mas perceba, claro, que nunca disse nada a ninguém. Meu caráter não foi mais forte do que o de Jean.

— Então por que a senhora está me contando isso?

— Ah, apenas para esclarecer as coisas, suponho. As coisas sempre foram meio sombrias entre mim e você.

— Complicadas — corrigiu Tess com voz baixa.

Lucile se virou ao ouvir isso e lhe deu um sorriso rápido e rígido.

— Minha cara, todos os meus relacionamentos são complicados. Eu lhe desejo boa sorte.

Tess de repente se viu piscando para afastar as lágrimas.

— A senhora me trouxe para cá — disse ela. — Me deu uma chance. Apontou o caminho, e agradeço por isso.

— Ah, não fique toda chorosa. Sério, basta. Adeus, Tess.

— Lucile...

Mas Lucile caminhou para a porta, abriu-a e saiu, deixando a frase de Tess pelo meio.

— James! — gritou ela, batendo palmas irritada. — Onde está você? Arrume alguém para limpar aquela mesa de chá, sim? E vamos retirar essas cortinas nesta noite. Será que ninguém mais vai trabalhar por aqui além de mim?

Tess saiu do escritório e caminhou devagar até o elevador, onde estava Elinor, aguardando.

— Então ela lhe contou o que aconteceu — disse Elinor, com calma.

— Ela me disse hoje de manhã que queria ter a chance de fazer isso.

— Talvez ela esteja se culpando por algo que não poderia ter feito sozinha. Ela não teria forças para empurrar aquele homem do bote.

— Ela me disse que foi Tom Sullivan que levantou o remo.

— Sob o comando de Cosmo? Ou dela?

— Jamais saberemos. Quer saber o que eu acho? Que aquele canalha embusteiro fez isso sozinho. Viu como juntamos as partes para formar nossa própria história? Para nos redimir, suponho.

— Por que ela quis me contar?

— Ela decidiu isso depois de ouvir o depoimento de Jean Darling. Disse que era algo que ela precisava fazer. Sei que ela não lhe pediu para guardar segredo, mas espero que você guarde.

Tess só conseguiu assentir. Mais uma escolha.

— Falando nisso, Lucile me pediu para lhe entregar isto. — Elinor estendeu uma bolsinha de veludo e a colocou na mão de Tess. — Ela chamou de lembrança. Disse alguma coisa sobre proteger você e consolar o coração. Disse que você saberia o que significa.

Tess abriu as cordinhas com vagar, sentindo os olhos marejarem. Os brincos de pedra-da-lua.

— Por favor, não diga que não pode aceitá-los. Por favor, não faça isso com ela.

Tess assentiu de novo, lentamente.

— Agradeça a ela por mim — pediu.

— Espero que você saiba que ela está extremamente triste por perder você.

— Eu queria lhe contar tantas coisas mais...

— Ela também, creio. — Elinor suspirou. — Mas o que está feito, está feito. Você antevê o futuro corretamente, se isso lhe serve de consolo. Minha irmã não vai mudar. Você tem algum plano? O que irá fazer?

— Não sei.

— Bem, boa sorte. Você sabe que pertence a uma pequena categoria de pessoas: você sobreviveu a Lucile. — Elinor disse aquilo quase com ternura, extraindo a frieza de suas palavras. — Mantenha contato, e se precisar de ajuda me procure. Isso é, se um dia for à Califórnia. — Ela fez uma pausa. — Vou conversar com algumas pessoas para ver se encontro um emprego para você. Ouvi dizer que uma tal Coco Chanel está empregando pessoas, que saiu do ramo de chapéus bem depressa. Você obviamente tem futuro no... Qual é mesmo a expressão que Lucile odeia? "Comércio de panos."

Tess sorriu.

— Ainda sou muito boa com botões, embora eles sairão de moda em breve.

— Fique de olho. É um começo, pelo menos. Ah, antes que eu esqueça... — Ela sacou um envelope da sua bolsa. — Isso chegou para você ontem.

O coração de Tess deu um pulo quando ela olhou para aquela caligrafia, cada letra tão cuidadosa e dolorosamente desenhada. Então seus recados para casa haviam chegado. Ela imaginou sua mãe piscando sob a luz de uma vela enquanto escrevia. Sua casa, uma conexão com sua casa. Enfiou a carta no bolso para ler mais tarde, quando estivesse sozinha.

Entrou no elevador e, enquanto as portas se fechavam, viu pela última vez Lucile caminhando pelo ateliê, com os cabelos ligeiramente desfeitos, dando ordens à direita e à esquerda.

Justamente quando ela tinha começado a entender, chegou o fim. Seus pensamentos voltaram para a mulher grandiosa que caminhava pelo convés do Titanic como se fosse dona do mundo. Madame Lucile. Andar ao lado dela, ouvindo a trilha suave de murmúrios maravilhados ante sua passagem... Sabem quem ela é? A melhor e mais famosa *couturière* do mundo. Usar roupas daquela mulher era estar no auge. E tudo fora dissolvido... tudo era uma fantasia.

Tess fechou os olhos e só os abriu quando as portas se abriram no térreo. Ninguém estava por ali — nenhum repórter gritando, nenhuma cliente. Ela saiu do elevador, sentindo como se estivesse abandonando um sonho para entrar em outro. A única realidade naquele momento era a carta de sua mãe.

17

Pinky estava na calçada, sentindo-se estranhamente acanhada quando Tess saiu do edifício. Todas as convidadas da alta sociedade haviam desaparecido, mas ainda havia alguns grupos de vendedoras esperando os sedãs e borbulhando de risadinhas ao relembrar o evento chique a que tinham sido convidadas de última hora — e sendo pagas para isso, nada mais, nada menos.

— Você ficou — disse Tess com uma onda de gratidão.

— Ah, achei que daria para esperar por você. Imaginei que não se demoraria muito lá em cima. Quer jantar lá em casa?

Talvez pela bondade do convite, talvez ela fosse chorar de qualquer jeito, mas as lágrimas vieram ao ouvir isso.

Pinky ficou meio surpresa, o que não a impediu de dar um tapinha desajeitado nas costas de Tess.

— Não posso dizer que entendo o que você estava tentando fazer, mas você ofereceu mais do que ela merecia — observou ela.

— Eu precisava retribuir de alguma maneira. Eu devo muito a ela.

— Foi difícil abandonar tudo? Você se sentiu tentada a ficar?

Tess fez que não.

— Não. Não estou mais fazendo esse tipo de concessões.

— Nem precisa me dizer. Posso ver como ela engole todo mundo. Mas seu vestido era legal.

Tess conseguiu lhe dar um sorriso trêmulo. Qualquer comentário de moda vindo de Pinky era novidade.

— Estou tentando entender por que você ficou tão corada quando viu a sra. Bremerton — arriscou Pinky. — Algo aconteceu, e acho que sei o que foi. — Talvez ela estivesse sendo direta demais, mas pronto, já tinha dito. Era melhor ser sincera. Na maioria das vezes, pelo menos.

— Você é uma boa observadora — comentou Tess.

Por um momento, nenhuma das duas disse nada.

— Não sei o que você vai fazer amanhã, mas gostaria de vir comigo à manifestação das sufragistas? Começa na Washington Square, embaixo do arco. Já viu esse arco? É lindo. — Mudar de assunto não era o forte de Pinky, e ela estava agora se atropelando com as palavras, apressada. — Lembra o que eu disse sobre o cavalo branco? É lindo, e a mulher que vai cavalgá-lo tem cabelos incrivelmente longos, então será bastante dramático. Os fotógrafos gostam disso. Espero que consiga a primeira página. Principalmente se as mulheres que estão arrecadando fundos para um serviço em memória dos homens mortos no Titanic aparecerem. Elas estão furiosas porque as sufragistas estão dizendo que as mulheres do Titanic não deveriam ter sido tão rápidas em deixar que os homens morressem no lugar delas. É uma historinha bem suculenta.

— Pinky, aquilo foi um caos — disse Tess, cansada, sem querer reviver aquilo tudo mais uma vez.

— Bem, a igualdade tem dois gumes. Tudo assume uma feição política, é só o que eu sei. Por isso haverá zombarias e piadinhas, mas é bom quando as mulheres se unem.

— Obrigada, vou pensar nisso — disse Tess. De repente ela invejou Pinky. Era fácil para ela ver as coisas assim de um jeito tão simples. Devia ser confortável ter tanta confiança nas próprias escolhas.

— Por que Bremerton e não Jim? — perguntou Pinky de repente.

— Não é assim. Os dois são bem diferentes.

— O que isso quer dizer?

— Você está me perguntando como repórter ou como amiga?

Pinky já tinha decidido, mais ou menos quando o vestido de noiva chique lá de cima flutuara no seu campo de visão estupidificado.

— Como amiga — respondeu.

— Jack é... — Ela tateou em busca das palavras certas. — É um homem mágico que vem de um mundo mágico.

Pinky pareceu sinceramente intrigada.

— Onde você se encaixa nisso?

— É o que estou tentando decidir.

— Bem, ele é rico e deve estar apaixonado por você, então você deve pensar que seria louca se deixasse a oportunidade passar. Suponho que queira se casar. Já pensei nisso antes, e houve um homem que... — A voz de Pinky ficou melancólica. — Mas não pude. Não quero me casar. Eu me sentiria como um rato numa ratoeira.

— Não precisa ser assim.

— Em geral, é o que acontece. — Pinky não tinha certeza de como dizer a Tess o que ela não conseguiria suportar perder: a emoção de entrar numa sala sabendo que, como repórter, ela carregava uma identidade que chamava atenção. Se não respeito. Sabia que seu trabalho a protegia de ser dispensada ou ignorada, sabia que lhe dava acesso a uma variedade enorme de mundos, embora eles às vezes a assustassem. — Eu não conseguiria abandonar meu emprego por nada neste mundo — disse afinal. — Você fez isso, e foi muito corajoso.

— O que você está dizendo?

— Que você abandonou seu emprego por Jim. — E dessa vez Pinky teve a sensibilidade de não dizer mais nada. Ela tinha visto o olhar no rosto dos dois no dia anterior.

As duas mulheres ficaram em silêncio por um longo instante.

— Tenho um frango enorme lá em casa, pronto para ir ao forno — disse Pinky por fim, com timidez.

— Obrigada. Mas nesta noite não. Preciso fazer algumas coisas.

— Tess, num impulso, abraçou-a.

— Nos vemos amanhã? — perguntou Pinky.

— Talvez.

— Se você vier, isso vai significar alguma coisa.

— O que vai significar?

— É só uma intuição. Tchau, Tess.

Pinky virou as costas e tomou o caminho que levava à redação do *New York Times*, sem saber se estava certa ou errada. Talvez não fosse verdade que ela desistiria de qualquer coisa que ameaçasse seu emprego. Isso não a deixou mais segura. Talvez a única coisa que importava era desistir da ideia de que havia um lugar onde se esconder. Ela inspirou profundamente. Talvez fosse hora de correr esse risco. Fora o que Tess fizera.

• • •

Van Anda viu Pinky entrar na redação do jornal e caminhar em direção à mesa dele. Mesmo sendo um homem experiente, não conseguiu interpretar o estado de espírito dela. Ela ultimamente havia perdido boa parte do seu gingado, e ele conhecia os sinais: ela estava se entediando com a história do Titanic. Mas, que diabo, ela continuava extraindo ótimas histórias dessa fonte.

— E então, o que você me traz do desfile de moda? — perguntou ele com um sorriso, mas ela não parecia estar com ânimo para brincadeiras.

— Tiveram de encher o lugar com vendedoras para que parecesse devidamente lotado — disse ela. — Não foi um bom dia para a Casa de Lucile.

— Quanto você é capaz de me dar? Insira alguma coisa sobre as roupas também, faça-me o favor. As mulheres gostam disso.

— Havia um belo vestido amarelo. De seda.

— Você tem um olho e tanto para moda, pelo que estou vendo.

Era o jogo costumeiro de pingue-pongue dos dois. Mas Pinky não poderia deixar a coisa assim, não nessa noite.

— Carr, o *World* me ofereceu um emprego.

Van Anda se aprumou depressa, sua cadeira rangeu embaixo do corpo.

— Emprego? Que tipo de emprego? Eles não empregam mulheres. Ela o encarou nos olhos.

— Sim, eu sei. Só bons repórteres.

Van Anda xingou em silêncio. E ele tinha estragado aquela repórter.

— Não podem ter lhe oferecido muito. Você não está considerando a proposta, está? Você seria louca de deixar o *Times*.

Lá estava a sua oportunidade. Durante todo o caminho vindo do *loft* de Lady Duff, ela ensaiara o que diria. Ela podia fazer qualquer coisa — mergulhar em qualquer reportagem, fazer qualquer pergunta ultrajante, perseguir um lide ou uma fonte com persistência total, e não desistia enquanto não conseguisse o que queria. Tinha orgulho do seu trabalho, e orgulho de como o executava. Ela era isso tudo. E tinha o respeito dos colegas e do seu editor. O que estava amarrando sua língua?

— Olhe, talvez você esteja precisando dar um tempo com essas histórias de desastre. Posso colocar você num grupo que está investigando os amigos do prefeito. Tem coisa boa aí. Nós...

— Quero um aumento.

— O quê?

— Quero mais dinheiro. Eu mereço.

— Você ganha um bom dinheiro para a sua profissão.

— Os tipógrafos ganham cinquenta centavos por hora e eu ganho menos que isso. — Ela sorriu diante da expressão dele. — Você achou que eu não sabia disso, não é?

Van Anda gemeu e se inclinou para a frente.

— Pinky, você é uma mulher inteligente. Mas as coisas estão apertadas por aqui agora.

— As coisas estão sempre apertadas.

— Gostaria de poder ajudar você nisso. — Ela devia estar blefando. Nunca sairia do *Times*. Nenhum repórter em sã consciência deixaria o jornal mais importante da cidade.

Mas a coragem dela estava aumentando.

— Quero um aumento. Quero ganhar um dólar por hora.

— Você deve estar brincando. — Van Anda agora estava encurralado. Perder um de seus melhores repórteres? Não era uma boa ideia. — Por que não conversamos daqui a alguns meses? Aí eu vejo o que consigo fazer.

Pinky tentou engolir para aliviar a secura de sua garganta. Lá estava ela, lançando-se ao mar, de olhos vendados.

— Não, senhor, preciso de um aumento *agora*.

Van Anda se reclinou na cadeira e a encarou.

— Você realmente está disposta a trabalhar para aquele jornaleco?

Ela pensou em seu pai, na sua barganha constante com a sra. Dotson, que sempre pedia mais dinheiro.

— Sim.

— Vá escrever sua matéria. Deixe eu pensar um pouco.

— Prefiro acertar tudo agora. Tirar isso da cabeça. Isso vai permitir que eu escreva uma matéria melhor.

Lá estava ela, pensou Van Anda, exigindo receber quase o mesmo que os outros repórteres e, verdade seja dita, ela valia. Pagar assim tanto dinheiro para uma mulher? Não se fazia isso. Mas os tempos estavam mudando. Deus, quem sabia o que esperar de mulheres como aquela? Ela não estava cedendo, nem sorrindo, nem tentando convencê-lo. Estava estabelecendo o mínimo. Impressionante.

— O que eles estão oferecendo?

— Um dólar por hora.

— Jesus, onde eles têm tanto dinheiro?

— Sei lá.

— Certo, garota. Setenta e cinco centavos por hora. É o máximo que eu consigo fazer.

— Um dólar.

Eles se encararam. Se tinha uma hora em que ela não poderia desviar os olhos, era essa.

Van Anda atirou o lápis na mesa.

— Certo, um dólar. É melhor você valer o que está pedindo.

Ela deu um grande sorriso, mas suas pernas tremiam.

— Você já sabe que eu valho, Carr.

— Hã-hã. E faça-me um favor, sim? Não espalhe isso por aí, senão todos os homens vão querer mais dinheiro também. — Ele coçava a orelha, parecendo meio chocado. Outra hora eles fariam piada sobre o assunto. Talvez no dia seguinte mesmo.

Pinky voltou para sua mesa, cantarolando. Tinha conseguido, tinha uma boa notícia para levar ao pai. Esqueça o frango. Naquela noite eles comeriam milho fresco e filé. Agora ela podia enxergar o futuro. Ele era bom. E como seu pai dissera, ela iria, um dia, dançar na Lua. Ou no mínimo ver a África.

• • •

O clique forte da fechadura de seu apartamento foi um alívio incrível. Sozinha, Tess afundou numa cadeira e tirou do bolso a carta de sua mãe. A caligrafia familiar lhe despertou uma saudade súbita de casa, tanto que ficou chocada com as primeiras palavras que leu:

Minha querida filha, você sobreviveu a uma tragédia terrível, mas, apesar de tudo, não pense em voltar para cá.

Ela continuou lendo, segurando o papel com tanta força que ele quase rasgou:

Você agiu de modo corajoso, e quero que encontre seu lugar nesse novo mundo de Nova Iorque, seja lá qual for. Nós duas sabemos que, se você estivesse aqui, passaria o resto da vida limpando salas e consertando vestidos. De noite, deitada na cama, olho para o teto e tento imaginar como deve ser. Quase consigo imaginar como seria, se fosse eu.

Havia mais coisas, basicamente novidades a respeito de seu pai e de seus irmãos, e sobre os vizinhos e o preço do queijo e da carne, e de como tinha sido um ano ruim para as batatas. Ela leu com ansiedade, faminta pela simplicidade de sua antiga vida. E então, no final:

Eu já lhe disse para ir atrás de uma oportunidade, Tess. Mantenha a cabeça erguida, não abaixada. Não se contente com segurança. Queira mais: você não será tola por tentar.

Tess dobrou a carta e a fitou, ali na mesa diante dela.

Você não será tola por tentar.

Tentar o quê? Jack descortinaria um mundo inteiro para ela. Não só isso: ele poderia ajudá-la a abrir um mundo para sua mãe. Só de pensar nisso, pensar em sua mãe liberta dos trabalhos desgastantes, tendo um pouco de facilidades e conforto, era arrebatador.

Que coisa mais extraordinária que um homem como aquele a amasse. Isso a fazia se sentir valorizada de um modo que nunca tinha se sentido, como se ela estivesse dançando dentro de um conto de fadas. Ela havia sonhado com ele, e depois se visto enredada suavemente na versão de mundo dele. Mas, talvez, o mesmo tivesse acontecido com a segunda sra. Bremerton. E com a primeira.

Ela podia se permitir pensar em Jim, também. Lembrar a energia e a empolgação da vida que explodia dentro dele, que a girava no ar, que a fazia rir, sonhar e refletir: era isso que ele representava. Não segurança, apenas esperança.

Não havia mais tempo para evitar a única pergunta que importava. Por que ela estava pensando em escolher um homem que poderia completá-la? Como ela podia fazer isso, quando ainda não sabia ao certo quem ela era naquele mundo novo?

Ela se levantou e caminhou até a cômoda, onde havia colocado o bote de Jim. Apanhou-o, acompanhou suas linhas e curvas com o dedo, perguntando-se de repente se ele seria capaz de boiar. Ela o levou até a pia, encheu-a de água e o colocou com suavidade ali dentro. O bote balançou um pouco, depois se moveu para a frente, batendo contra a lateral da pia. Como tinha sido bem esculpido... Ela pensou nos dedos hábeis de Jim, na empolgação dele ao levá-la até a oficina. Ela esperou. Por que aquilo tinha importância? Não tinha, é claro. Mas o bote boiou. E ela se viu ansiando por ter esperanças.

. . .

O céu estava completamente escuro quando ela bateu à porta do escritório de Jack Bremerton. Aguardou pelo que pareceu uma eternidade, antes de ouvir o chacoalhar de uma corrente lá dentro.

O homem chamado sr. Wheaton — o secretário de Jack — abriu a porta, com olhos arregalados.

— Ele não está esperando a visita da senhorita.

— Eu sei, mas preciso falar com ele.

— Oh, minha cara. — Ele hesitou, na dúvida se deveria deixá-la entrar. — Bem, ele não está aqui no momento, mas, por favor, entre. Ele está jantando com o sr. Ford. Aconteceu alguma coisa? — Ele a observou com cuidado.

— Eu realmente preciso falar com ele, sr. Wheaton.

— Claro. Gostaria de um xerez? — Ele andou até um bufê, apanhou um decantador de cristal e serviu um copo com o líquido cor de vinho, curvando-se ligeiramente ao oferecê-lo para ela. — A senhorita significa muito para ele, sabe? Espero que não tenha acontecido nenhum problema.

Tess bebericou o xerez, desejando que Jack aparecesse logo. Ela não queria conversar com o sr. Wheaton, não agora.

— Fico feliz por saber que o marinheiro que remou no bote salva-vidas número um tenha escapado da cilada preparada pelos Duff Gordon — disse ele.

— Foi um enorme alívio — respondeu ela, surpresa. Ficou imaginando como ele sabia daquilo.

O sr. Wheaton colocou o decantador no bufê. Parecia ter tomado uma decisão repentina. Olhou para ela, com uma expressão grave.

— A senhorita sabe quem conseguiu isso, não?

Ela levou um ou dois segundos para perceber o que ele estava contando.

— Jack?

— Sim.

— Oh, minha nossa.

Ele fizera aquilo por ela. Havia salvado Jim da vergonha e dos problemas. Havia retirado uma carga de preocupação dos ombros dela. Era impressionante o poder que ele tinha para conseguir que a acusação fosse retirada, e tão rapidamente. Uma caridade tremenda.

— Ele não quer que a senhorita saiba.

— Por quê? — perguntou ela. Desejou que ele entrasse pela porta naquele minuto, para lhe agradecer pessoalmente.

— Ele não queria influenciá-la. Não queria que se casasse com ele por... gratidão. Não seria o suficiente.

— Não, não seria.

— Estou supondo, pelo seu comportamento, o motivo da sua vinda. Sei que Jack é impulsivo e que tudo isso aconteceu muito rápido, mas, se posso dizer, caso a senhorita tenha dúvidas, ele é um homem ótimo e honrado.

— Eu sei disso. Nunca duvidei disso, de verdade — respondeu ela.

Os dois ouviram o barulho da fechadura da porta de entrada.

— Adeus, srta. Collins. — O sr. Wheaton sorriu de leve e sumiu por outra porta, fechando-a com delicadeza atrás de si.

E agora Jack estava diante dela. Ele piscou, espantado, depois pareceu saber, sem que uma única palavra tivesse sido dita, o motivo de ela estar ali.

— Deixe-me abraçá-la primeiro — pediu ele.

— Não posso, preciso falar.

— Não, eu digo. Você não vai se casar comigo.

— Você é um homem maravilhoso, impressionante. Mas não, não posso.

— Por que não?

— Não sinto o que eu gostaria de sentir. — Doía dizer-lhe.

Jack andou até o bufê e se serviu de um copo de xerez. Sua voz, embora calma, tinha agora um tom cortante.

— Tess, eu amo você. Vou fazê-la feliz, você pode fazer qualquer coisa. Tenho muito dinheiro. Já lhe disse, se quiser um ateliê, eu lhe darei um. O que você quer? Eu lhe darei. Quero mimar você.

Os pensamentos de Tess voaram para Cosmo e Lucile.

— Não quero ser mimada.

— Eu e você formamos um casal perfeito. Onde está sua coragem?

— Estou tentando mostrá-la agora.

— Vá em frente, então. Estou escutando.

Não havia como exprimir suas dúvidas de modo gentil.

— Eu me sinto levada pelo seu entusiasmo e sua segurança, mas isso não é verdadeiro o bastante para mim.

Jack demonstrava um absoluto autocontrole.

— Tess, você acha que tenho alguma ilusão de qual é a origem da sua atração por mim? Posso dizer as coisas de modo direto, minha querida? Não há nenhum problema em desejar dinheiro e segurança. As mulheres têm seus motivos para se casar com homens mais velhos, já estabelecidos. É assim que o mundo funciona. — Ele deu um de seus sorrisos amargos. — Cada um de nós tem suas fichas de jogo.

— Eu não sei se nós dois estamos fingindo viver aquilo que *queremos* que seja real. Você já teve duas esposas. — Ela pensou na primeira sra. Bremerton, que estava à porta de Lucile, tão rígida e contida quanto uma estátua de mármore.

Ele piscou.

— Isso é cruel da sua parte. Não posso desfazer os erros do meu passado.

Ela engoliu em seco.

— Talvez você venha a querer uma quarta esposa.

— Então é disso que se trata.

— O medo de que isso aconteça pode fazer com que eu me torne uma pessoa diferente. Mas não é por isso, Jack. É muito mais que isso.

— E que importância tem? O que mais importa, além de nós? Eu adoro você. O que mais você quer?

O que mais, realmente? Ela teria conforto além do que sonhava. Mas não ser capaz de retribuir em igual medida deixaria um vazio impossível de ser preenchido. E então, um dia, ela deixaria de tentar retribuir. Só receberia, não daria nada em troca. Ela passaria a ter um coração morno.

— Ser eu mesma completamente — sussurrou ela.

— Se todo mundo esperasse por isso, não faria nada.

— Eu quero tentar.

Jack passou a mão no cabelo enquanto esvaziava o copo, depois se levantou e fitou a parede.

— Bem, pelo menos você está me dizendo isso cara a cara. Eu tendo a não fazer isso na minha vida. Aí está minha falha de caráter, querida. Sou um covarde. Mas sou bom no xadrez.

— Jack, você salvou Jim, e agradeço por isso do fundo do meu coração. Foi um ato desprendido.

— Aquele maldito Wheaton!

— Fico feliz de saber.

— Bem, não foi desprendido. Eu só queria ter você, com sentimentos livres. Foi a maneira mais fácil de garantir isso. E suspeito que Jim tenha algo a ver com sua mudança de espírito.

— Sim, tem. Mas ele não sabe.

— Bem, talvez você devesse contar a ele.

— Receio que agora seja tarde demais para isso.

A resposta dele foi quase gentil.

— Talvez não.

— De certa maneira, nem importa. — Ela viu que ele não estava entendendo, por isso mudou de assunto. — Por que você fez um ato assim tão generoso?

— Porque eu gosto de ter o poder de obter o que desejo. É disso que se trata. Gosto de ganhar. Isso era apenas mais uma coisa que eu poderia conseguir.

— Não acredito que seja só isso.

Ele suspirou.

— Certo, Tess. Não gosto de gente como os Duff Gordon, que destroem a vida dos outros com a maior naturalidade, e fico feliz de frustrá-los. E não gosto de empresas como a White Star. Deus sabe que ganhei muito dinheiro com empresas desse tipo, mas isso não significa que acredito nas ilusões delas. Essa é a piada: empresas como a White Star acabam acreditando em suas próprias fanfarrices. O maior navio do mundo, indestrutível, esse tipo de coisa. É aí que elas acabam causando problemas para os outros. E não percebem. Então repetem a mesma coisa, sem parar. E gente como eu encontra maneiras de lucrar com isso.

— Isso parece... bastante norte-americano.

— E é. Olhe — acrescentou ele, devagar —, você tem medo que eu me canse e parta para outra. Era o que minhas esposas diziam. Você poderia mudar isso.

— Não sozinha.

— Talvez fosse isso o que eu mais queria. Sua fé em mim. Obviamente ela não existe. — Ele a olhou com tristeza, com ternura. — Você é tão fresca e jovem, minha querida. Talvez eu acabasse matando isso com meu cinismo.

Não havia mais nada a dizer. Eles ficaram afastados, de pé, estranhamente aliviados, sem tristeza.

— Eu lhe desejo boa sorte — disse ela. — Jack, estou tentando ser a pessoa que acredito que sou, porque se não fizer isso, se eu representar um papel, qualquer papel, vou terminar tornando nós dois infelizes.

— Como a famosa Lucile?

— Talvez.

Ele soltou um muxoxo de desdém.

— Ela com certeza revelou-se um modelo de gente poderosa.

Tess se virou para ir embora. Cortara o segundo caminho de vida que poderia seguir naquele país. Porém, não havia nenhuma incerteza, nenhuma angústia, apenas aquela mesma tristeza constante que a arrancara do *loft* de Lucile e a levara até ali.

— O que a fez mudar de ideia?

— Minha mãe, em parte. Mas basicamente meu bom senso.

Ele parou, pensando nas palavras dela.

— E eu não me encaixo nisso. — Ele levantou uma das mãos quando ela ia dizer algo, impedindo-a. — Acho que isso prova que não posso começar a aproveitar melhor a minha vida moldando a sua. — Deu um passo à frente e a abraçou com gentileza. — Adeus, Tess.

Ela retribuiu o abraço.

— Adeus, Jack.

Tess abriu a porta, depois apertou com força a maçaneta ao fechá-la atrás de si.

•　•　•

A manhã estava nublada. Um vento suave soprava, inclinando as frágeis tulipas que cresciam nos canteiros da Union Square. Tess olhou para o prédio pequeno e discreto que abrigava a oficina em que Jim trabalhava. Ela não pensara em vê-lo, nem tinha intenção de abordá-lo, mas sem saber como, se viu ali na esperança de que algo se tornasse mais claro. Talvez ela estivesse ali apenas para dizer um adeus silencioso. Logo ela saberia.

E foi então que ela o viu. Sua silhueta magra, ligeiramente curvada para a frente, seu passo solto e largo — um jovem que se apressava em direção ao seu futuro. Ela não conseguia distinguir suas feições embaixo do boné, mas conhecia aquele homem, aquelas mãos. Sei como ele se sente, pensou. Tudo está em aberto; tudo é possível. Como posso interferir nisso?

Ao chegar à oficina, ele se virou na direção dela. Ela levantou o braço e acenou devagar.

Por alguns segundos ele ficou parado, no meio de um passo. Depois levantou a mão e acenou de volta; acenou por um longo e doce momento. Depois desapareceu dentro da oficina.

Então era, de fato, um adeus.

Ela seguiu até o Washington Square Park, sentindo os aromas doces da primavera. Seu passo era firme. Tudo estava à sua frente.

· · ·

O parque era um mar de cores patrióticas, com bandeiras vermelhas, brancas e azuis oscilando em meio a grupos de mulheres vestidas de puro branco. Tess andou pela multidão, impressionada com tanta energia e empolgação. Algumas mulheres empurravam carrinhos de vime com bebês parecendo entediados dentro, enquanto outras riam e gritavam umas com as outras, e outras ainda cantavam músicas que ela nunca tinha ouvido. Todas usavam chapéus — toucados de seda, chapéus de palha — e faixas no peito que pediam VOTOS PARA AS MULHERES. Um grupo segurava um cartaz gigantesco com as palavras NÓS EXIGIMOS IGUALDADE. Quantas havia ali? A matéria de Pinky daquela manhã afirmava que eram esperadas 20 mil pessoas, entre donas de casa, atrizes de teatro, dançarinas. Até mesmo as mulheres da seita quacre estariam presentes na marcha.

Ela olhou ao redor, ficando na ponta dos pés para elevar-se acima da aglomeração, e viu um bonito arco de pedra. Devia ser o arco do qual Pinky tinha falado. Para chegar até lá foi necessário certo empurra-empurra.

— Vai para o desfile de carruagens, moça? — gritou um homem alegremente quando ela tentou se espremer para passar por ele. — Até a Quinta Avenida, lá longe? Vocês, mulheres, têm força para isso?

Era um carnaval. De tirar o fôlego. Tudo aquilo para ter o direito de votar? Moças de avental corriam por todo lado vendendo revistas sufragistas ou sombrinhas estampadas com os dizeres QUEREMOS VOTAR. Rapazes, dispersos pelos cantos, cutucavam-se e riam.

Um pequeno grupo de mulheres, bastante carrancudas, chamou a atenção de Tess. Elas levantavam um cartaz onde se lia VOCÊS DESONRAM NOSSOS HOMENS VALENTES. Uma mulher com casaco de sarja cinza gritava com uma sufragista robusta vestida de branco. Quando Tess chegou mais perto, viu que a mulher de branco era a sra. Brown.

— Como você pôde nos trair apoiando essa gente? — berrou a mulher de cinza. — Você estava conosco naquele navio! O que há de errado em salvar primeiro as mulheres e as crianças? — A voz dela se exaltava num queixume bastante familiar para Tess. Lembrar-se dele a fez estremecer.

— Meu amor, as coisas têm sempre os dois lados — respondeu a sra. Brown com voz firme. — Ali havia bons homens e homens po- dres. O mesmo vale para as mulheres. Não cometa o erro de entrar em um fanatismo desse.

A discussão foi virando um tumulto. Outra mulher de branco ata- cou a mulher de cinza:

— Aceitar o cavalheirismo só nos enfraquece — berrou ela. — Você não entende?

A sra. Brown avistou Tess e a abraçou.

— Bem, queridinha, agora você está vendo como fazemos as coi- sas nos Estados Unidos — comentou ela. — Eu meio que gostaria que minhas amigas sufragistas tivessem deixado para os livros esse argumento particular em favor da igualdade. Ele está fazendo com que menos gente compareça aqui hoje. — Com um aceno, ela come- çou a se misturar à multidão.

— Tess! Tess!

Pinky a vira e estava pulando para chamar sua atenção.

— Você veio! — Ela se acotovelou para passar pelas pessoas e se- gurou a mão de Tess. — Não é incrível? — perguntou. — Todo mun- do está aqui: mães e donas de casa, chapeleiras, bibliotecárias, assistentes sociais, lavadeiras. Tess, está todo mundo a favor da causa, vamos conseguir votar!

— Nunca vi tantos grupos diferentes de mulheres no mesmo lugar — comentou Tess. Ela se perguntou por um instante como todas haviam conseguido autorização em seus empregos para par- ticipar da marcha.

— Temos até chinesas aqui. Os pés delas são amarrados quando elas são bebês, e mal conseguem andar, por isso irão em uma carruagem. Mas no país delas, têm o direito de votar. O que você acha disso? — Pinky apontou na direção de uma carruagem coberta de flores. — Nossa sufragista mais velha tem noventa e quatro anos, e ela vai ser levada ali. E milhares de homens participarão da marcha conosco. Não é demais?

Tess assentiu com um gesto.

— Estamos nos organizando, agora. Venha aqui, quero lhe mostrar o cavalo branco. Vou montá-lo antes de começarmos a marcha. Será uma bela foto para o *Times*.

— Quem vai montar nele durante o trajeto?

— Uma advogada, acredite se quiser.

Pinky foi cumprimentada efusivamente ao se juntar a um grupo ao redor do cavalo.

— Sua vez, Pinky! — gritou alguém.

Tess estendeu a mão para acariciar o focinho do animal. Era uma linda égua, alta e forte, com olhos inteligentes, tão espantosamente branca quanto os vestidos das mulheres reunidas para a marcha. O olhar da égua parecia repousar nela, afetuoso. Ela gostou disso.

— Suba!

Pinky, ajudada por duas outras mulheres, equilibrou-es sobre a sela. Ela estava empolgada, e não era só por estar participando de um importante momento histórico. Na noite anterior, ela receara que Tess estivesse prestes a desaparecer, mas algo mudara desde a conversa das duas. Ela tinha intuído aquilo e agora tinha certeza.

Segurou o cabeçote da sela, sentindo-se forte e poderosa. Ela conseguia ver tudo dali de cima.

— Isso é maravilhoso! — gritou ela, correndo os olhos pela multidão que se espalhava pela praça.

— Segure-se bem — lembrou Tess.

— Me segurar? Eu quero é galopar pelo parque! — Ela olhou para baixo, para Tess. — Venha, você precisa subir aqui. — Ela deslizou pelo flanco da égua e saltou para o chão. Agarrou Tess e pôs as rédeas em suas mãos. — Suba!

— Por que não? — disse Tess, rindo. E subiu, passando uma perna sobre as costas do animal e aprumando o corpo.

A visão dali era de tirar o fôlego. Seu olhar varreu a praça esplêndida e em festa. Sim, ela conseguia enxergar o horizonte, e a vista era muito mais arrebatadora do que ela esperava. Agora ela via o que Jim tinha visto, o que estivera ali o tempo todo. Tanta coisa havia a fazer e conhecer, e sim, ela era capaz.

E então ela viu algo que lhe chamou atenção. Uma silhueta familiar, com o boné empurrado para trás, caminhava em sua direção. Ela ficou observando ele se aproximar. E ouviu uma risada... De quem? Dela mesma. E tudo bem. Ela podia estar certa ou errada, mas o voto que tinha feito a si própria estava claro agora. Ela seria forte e nem sempre cautelosa demais, não se contentaria com uma vida pequena e encararia o que era verdadeiro.

O que era verdadeiro? Talvez já estivesse ali, fitando-a.

— Posso ajudar você a descer? — perguntou Jim. Ele estava perto dela agora, com as mãos nas rédeas, olhando para cima com os olhos azuis brilhando.

Com os braços esticados, ela se inclinou na direção dele.

— Sim — respondeu.

NOTA DA AUTORA

Boa parte dos depoimentos contidos neste livro foi retirada da transcrição dos inquéritos realizados pelo Senado norte-americano após o naufrágio do Titanic.

A estrutura básica da história é real: Lady Duff Gordon, uma estilista mundialmente famosa, escapou com seu marido e sua secretária em um bote salva-vidas que, segundo diversos relatos, poderia ter abrigado de quarenta a cinquenta pessoas, em vez de apenas doze. Ela se opôs ferrenhamente a voltar para ajudar os sobreviventes. Cosmo Duff Gordon de fato ofereceu dinheiro aos tripulantes — se como suborno para atenderem às exigências da esposa ou como um ato de gratidão, ninguém sabe ao certo.

Cosmo e Lucile foram vilificados pela imprensa dos dois lados do Atlântico. Embora em minha história Lucile preste depoimento nos Estados Unidos, ela e Cosmo na verdade escaparam desse suplício. Contudo, foram atacados pesadamente quando obrigados a depor na Inglaterra.

A ridicularização e o repúdio público foram o fardo que tiveram de suportar.

Após os interrogatórios, a Casa de Lucile — sim, ela de fato dava nomes românticos aos seus vestidos — começou seu longo declínio, e *sir* Cosmo e Lady Duff Gordon acabaram se separando.

O senador William Alden Smith fez seu discurso final e emocionado no encerramento do inquérito do naufrágio do Titanic numa sala de conferências lotada do Senado no dia 18 de maio de 1912. No centro do desastre, disse ele, repousava uma imprudente "indiferença ao perigo" em diversos pontos cruciais.

Ele os enumerou. O Titanic estava navegando rápido demais em uma região de *icebergs*. A tripulação era inexperiente. Não havia binóculos a bordo. A comunicação sem fios era inadequada. Não houve simulações para a adequada utilização dos botes salva-vidas. E não havia botes suficientes para todos os passageiros do Titanic.

O senador incitou o Congresso a aprovar leis que exigissem a presença de botes suficientes em todos os navios.

E a grande Margaret Brown — mais tarde relembrada como "a inafundável Molly Brown" — foi uma verdadeira heroína do remo no Titanic.

Tudo o mais é ficção, com exceção de um enigma que está no coração dessa tragédia, para o qual não existe uma resposta única: por que apenas um bote salva-vidas fez a tentativa de retornar para salvar os que agonizavam no mar? É em cima dessa pergunta que construí a minha história.

E, por fim, Millvina Dean, a última sobrevivente do Titanic, morreu aos noventa e sete anos no dia 31 de março de 2009, exatamente noventa e oito anos depois de o Titanic zarpar de Belfast.

Kate Alcott